ERIC BERG

Das Nebelhaus

Eric Berg

Das Nebelhaus

Roman

LIMES

Verlagsgruppe Random House FSC® N001967
Das FSC®-zertifizierte Papier *München Super* für dieses Buch
liefert Arctic Paper Mochenwangen GmbH.

3. Auflage
Originalausgabe März 2013 im Limes Verlag, einem Unternehmen
der Verlagsgruppe Random House GmbH, München

Satz: Vornehm Mediengestaltung GmbH, München
Druck und Bindung: GGP Media GmbH, Pößneck
Printed in Germany
ISBN: 978-3-8090-2615-0

www.limes-verlag.de

Für Ruth von Benda, Sandra Bräutigam,
Armin Weber, Katja Hille, Katarina Pollner und
Petra Miersch, mit denen mich seit vielen Jahren
die Freuden und Leiden des Schreibens verbinden.

Lasst uns Böses tun, auf dass das Gute kommen mag.

Römerbriefe

I

Drei Tote und ein Komapatient, das war die Bilanz der »Blutnacht von Hiddensee«, die die Ostseeinsel zwei Jahre zuvor erschüttert hatte. Die Meldung vom Amoklauf hatte es bis in die *Tagesschau* geschafft, kurz vorm Sport, außerdem hatte eine Boulevardzeitung in großer Aufmachung berichtet und den Begriff der Blutnacht geprägt. Schwarzweißfotos in Passbildmanier, die auf Seite eins ein Schattendasein zwischen balkenhaften Buchstaben fristeten. Auf Seite zwei dann Betroffenheit, Überlebende, Angehörige, Nachbarn im Schock. Ganz unten ein wenig Zorn: die Frage nach dem Warum und der Schuld. Wer hat geschlampt, versagt? Nach den Beerdigungen war es wieder still um die Morde geworden, vor allem deshalb, weil es nie zu einem Prozess gekommen war. Denn ausgerechnet der mutmaßliche Täter lag noch immer im Koma und mit ihm der Fall.

Anlässlich des Jahrestages der Tragödie wollte eine norddeutsche Regionalzeitung eine Doppelseite über den Amoklauf füllen. Natürlich riefen sie eine Expertin für solche Artikel an: Doro Kagel, mich.

Meine Finger huschten in geübter Manier über die Tastatur.

Neuendorf auf Hiddensee vor zwei Jahren, am 2. September 2010: Zwei Frauen und ein Mann treffen im Haus Nummer 37 ein.

Zu Besuch kommen Yasmin Germinal (35), Gelegenheitsarbeitslose, Leonie Korn (38), Erzieherin, und Timo Stadtmüller (33), Autor. Sie folgten der Einladung des Architekten Philipp Lothringer (45) und seiner Frau Genoveva Nachtmann (43), ein verlängertes Wochenende von Freitag bis Montag bei ihnen und ihrer fünfjährigen Tochter Clarissa zu verbringen. Die in Kambodscha gebürtige Haushälterin, Frau Nian Nan (67), ging fast täglich in der Nummer 37 ein und aus. Wie sie waren auch ihr Mann Viseth und ihr Sohn Yim in die Ereignisse verwickelt, die in der Nacht vom 5. auf den 6. September stattfanden …

Ich seufzte und löschte den Text. Das war bereits mein dritter, aber immer noch schlechter Anfang für den Artikel, denn diesmal hatte ich es geschafft, den Leser mit neun Namen auf elf Zeilen zu verwirren.

Auf der Suche nach einem neuen Anfang saß ich wie so oft inmitten meines Schlafzimmers, das auch mein Arbeitszimmer war, vor der Maschine, in deren großes Auge ich unentwegt starrte, nicht selten elf oder zwölf Stunden am Tag. Stunden, die ich damit zubrachte, andere Artikel als diesen zu schreiben und doch irgendwie immer dieselben: Artikel über tödlich verlaufende U-Bahn-Schlägereien, Vergewaltigungen, Ehrenmorde, Prostituiertenmorde, Morde der Russenmafia, Berichte über den täglichen Wahnsinn, der in den Gerichtssälen der Hauptstadt und des weiteren Umlands angeschwemmt wurde wie ausgelaufenes Schweröl, das einem den Atem nahm.

Das Verbrechen ist mein Spezialgebiet, ich habe mich nicht darum gerissen, es hat sich einfach so ergeben. Das ist die eine Version. Die andere ist, dass der Tod meines elfjährigen Bruders Benny – ich war damals neun Jahre alt – etwas damit zu tun hat. Er wurde von einem Mann mittleren Alters im Wald stranguliert und in einen Weiher geworfen, man fand ihn erst nach vier Tagen, den Mörder zwei Tage später.

Ganz ehrlich, ich weiß nicht, welche Version zutrifft. Tatsache ist: Ein Artikel von mir über junge Männer, die in einem Berliner Park ihre Kampfhunde gegeneinander aufhetzten und Wetten auf sie abschlossen, hat vor einigen Jahren bei einer Redakteurin für Begeisterung gesorgt und den Anfang gemacht. Ab da hat man mich immer öfter mit blutigen Themen beauftragt, haben mich immer mehr Zeitungen zu immer spektakuläreren Prozessen geschickt: häusliche Gewalt, Brandstiftung, Kindesentführung, gemeine Väter, rücksichtslose Jugendbanden … Bis ich schließlich eines Tages die oberste Stufe in der Hierarchie der Strafprozessordnung erklommen hatte. Seither schreibe ich über Morde und Mörder. Einerseits ist es gut, dass mehr und mehr Zeitungen und Zeitschriften den Namen Doro Kagel mit einem bestimmten Thema verbinden, selbst wenn dieses Thema die größte menschliche Tragödie umfasst, nämlich die menschliche Unfähigkeit, mit dem Töten aufzuhören. Andererseits mischen sich bei diesem Thema – auch bei mir – Faszination mit Abscheu, wirkt Anziehung gegen Abstoßung, und an manchen Tagen hätte ich lieber über die Bundesgartenschau geschrieben als über die Abgründe der Seele.

Hiddensee ist das Friedlichste, was man sich vorstellen kann. Nur mit der Fähre erreichbar, umgeben vom Meer, von Heidekraut bewachsen und einem Wind anheimgegeben, der die schlechten Gedanken fortweht, so könnte man hoffen. Im Norden ragt ein hübscher Leuchtturm auf, im Süden existiert mit dem Vogelschutzgebiet, das nicht betreten werden darf, ein natürlicher Schatz.

Einen sanfteren Tourismus gibt es nirgends. Autoverkehr ist auf Hiddensee verboten, nur ein Bus, ein Lieferwagen und die Notdienste dürfen mit mehr als zwei Pferdestärken fahren. Eintausenddreihundert Menschen leben hier über vier Ortschaften verteilt.

Neuendorf im Süden liegt ein Stück abseits der drei anderen Dörfer. Es gibt dort keine Straßen, nur Wege, Pfade und Hausnummern. Die Nummer 37, ein relativ neuer und ungewöhnlicher, fast ganz aus Holz und Glas gefertigter Bau, nannten die einheimischen Inselbewohner schon vor den entsetzlichen Ereignissen des 5. Septembers 2010 das »Nebelhaus«.

Ein guter Anfang. Aber leider nur ein Anfang, zudem hatte ich fast eine Stunde dafür gebraucht. Dieser Amoklauf, der sich in Kürze zum zweiten Mal jähren würde, sperrte sich gegen mich, war nur scheinbar mein Thema. Eine Tat lebt erst durch den Täter – hier jedoch gab es keinen Täter, jedenfalls keinen, der in Handschellen vor einem Kammergericht stand, den der Staatsanwalt beschuldigte, der Verteidiger in Schutz nahm, Zeugen belasteten, die Angehörigen der Opfer beschimpften und Psychologen beurteilten. Es gab kein Für und Wider, kein Gutachten, keine Erklärung, keine Rechtfertigung oder Entschuldigung und auch kein Urteil – und schon gar kein Monster. Wer nicht entweder flüchtig oder lebendig gefangen und in einen Käfig eingesperrt war, der taugte nicht zum Monster, sondern nur zum Gespenst, und geriet in Vergessenheit. Ohne Monster gab es niemanden zum Draufzeigen. Tote sind extrem schlechte Monster, Komapatienten noch weit schlechtere.

Der Fall blieb rätselhaft und dunkel.

Ich blätterte in meinen Notizen und studierte das Recherchematerial auf der Suche nach Inspirationen. Noch einmal durchforstete ich die Polizeiberichte und Statements der Staatsanwaltschaft Stralsund, die es schafften, das Grauen in die schrecklichste Sprache der Welt zu packen: die Sprache der Behörden. Bemüht, sich unanfechtbar korrekt auszudrücken, schafften es die Beamten, sich weit von den Menschen zu entfernen. Ich suchte nach einer Stellungnahme der Überlebenden, fand jedoch keine. Offenbar hatten sie sich gegenüber der Presse nicht geäußert – möglicherweise eine Folge der Sensationsberichterstattung. Auch die Informationen zum vermuteten Tathergang und zu den Zeugen waren spärlich.

Ich leerte eine Tasse fast kalten Kaffees auf ex und legte die Mappe zur Seite. Schon seit Tagen wanderte die Blutnacht auf meinem Schreibtisch herum, kroch über die Stapel anstehender Arbeiten, über die Korrespondenz, Steuerunterlagen, Rechnungen, vorbei an einem Teller mit grünen Weintrauben und Zwetschgen, die den schweren Geruch des Spätsommers verströmten. Sie kroch über das Wohnzimmersofa und den Küchentisch bis auf die leere Seite meines Bettes und zurück auf den Schreibtisch. Der bestand aus einer Fülle von Anklagen, weil das Unerledigte dort immer das Erledigte überflügelte und mich am verwundbarsten Punkt traf: meinem schlechten Gewissen, nicht genug getan zu haben.

Einige Stunden zuvor hatte ich die Mappe nach langer Suche hinter dem Monitor hervorgefischt. Ich konnte mir nicht erklären, wie sie dorthin gekommen war. Der Bildschirm war am Rand mit bunten Haftnotizen beklebt, einer Korona aus Terminen, Telefonnummern und Gedankenstützen, und für gewöhnlich landete hinter dem Bildschirm nur Staub. Es war, als wollte diese Arbeit sich mir entziehen. Ständig fand ich etwas Dringenderes zu tun, andere Artikel, andere Recherchen, so auch an diesem Nachmittag.

Ich zog einen Schnellhefter von einem Stapel, der aus Einsendungen von Journalismus-Schülern eines Anbieters von Fernkursen bestand und die Höhe einer dreibändigen Enzyklopädie erreicht hatte. Um mein dürftiges Honorar als freie Journalistin aufzubessern, hatte ich diesen kleinen Nebenjob als Fernlehrerin angenommen, ohne glücklich damit zu werden. Er kostete Zeit, die ich nicht hatte, verlangte Konzentration, die ich mir mühsam abrang, und brachte gerade so viel Geld ein, dass es für die monatliche Zahlung an Jonas reichte, meinen Sohn, der in Marburg studierte. Sein lachendes Gesicht überstrahlte meinen Schreibtisch, der von Bürden und Morden überquoll.

Zwei Stunden lang reduzierte ich den Stapel auf zwei Drittel seiner ursprünglichen Höhe, redigierte und bewertete Artikel der Journalismus-Schüler, die sich mit dem unaufhaltsamen Niedergang der Woll- und Strickläden, dem Verfall der Abwasserkanäle in deutschen Großstädten, einem Vergleich internationaler Biere, der wirtschaftlichen Bedeutung der Schwarzarbeit und dem Aufstieg Berlins als Modestadt beschäftigten. Sonst passierte so gut wie nichts in diesen zwei Stunden, außer dass sich die Schatten auf dem Schreibtisch verlängerten; Zacken und Punkte, die in Zeitlupe über Papiere schwebten. Drei Tassen Kaffee erkalteten nacheinander, bevor ich sie an die Lippen führte.

Um kurz vor sechs Uhr stieß ich versehentlich die Tasse um. Der Inhalt floss über die Unterlagen zur Blutnacht, tränkte sie mit kalter schwarzbrauner Flüssigkeit und hinterließ nach dem Abwischen auf fast jedem Blatt eine zweifarbige Landkarte mit starken Konturen im unteren Teil und inselhaften Tupfern im oberen. Gänzlich verschont geblieben war nur die Telefonliste mit den Überlebenden der Blutnacht, den Verwandten und Lebenspartnern der Opfer, Hiddenseer Anwohnern, Zeugen, dem Krankenhaus, in dem die Komapatientin lag, sowie den Namen und Kontaktdaten von Psychologen, ermittelnden Polizeibeamten und Staatsanwälten.

Ich musste mich ans Werk machen. Es war achtzehn Uhr sieben, und in genau drei Wochen sollte der Artikel fertig auf dem Tisch des Chefredakteurs der Regionalzeitung liegen.

Ich holte mir einen neuen Pott heißen Kaffees aus der Küche, massierte mir kurz den Nacken, griff nach dem Handy und starrte unschlüssig auf die Liste. Wen sollte ich zuerst anrufen? Einen der Überlebenden? Eine Angehörige?

Normalerweise begegnete ich den unmittelbar Betroffenen einer Straftat im Zuge des Gerichtsverfahrens. Das Terrain dort war einfacher, die Leute waren auf Fragen eingestellt, ja, sie freuten sich geradezu, gegen den Täter auszusagen und den Gerichtsreportern ihre Abscheu vor dem Monster in den Block zu diktieren.

Ich wählte eine der Nummern.

»Viseth Nan«, ertönte die hohe Stimme eines schon älteren Mannes.

»Guten Tag, Herr Nan. Mein Name ist Doro Kagel. Ich schreibe einen seriösen Artikel über das, was vor zwei Jahren auf Hiddensee passiert ist. Darin soll es auch um Ihre Frau gehen. Sie war, wenn ich richtig informiert bin, die Haushälterin oder Reinemachefrau im Haus des Ehepaares Lothringer und Nachtmann, stimmt das?«

Keine Reaktion. Atmen.

»Sind Sie noch dran, Herr Nan?«

Keine Reaktion. Atmen.

Natürlich hatte ich schon mal von jenen Spinnern gehört, die einen anriefen und durch bloßes Atmen verängstigten. Dass auch Angerufene dieses Verhalten an den Tag legten, war mir neu.

»Ich kann mir vorstellen, dass es Ihnen schwerfällt, über die schrecklichen Ereignisse zu sprechen, von denen ja auch Sie betroffen waren. Ich kann Ihnen versichern, dass ich nur das über Ihre Frau schreiben werde, was Sie ausdrücklich genehmigen.«

Wieder nur Atmen.

»Würden Sie mir einige wenige Fragen gestatten?«

Ein Knacken in der Leitung. Herr Nan hatte aufgelegt.

Journalisten sind wie Taxifahrer, sie wundern sich über gar nichts mehr. Daher hakte ich das Gespräch, das keines war, unter Skurrilitäten ab. Trotzdem: ein motivierender Beginn sah anders aus. Es war Viertel nach sechs, mein Rücken schmerzte, und die Augusthitze, die nicht weichen wollte und meine Wohnung wie eine feuchte Blase umfing, ließ mein Kleid an meinem Körper kleben wie eine zweite, eine synthetische Haut. Ich kam mir vor wie in Frischhaltefolie gewickelt. Fruchtfliegen stiegen von dem Obstteller auf, schwirrten um meine Haare herum. Ich sehnte mich nach Nacktheit, nach einer kalten Dusche. Auf einem der oberen Balkone des Altbaus, in dem ich wohnte, fanden sich Freunde zusammen, um zu grillen und zu feiern. So sollte ein Sommertag ausklingen, mit frisch gewaschenen, duftenden Haaren, einem kurzen, nackten Räkeln auf dem Bett, mit einem leichten Kleid, einem eiskalten Getränk, mit Lachen.

Doch ich war unfähig, dieses natürliche Verlangen länger als einige Sekunden zuzulassen. Der Schreibtisch war stärker. Seine magische Anziehungskraft fing mich immer wieder ein, beschleunigte mich, gab mir das gute Gefühl von Erfolg, ebenso davon, Hindernisse zu überwinden und böse Dinge wie Arbeit zu vernichten. Die Geschwindigkeit, mit der ich Aufgaben erledigte, berauschte mich. Entfernte ich mich zu lange vom Schreibtisch, fühlte ich mich seltsam nutzlos und verloren, da ich wusste, dass er sich während meiner Abwesenheit mit unerledigten Aufgaben, will heißen mit Anklagen, füllte.

Natürlich gab es auch Dinge jenseits der Arbeit – Einkäufe, Geburtstage, Telefonate mit Freunden, gelegentliche Treffen, Besuche bei Verwandten, Einladungen, Kinobesuche –, aber ich konnte sie immer seltener und kürzer genießen. Mein Kosmos verengte sich von Monat zu Monat, und übrig blieben die Texte, die Wörter, die Mörder, die Maschine, das große, verlangende Auge, in das ich schrieb.

Ich wählte erneut. Vielleicht hatte ich bei dem Sohn mehr Glück als bei dem Witwer.

»Nan.«

»Guten Tag, mein Name ist Doro Kagel. Ich hätte gerne Herrn Yim Nan gesprochen.«

»Am Apparat. Was kann ich für Sie tun, Frau Kagel?« Yim hatte eine sehr klare, milde und geduldige Stimme.

Sie schien mir aus einer anderen Welt zu kommen, zu der ich seit einigen Jahren keinen Zutritt mehr hatte, der Welt des Wohlbehagens. Der Klang dieser Stimme schien zu sagen: Und woher kommst du?

»Ich schreibe einen Zeitungsartikel über die Ereignisse von Hiddensee, die sich in Kürze zum zweiten Mal jähren, und hätte da ein paar Fragen. Wie Sie sich denken können, geht es dabei hauptsächlich um Ihre Mutter. Ich möchte dem Leser ein bisschen über Ihre Mutter erzählen, über sie als Mensch. Ich wäre Ihnen sehr dankbar, wenn Sie mir Auskunft geben würden. Es wird auch nicht lange dauern.«

»Das sollte es aber, meinen Sie nicht?«

Ich zögerte, bevor ich antwortete: »Natürlich, Sie haben recht.« Innerhalb einer Sekunde gingen mir mehrere Filme durch den Kopf, in denen langmütige asiatische Lehrer ihren zumeist amerikanischen Kampfsportschülern als erste Lektion die Wichtigkeit von Ruhe und Konzentration, Bescheidenheit und Selbstreflexion beibrachten.

»Es tut mir leid. Ich wollte Ihnen nicht zu nahe treten. Hätten Sie Zeit für mich?«

Nach weiteren schweigend verstrichenen Sekunden sagte Yim: »Ich will ehrlich sein. Eigentlich möchte ich Ihre Fragen nicht beantworten. Niemandes Fragen.«

»Ich will auch ehrlich zu Ihnen sein. Mir würde es an Ihrer Stelle nicht anders gehen. Aber ... Sehen Sie, es werden mehrere Artikel in den verschiedensten Zeitungen erscheinen, darunter auch meiner, so oder so, und ich möchte, dass Sie mitbestimmen, was darin stehen wird. Darum meine Anfrage.«

Diesmal ließ Yim sich noch mehr Zeit mit der Antwort. »Einverstanden. Aber es ist gerade ungünstig.«

»Ich verstehe. Wann soll ich Sie anrufen?«

»Gar nicht.«

»Ich verstehe«, sagte ich erneut, doch diesmal war es gelogen. »Ich gebe Ihnen meine Nummer.«

»Mir wäre es lieber, wir würden uns treffen. Ich kann über die Dinge, die Sie mich vermutlich fragen werden, nicht am Telefon reden.«

Ich hätte mich freuen sollen. Einem guten Journalisten ist eine persönliche Begegnung mit einem Interviewpartner allemal lieber, weil man den Befragten leichter dazu bringen kann, aus sich herauszugehen. Für mich bedeutete der Vorschlag jedoch eine zusätzliche zeitliche Belastung, dabei wollte ich diesen Artikel so schnell wie möglich geschrieben und abgegeben haben. So viel anderes wartete auf mich.

»Sie müssten schon nach Berlin kommen, wenn Sie mit mir reden wollen«, sagte Yim.

»Ich wohne ebenfalls in Berlin.«

»Dann ist es ja kein Problem.«

»Nein, kein Problem«, sagte ich und rieb mir die Stirn. »Passt es Ihnen noch heute Abend?«

Erneut ließ er sich Zeit. »Einverstanden. Handjerystraße einhundertsechzehn. Das Restaurant heißt *Sok sebai te*. Kambodschanische Küche. Um einundzwanzig Uhr?«

»Geht es nicht früher?«

»Leider nicht.«

»Gut, dann … Einundzwanzig Uhr ist mir recht.«

Nachdem ich aufgelegt hatte, sah ich auf die Uhr. Mir blieben zweieinhalb Stunden; wenn ich eine schnelle Dusche, einen Garderobenwechsel und die Fahrzeit einrechnete, noch eineinhalb Stunden. Ich griff mir die oberste von geschätzten zwanzig Mappen der Fernkurs-Einsendungen, las einen Artikel mit dem Titel »Die Energiesparlampen-Lüge« und trank, während ich den Text korrigierte, einen Pott kalten Kaffees.

2

Zwei Jahre zuvor, September 2010

Pistole, Schmerzmittel, Streichhölzer, Lexotanil. Zum wiederholten Mal an diesem Morgen kontrollierte Leonie, ob sie am vorigen Tag alles in die Handtasche gepackt hatte. Am liebsten wäre sie an ihrem Küchentisch sitzen geblieben, weshalb sie bis zur allerletzten Minute vor der Abfahrt nach Hiddensee an den Ritualen des Alltags festhielt.

Sie schnalzte ein paarmal mit der Zunge. Oft verbrachte sie eine ganze Stunde damit, die Nachbarskatzen zu rufen, und hatte sie Erfolg, standen einige Schalen voller Leckereien bereit. Leonie hatte ihnen Namen gegeben, da sie die richtigen Namen der Tiere nicht kannte. Sie unterschied zwischen Stammgästen und Gelegenheitsbesuchern, entsprechend verteilte sie ihre Fürsorge. Es kam vor, dass keine Katze erschien – es mochte dann am Wetter liegen oder an etwas, das Leonie nicht verstand.

So war es auch am Morgen der Abreise. Leonie schloss die Terrassentür mit einem Knall, sammelte die Schälchen ein und warf sie in die Spüle. Sie ließ einen Strahl Warmwasser darüberlaufen und kümmerte sich dann nicht mehr darum.

Plötzlich fiel ihr etwas ein, und sie ging zu ihrer Handtasche. Pistole, Schmerzmittel, Streichhölzer, Lexotanil. Gut!

Der große Zeiger der Küchenuhr näherte sich der vollen Stunde. Noch zehn Minuten, sagte sie sich. Am Küchentisch trank sie einen letzten Schluck Kamillentee. Gedankenversunken griff sie zum Handy, drückte die Kurzwahltaste 1 und sprach Steffen eine Nachricht aufs Band.

»Schade, dass ich dich nicht erreiche, vielleicht schläfst du noch. Also, ich fahre jetzt los. Eigentlich habe ich gar keine Lust. Ich weiß nicht, warum ich die Einladung angenommen habe, aber nun ist es zu spät. Am Dienstag bin ich wieder da. Ich freue mich auf dich und werde die ganze Zeit über an dich denken. Du kannst mich jederzeit anrufen, ja? Bis dann.«

Sie hatte auf Punkt und Komma genau die Wahrheit gesagt, bis auf einen Halbsatz: Sie wusste sehr wohl, warum sie die Einladung angenommen hatte.

Ihr Blick glitt über das Wachstuch mit dem Erdbeermuster und verharrte schließlich an dem einzigen Foto, das sie aus jener Zeit noch hatte, den Tagen mit Timo, Yasmin und Philipp. Genau genommen war es kein Foto mehr, sondern es waren nur noch Schnipsel eines Fotos, die sie in einem Schuhkarton gefunden und notdürftig zusammengesetzt hatte. Philipps Beine fehlten, aber die waren Leonie sowieso schnurz. Mit dem Finger berührte sie Timo. Sein lachendes Gesicht ließ Leonie ihre Nervosität für ein paar Sekunden vergessen.

Kurz darauf ertönte die Türklingel.

»Oh, Mama. Du bist es. Ich bin auf dem Sprung. Hättest du nicht anrufen können?«

»Das habe ich, Liebes.« Ihre Stimme war warm, brüchig und sorgenvoll, die typische Mutterstimme einer sechsundsechzigjährigen, ergrauten Frau. »Aber du nimmst nicht ab und rufst auch nicht zurück. Was ist denn los?«

»Muss denn immer gleich etwas sein, wenn ich mal nicht zurückrufe? Ich bin siebenunddreißig Jahre alt und springe nicht mehr, wenn du ›Hüpf‹ rufst. Außerdem habe ich gerade wirklich viel zu tun. Ich fahre nämlich weg.«

»Weg?«

»Ja, nach Hiddensee.«

»Hiddensee?«

»Ich bleibe vier Tage.«

»Vier?«

»Was bist du, ein Kakadu? Wiederhole nicht alles, was ich sage.«

»Entschuldige, Liebes. Ich bin nur …«

Der Blick von Leonies Mutter glitt über die Wohnungseinrichtung, so als suche sie nach weiteren Indizien für die plötzliche Anwandlung ihrer Tochter. Doch es hatte sich nichts verändert: Ikea-Möbel in gedeckten Farben, die Wände betupft mit einem Dutzend Stillleben, und auf allen Türen, allen Küchenschränken klebten gelbe Smileys, die ihr seltsamerweise immer ein bisschen Angst einjagten. Alles wie gehabt. Das Gleiche galt für Leonie. Sie trug ihre üblichen weiten Schlabberhosen und -blusen, unter denen sie ihre mollige Figur verbarg.

»Verstehe mich bitte nicht falsch. Hiddensee im September ist sicherlich herrlich, und ich freue mich, dass du einen Kurzurlaub machst, aber … Als ich gestern im Kindergarten angerufen habe …«

»Wieso hast du das getan?«, brauste Leonie auf.

»Weil du nicht erreichbar warst. Jedenfalls hat man mir gesagt, dass du seit einer Woche nicht mehr dort arbeitest. Es hätte einen Vorfall gegeben …«

»Das stimmt nicht. Ich arbeite noch dort. Es war nur ein

Missverständnis. So, und jetzt entschuldige mich bitte. Du weißt, dass es mir gut geht, und damit hat sich's für heute.«

»Fährst du mit Steffen? Ich habe ihn schon ewig nicht mehr gesehen. Kommt doch mal zum Essen vorbei. Ich würde …«

Leonie schob ihre Mutter mit sanfter Entschlossenheit zur Haustür. »Nein, ich fahre nicht mit Steffen. Philipp hat mich eingeladen. Timo kommt auch. Ich hole ihn und Yasmin in Berlin ab, dann fahren wir zur Ostsee.«

»Philipp? Timo? Yasmin? Sind die von dieser komischen Gruppe, mit der du damals rumgezogen bist?«

»Ja, genau die. Wir sind aber nicht nur rumgezogen. Clowns ziehen rum, wir haben Ernst gemacht.«

»Und dieser Timo kommt auch? Hältst du das für eine gute Idee? Immerhin warst du damals …«

»Das war vor fünfzehn Jahren, Mama. Ich bin jetzt seit zwei Jahren glücklich mit Steffen zusammen.«

»Leonie, versprich mir, dass du mich anrufst, wenn es Schwierigkeiten gibt. Egal um welche Uhrzeit. Versprich mir, dass du sofort wieder abreist, wenn …«

»Ich verspreche alles, was du willst, wenn du mich jetzt mit deinem Geschnatter verschonst. Bis nächste Woche also. Ich rufe an, wenn ich zurück bin.«

Fünf Minuten später – sie war bereits um die erste Kurve gefahren – hielt sie am Straßenrand an und griff hektisch nach der Handtasche, die auf dem Beifahrersitz lag.

Pistole, Schmerzmittel, Streichhölzer, Lexotanil.

Facebook hatte es möglich gemacht. Drei Wochen vor der Fahrt nach Hiddensee, an einem verregneten Sommertag, war Timo auf die Idee gekommen, ein bisschen im Langzeitgedächtnis zu kramen, um seine Laune zu heben. Er hatte einige längst vergessene Namen hervorgeholt, sie eingetippt und in Nullkommanichts erfahren, was aus den Menschen dahinter geworden war. Philipp arbeitete als Architekt, Leonie als Kindergärtnerin. Timo selbst war Autor. Philipp war total begeistert davon, dass Timo ihn »gefunden« hatte, weshalb er ihn und Leonie nach ein paar Tagen des Hin-und-Her-Chattens in sein Haus auf Hiddensee einlud. Noch vor fünfzehn Jahren, als sie eine Clique der besonderen Art gebildet hatten, wäre das Wiederauffinden Verschollener ein zeitraubendes, mühsames Unterfangen gewesen, und spontane Treffen waren fast unmöglich.

Yasmin gehörte ebenfalls zu der Ex-Clique, war aber weder Mitglied bei Facebook noch bei anderen Plattformen. Philipp und Leonie ließen im Chat durchblicken, dass sie auf Yasmin verzichten konnten, aber Timo blieb dran. Er fand, dass das Treffen nur halb so reizvoll sei, wenn einer von ihnen fehlte, und behauptete, dass ihn die Frage, was aus Yasmin geworden sei, beschäftigte wie ein Name, der einem partout nicht einfallen will, auch wenn er im Grunde keine große Bedeutung hat. Also recherchierte er aufwendig, bemühte alte Kontakte und fragte sich durch.

Am Tag vor der geplanten Abfahrt nach Hiddensee hatte er Yasmin noch immer nicht aufgespürt und war deswegen ein bisschen traurig. Sein Gerechtigkeitsempfinden war gestört. Nur weil Yasmin nicht im Internet aktiv war, sollte sie ausgeschlossen bleiben – dabei verdankten sie es letztlich ihr, dass sie sich damals überhaupt kennengelernt hatten. Am Vorabend kam dann doch noch der entscheidende Hinweis.

Timo machte sich sofort auf den Weg und fand Yasmin auf einer Decke unweit des KaDeWe, umgeben von gleichaltrigen und jüngeren Frauen und Männern mit bunten Haaren und schläfrigen Hunden. Yasmin stach aus der Gruppe heraus, indem sie die anderen lebhaft unterhielt. Das hatte sie immer schon gerne getan: reden – und dabei wild gestikulieren wie eine Komödiantin.

Timo hatte bei ihrem Anblick gelächelt wie über ein nach Jahrzehnten wiedergefundenes Souvenir, und ihr erst einmal zwei Minuten aus der Ferne zugesehen, bis er sie angesprochen hatte.

»Abgefahren«, sagte Yasmin, kaum dass sie in Leonies Auto die Stadtgrenze passiert hatten. Leonie hatte Yasmin und Timo abgeholt. »Das ist so was von abgefahren. Ich kann's noch immer nicht glauben, dass ich mit euch hier sitze. Versteht ihr? Mit *euch*. Ich hätte nie gedacht, euch in diesem Leben noch mal wiederzusehen. Wir hätten uns nicht aus den Augen verlieren dürfen. Wie so etwas immer kommt? Freundschaften kann man gar nicht genug haben. Die Philosophen behaupten, dass alles, was man braucht, in einen Koffer passen sollte, das sei gut für die Seele. In Freundschaften hingegen soll man tüchtig investieren. Aber das ist leichter gesagt als getan, oder? Dass wir alle vier es nicht geschafft haben, den Kontakt zu halten – unglaublich. Das darf nicht noch einmal passieren. Ich gelobe hiermit, achtsam zu sein. Oh Mann, ich …«

Yasmin schossen die Tränen in die Augen, die sie verschämt wegwischte.

»Danke, Timo, das hast du echt toll hingekriegt. Und wie hartnäckig du nach mir gesucht hast …« Sie beugte sich vom Beifahrersitz zum Rücksitz und nahm Timo in die Arme.

Der war so gerührt von der Anerkennung, dass er rot wurde.

»Yasmin, pass doch auf«, sagte Leonie. »Ich komme ja gar nicht mehr an die Gangschaltung.«

»Du fährst doch sowieso die ganze Zeit im Fünften«, erwiderte Yasmin, fand ihre Bemerkung aber sogleich zu patzig und streichelte Leonies Wange. »Danke, dass du uns abgeholt hast. Du hast die ganze Fahrerei am Hals. Seit wie vielen Stunden bist du jetzt schon unterwegs? Sieben? Mann, echt tapfer. Ich habe gar keinen Führerschein, komme fast nie aus Berlin raus. Im Sommer fahren die Group und ich manchmal mit der S-Bahn ins Umland, Richtung Strausberg und so, campen an einem Waldsee. Dort machen wir dann Musik für die Kormorane.«

»Group?«, fragte Leonie hörbar ohne brennendes Interesse.

»Die Group, das sind Kila, Yogi, Sokrates, Kimmi, Leila, Surinam und Jonny. Jonny ist mein Freund, also ich meine, wir sind ein Paar, Männlein und Weiblein und so. Surinam und Kila spielen Panflöte, Sokrates Gitarre, Leila und Kimmi singen. Ich habe die Rassel, ich kann sonst nix. Yogi macht nicht mit, aber sie kann Reiki. Das will ich unbedingt lernen. Wir haben alle Jobs, na ja, mehr oder weniger. Nicht dass ihr denkt, ich bin obdachlos oder so, ich arbeite vormittags in einem Esoterikladen, aber nachmittags wird gequatscht. Dann ist Kreativität angesagt, Musik machen in Fußgängerzonen und natürlich malen. Timo hat die Group neulich kennengelernt.«

Timo, der hinten saß, erinnerte sich an die Begegnung – vor allem an die Hunde, die in ihrer bedingungslosen Anhänglichkeit glücklich und traurig zugleich gewirkt hatten. Von der Group waren ihm hauptsächlich die exotischen Piercings in Erinnerung geblieben – wo die kleinen Dinger überall hineingesteckt werden konnten, war unglaublich.

Unvergesslich waren ihm auch die riesigen Kreidebilder von fantastischen Landschaften, die Yasmin und Jonny gemeinsam auf das Pflaster malten. Die Bilder waren eine optische Mischung aus Caspar David Friedrich und der Explosion einer Tüte Bonbons. Daneben thronte ein goldfarbener Buddha von der Größe eines Gartenzwerges und sah in seiner lächelnden, unendlichen Güte aus wie ein benebelter Trunkenbold. Drei-, viermal am Tag vertrieb das Ordnungsamt ihn zusammen mit der ganzen Group.

So ungewohnt es für Timo gewesen war, zwischen Panflöte spielenden, gepiercten Jungs und Mädels in Military-Klamotten zu sitzen – er hatte sich erstaunlich wohlgefühlt. Die Leute, deren Namen so exotisch waren wie ihre Frisuren, hatten ihn mit einer Selbstverständlichkeit auf ihre Decken eingeladen, zu der kein Mensch mit Haustür imstande wäre. Als sie gehört hatten, dass er Autor war, fragten sie ihm Löcher in den Bauch, was er sehr genoss. Er hatte nur selten Gelegenheit, über seine Bücher zu sprechen, denn sie verkauften sich nicht so, wie er es sich wünschte, und das war ein schlechtes, bohrendes Gefühl in der Magengrube. Yasmin und ihre Freunde scherten sich jedoch nicht um Zahlen, sie feierten ihn eine halbe Stunde lang wie ein vom Montmartre herabgestiegenes Mitglied der Bohème. Das war eine verdammt wohltuende Schnellkur gegen Zweifel und zugleich eine Vitaminspritze gegen den Mangel an Selbstvertrauen.

Aber nicht nur deshalb war er gleich mit Yasmin warm geworden. Sie war eine amüsante Mischung, so als bestünde sie aus drei Frauen. Sie trug die Frisur eines Punks, die Kleidung eines Marlboro-Girls und den Schmuck einer Wahrsagerin, was ihn als Autor, der gerne auf originelle Menschen traf, völlig faszinierte. Außerdem war sie ein »lieber Kerl«, der keiner Fliege etwas zuleide tun konnte, und zwar im wahrsten Sinne des Wortes. Sie hatte ihm erzählt, dass sie noch nicht einmal Stechmücken erschlug, das sei nämlich schlecht fürs Karma – und für das nächste Leben sowieso.

Plötzlich ließ Yasmin das Seitenfenster herunter, streckte den Kopf bei voller Fahrt ins Freie, reckte die Faust und rief: »Zieht euch warm an, ihr Hiddenseer. Die Grüne Zora kommt.«

Leonie suchte über den Innenspiegel Blickkontakt mit Timo. Aber Timo lächelte über Yasmins Verrücktheit, und kurz darauf lächelte auch Leonie.

Yasmin lachte. Sie hatte die rauchig-raue Stimme einer Soul-Sängerin, brachte aber keine zwei Töne hintereinander zusammen, ohne dass die sich gerieben hätten. Irgendwie hörte sie sich immer heiser an.

»Haha. Erinnert ihr euch noch?«, rief Yasmin. »Grüne Zora. So haben wir uns damals genannt.«

»Wenn ich mich recht erinnere, hast *du* uns so genannt«, erwiderte Leonie.

»Scheiße, ist das lange her.«

»Allerdings«, bestätigte Leonie. »Bist du immer noch eine Demo-Queen, so wie früher?«

»Wenn's drauf ankommt, schon. Aber es gibt noch mehr zwischen Himmel und Erde als Demos gegen Ungerechtigkeit. Ich kloppe mich nicht mehr. Ich bin Buddhistin geworden.«

Wieder suchte Leonie über den Rückspiegel den Kontakt zu Timo, aber diesmal wich er ihrem Blick aus.

Eine Weile sagte keiner etwas. Auch Yasmin, die seit der Abfahrt ohne Unterlass gequasselt hatte, blieb überraschend lange stumm. Dann sagte sie: »Mir ist ein bisschen übel. Bei hohen Geschwindigkeiten passiert mir das immer, ist ’ne Art Kinderkrankheit. Mein Vater hatte einen Porsche und … Kannst du bitte ein bisschen langsamer fahren, Leonie?«

»Wir müssen die Fähre nach Hiddensee bekommen.«

»Zufällig weiß ich, dass die letzte Fähre erst in drei Stunden abfährt. Hat mir ein Kumpel gesteckt.«

»Wir müssen ja nicht unbedingt die *allerletzte* Fähre nehmen. Mein Wagen ist ein Geschoss, ich habe lange darauf gespart.«

»Geschosse sind fürs Einschlagen gemacht.«

»Entspann dich.«

»Scheiße.«

»Ich habe alles im Griff.«

»Ich glaube, das waren die letzten Worte von James Dean.«

»Du riechst ein bisschen nach Whisky«, sagte Philipp, als sie am Anlegesteg auf die sich nähernde Fähre warteten.

»Und du nach billigem Rasierwasser«, erwiderte Vev. »So stinken wir also um die Wette.«

Seine Frau warf ihm ein Lächeln zu, das er auffing und ein bisschen widerstrebend zurückwarf. Solche kurzen, schwach giftigen Wortscharmützel lieferten sie sich oft, ohne dass es ihrer Beziehung schadete. Er hätte auch darauf verzichten können, aber er nahm Vevs gelegentlichen Sarkasmus in Kauf, denn ein einziger Blick auf sie machte ihn sofort stolz. Vev sah immer elegant aus, auch in einer alten Jeans mit einem ausgebeulten Pulli, und im kleinen Schwarzen sowieso. Sie war die dunkle Version einer gereiften Brigitte Bardot.

Philipp nahm Vev in den Arm. »Meine Frau sieht heute toll aus.«

Vev blickte sich um. »Ehrlich? Oh Gott, wo ist sie denn?«

Philipp lachte und legte den Arm um Vevs schmale Schultern. »Ganz nah«, sagte er.

»Die perfekte Architektengattin«, sagte sie mit so leiser Ironie in der Stimme, dass Philipp es überhörte. Dann vergewisserte sie sich, dass ihre kleine Tochter Clarissa nicht allzu weit entfernt spielte.

»Sag mal, hat Frau Nan die Gästezimmer hergerichtet?«, fragte Philipp.

»Ich bin mir nicht sicher.«

»Du hast es nicht kontrolliert?«

»Das hier ist Hiddensee, nicht Alcatraz. Wenn sie heute Morgen nicht fertig geworden ist, macht sie es nachher, während wir Kuchen essen. Oder ich packe schnell mit an.«

»Hast du ihr gesagt, dass sie heute Abend zum Kochen vorbeikommen soll?«

»Du meinst zusätzlich zu den sieben Mal, die du es ihr gesagt hast?«

»Ich will einen guten Eindruck machen. Wenn Leute einen nach so langer Zeit besuchen …«

»… möchte man zeigen, dass man sich eine Köchin leisten kann.«

»So habe ich es nicht gemeint.«

»Bist du dir in diesem Punkt ganz sicher?« Sie wandte sich ab und prüfte ein weiteres Mal, dass es Clarissa gutging.

Die Fähre kam näher und begann mit dem Anlegemanöver, das noch einige Minuten in Anspruch nehmen sollte. Am Bug standen zwei Frauen und ein Mann, die ihnen zuwinkten. Philipp und Vev winkten verhalten zurück. Es war ein strahlend schöner Tag, fast wolkenlos und dennoch nicht zu warm, weil eine leichte Meerbrise kühle Luft brachte.

»Wer ist denn die mit den bunten Haaren?«, fragte Vev. »Die sieht ja lustig aus, als hätte sie ein Hundertwasserhaus auf dem Kopf. So etwas mag ich. Mit der könnte ich mich verstehen.«

Philipp warf ihr einen leicht befremdeten Blick zu. »Die habe ich nicht eingeladen.«

»Wie heißt sie?«

»Yasmin. Sie hätte schon damals ein hübsches Mädchen sein können, aber sie hat nie etwas von Schönheit gehalten und sich immer irgendwie verunstaltet: bunte Haare, Piercings, die unmöglichsten Klamotten, die ihr überhaupt nicht standen … Neben ihr, die brave Mollige, das ist Leonie. Und der kleine Dünne heißt Timo.«

»So klein ist er nun auch wieder nicht. Sag mal, die drei passen irgendwie gar nicht zu deinen anderen Freunden.«

»Eigentlich waren Timo, Yasmin, Leonie und ich auch keine richtigen Freunde.«

»Sehr gut. Die Freunde von dir, die ich bisher kennengelernt habe, mag ich nämlich nicht besonders.«

»Das hast du mir nie gesagt.«

»Wozu sich über etwas beklagen, das man sowieso nicht ändern kann? Deine Freunde sind nun mal langweilig, da kann man nichts machen, es gibt Schlimmeres. Übrigens sehen sie alle aus wie gealterte Tennislehrer. Vielleicht sind deine Eigentlich-Nicht-Freunde ja unterhaltsamer. Ich hab dich neulich schon mal gefragt, aber da bist du mir ausgewichen. Nun sag schon, woher kennt ihr euch?«

»Ach, wir haben ein paar blöde Sachen gemacht.«

Vev wartete kurz, dann sagte sie: »Könntest du das bitte ein bisschen knapper und allgemeiner schildern?«

Er schmunzelte. »Tut mir leid. Es ist nur so … so … Es klingt bescheuert. Aber damals … Wir sind zum Beispiel in eine Nerzfarm eingebrochen und haben die Tiere befreit.«

»*Du* bist in eine …?« Sie lachte. »Philipp Lothringer, der Retter von tausend Nerzen und Schrecken aller Millionärsgattinnen. Unfassbar.«

»Wir haben auch Hühner aus Käfigen geholt, Transparente über das Waldsterben an Industrieschornsteinen entrollt, Fabrikmauern mit Öko-Parolen besprüht, waren auf etlichen Demos …«

Philipp fand in seinem Gedächtnis Bilder aus einem scheinbar anderen Universum, dem der Jugend: eine schnurgerade Bahnschiene, die aus dem Morgengrauen zu kommen scheint, Dunst weht über den Damm, die Frühkälte kriecht durch den Anorak, und tausend Vögel verteidigen ihr Revier mit Liedern. Er und die anderen, an die Schienen gekettet, beginnen zu singen und blicken unentwegt in die Richtung, aus der der Zug mit dem letalen Material herankriechen soll. Doch alles, was erscheint, ist ein Feldhase, der erst in das Dickicht flüchtet, als eine Hundertschaft eintrifft. Hundert Knüppel gegen acht gefesselte Hände. Yasmin zappelt wie eine Irre, schreit »Scheißbullen!«. Sie hat die härtesten Ketten besorgt, die sie finden konnte, und triumphiert, als herkömmliche Werkzeuge versagen.

Plötzlich ist das Zischen eines Schneidbrenners zu hören, und eine kleine blaue Flamme durchsticht den Morgendunst. Ein Polizist, eingehüllt wie ein schwarz uniformierter Astronaut, macht sich daran, Philipps stählerne Fessel zu durchtrennen. Kaum hat er damit angefangen, tritt Yasmin ihm – ob absichtlich oder aus Versehen, das sollte später Gegenstand eines

Gerichtsverfahrens wegen Widerstands gegen die Staatsgewalt sein – gegen das Bein, er strauchelt, und die Flamme rutscht einmal quer über Philipps Handgelenk.

Philipp befühlte die dünnen, kaum noch sichtbaren Narben, und ein Zucken lief ihm übers Gesicht, als wäre der brennende Schmerz zurückgekehrt. Doch Verursacher war weder die Narbe noch die verbrannte Hand, sondern der Gedanke, der ihn damals mit einer ihm unbekannten Heftigkeit durchzuckt hatte: scheiß Yasmin.

»Wie lange habt ihr eure Streiche gespielt?«, fragte Vev.

»Etwas mehr als zwei Jahre. Ich war damals kurz davor, mein Studium abzubrechen und mich ganz der Protestbewegung zu verschreiben.«

»Der Protestbewegung gegen was?«

»Irgendwie gegen alles. Mitte der Neunziger hatte ich das Gefühl – wir alle hatten es –, dass sich die Welt nur noch um Ausbeutung dreht. Du weißt schon, Durchmarsch des Neoliberalismus, Umweltverschmutzung, ungerechte Verteilung der irdischen Güter, Armut und so weiter. Ich war siebenundzwanzig und wollte etwas tun, das … Ich weiß nicht, irgendetwas, das die Welt besser macht. Yasmin und Timo ist es wohl genauso gegangen. Yasmin war die engagierteste von uns, sie hat uns nicht zur Ruhe kommen lassen, hatte eine verrückte Idee nach der anderen. Ich war der Älteste und der Planer, Timo war der Jüngste und Mutigste. Er ist als Erster durch die Fenster gestiegen oder die Schornsteine raufgeklettert – ein echter Draufgänger. Was Leonie angeht … Ich habe nie ganz verstanden, warum sie sich uns angeschlossen hat. Sie hat bei allem ohne Murren mitgemacht, aber … Ich fand trotzdem, dass es bei ihr nur aufgesetzt war. Sie war irgendwie seltsam.«

»Warum seid ihr auseinandergegangen?«

»Wie das so ist im Leben. Ich habe mein Architekturstudium abgeschlossen und sofort einen tollen Job in Rostock bekommen. Timo hat zur gleichen Zeit ein Auslandssemester eingelegt. Was mit den anderen war, weiß ich nicht. Wir haben uns einfach so aus den Augen verloren, ohne besonderen Grund.«

Nach einem Moment des Schweigens sagte Vev: »Ich kann es noch immer nicht glauben: Mein Mann war mal Revolutionär. Das ist, als wäre der Papst früher bei den Hells Angels gewesen.«

Etwas an diesem Kommentar ärgerte Philipp. Für einen Moment sah er sich mit ihren Augen, erinnerte sich an sein Spiegelbild: die Geheimratsecken, die sich an seinen Schläfen entlangfrästen und sein braunes Haar vernichteten, der Schmerbauch, der sich mit Gemütlichkeit panzerte, das leicht aufgequollene, gutbürgerliche Gesicht, in dem man die Jugend vergeblich suchte. Zwar hatte er mit dem Protestler von damals in etwa noch genauso viel zu tun wie mit einer Jugendliebe, mit der man mal gekuschelt hat, aber er bestand darauf, dass er sich einen Teil seiner Verwegenheit bis heute bewahrt hatte.

Im ersten Moment wollte er – mehr um sich selbst als Vev zu überzeugen – etwas erwidern wie: Na ja, sooo sehr habe ich mich nun auch wieder nicht verändert. Doch dann fiel sein Blick auf Clarissa, und er machte sich Sorgen.

»Sie ist ganz schön nahe am Wasser«, sagte er.

»Wir sind hier auf einer kleinen Insel, da lässt sich Nähe zum Wasser nicht vermeiden.«

»Aber das ist gefährlich.«

»Ist es nicht, ich habe sie die ganze Zeit über im Auge behalten.«

»Ich hole sie lieber. Ich mag es nicht, wenn sie zu weit weg ist.«

In diesem Moment wurde der Anlegesteg ausgefahren, und Timo, Leonie und Yasmin kamen von Bord.

»Hallo, ich bin Vev Nachtmann, Philipps Frau. Philipp ist dort drüben, er kommt gleich. Er passt auf, dass unsere fünfjährige Tochter nicht im zwanzig Zentimeter tiefen Wasser ertrinkt.« Sie gab Timo und Leonie, die als Erste den Steg verließen, die Hand. »Ich freue mich, euch kennenzulernen. Philipp hat mir wilde Geschichten erzählt, und ich will natürlich wissen, ob er mir einen Bären aufgebunden hat. Wir duzen uns doch, oder?«

»Klar«, sagte Timo. »Übrigens – Vev klingt schön. Wovon ist es die Abkürzung?«

»Getauft bin ich auf den entzückenden Namen Genoveva. Meine Mutter hatte im Kindbett ein Märchenbuch gelesen, Medikamente taten das Übrige – und Simsalabim hieß ich Genoveva. Im reifen Alter von neun Jahren habe ich dann beschlossen, den Namen scheußlich zu finden. Vev wird mit zwei V geschrieben, gesprochen wird es vorne mit weichem und hinten mit scharfem V, also Wehf.«

»Also, ich finde den Namen Genoveva geil«, sagte Yasmin, die inzwischen als Letzte von Bord gekommen war. »Das ist gälisch, oder? Eine alte keltische Sprache. Wie der Zufall es will, habe ich als Mitbringsel für euch eine Kette mit einem keltischen Symbol in der Tasche. Nein, das ist bestimmt kein Zufall. Wir sind Seelenverwandte. Darf ich dich Genoveva nennen? Ich bin Yasmin.«

Vev lächelte und streckte ihr die Hand entgegen. »Hallo, Yasmin, ich bin Vev.«

3

Das kambodschanische Restaurant in der Handjerystraße verzichtete auf übertriebene Folklore. Lampions und Jadefiguren waren spärlich vorhanden und dezent verteilt über den großen Raum, der es dennoch schaffte, asiatisches Flair auszustrahlen. Die einzelnen Tische waren durch kunstvoll geschnitzte Holzgeländer optisch voneinander getrennt, die Stühle und Sessel waren aus den Rohren der Wasserhyazinthe geflochten, und der Boden war mit weichen Strohmatten ausgelegt. Blickfang war eine große Fototapete, die den dunstigen Mekong an einem Spätnachmittag zeigte, mit einer träge gleitenden Sonne, einer Dschunke und einer nostalgischen Passagierfähre auf den Wassern.

Doro fühlte sich an die Atmosphäre einer Bar im Indochina der Dreißiger und Vierziger erinnert, obwohl sie sich noch nie an einem solchen Ort befunden hatte. Das mochte auch an dem monumentalen nostalgischen Deckenventilator liegen, der die Augustschwüle milderte, sowie an den Chansons, die in gedämpfter Lautstärke die Gespräche der Gäste untermalten.

Das Publikum war gemischt: Berliner Paare, die voller Amüsement die Speisekarte lasen, vier junge amerikanische Touristen mit geflachsten Haaren, drei Asiaten in Anzügen, ein älterer Herr mit Rauschebart, der dem Reisschnaps frönte. Es war später Mittwochabend, nur ein Viertel der Tische war noch besetzt.

Ich wandte mich an den Kellner. »Ich bin mir nicht sicher, ob reserviert wurde. Auf den Namen Nan?«

Der kambodschanische Kellner – ein guter Esser, wie man sehen konnte – verbeugte sich leicht und führte mich durch eine Seitentür in den kleinen Biergarten, in den gerade mal vier Tische passten. Sie waren nicht mehr besetzt, aber die Teelichter in den bunten Gläsern flackerten tapfer vor sich hin und warfen ihren dürftigen Schein auf sattgrüne Bambusstauden, die beim kleinsten Windstoß raschelten.

»Was möchten Sie trinken?«

»Ein stilles Wasser, bitte.« Ich hatte leichte Kopfschmerzen und wollte eine Tablette nehmen. »Und eine Tasse Kaffee, sehr heiß.«

Ich stellte den handtellergroßen Rekorder auf den Tisch und bereitete ihn zur Aufnahme vor. Es war zwölf nach neun. Im Grunde war es egal, um welche Uhrzeit ich nach Hause kommen würde, ich würde so oder so nicht gut einschlafen können. Ich nahm immer den ganzen Tag mit ins Bett, ein schlechtes Sandmännchen, dem sich oft der nächste Tag beigesellte. Das war dann ein Dreier der besonderen Art.

»Frau Kagel?«

»Herr Nan?«

Er nahm mir gegenüber Platz. Yim Nan war ungefähr in meinem Alter, um die vierzig, und sah weit weniger asiatisch aus, als ich es von einem Kambodschaner erwartet hätte. Er war fast ein Meter achtzig groß, seine Haut war nur leicht gebräunt wie bei einem Italiener oder Spanier, und seine Augen hatten eine beinahe europäische Form. Lediglich ein feiner exotischer Schwung verriet ihre asiatische Provenienz. Yim trug Bluejeans, ein weißes Hemd und ein legeres schwarzes Sakko. Die vollen schwarzen Haare hatte er in den Nacken gekämmt und leicht gegelt. Mit einem asiatischen Kampfsportlehrer oder einem buddhistischen Abt – wie ich ihn mir anhand seiner Stimme vorgestellt hatte – hatte er äußerlich rein gar nichts gemeinsam, eher schon mit dem Liebhaber aus dem gleichnamigen Film.

»Ein schönes Restaurant«, sagte ich. »Exotische Bar-Atmosphäre, wirklich gelungen.«

Höflicher Smalltalk zum Einstieg eines pikanten Interviews war immer gut. Wir mussten über Leben und Tod sprechen, über brutale Gewalt, den Zufall, das Schicksal, den plötzlichen Einbruch eines schreienden Alptraums in die monotone Ruhe des Lebens.

Er schien genau zu verstehen, was ich vorhatte, und ließ sich darauf ein. »Es gibt drei kambodschanische Restaurants in Berlin, aber dieses hier gefällt mir am besten. Möchten Sie, dass ich Sie bei der Auswahl der Speisen berate?«

»Danke, aber ich habe bereits gegessen.« Das war gelogen, sah man von dem angetrockneten Rest eines Brötchens ab, aber ich brachte seit Monaten nur wenig herunter. Zu viel Stress, Geldsorgen …

Der Kellner stellte zwei große Glaskelche, gefüllt mit einer aprikosenfarbenen Flüssigkeit, auf den Tisch.

»Das muss ein Missverständnis sein«, sagte ich. »Ich hatte einen Kaffee bestellt.«

»Ich war so frei, uns Cocktails bringen zu lassen«, sagte Yim. »Mekong Sunset. Probieren Sie mal.«

»Ich muss noch fahren.«

»Nur einen Strohhalm voll. Geben Sie sich einen Ruck.«

Da ich nicht ablehnen konnte, ohne meinen Gesprächspartner zu verstimmen, gab ich mir den geforderten Ruck.

Der Cocktail schmeckte erfrischend, nicht zu süß und nicht zu alkoholisch, genau das Richtige gegen die schwüle Berliner Augustluft.

»Sehr lecker.« Damit leitete ich zum eigentlichen Thema über. »Es fällt schwer, bei einem exotischen Cocktail in einem schönen Biergarten mit all diesen bunten Lichtern über die Blutnacht von Hiddensee zu sprechen.«

Er senkte den Blick. Seine Stimme verlor den positiven, lebensbejahenden Ausdruck. »Würde es Ihnen etwas ausmachen, den Begriff nicht mehr zu benutzen? Es war ein Amoklauf.«

»Mein Fehler, ein scheußlicher Begriff. Ich bin Ihnen sehr dankbar, dass Sie mir ein wenig erzählen wollen über ... nun ja, über alles. Darf ich den Rekorder einschalten?«

Er nickte traurig, und ich meinte zu spüren, wie heftig sein Herz schlug.

Yim Nan hatte meine volle Sympathie. Jedes Mal, wenn ich mit Opferangehörigen sprach, sah ich meine Mutter auf dem schwarzen Ledersofa sitzen, gleich neben der geöffneten Terrassentür, von der Sonne angestrahlt. Sie trug ein sportliches pfirsichfarbenes Hemd und weiße Leggings, den Jane-Fonda-Look der Achtziger, und sie schwitzte, als käme sie gerade vom Aerobic. Weder bekam sie ein Wort heraus noch weinte sie, sondern saß einfach nur schief auf dem Sofa, die Hände zwischen den Schenkeln eingeklemmt, und wartete zwanzig Stunden am Tag darauf, dass mein Bruder gefunden wurde. Ganze vier Tage lang.

Der Mord an Benny hatte mit dem Amoklauf von Hiddensee nicht das Geringste zu tun, die Geschichten ähnelten sich noch nicht einmal. Der Amoklauf war in Teilen noch ein Rätsel, war weder verhandelt noch abgeschlossen. Bennys Tod war es. Für mich als Angehörige war er das jedoch nie, egal ob der Mörder nun verurteilt war oder nicht. Die Geschichte eines solchen Verlustes endet nie, niemals.

Ich riss mich von meinen Gedanken los und konzentrierte mich wieder auf mein Gegenüber.

»Gut. Vielleicht erzählen Sie mir zunächst etwas über Ihre Familie. Wann sind Ihre Eltern nach Deutschland gekommen? Sind Sie in Deutschland geboren?«

»Nein, noch in Kambodscha, genauer in Kompong Cham, am Mekong. Aber ich habe kaum Erinnerungen daran, nur ein paar verschwommene Bilder im Kopf, Reisfelder, Dschungelwald, Affen. Ich bin 1972 geboren. Meine Eltern sind 1975 über Vietnam in die DDR geflohen. Die Roten Khmer haben damals die Macht in Kambodscha übernommen. Pol Pot und so weiter.«

»Schrecklich. Warum sind Ihre Eltern nach dem Ende des Terrorregimes der Roten Khmer nicht zurückgegangen?«

»Die Verhältnisse haben sich dort nur sehr langsam gebessert. Die Wirtschaft lag am Boden, die Terrorisierten waren traumatisiert, Pol Pots Anhänger zogen im Hintergrund noch immer die Strippen, weshalb eine Aufarbeitung seitens des Staates nicht stattfand. Ich denke, meine Eltern haben dem Frieden anfangs nicht getraut, und als sie es dann doch taten, war es zu spät, da hatten sie sich bereits in ihrem neuen Leben eingerichtet. Mein Vater hat als Gärtner gearbeitet und Blumen gezüchtet.«

Ich hatte Mühe, das Bild eines Blumen und Gärten liebenden Menschen mit jenem schwer atmenden, mysteriösen Telefonpartner vom Nachmittag in Einklang zu bringen.

Ich beschloss, Yim nicht auf mein Erlebnis mit seinem Vater anzusprechen.

»Ich möchte dem Leser gerne eine Vorstellung vom Charakter und Leben Ihrer Mutter vermitteln.«

»Sie hat gerne gekocht, vor allem Fischgerichte, und sie hat oft ausgedehnte Spaziergänge über die Insel gemacht. Am Meer konnte sie sich nicht sattsehen. Manchmal hat sie auch gedichtet.«

»Das ist ja interessant. Kennen Sie ein Gedicht von ihr?«

»Nein, sie hat mir – uns – ihre Werke nie vorgelesen. Als Kind habe ich sie aber ein paarmal überrascht, als sie gerade Gedichte in ein weiß eingebundenes Buch geschrieben hat.«

»Wo ist dieses Buch jetzt?«

»In unserem Haus auf Hiddensee, nehme ich an. Wenn sie es nicht vernichtet hat. Oder mein Vater ...«

»Wieso sollte Ihr Vater so etwas tun?«

Yim merkte, dass er etwas Falsches gesagt hatte, oder vielmehr etwas Richtiges, das er besser nicht preisgegeben hätte.

»Ich weiß es nicht. Das war nur so dahingesagt. Wenn Sie wollen, kann ich es suchen, wenn ich nächste Woche zu meinem Vater nach Hiddensee fahre.«

»Damit wäre mir sehr geholfen, vielen Dank.« Ich schwieg einige Sekunden lang, bevor ich in die heikelste Phase des Interviews überging. »Aus welchem Grund hat Ihre Mutter den Job als Haushaltshilfe bei den Nachbarn angenommen? Für eine Frau ihres Alters war es doch gewiss nicht leicht, ein Haus in Schuss zu halten, auf das kleine Kind aufzupassen, dazu die Kocherei. Sie hat doch für das Ehepaar Nachtmann-Lothringer gekocht, oder nicht?«

»Gelegentlich. Eigentlich nur, wenn sie Gäste hatten.«

»Trotzdem macht das viel Arbeit.«

»Ich glaube, sie war zu Hause nicht ausgelastet. Ihr ist die Decke auf den Kopf gefallen.«

»Hat sie das Geld gebraucht?«

Wieder ein kurzes, kaum wahrnehmbares Zögern bei Yim. »Das kann ich mir nicht vorstellen.«

»Wie stand sie zu dem Ehepaar?«

»Sie hat Clarissa, die kleine Tochter der beiden, sehr gemocht. Sie brachte ihr immer etwas zum Naschen mit, kleine süße Reiskuchen zum Beispiel, die sie selbst gebacken hatte. In Clarissas Gegenwart hat sie viel gelächelt.«

»Sonst nicht?«

»Das war nicht ihre Art. Sie hat stets höfliche Distanz zu ihren Mitmenschen gehalten, mich und meinen Vater ausgenommen. Sie redete wenig. Ihre Meinung, zu wem oder was auch immer, behielt sie für sich. Ich weiß nicht, was sie über Vev Nachtmann oder Philipp Lothringer gedacht hat.«

»Was haben Sie über die beiden gedacht? Und über die Gäste jenes Wochenendes, das so furchtbar geendet hat?«

»Über Tote soll man nicht schlecht reden.«

»Nicht alle sind tot. Aber ich habe natürlich Verständnis, wenn Sie nicht über Dritte reden möchten. Können Sie mir sagen, ob Ihre Mutter mit Leonie Korn näher zu tun hatte? Gab es vielleicht eine Auseinandersetzung? Eine Diskussion?«

»Nicht, dass ich wüsste.«

»Und wissen Sie zufällig, ob Ihre Mutter zu Yasmin Germinal oder Timo Stadtmüller näheren Kontakt hatte?«

Er fühlte sich sichtlich unwohl. Nach ein paar Sekunden beschloss er, ärgerlich zu werden. »Es war ein Fehler, mich mit Ihnen zu treffen.«

»Bitte, darf ich Ihnen meinen Ansatz erklären? Ich versuche in meinem Artikel nicht nur das Geschehen zu skizzieren, sondern auch aufzuzeigen, was dazu führte. Dazu muss ich zum einen das Wochenende Revue passieren lassen und zum anderen die Psychologie der Beteiligten möglichst gut verstehen.«

Yim schüttelte den Kopf. »Jemand ist ausgerastet und hat drei Menschen in den Tod gerissen. Das ist schrecklich, und niemand leidet mehr darunter als ich. Aber es passiert andauernd irgendwo auf der Welt, in Schulen, in Beziehungen, in Elternhäusern, auf der Arbeit, überall.«

»Das ist wahr, und doch hat jeder einzelne Fall seine Besonderheiten.«

»Sie gaukeln Ihren Lesern vor, ihnen erklären zu können, wie es zu den Amokläufen kommt. Das können Sie nicht. Sie werden es nie erklären können, und das wissen Sie ganz genau. Es liegt auch gar nicht in Ihrer Absicht. In Wahrheit soll diese Aufklärungs- und Betroffenheitsmasche doch nur das Reißerische Ihres Artikels verbergen. Ich sehe schon die erste Zeile vor mir: Frau Nan ist der Mörderbande von Pol Pot entkommen, um fünfunddreißig Jahre später einem grausamen Mord auf der beschaulichen Insel Hiddensee zum Opfer zu fallen. Wissen Sie, was? Zünden Sie am Jahrestag eine Kerze an und stellen ein Pappschild dazu, auf dem ›Warum?‹ steht. Das wäre eine ehrlichere Betroffenheit als jene, die Sie mit Ihrem pseudopsychologischen Geschreibsel an den Tag legen.«

Diese plötzliche Wendung des Gesprächs erwischte mich wie ein kalter Guss. Mit einem Schlag ging mir die Arbeit an dem Artikel gegen den Strich, und ich bereute den Augenblick, als ich den Job angenommen hatte. Seltsam: Andere Hindernisse forderten mich heraus, dieses schreckte mich ab. Ja, es machte mir sogar Angst, ohne zu wissen, warum. Wie ein zuverlässiges Pferd, das seit Jahren alle Hindernisse anstandslos übersprang und plötzlich unerklärlicherweise vor einem Oxer scheute, trat ich den Rückzug an.

Während ich meine Sachen zusammenpackte, wich ich Yims Blick aus, erkannte aber aus den Augenwinkeln, dass er die Hände rang. Ich spürte, dass sein Ausbruch ihm leidtat, und hätte ihm gerne eine Brücke gebaut. Aber eine andere Stimme in mir war stärker: Im Grunde war ich froh, das Interview abbrechen zu können. Einerseits hatte es mit dem »Fall« zu tun, der mir von Anfang an nicht behagt hatte, weil er außerhalb meiner gewohnten Sphäre lag. Es hatte aber auch mit Yim zu tun, mit der Sympathie, die ich für ihn empfand. Sie erschreckte mich mehr, als dass sie mich erfreute.

Gefasst erhob ich mich. »Es tut mir leid, Herr Nan. Ich werde Sie nicht mehr belästigen.«

Im Restaurant, das sich geleert hatte, legte ich einen Zehner auf den Tresen. »Ich zahle einen Cocktail.«

»Sie sind eingeladen«, sagte der Kellner.

»Ich möchte nicht, dass Herr Nan für mich zahlt.«

»Herr Nan wird nicht für Sie zahlen. Herr Nan ist der Inhaber des Restaurants.«

Auf der Rückfahrt gingen mir immer wieder einzelne Sätze oder Wörter durch den Kopf, die im Zusammenhang mit der Blutnacht von Hiddensee gefallen waren. Ich saß am Steuer meines Austin, Baujahr 88, dem ich den Namen Tante Agathe gegeben hatte. Tante Agathe war eine liebgewordene, mit Altersflecken übersäte Seniorin, die nicht mehr so konnte, wie sie wollte, den Lack verlor und bei der geringsten Anstrengung die grauenhaftesten Ächzer von sich gab, aber wundersamerweise jedem TÜV ein Schnäppchen schlug und so dem Tod von der Schippe sprang. Ich war mit Agathes Macken so vertraut wie mit dem Berliner Straßenverkehr und konnte es mir deshalb leisten, in Gedanken an Frau Nan zu versinken.

In dem Boulevardblatt, das mehrseitig über die »Blutnacht« berichtet hatte, war auch ein Bild von Nian Nan abgedruckt gewesen. Während Tausende Lichter der Hauptstadt um mich herumtanzten, stellte ich mir eine stürmische Septembernacht auf Hiddensee vor, sternenlos, mondlos, lichtlos, mit sich biegenden Bäumen, einer tosenden Brandung, dem Wind, der einem wie ein pralles Kissen ins Gesicht schlug.

Mittendrin die zierliche Frau Nan, ganz in Schwarz gekleidet, eingehüllt in Finsternis. Sie wankt zwei Schritte vorwärts, einen Schritt zurück. Sie hat entsetzliche Angst und weiß nicht, wohin. Oder sie ahnt noch nichts. Aus der Dunkelheit tritt eine Gestalt auf sie zu, ein Phantom. Es ist ein furchtbarer Augenblick, die Minute des Todes. Frau Nan sieht die Pistole, wendet sich um. Sämtliche Überlebensreflexe aller Ahnen bis hin zu den Vormenschen kulminieren in einem Angststoß, der sie vorwärtstreibt, gegen den Sturm. Das Adrenalin schießt durch ihren Körper, das Gehirn schaltet auf blankes Überleben. Die nächste Sekunde zu überstehen, darum geht es. Vielleicht denkt sie nach dem zweiten, dritten Schritt, sie sei gerettet, ein flüchtiges Gefühl von Sicherheit, ausgelöst durch ihre schnelle Bewegung, die sie vermeintlich von der Gefahr wegführt. Und so läuft sie weiter, ohne sich umzuwenden, in der jahrtausendealten grotesken Hoffnung des Menschen, er sei schneller als der Tod, und Gott meine es gut mit ihm.

Nian Nan rettete sich bis in meine nächtlichen Träume. Mitten in den unruhigen Schlaf stolperte die schwarz gekleidete Frau, noch immer auf der Flucht vor ihrem Mörder.

Sie keucht. Da sieht sie ein Licht, warm und gleichmäßig, dem sie entgegenstrebt. Es kommt aus dem Nebelhaus. Sie schätzt die Entfernung ab. Noch zwanzig Schritte, noch fünfzehn, zehn, sieben, drei, zwei … In dem Moment, als sie glaubt, ihr Leben für ein paar weitere Jahre vor Gottes Zugriff in Sicherheit gebracht zu haben, und die Türklinke ergreift, dreht sie sich um – und erkennt ihren Irrtum. Dann passiert etwas Seltsames: Die Angst fällt von ihr ab, eine stoische Ruhe überkommt sie. Sie weiß, es ist vorbei. In den letzten Sekunden ihres Lebens denkt sie an nichts mehr, sie ist so leer wie in den ersten Sekunden ihres Lebens.

Ich erwachte mitten in der Nacht. Die roten Leuchtziffern der Uhr verrieten mir die exakte Zeit, vier Uhr neun, und erschreckten mich. Kurz hatte ich gedacht, es wären Augen. Dann erst fiel mir der Traum wieder ein, der von einer Frau handelte, die längst tot war, die nicht ich war. Ein Traum, der jedoch mein Herz zum Klopfen brachte, als würde ich selbst verfolgt. Im folgenden Halbschlaf verwoben sich die Begriffe, Erlebnisse und Träume: pseudo-psychologisches Geschreibsel, Pol Pot, Gedichte in einem weißen Buch, die Blumen des Herrn Nan, Pistole, Mekong Sunset, drei Tote, Sturm, Nebelhaus, schlecht über Tote reden, Lichter, süße Reiskuchen, ein Lächeln, schweres Atmen, Koma, Mörderbande, ein Schuss, Telefonklingeln …

Ich erwachte erneut, diesmal vom Läuten des Telefons, das auf dem Schreibtisch lag. Es war vier Uhr einundvierzig.

»Hallo?«

»Es tut mir leid«, sagte Yim. »Ich musste mich unbedingt *jetzt* entschuldigen, auch wenn es recht spät ist – oder früh, wie man will. Ich habe mich Ihnen gegenüber sehr ungerecht verhalten, denn soweit ich Sie einschätzen kann, schreiben Sie seriös, und ich verstehe Ihren Ansatz, nicht nur eine Chronologie, sondern auch eine Analyse der Katastrophe zu verfassen.«

»Es ist vier Uhr zweiundvierzig, und Sie schaffen es, solche Schachtelsätze zu bilden?«

»Heißt das, Sie verzeihen mir?«

Ich lächelte. »Einer Journalistin fällt es nicht schwer, Schachtelsätze zu verzeihen.«

»Mal im Ernst. Verzeihen Sie mir?«

Darüber musste ich nicht lange nachdenken. »Natürlich. Sie sind in besonderer Weise von dem betroffen, was geschehen ist. Sie waren hautnah dran.«

»Hautnah würde ich nicht sagen.«

»Aber sehr nah. Sie haben die Schüsse gehört, die Toten gefunden, Ihre Mutter ...«

»Sie haben Recht, man kann es wohl hautnah nennen.«

»Kein Wunder, dass es Sie noch heute aufwühlt. Nett, dass Sie wenigstens versucht haben, mit mir darüber zu sprechen.«

»Ich würde es gerne noch einmal versuchen.«

»Ich weiß wirklich nicht ...«

»Dann vielleicht auf einen unverbindlichen Plausch ohne Tonbandgerät, aber mit einem weiteren Mekong Sunset in meinem Restaurant? Sie wissen ja inzwischen, dass das *Sok sebai te* mir gehört.«

»Sie sind ein Schelm, das vor mir verheimlicht zu haben. Heißt *Sok sebai te* vielleicht Schelm?«

Er lachte. »Es ist die übliche Begrüßung in Kambodscha und heißt ungefähr: Wie geht's? Passt Ihnen morgen Abend?«

»Ich habe eigentlich keine Zeit.«

»Übermorgen?«

»Eher nicht.«

Warum nicht? Weil meine Wochenenden ähnlich verliefen wie die Werktage. Was ich an Zeit übrig hatte, weil Behörden verwaist waren und Redaktionen nur mit Notbesetzung arbeiteten, steckte ich in die Erledigung der Korrespondenz, das Bezahlen von Rechnungen, einige wenige private Telefonate und ab und zu in ein paar vergnügliche Stunden mit Freundinnen in einer Pizzeria.

Letzteres kam allerdings immer seltener vor. Meine Freundinnen waren allesamt Frauen Ende dreißig bis Anfang vierzig mit ein- bis dreijährigen Kindern, welche behütet werden mussten und alle Aufmerksamkeit auf sich zogen. Unsere Gespräche kreisten fast nur noch um Kindernahrung, Kinderkrankheiten, Kinderpsychologen, Kinderbekleidung, Kinderbücher, Kindermöbel, Kindergärten und kindergerechte Hotels, selbstverständlich auch um die Kinder selbst, um »Dadada« und andere Glanzleistungen. Ich hatte großes Verständnis dafür – schließlich war ich zweiundzwanzig Jahre zuvor selbst junge Mutter gewesen –, trotzdem fühlte ich mich in diesem Club der besorgten Erziehungsberechtigten fehl am Platz.

Als meine Freundinnen ihre Kinder zur Welt gebracht und ihre Tage mit Mutterschaft gefüllt hatten, war mein Kind in eine andere Stadt gezogen, in sein eigenes Leben, in dem mein Gewicht von Jahr zu Jahr abnahm wie das einer Siechenden. Mir war schon der Gedanke gekommen, noch einmal ein Kind zu kriegen und großzuziehen, aber unabhängig davon, dass mir der Mann dazu fehlte, hatte ich über diese lächerlichen Auswüchse einer Midlife-Crisis nur den Kopf geschüttelt. Ich fand mich damit ab, keine beherrschende, steuernde, dirigierende Mutter mehr zu sein, ich war meiner wichtigsten Funktionen entledigt, und so zog ich immer öfter einen Abend mit den Mördern auf meinem Schreibtisch einem nur vermeintlich lustigen Abend mit meinen Freundinnen vor. Wenn ich zum Arbeiten zu müde wurde, schaltete ich den Fernseher ein und ließ mich mit irgendetwas berieseln, das keine geistige Anstrengung erforderte. Die Auswahl war riesengroß, und auf bestimmte Sender war in dieser Hinsicht hundertprozentig Verlass.

Ich war dabei, ein Schild vor mein Leben zu hängen: Bitte nicht stören.

»Ich glaube, ich bin bereits verabredet«, sagte ich und ließ meinen Blick über die Mappen und Papiere gleiten, die Arbeit für Wochen, angewidert davon und zugleich süchtig danach.

»Bitte. Es wird doch irgendwo ein Plätzchen für meine Wiedergutmachung geben«, sagte Yim.

»Sie brauchen nichts wiedergutzumachen.«

»Ich will aber.«

Yims Hartnäckigkeit schmeichelte mir ein paar Sekunden lang, und in dieser Zeitspanne sagte ich: »Na schön, ich … Einfach nur auf einen Plausch, ja? Am Montag also, wieder um neun?« Dass die Verabredung erst in drei Tagen stattfinden würde, beruhigte mich ein wenig. So konnte ich noch eine Weile lang so tun, als wäre der Montag weit weg.

»Einverstanden, um neun. Und bitte essen Sie diesmal vorher nichts.«

Nachdem ich aufgelegt hatte, ärgerte ich mich über mein Nachgeben. Hauptsächlich, weil ich in der getroffenen Verabredung keinen Sinn sah, aber auch weil ich dadurch weiter in den Fall des Amoklaufes von Hiddensee hineingezogen wurde, obwohl ich mit dem Gedanken spielte, ihn abzugeben. Ich hatte mir bereits einige Ausreden überlegt, die ich dem Redakteur auftischen könnte – Krankheiten waren immer gut, auch ein plötzlicher Todesfall in der Familie kam in Frage. Wie ein Schulmädchen, das sich vor dem Aufsatz drücken will, war ich nach der Szene im Restaurant die Möglichkeiten, mich zu entwinden, in Windeseile durchgegangen und stellte doch immer wieder fest, dass der Fall mich gepackt hielt: Tagträume, Grübeleien, ein Date mit Frau Nans Sohn …

Ich legte mich ins Bett, wo ich allerdings nicht lange allein blieb. Etliche Fragen gesellten sich zu mir. Sie redeten unentwegt auf mich ein, auch als ich schon fast eingeschlafen war. Eine davon war besonders penetrant. Sie scheuchte mich auf. Ich stand auf, ging hinüber zum Schreibtisch und blätterte alle Unterlagen des Falles »Hiddensee« durch, dann ein zweites Mal, aber sie blieben mir eine Antwort schuldig.

Wieso hatte sich Frau Nan zum Zeitpunkt des Amoklaufs um ein Uhr nachts am Tatort aufgehalten, im sogenannten Nebelhaus?

4

September 2010

Das Haus von Philipp und Vev lag in einer Senke zwischen zwei kleinen Hügeln, sodass man von überall den Sand und den Himmel sehen konnte, kaum etwas anderes als das. Der nächste Nachbar, die Familie Nan, war zweihundert Meter entfernt, getrennt durch ein Birkenwäldchen. Dass sich oft am frühen Morgen Nebel in der Senke sammelte und alles für eine Weile einhüllte, war der Grund für den Spitznamen, den die Insulaner dem für Hiddensee untypischen, hauptsächlich gläsernen Neubau gegeben hatten: Nebelhaus. Für mehrere Stunden des Tages blieb es ein Schemen, und erst am späten Vormittag kamen seine Konturen deutlicher zum Vorschein; im Herbst und Winter war es manchmal ganze Tage lang verschwunden, nur um an einem klaren Tag, wenn der Wind den Nebel vertrieben hatte, in seiner beeindruckenden gläsernen Architektur wie ein strahlendes Juwel in der Sonne dazuliegen. Man hörte das Meer von allen Seiten rauschen – Hiddensee war an dieser Stelle nur etwa vierhundert Meter breit –, doch es blieb vom Erdgeschoss aus unsichtbar. Vom ersten Stock aus hatte man allerdings eine atemberaubende Sicht, und von Philipps und Vevs halbverglastem Schlafzimmer aus war sie geradezu spektakulär, da man das Meer zur Linken und zur Rechten fast zum

Greifen nah hatte, ähnlich wie von der Brücke eines mächtigen Dampfers aus.

Alle Räume waren im modernen Landhausstil eingerichtet: Holzdielen auf dem Boden, Drucke von Aquarellen an pastellfarbenen Wänden, Kiefernmöbel, riesige Teppiche mit floralen Mustern, bisquitfarbene Jalousien, Grünpflanzen in riesigen Kübeln, ein Designersofa, das alles gepaart mit neuester Technik – als hätten die Macher eines Wohnkataloges das alles gestaltet. Ein Kamin, eine Veranda und ein Wintergarten vervollkommneten das Haus. Einen Garten im eigentlichen Sinne gab es allerdings nicht, vielmehr wechselten ein ungepflegter Rasen und sandige Flächen sich ab.

Das Grundstück war nur locker und unvollständig von wilden Heckenrosen eingefriedet, die gerade ihre letzten Blüten zeigten, als Timo, Yasmin und Leonie eintrafen.

»Was für ein Glasklotz«, sagte Timo.

Die Hände in den Gesäßtaschen, führte Philipp die Gäste durchs Haus und nahm jedes Lob und jeden staunend geöffneten Mund gelassen zur Kenntnis – für Timos Geschmack ein bisschen zu gelassen. Dass Philipp sogar die Bezeichnung »Glasklotz« als Kompliment verstand, bewies ihm, dass er sehr von seinem Bauwerk eingenommen war.

»Ja, ich arbeite gerne mit Glas«, sagte Philipp. Und etwas später: »Ich brauche viel Licht und Platz, um mich entfalten zu können.«

»Meine Wohnung passt hier zehnmal rein«, schätzte Yasmin, woraufhin sich Philipp mit einem betont sanftmütigen Lächeln abwandte und die Führung fortsetzte.

»Warum gerade Hiddensee?«, fragte Timo.

»Warum nicht Hiddensee?«

»Na ja, es ist ein bisschen weit ab vom Schuss. Versteh mich nicht falsch, für ein paar Wochen oder Monate ist es hier wunderbar, es gibt nichts Besseres. Aber auf Dauer könnte ich hier nicht leben. Mir wäre es zu einsam. Ich brauche die Großstadt.«

»Wir haben regelmäßig Besuch, deswegen haben wir auch drei Gästezimmer, sodass jeder von euch sein eigenes Reich bei uns haben wird. Außerdem kann man auch in einer Stadt einsam sein.«

»Stimmt schon. Vermutlich klingt es merkwürdig, aber sollte ich jemals einsam sein, dann lieber in Berlin, mit Abgasen, grantigen Verkäuferinnen, unpünktlichen S-Bahnen, rüpelhaften Radfahrern, Theaterverrissen und Hundehaufen.«

»Du hast recht, das klingt wirklich merkwürdig.«

Als Leonie bemängelte, dass man zu allen Zeiten und von allen Seiten ins Haus schauen könne, brach Philipp die Führung ab.

Sie setzten sich zu fünft um den runden Tisch im Garten, wo sich der Duft von Kaffee und Kuchen mit der salzigen Luft mischte. Der Wind blies ordentlich, mit einer leichten Weste oder Jacke ließ es sich jedoch prima aushalten. Nur langsam tauten sie auf, fanden im Gespräch zueinander. Auch Timo wusste manchmal nichts zu sagen, obwohl er gerne etwas gesagt hätte. Es ging holprig zu.

Immerhin lieferte Vev einige zum Gespräch anregende Stichworte, indem sie beispielsweise sagte: »Philipp hat behauptet, dass ihr früher zusammen Schornsteine hinaufgeklettert seid.« Sofort wurde die Begebenheit zur vieldiskutierten Anekdote, woraufhin Vev sich für die nächsten zehn Minuten der kleinen Clarissa zuwandte, die ein paar Meter entfernt vor einem Kindertisch im Sand kniete und mit Buntstiften malte. Ab und zu, wenn einige Möwen kamen, warfen Mutter und Tochter Bröckchen vom Toastbrot in die Luft, wo die stets gierigen Seevögel es auffingen.

Clarissa war eine Augenweide, bildhübsch mit ihren blonden Locken, die bereits leicht dunkelten und in zwei Jahren ins Brünette übergegangen sein würden. Wen sie anlächelte, der lächelte zurück. Die Abstände zwischen ihren Zähnen standen ihr gut. Ihre Aussprache war überraschend deutlich, klar und hell, und sie stellte lauter lustige Fragen. Zu Yasmin: Wo hast du die Haare gekauft? Zu Timo: Im Kindergarten gibt es auch einen Timo. Kennst du den? Und zu Leonie: Warum ist deine Handtasche so groß? Hast du einen Hund da drin?

Damit sorgte sie in den ersten Minuten für viel Gelächter. Timo nahm sie auf den Schoß, und Yasmin schenkte ihr ein buntes tibetisches Freundschaftsband, was die Kleine entzückte. Ausgerechnet Leonie, die Erzieherin, schien ein wenig mit Clarissa zu fremdeln.

Vev stand – was bei einem solchen Wiedersehen normal war – ein bisschen außen vor und wurde von den Gästen nur mit der nötigsten Aufmerksamkeit bedacht. Alles konzentrierte sich auf Philipp, Clarissa und das Haus.

»Möchte noch jemand Kuchen?«, fragte sie.

Alle verneinten.

»Was ist mit dir, Timo? Du siehst aus, als könntest du noch ein bisschen was zwischen die Rippen vertragen.«

»Nein, vielen Dank«, sagte er. »Der Käsekuchen war gut, aber ein Stück reicht mir.«

»Hast du keine Laster?«

Er lächelte. »Doch. Ich trinke Rotwein bis zum Umfallen,

und ich schreibe.« Über andere Laster zu sprechen hielt er für unangebracht, vor allem deswegen, weil es keine anderen gab.

Seine Antwort gefiel Vev trotzdem. »Gut, dann also Rotwein.«

»Es ist siebzehn Uhr«, wandte Philipp sofort ein.

»Bist du eine Kirchturmuhr oder ein Radiowecker?« Vev ging zu einer Anrichte im Wohnzimmer, brachte Timo Rotwein, sich selbst ein Glas Whisky und den anderen ein Glas Sekt zum Anstoßen auf das Wiedersehen.

Von da an betrachtete Vev Timo genauer und er sie auch. Dabei vermieden sie es allerdings, dass ihre Blicke sich begegneten. Wenn sie ihn ansah, wandte er sich stärker den anderen zu, und wenn er sie ansah, betätigte sie sich als gute Gastgeberin und räumte irgendetwas auf dem Tisch hin und her.

Timo schätzte Vev als jemanden ein, der selten lachte, obwohl sie keineswegs verkniffen aussah. Ihr Humor war anderer Art, stiller, von Ironie geprägt. Sie lachte nie über ihre eigenen Bonmots. Ihre Gesichtszüge waren entspannt, abgeklärt, und er stellte sich vor, dass sie, wenn man sie überraschte, es sich nicht anmerken lassen würde. Sie hatte schöne Augen, sehr wach, sehr intelligent, so als könnte sie damit Dinge sehen, die für andere nicht sichtbar waren. Er schätzte, dass sie zehn Jahre älter war als er. Vev war schlank und groß, schwarzhaarig und hatte schwarze Augen.

Als er ihren Blick schließlich doch einmal auffing – es war inzwischen eine knappe Stunde vergangen –, lächelte er sie an, zunächst aus Höflichkeit, dann aus Verlegenheit. Ihr Gesichtsausdruck veränderte sich nicht.

Die beiden einzigen längeren Unterbrechungen dieses Spiels fanden statt, als zunächst die Katzen ihr Stelldichein gaben und später Clarissa herbeikam. Die Katzen hießen Morrison, Piaf und Nena; Morrison war cool und stattlich, Piaf mauzte in einer Tour, und Nena wirkte irgendwie ein bisschen daneben. Leonie wollte Morrison streicheln, aber der ließ sich lieber von Yasmin liebkosen, und auch Piaf und Nena machten einen Bogen um die selbsternannte Katzenversteherin.

Clarissa hatte drei Bilder gemalt, die jeweils Yasmin, Leonie und Timo darstellten. Es waren bunte Krakeleien, wie sie für Kinder in diesem Alter üblich sind und die fast jeder Beschenkte anrührend findet, auch wenn sie keiner an der Wand hängen haben möchte, Eltern und Großeltern ausgenommen. Vev war minutenlang nur noch für ihre Tochter da, tauschte Küsse, verfolgte jeden ihrer Schritte, ging mit ihr reihum und verteilte die Bilder, sprach Lob aus.

Auch Leonie beschäftigte sich, nachdem sie die Zeichnung geschenkt bekommen hatte, ausgiebig mit dem Mädchen. Sie hatte Clarissa vorher kaum eines Blickes gewürdigt, aber nun begeisterte sie sich für ihre Locken, die grünen Augen, die hübsche Stimme, das süße Kleidchen … Dermaßen mit Aufmerksamkeit bedacht, versprach Clarissa, für Leonie weitere Kunstwerke zu fabrizieren, und es schien, als wäre wenigstens *eine* neue Freundschaft an diesem Tag geboren.

»Du kannst wirklich gut mit Kindern umgehen, Leonie«, lobte Vev. »Hast du auch welche?«

»Ich bin Kindergärtnerin. Mein Freund will keine Kinder.«

Leonie griff urplötzlich in ihre riesige Handtasche und wühlte eine Weile darin herum, sodass es schepperte und klapperte. Ihre Hände zitterten. Schließlich zog sie eine Pille hervor.

»Ich muss nach jeder Mahlzeit ein Malariamittel nehmen, weil ich nächstes Jahr nach Afrika fliegen will.«

Timo dachte nicht lange darüber nach, trotzdem fiel ihm auf, dass sich Leonie ein bisschen seltsam verhielt. Wieso war sie nicht näher auf ihren Job als Kindergärtnerin eingegangen? Wieso wühlte sie stattdessen hektisch in ihrer Tasche herum, als wäre sie ein Junkie, dessen Schuss überfällig war? Aber vielleicht hatte ihr Verhalten auch gar nichts zu bedeuten.

»Leonie ist also Kindergärtnerin«, sagte Vev. »Und du, Yasmin?«

»Ich bin nichts Richtiges. Mache dies und das. Vormittags bin ich in einem Laden, Esoterik. Nachmittags bin ich dann mit Freunden zusammen. Male und spiele die Rassel.«

»Die Rassel, soso.«

»Hier ist die Kette, von der ich gesprochen habe. Das ist ein keltisches Fruchtbarkeitssymbol. Für noch zwei weitere Clarissas.«

Sie lachten alle, außer Leonie.

»Und du, Timo?«, fragte Philipp.

»Timo ist Autor«, beeilte sich Leonie zu sagen. »Er hat schon drei Bücher geschrieben.«

»Zwei«, korrigierte Timo.

»Zwei«, stellte Leonie richtig. »Er arbeitet gerade an seinem dritten Roman, wieder halb Thriller und halb Familiendrama. Erzähl doch mal, Timo, woher du deine Ideen hast. Das hat er uns, also Yasmin und mir, nämlich auf der Fähre erzählt.«

Leonie brachte ihn ein bisschen in Verlegenheit, denn er hielt ungerne Vorträge, vor allem nicht denselben zweimal am selben Tag. Andererseits sprach er gerne über seine Bücher. Was wäre er für ein Autor, wenn er es nicht getan hätte? Sollte er seine Texte verschweigen? Verleugnen? Er erzählte von ihnen, so wie andere über ihre Kinder oder ihren Chef reden.

»Ihr kennt das bestimmt: Manchmal steht ein Fenster in einiger Entfernung in genau der Position zwischen dir und der Sonne, sodass kurz ein strahlendes Licht erscheint. Ähnlich verhält es sich mit Ideen. Ideen sind Zufälle, die durch unsere Bewegung und die Bewegung von etwas Überirdischem herbeigeführt werden. Je beweglicher man im Kopf ist, desto größer ist die Wahrscheinlichkeit, auf eine gute Idee zu treffen.«

Vev nippte an ihrem Whisky. »Erzähl uns mehr.«

»Neulich erst im Flugzeug. Es gab Reflexionen von Fensterscheiben auf der Erde, und ich habe mir überlegt, dass hinter jeder Scheibe ein Schicksal steht: Frauen am Bett ihrer pflegebedürftigen Männer, Umzugswagen, die das Ende einer Beziehung besiegeln oder einen alten Menschen ins Heim bringen, Jugendliche, die sich einen runterholen … Unser Treffen zum Beispiel. Das wäre eine hübsche Idee, unser Treffen.«

»Um sich einen runterzuholen?«, fragte Vev trocken.

Alle lachten, außer Leonie.

»Nein«, stellte Timo richtig, »um eine Geschichte daraus zu machen.«

»Die Unterhaltung wird mir ein bisschen zu derb«, mahnte Leonie, ohne jemand Speziellen anzusehen. »Im Übrigen glaube ich nicht, dass unser Treffen einen guten Roman abgeben würde. Hier passiert ja nichts Besonderes, wir quatschen nur und essen Kuchen.«

»Du hast recht«, sagte Timo. »Es müsste natürlich zu Komplikationen kommen. Die Handlung, anfangs noch unbeschwert, steuert auf etwas Dramatisches zu, von dem man noch nicht weiß, wie es aussieht. Überraschende Wendungen, eine Gefahr, über die man nur spekulieren kann … Ihr kennt sicher dieses Gefühl, wenn man glaubt, etwas Bedrohliches liege in der Luft …«

»Klaro, das nennt man Depression«, sagte Yasmin.

Alle lachten, sogar Leonie.

Dann fragte Philipp: »Gut und schön, aber ... kann man davon leben?«

Schlagartig wurde es still. Timos Adamsapfel kullerte auf und ab, seine Finger rangen miteinander.

»Ja – nein – nicht so richtig. Ich habe ein paar Hilfsjobs ...«

»Du bist bald Mitte dreißig, Timo. Hilfsjobs sind was für Teens und Twens, für die Leute, wie wir es damals waren. Alles hat seine Zeit. Nichts gegen die holde Kunst, aber solange sie dir nichts einbringt ... Na ja, das musst du selbst wissen.«

Timo war nicht in der Lage, darauf einzugehen. Vev rettete am Ende die Situation.

»Es wird mir zu windig. Gehen wir rein? Ich zeige euch, wo ihr schlaft.«

Leonie, Yasmin und Timo brachten ihre Koffer und Taschen in den ersten Stock. Vev führte Timo in das Zimmer, das in den nächsten Tagen seines sein würde.

Ihr Blick drang in ihn ein, und in diesem Moment begriff er, dass sich etwas zwischen ihnen abspielen würde. Allein die Vorstellung, die Chance, erregte ihn mehr als alles andere in den letzten Jahren.

»Papa, ganz viele Möwen.« Clarissa tapste von der Veranda herein und gestikulierte ungeschickt mit den Händen.

Mit ausgebreiteten Armen empfing Philipp seine Tochter. Vev zeigte den Gästen im Obergeschoss noch ihre Zimmer.

»Die kennst du doch alle schon, mein Schatz.«

»Sie haben Hunger«, sagte Clarissa.

»Das haben sie gesagt?«

Clarissa nickte. In ihrem Anorak sah sie süß aus. Die Tochter war Wind, klare Luft. Er atmete sie tief ein.

»Und du?«, fragte Philipp. »Hast du keinen Hunger? Soll ich dir ein Bananenbrot machen?«

In Clarissas Augen glomm Vorfreude auf. »Erst die Möwen, dann ich.«

Er gab ihr einen Kuss. »Gut, dann fütterst du jetzt die Möwen. Aber nur im Garten, nicht woanders hingehen. Sind wir uns einig?«

Sie nickte.

»Inzwischen mache ich das Bananenbrot«, sagte Philipp.

Vor dem Herd wuselte die wortkarge Frau Nan herum. Ihre kleine, exotische, betagte Gestalt wirkte auf Philipp seltsam unpassend inmitten der technisch wie optisch hochmodernen Einbauküche. Ja, sie wirkte fehl am Platz inmitten des ganzen blitzblanken Hauses mit seinen weiten, hellen Räumen, die ineinander übergingen, und vor den riesigen Fenstern, die höher als Altbauwände waren.

Auch wenn der Gedanke aus Philipps Sicht politisch nicht ganz korrekt war – die meisten Menschen, die Frau Nan in diesem Moment gesehen hätten, würden sie sich viel besser in einer kleinen, dämpfigen Garküche in Pnom Penh vorstellen können, wo sie in riesigen Nudelpfannen herumrührte.

Sie hatte ein Gesicht wie altes Pergament, edel zerknittert, würdevoll, geheimnisvoll, an längst vergangene Zeiten erinnernd. Weder Philipp noch Vev hatte eine Ahnung, was Herr und Frau Nan früher gearbeitet hatten. Auf Hiddensee gab es nur wenige Berufe: Zimmermädchen, Kellner, Lebensmittelhändler, Fährmann, Postbote, alles Berufe, die es schon vor hundert Jahren gegeben hatte. Vor ihrer Teilzeitanstellung als

Vevs Haushaltshilfe und gelegentliche Tagesmutter für Clarissa war Frau Nan jedenfalls keiner versicherungspflichtigen Arbeit nachgegangen.

»Clarissa möchte ein Bananenbrot«, sagte er. »Nein, lassen Sie, ich mache das schon. Sie haben genug zu tun. Bereiten Sie schon das Abendessen für unsere Gäste vor?«

Frau Nan nickte. Es war sehr schwer, mit ihr Konversation zu machen, obwohl sie fließend Deutsch sprach. Vev störte das nicht, aber Philipp fühlte sich in Frau Nans Gegenwart immer ein bisschen befangen, manchmal sogar unwohl. Es war leichter, einen Papyrus zu lesen als in Frau Nans Gesicht.

Philipp strich eine hauchdünne Schicht Schokocreme auf das Brot und belegte es mit dicken Bananenscheiben – Clarissa wäre es umgekehrt lieber gewesen, aber zu viel Zucker war nicht gesund, fand Philipp. Während er das Brot schmierte, bemerkte er, wie ein feines Arom von Ärger und Antipathie sich in ihm ausbreitete. Bisher hatte er geglaubt, das Wiedersehen mit Timo und Leonie – Yasmin war ja nicht vorgesehen gewesen – würde ihm nicht mehr als ein Klassentreffen bedeuten: einfach über alte Zeiten quatschen, über sich selbst lachen, sich die Lebensgeschichten der anderen anhören, ein paar gesellige Stunden verbringen … Auf einmal bedauerte er, die Einladung ausgesprochen zu haben, aber sie ließ sich nun mal nicht mehr rückgängig machen. Es war zu spät.

Philipps Blick ging aus dem Küchenfenster auf die Dünen, wo Vev – die inzwischen wieder heruntergekommen war – und Clarissa Toastbrotscheiben zerrissen, auf ihre Handflächen legten und den Möwen anboten. Wenn sich eine Möwe das Brot schnappte, lachten sie hell auf, als habe das Glück sie mit seinem Flügel gestreift. Clarissa warf mit Begeisterung Brotfetzen in den Himmel. »Jonathan, Jonathan«, rief sie. Für sie hieß jede Möwe Jonathan, seit Vev ihr vor einigen Tagen Richard Bachs *Die Möwe Jonathan* vorgelesen hatte. Jonathan, Jonathan – dieser Ruf, dieses Lachen, drang tief in ihn ein.

Vev und Clarissa, das Lachen, die zwei Schattenrisse vor dem Hintergrund eines krebsfarbenen Insellichts, beobachtet aus seinem herrlichen Glashaus – das war sein größtes Glück. Er erinnerte sich noch, wie er vor dreißig Jahren davon geträumt hatte: ein großes Haus, Sonne, Strand und Menschen, die er liebte, schöne Möbel, Bilder, ein großer Fernseher, eine bombastische Stereoanlage, alles, was er nicht gehabt hatte. Wenn er an diesen Traum seiner Jugend dachte – und er dachte sehr oft daran –, erschauerte er kurz unter der Furcht, die Errungenschaften könnten wie Seifenblasen zerplatzen, er könnte erwachen und wäre wieder in dem winzigen Zimmer mit der feuchten Tapete, wo nebenan seine Eltern stritten. Clarissa und Vev, die Sauberkeit des Hauses, die Stille und der Erfolg als Architekt waren Grundpfeiler seiner Existenz, und er musste sich und anderen all das wieder und immer wieder vor Augen führen, um seine Urangst zu bezwingen, das Glück könnte eines Tages in sich zusammenstürzen.

Aus einem Grund, den er nicht benennen und fassen konnte, gelang ihm das an diesem Nachmittag nicht ganz.

5

Ich knipste die Schreibtischlampe an, und im nächsten Moment wurde ich von lilafarbenen Augen angestarrt, zwei ovalen Haftnotizen, die mich aus der Mappe mit den Hiddensee-Unterlagen anstrahlten. Auf der einen Notiz stand Yims Telefonnummer, auf der anderen die von Margarete Korn, Leonie Korns Mutter. Es war ein düsterer Montagvormittag, am Berliner Himmel braute sich ein schweres Gewitter zusammen, das die dünnen Fensterscheiben meiner Wohnung erzittern lassen würde. Mein Schlaf- und Arbeitszimmer lag nach Norden im zweiten Hinterhof eines Kreuzberger Neubaus, und an jenen Tagen, an denen sogar der Sommer die Parterrewohnung nicht zu erhellen vermochte, wünschte ich mich an einen lichten Ort, zum Beispiel auf einen Berggipfel oder eine Wiese.

Diesmal stellte ich mir Hiddensee vor: eine Insel aus Katenhäuschen, Bauerngärtchen, Heidegras und Sandkörnern, umgeben von Trillionen tanzenden Wassermolekülen, die unentwegt nach der Farbe des Himmels griffen und sie zurückwarfen. Dort schnitt just in diesem Moment eine betagte Frau Lupinen, um sie in einer Vase auf den Küchentisch zu stellen. Ihr Mann sah ihr dabei zu, er hatte die Zeitung beiseitegelegt und hoffte, dass seine Frau seinen Blick bemerkte. Stattdessen wurde sie von einer jungen Familie abgelenkt, die mit fünf unterschiedlich großen Fahrrädern an dem Garten vorbeifuhr, sichtlich zufrieden mit der Güte des Lebens.

Ich schüttelte die kitschige Vision ab und griff nach einer der Haftnotizen. Drei Tage lang hatte ich nichts für den Artikel über den Amoklauf getan, hatte weder geschrieben noch recherchiert, und auch der Stapel an Zusendungen der Fernakademie war eher gewachsen als geschrumpft. Mein Wochenende hatte ich mit Kleinkram verbracht, der keinen Aufschub mehr geduldet hatte. Einer Freundin, die am Samstag mit mir hatte shoppen gehen wollte, hatte ich abgesagt. Zwar wäre es mir möglich gewesen, zwei, drei Stunden frei zu nehmen, aber ich hatte keine Lust auf Shopping. Eigentlich verrückt: Ich spürte genau, dass mein Schreibtisch wie ein Stachel war, der beständig sein Gift in mich hineinpumpte, und dennoch trieb es mich immer wieder zu ihm hin.

Für den Abend stand das zweite Treffen mit Yim an, und ich war drauf und dran, es abzusagen. Ich würde mich sowieso nicht trauen, ihn ein zweites Mal auf seine Mutter und seine eigene Rolle bei der Tragödie anzusprechen. Was die private Komponente anging, fand ich Yim zwar sympathisch, aber er wäre dann ein neuer Mensch in meinem Leben, und neue Menschen brachten Verpflichtungen mit sich. Besonders am Anfang musste man eine Bekanntschaft hegen und pflegen wie ein Pflänzchen, damit sie sich verfestigen konnte, und erst viel später durfte man ihr etwas zumuten, kam sie mit wenig aus, überstand Durststrecken. Für solch eine weitere Verpflichtung fühlte ich mich nicht bereit.

Yim war telefonisch nicht erreichbar. Zuerst wollte ich ihm eine Nachricht hinterlassen, aber im letzten Moment entschied ich, dass er wenigstens eine persönliche Absage verdient hatte.

Nun ergriff ich die zweite Haftnotiz. »Margarete Korn: 06174-525535«, stand darauf. Seit Tagen wollte ich Leonies Mutter anrufen und interviewen.

Mit dem Kontakt zu den Täterangehörigen tat ich mich immer schon schwer. Sowohl als Mitglied im Weißen Ring, der Hilfsorganisation für Kriminalitätsopfer und deren Angehörige, wie auch als Betroffene und als Berichterstatterin wusste ich nur allzu gut, dass das Mitleid zwar den Opfern, die Aufmerksamkeit aber größtenteils den Tätern zuteilwurde, was mir missfiel.

Nicht, dass ich den Täterangehörigen generell eine moralische Mitschuld an den Verbrechen anlasten würde. Manchmal sind sie moralisch mitschuldig, manchmal nicht, das ist von Fall zu Fall verschieden. Aber im Gegensatz zu den Personen, die den Opfern nahestehen, sind sie unberechenbar. Opferangehörige trauern in erster Linie. Sie klagen ebenfalls an, aber oft fehlt ihnen die Kraft zur Nachhaltigkeit. Die Nebenklage ist eher ein verzweifeltes Aufbäumen, denn eine machtvolle Aktion, wenngleich ein Teil der Bewältigung. Die Gerichtsprozesse erleben Opferangehörige meist im Zustand der Ohnmacht, manche gleichen Treibgut. Auch Täterangehörige trauern – das wird in der Berichterstattung gerne vergessen –, doch bei ihnen kommt noch die Scham dazu, der mehr oder weniger zelebrierte Selbstvorwurf, bisweilen der junge Hass auf das eigene Fleisch und Blut, gepaart mit der alten Liebe von etlichen Jahren und gelegentlich auch das Gegenteil, nämlich die Verleugnung. Ein für jede Psyche toxisches Gemisch.

Das macht sie nicht selten reizbar, und ehe man es sich versieht, drehen sie den Spieß um, dann ist die Gesellschaft schuld, also wir alle, die Hersteller von Videospielen, die Erotikindustrie, der Werteverfall, die Patchworkfamilie, die Arbeitslosigkeit, die Bildungspolitik, die Behörden, die Verfassungsorgane, und natürlich auch ich, Doro Kagel von den Medien.

Ich hatte keine Lust, mir diesen Mist anzuhören, trotzdem tat ich es. Mist gehörte nun mal zu meinem Job dazu.

Im Fall Hiddensee hielt ich mich jedoch zurück. Wenn ich diese Nummer wählte und Frau Korn interviewte, nahm ich den Auftrag für den Hiddensee-Artikel, der mir widerstrebte, endgültig an. Ausflüchte waren dann nur noch möglich, wenn ich ein Zerwürfnis mit dem Redakteur der mecklenburgischen Regionalzeitung riskieren wollte. Meinem Ruf als zuverlässige Reporterin wäre das abträglich gewesen.

Ich hätte sofort zu einem anderen Artikel übergehen können. Ich hatte die Wahl zwischen der Frau aus Niedersachsen, die über Jahre hinweg ihre neugeborenen Säuglinge in Pflanzenkübeln vergraben hatte, oder dem Mord an einer libanesisch-stämmigen Studentin, die sich weigerte, den ihr von der Familie bestimmten Mann zu heiraten.

Mein Pflichtbewusstsein gab letzten Endes den Ausschlag. Irgendwie würde ich diesen vermaledeiten Hiddensee-Fall schon kleinkriegen.

06174-525535.

»Korn.«

»Guten Tag, Frau Korn. Mein Name ist Kagel, Doro Kagel. Entschuldigen Sie, dass ich Sie belästige.« Ich erklärte, wer ich war und was ich vorhatte.

»Sie wollen also ein Interview?« Margarete Korns Stimme war schwer einzuordnen. Ein wenig klang sie voller Vorbehalte, als wolle ihr jemand am Telefon eine Rheumadecke verkaufen.

Andererseits schien sie mir durchaus an einem Gespräch interessiert zu sein.

»In den ersten vier Wochen nach dem, was auf Hiddensee passiert ist, haben mir die Reporter fast die Tür eingerannt, aber seither wollte keiner mehr etwas von mir wissen«, sagte sie verbittert.

»Ich kann nicht für meine Kollegen sprechen, sondern nur für mich. Damals stand die Tat im Vordergrund, heute sind es die Menschen. Ich gebe Ihnen die einmalige Gelegenheit, Dinge von Leonie zu erzählen, die Sie immer schon einmal loswerden wollten.«

Als hätte ich sie auf eine Idee gebracht, vollzog sie einen Kurswechsel um hundertachtzig Grad. »Gut, dann kommen Sie vorbei. Am besten jetzt gleich.«

»Frau Korn, ich rufe nicht aus der Telefonzelle um die Ecke an. Ich wohne in Berlin.«

»Das ist nur ein Katzensprung.«

Von wegen. Ich wusste zwar nicht genau, wo der Taunus lag, aber es musste irgendwo in der Nähe von Alpha Centauri sein.

»Ich habe hier Verpflichtungen, Frau Korn. Bitte haben Sie Verständnis für mich, ich kann leider nicht einfach so mal weg. Wenn ich allerdings …«

»Nein, nein. Sie kommen hierher. Besser gesagt, ins Krankenhaus, wo meine Tochter liegt. Ich will, dass Sie Leonie sehen. Ich zahle Ihnen alle anfallenden Fahrtkosten. Warten Sie, ich gebe Ihnen gleich die Adresse. Im Krankenhaus bekommen Sie dann Ihr Interview. Eine Stunde, zwei Stunden, so lange Sie wollen. Sie dürfen auch mit dem Arzt reden, ich entbinde ihn von der Schweigepflicht. Aber Sie *müssen* ins Krankenhaus kommen.«

Wie ungewöhnlich! Dass Margarete Korn ein Gespräch vis-à-vis bevorzugte, war verständlich – Yim hatte sich ja auch lieber mit mir treffen wollen, als am Telefon zu reden. Aber im Angesicht ihrer im Koma liegenden Tochter … Und sie wollte sogar die Fahrtkosten übernehmen.

Der bizarre Interviewort machte mich neugierig. Blitzartig erkannte ich sein Potenzial – die Mutter der Mörderin bricht ihr Schweigen im Komazimmer der Tochter. Darauf ließe sich der ganze Artikel aufbauen, das war ein echter Hammer für den Einstieg, und ein guter Einstieg war die halbe Miete. Dafür sah ich sogar über meinen Zeitmangel hinweg und nahm die umständliche Fahrt auf mich. Das Beste an der ganzen Sache war: Margarete Korn selbst hatte den Vorschlag gemacht, sodass ich mir nicht vorwerfen musste, sie zu etwas gedrängt zu haben, was sie nicht wollte.

»Also gut, Frau Korn, dann suche ich mir für morgen einen Zug heraus.«

»Wieso erst morgen, Frau – wie war Ihr Name noch – Kagel? Morgen passt es mir nicht. Es ist jetzt halb zehn. Von Berlin nach Frankfurt fahren die Züge fast stündlich.«

Mir kam es vor, als hätte Margarete Korn zwei Jahre lang darauf gewartet, interviewt zu werden, und hielte es keinen Tag länger aus. Das alles war wirklich reichlich merkwürdig: zuerst der wortlos keuchende Herr Nan, dann sein sprunghafter Sohn und nun Leonie Korns äußerst mitteilungsbedürftige Mutter.

Wieso eigentlich nicht sofort fahren?, dachte ich. Im Zug konnte ich die Hefte der Fernkursschüler korrigieren. Außerdem hätte ich einen guten – und noch dazu wahren – Grund, Yim für den Abend abzusagen.

Margarete Korn gab mir die notwendigen Daten durch. Sie klang nervös und zugleich resolut.

»Bis nachher. Und Sie kommen ganz sicher, ja?«

»Ganz sicher.«

Das Kreiskrankenhaus von Bad Homburg war, wie die meisten Kliniken in Deutschland, von außen betrachtet von beachtlicher Hässlichkeit. Grauer Beton, kantige Formen, viel Ökonomie und wenig für das Auge und die Seele. Innen war es angenehmer. Das Gebäude hatte eine verhältnismäßig luxuriöse Eingangshalle und ein paar hübsche Ecken, einer Kurort-Klinik angemessen. Drang man jedoch weiter ins Innere vor, bot sich einem wieder das gewohnte Bild. Warum benutzen eigentlich alle Kliniken denselben grässlichen Linoleumbelag, in einer Farbe gehalten, für die es keinen Namen gibt? Nicht einmal die Leute, die die Farbe bestellen, finden sie schön, trotzdem ist sie in öffentlichen Einrichtungen ungebremst auf dem Vormarsch.

Nachdem ich mich zweimal verlaufen hatte, fand ich endlich das richtige Anmeldezimmer.

»Von einem angekündigten Besuch weiß ich nichts«, sagte mir eine überarbeitete Krankenschwester, die von Formularen umgeben war. Sie ließ mich warten, wühlte in irgendwelchen Unterlagen und schimpfte unentwegt vor sich hin, unverständliches Zeug, gerade laut genug, um mir zu suggerieren, dass ich ihren bedauernswerten Zustand mitverursacht hätte. Zwischendurch sah sie mich an, als erwartete sie, dass ich mich zu den Vorwürfen äußerte. Dergleichen unterließ ich tunlichst. Nach einigen Minuten beschloss sie, doch über meine Ankunft vorab informiert worden zu sein, und wies mir mit einer äußerst vagen Armbewegung, die mindestens zwei Himmelsrichtungen umfasste, den Weg zum Zimmer 518.

Mit gemischten Gefühlen klopfte ich an die Tür und öffnete sie, nachdem ich drei Anstandssekunden gewartet hatte. Ein menschenleerer Raum – so kam es mir jedenfalls vor, auch nachdem ich Leonie Korn auf dem einzigen Bett entdeckt hatte. Denn dass diese Frau nicht mehr im Hier und Jetzt weilte, sondern irgendwo anders, hätte sich auch jenen auf Anhieb erschlossen, die nicht über ihren Zustand Bescheid wussten. In ihrer Blässe und mit den kalkweißen Lippen wirkte sie wie eine Tote. Der Körper war starr, noch nicht einmal die Augenlider zuckten, wie man es von Schlafenden kennt.

Seit zwei Jahren, seit der Blutnacht von Hiddensee, war sie nicht ansprechbar und würde es vielleicht bis zu ihrem physischen Tod nicht mehr sein. Sie würde kein Wort sagen, kein Lächeln und keine Stirnfalte zeigen, nicht lieben und nicht hoffen. Sie würde nie wieder eine Mahlzeit zu sich nehmen, nie wieder mit Freunden zusammensitzen, Weihnachten feiern, Sex haben, ein Buch lesen, spazieren gehen … Dreißig, vierzig, vielleicht fünfzig Jahre lang. Aus der Welt der Lebendigen war Leonie verbannt, und ihren Tod verhinderten zwei Maschinen, die ihren Kopf flankierten. Leonie würde altern, ohne zu reifen. Mit jedem Jahr, das verging, würden die Dinge, die jemand – vermutlich ihre Mutter – um sie herumgestellt hatte, ein bisschen lächerlicher und ein bisschen tragischer werden.

Es handelte sich um kleine Figuren aus Knetmasse oder Porzellan, die auf einem Bord zu Leonies Rechter standen. Sie sahen aus wie Zwerge und Feen, dazu Stofftiere von allen fünf Kontinenten, Puppen, Papierblumen, bunte Kiesel und kleine Windräder aus Plastik.

Ich hatte dergleichen schon auf einem Friedhofsgrab gesehen, jenem neben dem von Benny, auf dem stand: Melanie 1996 – 2005. Noch heute, da Melanie eigentlich auf die Volljährigkeit zusteuern würde, drehten sich dort die bunten Windrädchen aus Plastik. Aber in einem Krankenhaus, als Attribute für eine vierzigjährige Frau … Ja, es hatte wirklich etwas Einfältiges und Tragisches zugleich.

Und etwas Bedrückendes. Nach fünf Minuten hielt ich es nicht mehr aus, an diesem Totenbett einer Lebenden zu stehen.

Ich wandte mich zur Tür – und sah einer älteren Frau ins Gesicht.

Margarete Korn wirkte zerbrechlich wie eine gesprungene Tasse. Ihr Kopf zitterte leicht. Ihre Hand, dürr und hart wie ein Geäst, streckte sich kraftlos in die meine.

»Ich habe Sie hineingehen sehen«, sagte sie mit sanfter, belegter Stimme. »Ich habe mich absichtlich zurückgehalten, damit Sie ein paar Minuten mit Leonie allein haben. Hatten Sie eine gute Fahrt? Danke, dass Sie gekommen sind.«

Sie sah aus, als würde sie jeden Moment in Tränen ausbrechen. Doch das tat sie nicht. Vor einigen Monaten, so stellte ich mir vor, waren ihre Tränen versiegt, es waren einfach keine mehr in ihr drin, sie waren alle aufgebraucht. Ihr Gewicht – ich verglich es mit dem auf einem Foto – hatte sich um mehr als die Hälfte reduziert, so als wolle sie auf diese Weise irgendwann ganz von der Welt verschwunden sein.

Sie machte eine höfliche Geste. »Setzen wir uns, ja?«

Margarete Korn ließ sich auf die rechte Seite von Leonies Bett sinken, neben all die kindlichen Devotionalien einer Mutter für die sterbende Tochter. Mir blieb nur der Stuhl auf der linken Seite des Bettes, sodass ich Frau Korn gegenübersaß, wobei Leonies unter einer schneeweißen Decke liegender Körper gleichsam der Tisch war.

Diese Sitzanordnung gefiel mir überhaupt nicht. Über die Komapatientin hinweg über sie zu sprechen war peinlich und hemmend, wenngleich sonderbar – und das Sonderbare ist die Ware des Journalisten. Daher protestierte ich nicht.

»Jeden Samstag«, begann Margarete Korn zu erzählen, »schminke ich Leonie. Dann ist sie hübsch. Wenn ich damit fertig bin, sieht sie aus, als würde sie jeden Moment aufstehen und ausgehen, vielleicht in die Disco oder zu einem Abend bei Freunden. So bleich wie jetzt ist sie nicht sie selbst, das stört mich, und ab und zu will ich sie wieder vor mir haben, so wie sie war. Wissen Sie, Frau Kagel, was ich am meisten von meiner Tochter vermisse? Von allem am meisten vermisse ich Leonies Stimme. Ich vergesse, wie sie geklungen hat. Stück um Stück geht meine Tochter mir verloren, obwohl sie direkt vor mir liegt.«

Margarete Korn sprach mit mir, als würde sie mich schon seit Jahren kennen.

»Nicht wahr, Sie finden, dass ich übertreibe, wenn ich all diesen kindlichen Krimskrams um meine vierzigjährige Tochter aufstelle? Sie müssen mir nicht antworten. Sie müssen sich auch nicht entschuldigen. Jeder würde denken, dass ich übertreibe, und jeder würde zugleich Verständnis dafür haben. Eine alte Mutter, von Kummer zerfressen, ihr einziges Kind halbtot … Und es stimmt ja auch, genau so ist es. Aber wissen Sie, ich habe all diese bunten Sachen nur deshalb aufgestellt, weil sie die glücklichste Zeit in Leonies Leben symbolisieren. Denn ungefähr bis sie acht Jahre alt war, war Leonie ein glücklicher oder wenigstens zufriedener Mensch. Danach nie wieder.«

Danach nie wieder – das war der perfekte Moment, an dem Journalisten ihr Notizbuch zücken und das Tonbandgerät einschalten würden, und tatsächlich tat ich beides. Dieses Verhalten war einstudiert und tausendfach praktiziert. Ähnlich wie ein Pianist die Finger über die Tasten schickte, ohne darüber nachzudenken, sprang ich automatisch auf den richtigen Moment an, um meine Fragen zu stellen.

»Wie war Leonie als Kind?«

Margarete Korns Blick ruhte auf dem Gesicht ihrer Tochter. »Manchmal ein bisschen schwierig. Aber ich kenne kein Kind, das einfach ist. Ich kenne auch keine Mutter, die einfach ist. Schwierig zu sein ist das Recht der Kinder und die Pflicht der Eltern. Das hat meine Mutter immer gesagt.«

»Ihre Mutter war eine weise Frau. Wie hat sich ...?« Ich warf einen Seitenblick auf die Komapatientin und begann die Frage von neuem. »Wie hat sich Leonies schwieriges Betragen geäußert?«

»Sie ist immer schon recht launisch gewesen. Ich glaube, das ist das richtige Wort. Sie hat gute Tage und schlechte Tage, wie wir alle. Sind Sie immer gleicher Laune?«

»Nein.«

»Sehen Sie. Nun denn, vielleicht sind Leonies Ausschläge ein bisschen deutlicher, das mag sein. Wenn sie einen schlechten Tag hat, kann sie ganz schön garstig sein. Aber das meint sie nicht so, gewiss nicht. Sie hat oft starke Kopfschmerzen, ich denke, die Launen rühren auch daher. Ich habe ihr schon oft geraten, zum Arzt zu gehen.«

Kurzes Schweigen.

»Leonie hat nicht auf Sie gehört, oder?«

»Sie hat seit je einen Dickschädel. Es gibt Phasen, in denen sie geduldiger und Ratschlägen gegenüber aufgeschlossener ist, das sind Phasen großer Anhänglichkeit. Dann wieder … Tja.«

Natürlich fiel mir auf, dass Frau Korn gerne in der Verlaufsform der Gegenwart über ihre Tochter sprach, so als hätte Leonie noch immer ihre guten und schlechten Tage.

»Welcher Stimmung war Leonie, als sie nach Hiddensee gefahren ist?«

»Sie war nervös. Leonie ist vor jeder kleinen Reise nervös, das hat sie von mir. Da es um frühere Freunde ging, die sie wiedersehen wollte, war sie natürlich doppelt aufgeregt. Das ist doch verständlich, oder? Einen von ihnen hat sie besonders gemocht, diesen Autor …«

»Timo Stadtmüller?«

»Ja, genau. Sie war damals, als junge Frau, ein bisschen in ihn verliebt. Ein besseres Wort dafür wäre verknallt. Das sagt man doch so, wenn die Liebe wie ein Knall kommt und ebenso schnell wieder verhallt? Sie hat ihn wohl auch auf Hiddensee noch sehr gemocht. Man hat einen Zettel in ihrer Handtasche gefunden.«

Margarete Korn überreichte mir eine in Leonie Korns kindlicher Handschrift verfasste Notiz: »Timo ist mein einziger Freund auf dieser Insel. Es bahnt sich etwas an.«

»Ich weiß nicht, warum sie das geschrieben hat, und war verwundert. Denn Leonie war damals noch mit Steffen zusammen, Steffen Herold.«

Der Name stand nicht auf meiner Liste der potenziellen Interviewpartner. Von Steffen Herold hörte ich zum ersten Mal.

»Haben Sie zufällig seine Adresse und Telefonnummer?«

Margarete Korn überreichte mir das Adressbuch ihrer Tochter, ein Kalenderbuch von 2010 mit schwarzem Kunststoffeinband, mittendrauf ein großer gelber, aufgeklebter Smiley. »Da steht alles drin. Aber erhoffen Sie sich nicht zu viel. Steffen hat sich von Leonie abgewandt, seit sie hier liegt. Er hat sie meines Wissens nicht ein einziges Mal besucht. Auf meine Anrufe hat er nicht reagiert.«

»Die beiden waren ganz sicher ein Paar?«

»Ja, natürlich. Sie waren einige Male bei mir zum Essen, haben sich geküsst, übers Heiraten geredet. Ein gutaussehender Mann, aber kalt bis ins Herz, wenn Sie mich fragen. Eine Schande, Leonie so im Stich zu lassen! Ich habe ihm damals, als er mit meiner Tochter zusammen war, massenweise warme Socken und Schals gestrickt, und er ... Ein undankbarer Kerl.«

Ich notierte mir die Kontaktdaten von Steffen Herold, wobei einige Fotos von Leonie aus dem Buch herausrutschten, Fotos, die ihre Kinderzeit bis ungefähr zu ihrem dreißigsten Lebensjahr dokumentierten.

»Die sind für Sie«, sagte Frau Korn. »Alles Abzüge.«

»Danke.« Damit reichte ich das Buch über Leonies Körper hinweg an Margarete Korn zurück.

Ich hatte mich noch immer nicht an diesen seltsamen Interviewort gewöhnt, und es war mir unangenehm, all diese Fragen in unmittelbarer Gegenwart der tot scheinenden Lebenden zu stellen, die zugleich Gesprächsgegenstand war. Leonie roch nach Salbe und Puder, und ihre kastanienbraunen Haare schimmerten synthetisch im Licht der Neonlampe. Die rot lackierten Fingernägel waren fünf Farbtupfer auf der schneeweißen Bettdecke.

»Frau Korn, Sie haben Leonies glückliche Lebensphase erwähnt, bis sie acht oder neun Jahre alt war. Was ist danach passiert?«

Wieder herrschte einige Sekunden lang großes Schweigen.

»Ihr Vater war streng mit ihr, sehr streng. Er war ein schlechter Mensch und ein noch schlechterer Vater. Wenn Leonie die Anforderungen nicht erfüllte – die kleinsten oder die größten, das spielte keine Rolle –, hat er sie in den dunklen, stickigen und engen Geräteschuppen gesperrt.«

»Haben Sie eingegriffen?«

»Erst, als Leonie fünfzehn war.«

»Wieso nicht früher?«

»Ich war … ich hatte Depressionen, starke Depressionen, mehrere Perioden von Apathie, viele Jahre lang, die sich nach intensiver ärztlicher Behandlung gebessert haben. Leonie hat als älterer Teenager ebenfalls Depressionen bekommen. Nicht, dass sie mir davon erzählt hätte … Ich habe es gespürt, verstehen Sie? Alle Menschen haben ein Gespür für irgendetwas. Als Journalist hat man einen Riecher für Geschichten und als ehemalige Kranke für Krankheiten, so ist das eben, Frau Kagel. Glücklicherweise hat Leonie sich selbst geheilt. Sie ging nach Berlin, fand dort Freunde und eine Aufgabe als Tier- und Umweltschützerin. Ich war damals beunruhigt, wenn sie mir von ihren Aktivitäten mit dieser wilden Gruppe erzählte, und ich bin sicher, sie berichtete mir nur die Hälfte, wenn überhaupt. Aber diese Zeit, in der sie sich für eine Sache einsetzte, hat ihr gutgetan. Als sie in den Taunus zurückkehrte, begann sie ihr Leben in den Griff zu bekommen – die Ausbildung zur Erzieherin, ihr Engagement für Kinder, die schöne Wohnung, die sie sich vom Erbe ihres Vaters gekauft hat, ihre Tierliebe, die Beziehung zu Steffen …«

»Die Pistole nicht zu vergessen.«

Diese Bemerkung war eine Provokation, von der ich mir einredete, sie sei wohlkalkuliert. Als Journalistin fand ich, dass ich das Interview bisher zu brav und passiv geführt hatte und dass es Zeit wurde, ein bisschen nachzupfeffern. Tatsächlich jedoch ertrug ich das Gerede nicht, das Leonie Korn die Züge einer Heldin verlieh. Die vermeintliche Heldin hatte immerhin drei Menschen erschossen und sich anschließend selbst richten wollen. Sie hatte andere Menschen fürs Leben gezeichnet, so wie Yim, der als Erster am Ort des blutigen Massakers eintraf, seine brutal ermordete Mutter fand und die Polizei alarmierte.

Mein Verstand akzeptierte, dass alle Mütter ihre Kinder verklärten, auch dann noch, wenn sie gemordet hatten. Vielleicht war das von der Natur sogar so gewollt. Mein Gefühl jedoch machte da nicht mehr mit, es empörte sich. Die komplette Ausblendung der Tatsache, dass Leonie eine zutiefst gestörte, um nicht zu sagen durchgeknallte Frau gewesen sein musste, um derart Amok zu laufen, ging mir zu weit.

»Die Pistole hatte sie zur Selbstverteidigung dabei«, erwiderte Margarete Korn mit Bestimmtheit. »Leonie ist einige Jahre zuvor ausgeraubt worden.«

»Sie hat nie Anzeige erstattet.«

»Ach, was kann die Polizei schon ausrichten.«

»Waren Sie bei dem vermeintlichen Überfall auf Leonie dabei?«

»Nein, aber … Ich finde, das spielt keine Rolle.«

»Wenn es diesen Überfall gar nicht gegeben hat, dann schon. Leonie hat keinen Waffenschein, und das Mitführen derartiger Schusswaffen ist sogar mit Waffenschein verboten. Haben Sie Ihre Tochter jemals auf die Pistole angesprochen?«

»Ich mag Schusswaffen nicht, aber ich kann Leonie verstehen. Als Frau ist man dem Pöbel doch schutzlos ausgeliefert.«

»Judo, Karate, Taekwondo, Tränengas ... Aber lassen wir das, Frau Korn. Mich interessiert vor allem eines: Haben sich Leonies enorme Stimmungsschwankungen in den Jahren vor den Geschehnissen von Hiddensee gelegt?«

»Das nicht gerade ...«

»Sie sagten vorhin, Sie hätten als ehemals Depressive eine gute Antenne für psychische – sagen wir – Unregelmäßigkeiten.«

»Ja, das stimmt. Daher weiß ich, dass auch bei Ihnen nicht alles zum Besten steht.«

Diese Behauptung haute mich fast vom Stuhl. Ich brauchte einige Sekunden, um mich zu fangen. Sekunden, in denen sich plötzlich Gedanken auf den Weg machten, die seit langem in den vergessenen, halb überwucherten Nebengeleisen meines Gehirns abgestellt waren, wo ich sie nur manchmal im Vorbeifahren mit Beachtung streifte: In deinem Leben stimmt etwas nicht, du hast dich verlaufen, du lebst nicht richtig, du solltest das tun, was du tun willst, nicht immer nur das, was andere wollen, das du tust ... Weisheiten wie von einem chinesischen Kalender rasten funkensprühend durch meinen Kopf.

Das kindliche Gesicht meines Bruders Benny blitzte auf, ein Foto in meinem Wohnzimmerschrank, mein einziges Foto von ihm, auf dem er mit vor der Brust verschränkten Armen, das linke Schussbein auf den Fußball gestellt, stolz wie Bolle posierte, eine Woche vor seinem Tod. Ich sprang ohne Übergang dreißig Jahre weiter, an meinen Schreibtisch, vor die Mappen, das Auge des Computers, die Texte, das Telefon, dachte an das Hin und Her, die Sorgen um Termine und Pünktlichkeit und neue Aufträge, die neue Termine und Pünktlichkeit mit sich brachten, dachte an die Ansprüche der anderen, die zu meinen geworden waren. Mit einem Mal schmolzen die ganzen fünfzigtausend Stunden der Pflicht zu einer einzigen Sekunde der Traurigkeit zusammen.

Die Routine, der gute alte Prellbock, stoppte schließlich die Irrfahrt. »Wir sind hier, Frau Korn, um über Leonie zu sprechen, nicht über mich. Hatten Sie nie das Gefühl, dass Leonie ärztliche Behandlung benötigt, um ihre Unausgeglichenheit in den Griff zu bekommen?«

»Ich habe sie vergeblich darauf angesprochen. Sie hat irgendein Medikament geschluckt, aber woher sie es hatte und was genau es war, weiß ich nicht.«

»Trotzdem hat Ihnen die Pistole keine Sorgen bereitet?«

»Ja und nein. Ich war der festen Überzeugung, dass Leonie anderen nie etwas antun würde. Allerdings war ich besorgt, dass sie in einer unglücklichen Stunde sich selbst ... Ja, dieser Gedanke ist mir gelegentlich gekommen. Mich beruhigte dann immer, dass die Beziehung zu Steffen ihr Stabilität gab.«

»Wie kommen Sie damit zurecht, dass Sie sich in Ihrer Einschätzung von Leonies Stabilität geirrt haben?«

»Ich glaube nicht, mich geirrt zu haben.« Margarete Korn wandte sich ihrer Tochter zu. Sie stand auf und beugte sich über Leonies Gesicht, bis sie nur noch wenige Zentimeter über ihm schwebte. »Sag es ihr, Leonie. Nun komm schon, sag es.«

Was für ein seltsamer, fast unheimlicher Augenblick. Ich verstand nicht, was da gerade passierte.

»Sag es ihr. Bitte, Leonie. Öffne die Augen. Sieh mich an. Sieh diese Frau an, und sag ihr die Wahrheit. Erzähl ihr, wie es wirklich war. Verteidige dich.«

Mein Blick haftete auf Leonies geschlossenen Augen. Es war äußerst unwahrscheinlich, dass sie nach zwei Jahren in just diesem Moment erwachen würde, und doch schien es irgendwie möglich, da ihre Mutter diese Erwartung beschwor. So als könnte die Hoffnung einer alten Frau die Welt verändern, die Ärzte Lügen strafen, die Zeit zurückdrehen, die Schuld der Tochter tilgen, die Toten lebendig machen, den geplatzten Luftballon neu aufblasen.

Immer wieder flüsterte sie: »Sag es ihr, Leonie, sag es.« Ihr Kopf zitterte, ihre Stimme aus der mageren Brust war stark wie die einer Hohepriesterin. »Du wirst wach. Du wirst wach, Liebes, und dann zeigst du es denen allen.«

Ich beobachtete die Finger der Komapatientin, starrte auf die fünf rot lackierten Nägel, achtete auf jede Falte des Betttuchs, ob sie sich veränderte, bewegte.

Mein Blick glitt auf den Bildschirm, wo die digitale Linie ein gleichmäßiges Auf und Ab der Herzfrequenz oder vielleicht auch der Hirnströme abbildete, winzige Zuckungen einer Existenz, die kein Leben mehr war und noch kein Tod, bewacht von aseptischen Maschinen, gespeist von elektrisch generierter Atemluft. Gab es noch einen Willen in diesem Kopf? War er noch zu irgendeiner Art von Sprache fähig? Die Elektroden sagten nein.

Minuten waren vergangen. Margarete Korn fiel zurück auf den Stuhl. Ihr Blick stürzte zu Boden, und nachdem sie die Lider geschlossen hatte, in die Tiefen der Hoffnungslosigkeit in ihrem Innern. Ihr Körper sackte zusammen, als sei er jeden Inhalts beraubt, und einen Moment lang glich er dem ihrer Tochter.

Erschrocken sprang ich auf. »Frau Korn, was ist denn? Geht es Ihnen nicht gut? Ich hole einen Arzt.«

Margarete Korn öffnete die Augen, streckte den Arm in die Höhe und rief: »Nein, lassen Sie nur. Es geht schon wieder. Wirklich, es geht schon wieder.«

Mir tat es leid, die alte Dame zuvor so hart befragt zu haben. In meinem Job ging es stets darum, die Grenze zwischen Wissbegierde und Penetranz zu erkennen, auf ihr zu balancieren und sie nicht zu überschreiten. Es kam auf den Grad der Rücksichtnahme an: zu wenig davon hieß, zum Arschloch zu werden, zu viel davon hieß, den Beruf verfehlt zu haben.

»Ich sollte trotzdem einen Arzt holen«, beharrte ich, in der Absicht, damit meine Menschlichkeit zu beweisen.

»Kein Arzt auf der ganzen Welt kann mir helfen, Frau Kagel.« Womit sie recht hatte.

Sie griff nach ihrer Handtasche und zog einen Hundert-Euro-Schein heraus. »Bevor ich es vergesse, die versprochene Fahrtkostenerstattung.«

Ich hatte Skrupel, das Geld anzunehmen, noch dazu da Margarete Korn es auf Leonies Körper ablegte wie auf einen Kassentisch. Ich konnte den Hunderter durchaus gebrauchen. In den letzten Monaten hatte ich wieder nichts zurücklegen können, und Tante Agathes Inspektion war fällig.

»Nein, danke, Frau Korn. Sehr nett, aber …«

»Ich bestehe darauf. Ich habe es versprochen, und Geld – wissen Sie –, Geld ist nicht mein Problem.«

Schamhaft schob ich den Hunderter in die Gesäßtasche meiner Jeans.

Margarete Korn hatte sich wieder gefangen. Sie sagte: »Ich habe Sie aus zwei Gründen hergebeten. Zum einen, um Ihnen und damit der Welt mitzuteilen, dass Leonie nicht diejenige ist, für die alle sie halten. Sie hat dieses schreckliche Verbrechen auf Hiddensee nicht begangen. Ich kenne meine Tochter besser als jeder andere, Frau Kagel, und ich weiß, ja, ich würde sogar all mein Geld darauf wetten und jeden Eid schwören, dass Leonie nicht in der Lage ist, einen Menschen zu töten, geschweige denn drei. Trotz allem, was die Polizei gesagt hat und was die Zeitungen geschrieben haben: Leonie ist unschuldig. Jemand anderes hat diese Morde verübt. Ich weiß auch nicht, wer es war, aber Leonie keinesfalls. Drucken Sie, was ich gesagt habe. Bitte drucken Sie es.«

Erneut verschob sich meine ambivalente Einstellung zu dieser Frau, diesmal zu ihren Ungunsten.

Der Indizienprozess gegen Kurt R., der meinen Bruder stranguliert und ihn danach zu den Enten, dem Schlamm und den Sumpflilien in den Weiher im Wald geworfen hatte, endete mit einem Schuldspruch und der Höchststrafe in allen Instanzen. Aber die Mutter und die Schwester von Kurt R. tingelten durch die Talkshows und streuten tausend Zweifel an der Richtigkeit des Urteils unter das Fernsehvolk, verständnisvoll befragt von Moderatoren in Maßanzügen oder Designerkostümen. Ich hatte den Applaus noch immer im Ohr. Wusste nicht, ob er ehrlich gemeint war. Aber es gab ihn. Er hatte sich in mein Gehirn gefressen und ein hübsches Plätzchen gesucht, von dem aus er mich quälen konnte. Bei mir blieb der Eindruck hängen, dass das, was im Fernsehen passierte, bei den Leuten als die Wahrheit ankam, während meine schweigenden, in ihrer Trauer eingeschlossenen Eltern sich auflösten, zu inexistenten Wesen wurden. Keine Ahnung, vielleicht irrte ich mich ja auch.

Margarete Korn eine printmediale Bühne zu verschaffen, von der aus sie ihre kruden Behauptungen etablieren und eventuell sogar den Sprung ins Fernsehen schaffen konnte, ging mir gegen den Strich. Andererseits gehörte es zur journalistischen Berichterstattung, die Aussage der Mutter der Tatverdächtigen nicht unter den Tisch fallen zu lassen.

Ich nickte, ließ jedoch offen, wie ich ihre Meinung verpacken würde.

Sie war erleichtert. »Dann hat sich unser Zusammentreffen wenigstens in diesem einen Punkt gelohnt«, seufzte sie. »Denn meine andere Hoffnung hat sich zerschlagen, nämlich dass Leonie, wenn sie hört, wie falsch Sie meine Tochter beurteilen und verurteilen, vor lauter Zorn erwacht.«

6

September 2010

Die Stille Hiddensees war von besonderer Art. Der Wind brauste den Spaziergängern in den Ohren, die Bäume knarrten, das Meer schlug auf den Strand – und doch hatte man den Eindruck großer Geräuschlosigkeit. Die moderne Welt war abwesend, keine Motoren, keine Hupen, keine Baustellen, Autobahnen, Zubringer, Flughäfen, Schwerlaster, keine Risse in der Stille. Nur ein paar Flugzeuge waren zu sehen – am Himmel über Hiddensee, hoch oben, zerbrachen geräuschlos ihre kalkweißen Linien, die die Gestalt von Skeletten annahmen, bevor sie sich verflüchtigten.

Vier Spaziergänger sprenkelten den Strand. Philipp hatte alle Hände voll mit Clarissa zu tun, die Purzelbäume im Sand schlug und dabei ihren Anorak ruinierte, Leonie, in eine Strickjacke gekuschelt, bummelte hinterher und schickte melancholische Blicke nach Westen, Yasmin schritt kraftvoll voran, so als gelte es, in den Krieg zu ziehen, Timo ließ die Füße vom Meerwasser überspülen und dachte an Vev, die im Nebelhaus geblieben war, um den Tisch für das Abendessen zu decken.

»Wir erleben wohl die letzten Sommertage«, sagte Leonie, die sich Timo von hinten genähert hatte. Ihre Stimme klang, als hätte sie in den letzten Monaten in Kirchen Kerzen dafür angezündet, dass der Sommer bald vorüberging.

»Du bist deswegen erleichtert?«

»Ich bin eher der Herbsttyp und blühe bei frischen Temperaturen auf.«

»Eine Aster, ja?«

Der Vergleich schien ihr zu gefallen. Sie ließ sich in den feuchten Sand sinken, was zugleich eine Aufforderung an Timo war, sich zu ihr zu setzen. Das tat er, während Philipp ein Stück entfernt mit Clarissa spielte und Yasmin, als sie sah, dass sie zu weit vorausgegangen war, den Schneidersitz einnahm und die Brandung beobachtete, reglos wie der goldene Buddha neben der zerschlissenen Decke in Berlin.

Leonie legte ihre monströse Handtasche, die eher einem Seesack glich, auf ihrem Schoß ab und klammerte sich daran wie eine Schiffbrüchige an eine Planke. Sie wusste nichts zu sagen, und Timo war damit beschäftigt, die Frau neben ihm zu verstehen. Einerseits wirkte sie brav und gemütlich – die Zusammenstellung ihrer Kleider, die Frisur, die Figur. Andererseits raste sie wie ein Henkersknecht, und zwar nicht nur auf der Autobahn, sondern auch über Stadt-, Land- und Dorfstraßen. Es war leicht, ihre sanfte, etwas belegte Stimme zu mögen, manchmal jedoch schlug sie urplötzlich um. Das war dann, als würde eine Harfenistin mitten im Spiel aufstehen und einen Schrotschuss abfeuern.

Mit einem Blick auf Yasmin, die sie nicht hören konnte, sagte Leonie: »Timo, weißt du noch, wie Yasmin uns früher in den Ohren gelegen hat, damit wir uns mit einem Schlauchboot vor die Walfänger werfen? Wir haben es nie gemacht. Aber wenn, dann hätte sie gekotzt wie ein Reiher. Wenn ihr schon von einer Autofahrt übel wird ... Und die Überfahrt hat sie auch nicht vertragen.«

»Du magst sie nicht«, stellte er fest.

Sie rang um Worte. »Na ja, sie ist nicht gerade ... Ihre Ausdrucksweise ist stark gewöhnungsbedürftig, sie sieht unmöglich aus und ... Irgendwie wirkt sie beschränkt.«

»Du und ich, wir wissen beide, dass sie nicht beschränkt ist. Das war sie noch nie. Im Gegenteil, sie ist hochintelligent. Ich finde übrigens, dass sie gar nicht übel aussieht. Sie hat schöne Augen, eine gute Figur ... Die Klamotten sind nun einmal ihr Stil, was soll's? Und was ihre Ausdrucksweise angeht – sie redet, wie ihr der Schnabel gewachsen ist, das war schon immer so.«

»Wenn du meinst.«

»Irgendwie finde ich es gut, dass sie sich kaum verändert hat. Ich meine, sieh uns an, wir anderen sind alle nicht mehr die, die wir vor fünfzehn Jahren waren. Ich wette, Yasmin wird noch zur Party ihres siebzigsten Geburtstags so aussehen, wie sie heute aussieht oder vor fünfzehn Jahren ausgesehen hat, und sie wird über eine Torte mit siebzig rauchenden Joints hinwegpusten.«

Leonie lachte aus voller Brust und sah ihn mit strahlenden Augen an.

»Hast du eigentlich eine feste Freundin?«, fragte sie.

Die Frage machte ihn verlegen. »Nein«, sagte er und kritzelte mit den Füßen im Sand. »Ich gehe nicht oft genug aus, um eine Frau zu finden, und da mein Arbeitsplatz meine Wohnung ist, kann ich auch niemanden im Büro kennenlernen. Ich begegne immer nur den Freundinnen von Freunden, und die sind für mich tabu.«

»Leuchtet ein. Wieso gehst du nicht oft aus?«

»Zum einen schreibe ich am liebsten abends und nachts. Wenn nicht, muss ich etwas verdienen und jobbe im Kino. Ich komme gerade so über die Runden. Demzufolge werde ich erst dann Verehrerinnen haben, wenn ich berühmt bin, möglicherweise erst mit fünfundsiebzig oder nach meinem Tod. Zu sterben ist für einen Künstler ein echter Karriereschub.«

Leonie lachte.

»Wie sieht es bei dir aus?«, fragte Timo. »Hast du einen Freund?«

Sie griff sich an die Stirn. »Oh Gott, ich habe ganz vergessen, Steffen noch einmal anzurufen. Entschuldige, Timo, wir reden gleich weiter.«

Leonie holte ihr Handy aus der Handtasche, stand auf und ging ein paar Schritte über den Strand. Sie bekam Empfang und ein Freizeichen, während sie mit den Fingern nervös auf ihrem Bauch trommelte, aber erwischte erneut bloß den Anrufbeantworter.

»So ein Pech«, diktierte sie dem Band. »Nun erreiche ich dich leider wieder nicht. Ich bin gerade am Strand auf Hiddensee. Wir haben prima Wetter, so wie ich es mag, nicht zu heiß und ein bisschen windig. Yasmin ist hier bei mir – und Philipp mit seiner Tochter. Mir geht's gut, mach dir keine Sorgen. Ich versuch's heute Abend noch einmal. Kuss.«

Timo hatte sie absichtlich nicht erwähnt, warum genau, war ihr auch nicht ganz klar. Sie liebte Steffen, sie war ganz vernarrt in ihn. Aber Timo war – na ja, er war nun einmal Timo, ihre erste Liebe. Sie fand es unpassend, dem einen vom anderen zu erzählen.

Als Leonie zu ihrem Platz zurückkehrte, sah sie, wie Yasmin

bei Timo stand und mit ihm plauderte. Sie lachten – wahrscheinlich über sie, über wen denn sonst? Da stieß Yasmin mit dem Fuß an Leonies Handtasche, diese kippte um, und ein Teil des Inhalts rutschte heraus. Leonies Pistole lag auf dem warmen Sand.

Yasmin war wie versteinert, die Pistole im Blick. Erst nach einigen Sekunden gelang es ihr, Leonie anzusehen. »Was … Was ist denn das?«

»Eine Pistole, siehst du doch«, schnauzte Leonie sie an.

»Ist die etwa … echt?«, fragte Yasmin.«

»Das geht dich gar nichts an, was ich in meiner Handtasche habe. Wenn du sie nicht durchwühlt hättest …«

»Ich hab gar nix gemacht, hab hier nur rumgestanden«, rechtfertigte sich die Gescholtene.

»Rumstehen, das kannst du. Fehlt nur noch die Panflöte.«

»Spinnst du jetzt? Ich hab mich mit Timo unterhalten … Okay, vielleicht bin ich mit dem Fuß an die Tasche gekommen, echt sorry.«

»Das hast du mit Absicht gemacht.« Leonie beeilte sich, die Pistole wieder zu verstauen. Plötzlich tat ihr der kleine Wutausbruch leid.

»Entschuldige, ich … ich bin bei diesem Thema nicht ganz ich selbst, seit ich vor zwei Jahren überfallen worden bin«, erklärte Leonie in deutlich milderem Tonfall. Timo und Yasmin stellten zwar keine Fragen, sahen aber so aus, als hätten sie mehrere. »Danach habe ich mir … Ich habe einen Waffenschein. Es geht also alles mit rechten Dingen zu. Trotzdem wäre es mir lieber, wenn ihr Philipp und Vev nichts von der Pistole erzählen würdet, ja? Tut ihr mir den Gefallen? Wir wollen doch, dass es schöne Tage werden.«

Yasmin und Timo nickten, aber sie waren auf einmal sehr nachdenklich und ernst.

Leonie spürte, wie etwas in ihr verkrampfte oder vielmehr verhärtete. Das war kein passives, sondern ein aggressives, auf Angriff gerichtetes Gefühl, vergleichbar mit einer Viper, die sich einrollte, bevor sie zustieß. Mit dem Unterschied, dass die Aggression ihr selbst galt.

Lexotanil, dachte sie. Lexotanil. Nur wie könnte sie die Einnahme einer weiteren Tablette begründen? Gar nicht. Sie kam jetzt nicht an das Beruhigungsmittel heran.

Mit der rechten Hand griff sie wie ein Schaufelbagger in die Erde. Dann sagte sie: »Das ist Hiddenseer Ton. Man findet ihn überall auf der Insel. Er ist berühmt. Habe ich im Reiseführer gelesen.« Sie formte einen Kloß aus dem Tonklumpen. »Hier, für dich, Timo.«

»Für mich? Oh, danke.« Er wollte das feuchte Geschenk entgegennehmen, wie er Clarissas krakelige Zeichnung entgegengenommen hatte, aber im letzten Moment drückte Leonie ihm die Masse auf die Stirn.

»Fang mich!«

Lachend lief Leonie weg, Timo hinter ihr her.

»Na warte, du.«

Timo hätte Leonie problemlos einholen können – sie war nicht gerade sportlich, und er war flink –, doch zum einen wollte er das gar nicht, zum anderen suchte sie Rettung im knietiefen, kalten Wasser. Ihre Schuhe hatte sie dabei an.

»Fang mich, wenn du kannst«, rief sie.

»Du bist verrückt«, antwortete er und wich vor der Ostsee zurück. »Du wirst ja ganz nass.«

»Traust du dich etwa nicht?«

»Du hast gewonnen, ich verzichte auf Rache.«

Sie lachte. »Das will ich dir auch geraten haben. Denn meine Rache wäre weit schrecklicher als deine.«

Wieder auf dem Trockenen, zog sie ihre Schuhe und Strümpfe aus, wobei ihr Timos Schulter als Stütze diente. Sie krempelte die Hosen fast bis zu den Knien hoch.

»Ist das herrlich«, ächzte sie wohlig und strich sich das in die Stirn gefallene kastanienbraune Haar zurück. »So ein Tag am Meer macht aus mir einen ganz anderen Menschen.«

Als sie zurückkamen, stand Vev auf der Veranda, so formvollendet, dass Heidi Klum von Neid erfasst worden wäre. Im Whiskyglas zischten, klingelten und knackten die Eiswürfel, von einem schlanken Handgelenk im Uhrzeigersinn geschwenkt. Vev trug ein Kleines Schwarzes, in das sie hineingeboren zu sein schien. Sie war einmal ein sehr schöner Teenager gewesen, und einiges davon war übrig geblieben. Aber Timos Faszination für sie ging zu gleichen Teilen von dem aus, was nicht übrig geblieben war, was ihr Leben gestört, ihre Schönheit beeinträchtigt, ihr Glück getrübt hatte: dem ironischen Zug um ihre Lippen, einer Sekunde Traurigkeit in ihren Augen, einer Stirnfalte in der glatten Haut, ungerade wie eine Ackerfurche.

Clarissa, von ihrer Mutter kurz liebkost, lief danach sofort ins Haus, weil für Kinder das, was sich jenseits einer Tür befindet – egal auf welcher Seite der Tür sie gerade stehen –, immer das Interessantere ist. Die barfüßige Leonie, nass bis zu den Knien, kündigte an, vor dem Essen noch duschen zu wollen. Yasmin war seit der Sache mit der Pistole sehr still geworden, so als hätte sie einen Geist gesehen, und ging beinahe wortlos ins Haus.

»Hallo, Schatz«, sagte Philipp und gab Vev einen Kuss. »Ist Frau Nan mit dem Essen fertig?«

»Sie brät gerade Mangos. Ich bin vor ihrem Arbeitseifer geflohen.«

»Vielleicht braucht sie Hilfe.«

»Wer braucht die nicht?«

»Schatz ...«

Vev verdrehte die Augen. »Ich habe sie gefragt, und sie hat mich fortgeschickt, nachdem sie mich zwei Minuten lang wie eine Billardkugel durch die Küche gestoßen hatte.«

»Also gut. Essen wir in einer halben Stunde? Den Aperitif hast du dir ja schon genehmigt, wie ich sehe.«

Sie zog ein Gesicht wie zu einer uralten Geschichte. »Ich läute den Gong, wenn es so weit ist, Mylord.«

»Ich gehe mal rein und sehe nach dem Rechten«, sagte Philipp.

Nachdem er im Haus verschwunden war, sah Vev Timo an. Zum ersten Mal waren sie allein, nur die Zikaden im Gras leisteten ihnen mit ihrem Gesang Gesellschaft. Kurz ging ihm, den manche auf Ende zwanzig schätzten, beim Anblick der faszinierenden Mittvierzigerin Ödipus durch den Kopf, jener Grieche, der sich versehentlich in seine Mutter verliebt hatte und nach dem ein Komplex benannt worden war. Die umgekehrte Konstellation, dass jüngere Frauen sich ältere, oft betuchte Männer aussuchten, galt als selbstverständlich, und keiner redete dabei von einem Dagobert-Duck-Komplex. Die Geschichte von Ödipus war übel ausgegangen. Timo ließ sich jedoch von einer griechischen Sagengestalt nicht beirren und blickte Vev in einer Wallung von Mut überraschend schamlos direkt an.

»Mir kommt es vor, als wolltest du mir etwas sagen«, sagte sie.

»Du siehst gut aus.«

Vev zuckte mit den Schultern. »Ach, weißt du, es gibt junge, flotte Bienen und alte, würdevolle Frauen. Die Jugend bezaubert, und das Alter schlägt in den Bann. Beides hat etwas. Alles zwischen vierzig und sechzig ist Mist.«

»Sag das nicht.«

»Du darfst nicht mitreden, du bist noch zu jung. Lass uns in zehn Jahren wieder darüber sprechen. Ich kann mir wenigstens ein schwarzes, enganliegendes Kleid anziehen und so tun, als wäre ich Barbara Schöneberger. Aber du ...«

»Ich verspreche, ich werde das auch mal versuchen, wenn es so weit ist.«

Vev lachte leise.

»Wirklich«, beharrte Timo, »du siehst gut aus.«

Eine Weile lang schwenkte sie ihr Glas und blickte in das köstliche Gold des Whiskys, als suche sie darin Rat, und in dieser Zeit schwiegen sie.

Timo steckte die Hände in die vorderen Hosentaschen und betrachtete seine Schuhe. Sein Mut hatte sich rasch wie eine gestrandete Welle zurückgezogen. Er war kein Don Juan, außer wenn er Romane schrieb. Wie fast alle Schriftsteller schrieb er zum Teil deswegen, weil er in seinen Texten Gefühle leben und Taten vollbringen konnte, zu denen er sonst nicht fähig war oder die er sich verbot. Seine Figuren zeigten vulkanische Ausbrüche von Leidenschaft, lebten eine Amour fou, setzten alles auf eine Karte, sie gewannen und verloren, warfen ihr bisheriges Leben über Bord, stiegen auf und verglühten. Es waren Figuren, die ihn stolz machten – und neidisch. Wäre er wie sie, hätte er Vev gegenüber eine erotische Andeutung gemacht, sie vielleicht sogar berührt. Er tat nichts dergleichen, obwohl er es unbedingt wollte.

Aber wollte sie es auch? Er fürchtete, nein. Außer Vevs Blick, der sich mit schamloser Intensität an ihm festhielt, gab es nichts, was ihn veranlasst hätte zu glauben, sie interessiere sich ernsthaft für ihn.

»Komm, Timo, du brauchst einen Drink. Whisky?«

»Ich glaube, ich brauche tatsächlich einen.«

Sie hielt ihm die Tür auf. »Das ist die richtige Einstellung. Meiner Ansicht nach hat die Neuzeit an dem Tag begonnen, als der Whisky erfunden wurde.«

Drinnen sang der Buena Vista Social Club, auf dem Esstisch flackerten Kerzen, das Eis klimperte im Glas, durch die riesige Terrassentür flutete der Sonnenuntergang herein. Von einem Moment zum anderen schien man von Hiddensee in eine tropische Sommernacht gelangt. In der Küche wuselte Frau Nan mit flinken und geschickten Händen herum, es duftete dort nach Zitronengras und Curry, im Wohnzimmer nach Wein, Whisky und Zigaretten, und als die frisch geduschte Leonie dazukam, auch noch nach Shampoo. Frau Nan hatte einen leckeren Salat vorbereitet und als Hauptgang ein Gericht mit Garnelen, die auf einem Leichenbett aus grünem Blattgemüse und Reis lagen. Zum Dessert sollte es gebratene Mango auf Bananenblättern geben.

Bevor Clarissa ins Bett musste, verabschiedete sie sich von »Tante Nian«. Timo begleitete sie in die Küche und ahmte die Verneigung der Kambodschanerin nach. Anderen Kulturen gegenüber hatte er sich schon immer zu einer besonderen Höflichkeit verpflichtet gefühlt, und er betrachtete Frau Nan voller Interesse. Sie war Mitte bis Ende sechzig, nicht größer und schwerer als Timo mit zwölf, hatte dünnes, schwarzgrau meliertes Haar, das sie hinten zu einem Knoten zusammenband, tiefe Falten und den kleinen Mund eines Stummfilmstars. Was ihm besonders auffiel, waren ihre geschwollenen Handgelenke, deren grüngelbe Farbe an das Dessert erinnerte. Keiner der anderen bemerkte diese Schwellungen und Blutergüsse. Frau Nan trug unter der Schürze ein langärmeliges schwarzes und schmuckloses Kleid, in dem sie wie eine frische Witwe aussah. Nur einmal rutschten die Ärmel hoch, als sich die kleine Clarissa ihr zum Abschied in die Arme warf. Frau Nan bemerkte, was Timo bemerkt hatte, rückte ihr Kleid zurecht, warf ihm einen nicht unbedingt bösen, aber durchaus kritischen Blick zu und verließ bald darauf das Haus.

Es wurde ein lustiger Abend, alle kamen aus sich heraus. Die anfänglichen Verkrampfungen lösten sich auf unter der vereinigten Einwirkung von Alkohol, gutem Essen, Meeresluft und der Einsicht, dass sie sich vielleicht nach drei Tagen auf den Wecker gehen würden, dies aber nicht schon am ersten Tag brauchten. Wäre Vev nicht gewesen, hätte Timo seinen Ausflug vielleicht bedauert. So aber spürte er ein Prickeln, wie er es noch nie erlebt hatte.

Null Uhr zweiundzwanzig. Leonie saß seit einigen Minuten vor dem Spiegel und kämmte sich die Haare mit einer klobigen Bürste. Sie liebte die rhythmische Bewegung des Haarekämmens, und sie liebte es, sich vor dem Spiegel schön zu machen für die Nacht. Sie rieb sich ihr Dekolletee und die ausgeprägten Brüste mit Mandelmilch ein, zupfte die etwas zu üppigen Augenbrauen, trug farblosen Fettstift auf die Lippen auf und cremte die ihrer Meinung nach zu fleischigen Hände. Danach tupfte sie sich zwei Tropfen eines – für ein Erzieherinnengehalt – viel zu teuren Parfüms hinter die Ohren und schlüpfte in ein schimmerndes, weites Negligé, in dem sie sich manchmal wie eine Gospelsängerin vorkam, das sie aber elegant fand. Dann legte sie sich auf das Bett, ohne sich zuzudecken und die Augen zu schließen.

Eine Weile blieb sie so liegen. Sie ließ die Bilder des vergangenen Tages an sich vorüberziehen, die meisten hatten mit Timo zu tun: sie und Timo beim ersten Wiedersehen in Berlin ... sie und Timo im Auto ... sie und Timo auf der Fähre ... sie und Timo am Strand ... sie und Timo ...

Leonie hatte sich nie getraut, ihm zu gestehen, was sie für ihn empfand, und außer ihrer Mutter hatte sie niemandem davon erzählt. Mehr als alles fürchtete sie die Lächerlichkeit, seit in der Schule ein von ihr an einen Klassenkameraden geschriebener Liebesbrief die Runde gemacht hatte. Ein paarmal während ihrer gemeinsamen Zeit in der Aktionsgruppe hatte sie mit dem Gedanken gespielt, auf Timo zuzugehen, doch am Ende hatte ihr immer der Mut gefehlt. Wäre Timo nicht gewesen, hätte sie nicht gewartet, bis die Gruppe sich auflöste, sondern wäre schon ein Jahr früher ausgestiegen.

Sie war ohnehin nur »irgendwie« in die Aktionsgruppe hineingerutscht, im Grunde über ihre Einsamkeit. Nach dem Tod ihres Vaters – achtzehn Jahre war das jetzt her – hatte sie sich von allem lösen wollen und war nach Berlin gegangen, wo sie sich mit diversen Jobs durchgeschlagen hatte und bald ein wenig vereinsamt war. Weil sie Katzen liebte und Mitleid für die streunenden Großstadtkatzen hatte, trat sie in einen entsprechenden Verein ein und kam darüber zu den Naturschützern. Dort lernte sie Timo kennen, und als er davon sprach, sich weitergehend zu engagieren, folgte sie ihm.

Wider eigenes Erwarten machten ihr die Aktionen großen Spaß: im Strahl eines Wasserwerfers zu stehen, sich von starken Polizisten wegtragen zu lassen, auf einem Transparent zum Boykott eines Textilkaufhauses aufzurufen, das echte Pelze verkaufte, Schleppnetze in Bremerhaven durchzuschneiden ... Sie kam sich wie etwas Besonderes vor, stark, extravagant und mächtig – bis sie eines Morgens aufwachte und aller Aktionen müde geworden war. Quasi über Nacht verlor sie das Interesse an Nerzen, Hühnern, Fröschen, Adlern, Delfinen, Sümpfen, Wäldern und Gewässern. Sie sagte sich: Man erreicht ja sowieso nichts, man macht sich nur etwas vor, man gibt Stunden und Tage hin, um Stechmücken zu retten, die einen gnadenlos quälen, und Fische, die ein Gehirn so groß wie ein Stecknadelkopf haben. Timos wegen blieb sie bei der »Grünen Zora« – den Namen hatte sie schon damals albern gefunden –, aber dann kam er eines Tages an und erklärte, dass er bald für zwei Auslandssemester nach Lille in Frankreich gehe. Er hatte noch eine Party für vierzig Leute gegeben, dann war er weggegangen, und Leonie hatte es nur noch ein halbes Jahr in Berlin ausgehalten, bevor sie in ihre Heimatstadt zurückkehrte.

Sie warf einen Blick auf ihr Handy und stieß einen lauten Seufzer aus, der einen Schlafenden geweckt hätte. Keine Anrufe. Es war null Uhr vierunddreißig, zu spät, um noch einmal bei Steffen anzuklingeln. Er hatte einen ziemlich harten Job bei einer Cateringfirma, er war das, was man den zweiten Chef nannte, und die zweiten Chefs hatten immer die meiste Arbeit. Vielleicht war Steffen auch beleidigt, weil sie ihn nicht gefragt hatte, ob er sie nach Hiddensee begleiten wolle.

Sie hatte sich richtig entschieden. Sie war froh, sich auf diese Reise und das Wiedersehen eingelassen zu haben. Denn eines war klar: Timo interessierte sich für sie. Die Zeichen waren unübersehbar. Da war die Art, wie er sie in einem fort anlächelte. Er setzte sich immer neben sie, das war doch kein Zufall. Ließ sich auf Neckereien ein, alberte am Strand mit ihr herum, nannte sie Aster. Er hatte ihr in Berlin sogar ein Buch mit Widmung geschenkt: *Für meine Leonie. Herzlich.* Wenn das nicht deutlich war: Meine Leonie! Meine! Herzlich!

Beglückt löschte Leonie das Licht.

Als sie es wieder anschaltete, suchte ihr Blick sofort nach der Handtasche und fand sie auf dem Stuhl. Sie holte sie zu sich ans Bett, griffbereit für den Fall, dass … Für keinen speziellen Fall, einfach so.

Routinemäßig warf sie einen letzten Blick hinein. Schmerzmittel, Streichhölzer, Lexotanil …

Sie stutzte. Das war doch nicht möglich.

Die Pistole war nicht mehr drin. Sosehr Leonie in der Tasche auch wühlte – weg.

Sie stand auf, suchte im Bett, unter dem Bett, suchte im Koffer, in den Taschen der Regenjacke, suchte ein zweites Mal in der Handtasche, dann ein weiteres Mal unter dem Bett, unter dem Nachttisch, suchte im Kleiderschrank, in den Außenfächern des Koffers. Sie schlich vor die Zimmertür, sah im Bad nach, lief den Gang ab, tappte die Treppe hinunter, ging ins Wohnzimmer, suchte überall dort, wo die Tasche, wenn auch nur kurz, gewesen war. Die Pistole blieb verschwunden.

»Oh Gott«, murmelte sie wieder und wieder vor sich hin.

Wann hatte sie die Waffe zum letzten Mal gesehen? Leonie, streng dich an! Das war am Strand gewesen, als sie aus der Tasche gerutscht war. Leonie meinte sich zu erinnern, die Pistole zurückgelegt zu haben. Oder nicht? War sie neuerlich herausgefallen? Vielleicht auf dem Weg vom Strand zum Haus?

Natürlich musste sie nun Philipp und Vev informieren, immerhin konnte es sein, dass sie die Waffe im Haus verloren hatte. Unwahrscheinlich zwar, aber nicht ausgeschlossen.

Welche Blamage! Welcher Leichtsinn ihrerseits! Das hätte nicht passieren dürfen.

Sie war eine Idiotin, eine blöde Kuh, die nichts richtig machte. Die jede gute Stimmung verdarb. Die noch nicht einmal auf einen leblosen Gegenstand Acht geben konnte.

Sie weinte. Schlug sich mit der Faust gegen den Kopf, viermal, fünfmal, sechsmal. Setzte sich an den Spiegeltisch, nahm die Nagelfeile in die rechte Hand und sah dabei zu, wie sich die Spitze langsam in den linken Oberarm bohrte.

7

Der August lag schwer auf dem Land, dörrte das Korn, aber im klimatisierten ICE konnte man sich einige Stunden lang darüber hinwegtäuschen. Im Zug zurück nach Berlin sah ich zum Fenster hinaus auf das nordhessische Ackerland. Quadratische Parzellen, bepflanzt mit Kohl, Kopfsalat, Hafer und Mais, flogen vorüber, dazwischen Erntemaschinen mit weit ausgebreiteten Flügeln wie riesige Insekten, Dörfer mit roten Dächern und weißgetünchten Mauern, Wälder aus reglosen Windrädern, umrahmt von braungelben Rasenflächen, und immer wieder Bolzplätze, von denen roter Staub aufstieg, wie der, auf dem Benny immer gespielt hatte.

Seine Trikots sahen den Sommer über aus, als hätte er auf dem Mars gekickt. Ich durfte ihm oft dabei zusehen, wie er sich zusammen mit anderen Jungen auf der Jagd nach dem Ball einstaubte. Er mochte meine Anwesenheit. Und er verteidigte mich mit Freude, wenn andere blöde Bemerkungen wegen meiner dicken Brille oder meiner Zahnspange machten. Zugegeben, seine Attitüde hatte etwas von Ich-Tarzan-Du-Jane, aber das machte mir nichts aus. Benny war der erste Held meines Lebens, und ich werde nie, niemals vergessen, wie sein vom Spiel noch feuchter Arm auf dem Nachhauseweg meine Schulter umschloss, während der andere den Ball umklammerte. Ich glaube, in diesem Moment war er der glücklichste Mensch auf der Welt. Ich wusste kein Wort mehr von dem, was er damals sagte, aber der stille Zug der Zufriedenheit auf seinen Lippen war unsterblich.

Meine Gedanken wanderten von Benny zu meinem Sohn, und ich fragte mich, was Jonas wohl gerade machte. Er wohnte in Marburg nur ein paar Kilometer von der Bahnstrecke entfernt, auf der ich nordwärts fuhr, und ich stellte mir vor, ihn mit einem Blitzbesuch zu überraschen. Würde er über einer Arbeit brüten? Sich im Schwimmbad abkühlen, sorgfältig gemustert von zwei bronzierten Mädels auf der benachbarten Decke? In seinem Studentenwohnheim mit einer Kommilitonin schlafen? Mit einem Kommilitonen? Mir wurde wieder mal bewusst, wie wenig ich von seinem Leben wusste, schon als er noch bei mir gewohnt hatte, und wie wenig wir alle von denen wissen, die wir zu kennen glauben.

»Hi, Mam, das ist ja eine Überraschung.«

»Hi. War 'ne spontane Idee. Störe ich?«

»Nö, gar nicht, ich bin im Schwimmbad.«

Ich lächelte. Beinahe hätte ich ihn gefragt, wer auf der Decke nebenan lag und ob die beiden Mädels ihm gefielen.

»Und du?«

»Im Zug, irgendwo bei Fulda.«

»Cool, dann komm doch vorbei. Ich gebe ein Eis aus.«

Es freute mich, dass er mich einlud, und noch mehr, dass er es sich im Schwimmbad gutgehen ließ, anstatt seinen Rücken über Büchern zu krümmen. Wie ich ihn einschätzte, hatte er das in den letzten Wochen fast nur noch getan.

»Und wo soll ich schlafen?«

»In meinem Bett im Wohnheim, ich penne einfach woanders.«

»Ist das erlaubt? Ich meine, dass ich im Wohnheim schlafe.«

»Nö, aber du siehst jung genug aus, Mam, dass alle dich für eine Langzeitstudentin halten.«

Ich lachte. »Schleimer. Du musst dich nicht anstrengen, die Überweisung an dich geht auch so pünktlich raus.«

»Ach, das hat keine Eile. Im Ernst, komm vorbei.«

Ich war ganz nah dran, ja zu sagen. In meiner Brust formte sich bereits die Zustimmung, quiekende Freude. Es strömten Worte zusammen, warm, demütig und dankbar angesichts des gemeinsamen Weges, den Jonas und ich zurückgelegt hatten: die Geburtstagsfeste mit Kuchen und Kindern, das parallele Lesen eines Buches und die anschließende Unterhaltung darüber, der Klamottenkauf, bei dem er mich irgendwann nicht mehr dabeihaben wollte, die Poster der Pop- und Rockstars, die mir immer fremder wurden, sein Debut im Laientheater mit mir in der ersten Reihe, die Fahrt auf seinem neuen Moped, als ich mich zum ersten Mal an ihm festhielt und nicht umgekehrt. Aber auch der Tag seines Auszugs, als für eine Stunde die Welt stillstand, und der Tag danach, als ich mich nutzlos fühlte.

Er hatte jene Jugend gelebt, die Benny verwehrt worden war.

»Weißt du, da ist dieser Auftrag …«, sagte ich, indem ich nur das wiederholte, was mir der Polizist in meinem Kopf vorgegeben hatte, die Stimme des Ordnungshüters, der mich zur Arbeit anhielt. »Bist du jetzt böse?«

»Quatsch, nein. Wäre aber schön gewesen.«

Ein paar Sekunden lang sagte keiner etwas. Dann er: »Also gut, Mam, ich werde mich jetzt mal abkühlen. Oder ist noch was?«

»Nein, nichts, alles in Ordnung. Dann bis bald, ja?«

»Bis bald, tschüss.«

»Ich habe dich lieb, Großer«, rief ich noch, aber da hatte er schon aufgelegt.

Der Zug glitt mit zweihundertzwanzig Stundenkilometern dahin, schneller noch als zuvor flogen Landschaft und Menschen an mir vorüber, Bahnübergänge, Straßen, Bäume und dazwischen alle möglichen Emotionen. In einem Tunnel musste ich beinahe weinen, ohne zu wissen warum. Ich dachte: Das war entschieden nicht deine Woche, Doro. Auch diesen Gedanken verstand ich nicht, da die vergangenen sieben Tage nicht anders als die Wochen und Monate davor gewesen waren. Nicht anders als die letzten Jahre.

Ein dicker Mann setzte sich auf den Platz neben mich. Er schwitzte, wie wir alle, und sein Hemd, das gelegentlich meinen Arm streifte, war unangenehm feucht. Als er versuchte, ein Gespräch mit mir anzufangen, kramte ich meine Arbeit hervor.

Ich hörte mir die Aufzeichnung des Interviews mit Margarete Korn an und machte Notizen: kein glücklicher Mensch seit dem achten Lebensjahr … launisch … Kopfschmerzen … verknallt in Timo S. … Steffen Herold, gutaussehend, kalt … vom Vater in den Schuppen gesperrt … Mutter: Zeiten der Apathie … Dann spulte ich das Band ein wenig vor und setzte an der Stelle wieder ein, wo Margarete Korn mehrmals wiederholte: »Sag es, Leonie, sag es ihr.«

Während die Passage weiterlief, blätterte ich in den Rechercheunterlagen, die ich mit auf die Reise genommen hatte. In den spärlichen Stellungnahmen von Staatsanwaltschaft und Polizei sowie in den Zeugenaussagen der überlebenden Beteiligten tauchte nirgendwo die Angabe auf, dass Leonie dabei gesehen worden war, wie sie schoss. Auch Yim war erst dazugekommen, als die Schüsse schon gefallen waren.

Sag es ihr, Leonie, sag es.

Ich kramte alles hervor, was ich über das Leben von Philipp Lothringer, Timo Stadtmüller und Yasmin Germinal gefunden hatte, vor allem über das, was sie einst zu Aktivisten gemacht und zusammengeführt hatte. Bei Philipp Lothringer war es einfach gewesen, über ihn waren zwischen 2005 und 2010 drei Artikel in Architekturzeitschriften erschienen, außerdem war er mehrfach interviewt worden. Seine Konstruktionen waren viel gelobt, wenngleich eine Kritik lautete, dass »Lothringer nicht willens oder in der Lage ist, ein Gebäude mit der Umgebung korrespondieren zu lassen. Seine Bauwerke stehen immer nur für sich und beziehen den Ort nicht ein. Das hat etwas Künstliches«.

Er stammte aus einfachsten Verhältnissen, aufgewachsen in den siebziger und achtziger Jahren in Salzgitter, fünf Geschwister, der Vater ein Fabrikarbeiter ohne Ausbildung, die Mutter Reinigungskraft in derselben Fabrik. Es mangelte der Familie an allen Ecken und Enden, vor allem nachdem der Vater bei einem Arbeitsunfall den rechten Arm verlor und erwerbsunfähig wurde. Philipp machte als einziges der sechs Kinder das Abitur. In einer Berliner Studentenzeitung veröffentlichte er 1993 eine flammende Streitschrift gegen die Ausbeutung von Mensch und Natur und den um sich greifenden Neoliberalismus mit dem Titel »Jene abschaffen, die die Armut nicht abschaffen wollen!«.

In seiner Biografie gab es nach seiner Aktivistenzeit eine Lücke von mehreren Jahren, in denen er sich offenbar gemäßigt hatte, warum auch immer. Auf seiner Homepage, die seit zwei Jahren nicht aktualisiert worden war, las ich, dass er sich zwischen 1998 und 2001 um nicht weniger als vierzehn städtische Projekte zum Sozialwohnungsbau beworben hatte, jedoch immer abgelehnt worden war. Seine Entwürfe schienen mir frisch und modern zu sein, sie sahen einladend aus. Das einzige eingestellte Foto von ihm zeigte ihn mit seiner kleinen, lachenden Tochter, die genauso groß war wie sein neuestes Modell für ein Einkaufscenter in Schwerin und auf deren Haupt seine schützende Hand ruhte.

Auch über Timo Stadtmüller hatte ich einiges gefunden, was ich der Tatsache verdankte, dass das Internet nichts vergisst. Er stammte aus Wriezen in Brandenburg und war Jahrgang 1976. Dass er ein eher schlechter Schüler gewesen, ebenso dass er unsportlich und daher bei gleichaltrigen Jungen wenig geachtet war, hatte ich einem sechs Jahre alten Blog entnommen. Darin beklagte er sich auch über seine Eltern, die ihm nie etwas zugetraut hätten, und sprach über Versagensängste. Das war, wohlgemerkt, zwei Jahre vor der Veröffentlichung seines ersten Romans. Keiner der Buchhändler, bei denen ich nachgefragt hatte, kannte Autor oder Werk.

Ferner fand ich heraus, dass er vor zwei Jahren einhundertzweiundzwanzig Freunde bei Facebook gehabt hatte. Auf seiner Homepage, die wie Philipps veraltet war, schrieb er humorvoll über sich, sein Leben und seine Arbeit. Mir vermittelte sich das Bild eines Menschen, der sich einerseits nicht allzu wichtig nahm, andererseits um Bestätigung buhlte. Ich blickte in ein sympathisches Gesicht, in blaue Augen, über denen blonde Strähnen hingen, und auf einen schlanken, leicht unterdurchschnittlich großen Körper. Mein erster Instinkt war, diesen jungen Mann beschützen zu wollen.

Yasmin Germinal war – aus Journalistensicht – ein harter Brocken. Über ihre Herkunft erfuhr ich nur, dass die Germinals im Saarland eine große Nummer waren. Sie führten ein Adelsprädikat im Namen, besaßen eine angesehene Anwaltskanzlei und waren an einer Privatbank beteiligt. Da die beiden Geschwister von Yasmin in Internaten erzogen worden waren, ging ich davon aus, dass es bei ihr nicht anders gewesen war. Ihr Bruder hatte nach den Ereignissen von Hiddensee eine kurze Stellungnahme per Fax verschickt (auf dem Briefpapier der Anwaltskanzlei), in der er klarstellte, dass Yasmin an ihrem achtzehnten Geburtstag, dem Tag ihres Auszugs aus dem Elternhaus, jeglichen Kontakt zur Familie abgebrochen hatte.

Nachdem ich all das noch einmal hintereinanderweg gelesen hatte, konnte ich gut nachvollziehen, wie diese drei Menschen sich Mitte der Neunziger begegnet und zusammen in der Protestbewegung aktiv geworden waren: Yasmin, die das, was ihre Eltern darstellten, ablehnte und vielleicht sogar hasste, Philipp, der in Armut aufgewachsen war und Ausbeutung bekämpfen wollte, und Timo, der alles daransetzte, Anschluss zu finden und sich zu beweisen.

Nur wie passte Leonie dazu? Schlecht, wie ich fand.

Ich sah mir die Fotos an, die mir ihre Mutter überlassen hatte. Leonie wirkte brav. Wie sie sich kleidete und frisierte, wie sie wohnte und wo sie Urlaub machte – all das hatte etwas absolut Durchschnittliches, Konventionelles und passte zu den anderen Informationen, die ich über sie hatte. Sie war eine ordentliche Schülerin mit mittlerer Reife, unauffällig, ohne Hobbys, ohne konkrete Berufswünsche. Erzieherin war sie eher zufällig geworden, vorher hatte sie sich nie für Kinder interessiert. Ihr radikales Engagement für Tiere und Umwelt hatte in meinen Augen etwas Künstliches, es begann und endete ohne Vor- und Nachgeschichte. Margarete Korn hatte die Launenhaftigkeit ihrer Tochter erwähnt, und die Zeit bei den Aktivisten war ebenso eine Laune gewesen wie der Umzug nach Berlin, den Leonie bald darauf durch ihre Rückkehr in die Heimat korrigiert hatte.

Als Nächstes versuchte ich mir vorzustellen, wie diese Menschen vor zwei Jahren im September aufeinandergetroffen waren: Yasmin, noch immer alten Idealen verhaftet, Philipp, ein wohlhabender Architekt mit Glaspalast, Timo, der kleine Autor mit Nebenjob, und die launenhafte Leonie, deren Alltag eher bieder war. Hatten die Schwächen der einen und die Schwächen der anderen sich am Ende zu einer Katastrophe addiert?

Mein Madonna-Klingelton »La isla bonita« riss mich aus meinen spannenden Überlegungen heraus.

»Kagel.«

»Guten Tag, hier spricht Doktor Klaus-Werner Mierow vom Kreiskrankenhaus Bad Homburg. Ich betreue und überwache den Zustand von Leonie Korn. Sie sind im Bilde? Frau Margarete Korn hat mich von meiner Schweigepflicht entbunden und dringend gebeten, mit Ihnen zu sprechen. Obwohl ich es nicht gerne tue, werde ich ihrem Wunsch nachkommen. Die arme Frau Korn macht schon genug durch. Sie hat angedeutet, dass Sie Fragen wegen der Verletzungen ihrer Tochter haben.«

Ich hatte keine brennenden Fragen parat. Leonies Schussverletzung war nur ein winziges, nicht sonderlich interessantes Detail für meinen Artikel, in dem es um Verletzungen ganz anderer Art gehen sollte, etwa um die Hiebe in Leonies Jugend, die sie erhalten und dreißig Jahre später mit tausendfacher Brutalität ausgeteilt hatte. Was hatte Steffen Herold zu erzählen? Was ihre früheren Lehrer und Mitschüler? Was die Kollegen im

Kindergarten? Der behandelnde Arzt der Komapatientin war für mich ein nebensächlicher Zeuge, und mir war klar, dass Frau Korn ihn nur deshalb eingeschaltet hatte, weil sie sich davon eine Stützung ihrer These versprach.

»Sagen Sie mir doch bitte, Doktor Mierow, welche Verletzungen die Patientin bei der Einlieferung in die Rostocker Notfallklinik aufgewiesen hat«, fragte ich in einschläferndem Tonfall.

»Eine schwerwiegende Schussverletzung des Mundraums und des Gehirns. Die Mündung der Pistole hat sich demnach am Unterkiefer befunden und nach oben gewiesen, als der Schuss fiel. Das Projektil drang durch den Mundraum ins Gehirn. Leonie Korns Überlebenschancen waren von Anfang an äußerst gering. Es ist ein Wunder, dass sie überhaupt noch stabilisiert werden konnte, vor allem wenn man bedenkt, dass die Rettungskräfte wegen eines Sturms erst am Morgen nach der Tat eintrafen. Ihre Lebenszeichen waren so schwach, dass die Rettungssanitäter zunächst glaubten, sie wäre tot.«

»In welcher Entfernung vom Unterkiefer hat sich die Mündung der Pistole befunden? Können Sie das sagen?«

»Die Mündung kann nicht weiter als einen oder zwei Zentimeter entfernt gewesen sein.«

»Hatte sie weitere Verletzungen?«

»Ja, laut Protokoll eine Stichwunde am linken Oberarm, verursacht durch einen dünnen Gegenstand, einen Nagel vielleicht. Die Wunde hatte sich leicht entzündet, muss also mindestens einen Tag vor dem Schuss erfolgt sein. Ferner einige Kratzwunden auf beiden Handflächen. Und dann gab es da noch leichte Brandverletzungen auf beiden Brüsten. Keine dieser Verletzungen war gefährlich. Jeder Laie hätte sie mit Jod und einem Pflaster oder Verband versorgen können. Außerdem fanden sich zahlreiche Narben längst verheilter Wunden. Entweder hat Frau Korn ein verletzungsreiches Hobby ausgeübt, oder sie wurde misshandelt – von jemand anders oder von ihr selbst.«

»Ich verstehe.«

»Nicht zu vergessen die Prellung am rechten Mundwinkel, die eine Schwellung zur Folge hatte. Sie stammt, ebenso wie die Brandverletzungen, vom Tag ihrer lebensgefährlichen Schussverletzung, verursacht durch einen Schlag oder Aufprall.«

»Sie könnte also entstanden sein, als Ihre Patientin nach dem Schuss zu Boden gefallen ist? Oder bei einem Kampf?«

»So ist es.«

»Ich danke Ihnen, das war's schon. Auf Wiederhören.«

Doktor Mierows Informationen änderten meine Einstellung zu Leonie Korn und dem Amoklauf nur dahingehend, dass die kleinen, alten Verletzungen, die ihren Körper übersäten, Erwähnung in meinem Artikel finden sollten.

Die Indizien sprachen noch immer ganz klar gegen sie, und zwar nicht nur weil sie die Pistole nach Hiddensee gebracht hatte, sondern auch wegen der Vorfälle und Beobachtungen, die von verschiedenster Seite zu Protokoll gegeben worden waren. Dabei kam Leonie insgesamt nicht gut weg. Es deutete wirklich alles auf sie als Täterin hin, mit der einzigen Einschränkung, dass niemand dabei gewesen war, als die Schüsse fielen. Es gab nur eine Tote am Hauseingang, zwei Tote im Obergeschoss und Leonie Korns Versuch der Selbsttötung.

Und dennoch ...

Öffne die Augen. Sieh diese Frau an. Sag ihr die Wahrheit.

»Sie sind Ärztin oder Journalistin, habe ich recht?« Der Fahrgast neben mir stellte diese Frage.

Ich sah die Hoffnung in seinen Augen aufblitzen, ein längeres Gespräch mit mir zu beginnen, das ihm die Zeit und später vielleicht noch ein bisschen mehr vertreiben würde. »Nein«, sagte ich. »Ich bin Leichenbestatterin.« Danach hatte ich meine Ruhe.

Etwas später klingelte mein Handy erneut.

»Hallo, hier ist Yim.«

Ich hatte ihm auf der Fahrt nach Frankfurt eine Nachricht auf die Mailbox gesprochen und für den Abend abgesagt.

»Wo sind Sie?«

»Auf der Rückfahrt von meinem Termin, irgendwo in der Nähe von Göttingen.«

»Dann sind Sie in ungefähr eineinhalb Stunden in Berlin. Ich hole Sie vom Zug ab, wir fahren in mein Restaurant, und Sie bekommen dort, was immer Sie wollen.«

»Ich will eigentlich nur schlafen. Es war ein anstrengender Tag.«

»Haben Sie denn keinen Hunger? Oder wollen Sie sich lieber betrinken?«

Ich hatte tatsächlich Hunger. Es war fast neun Uhr abends, und ein halbes Brötchen zum Frühstück sowie ein weiteres aus der Cafeteria des Krankenhauses waren alles, was ich den Tag über gegessen hatte. Ich rief mir den Inhalt meines Kühlschranks vor Augen: ein hartgekochtes Ei, eine Tube Tomatenmark, ein Glas Brombeergelee und eine letzte Scheibe Käse, die an den Rändern bereits angetrocknet war. Irgendwo war noch eine Tüte Reis. Was sollte ich daraus machen? Wildfrüchterisotto con formaggi?

»Das wird aber furchtbar spät für Sie«, wandte ich ein. »Ich will nicht, dass Sie meinetwegen …«

»Also dann gegen halb elf am Hauptbahnhof. Ich warte vor dem Schokoladenladen in der zweiten Shopping-Ebene auf Sie. Mögen Sie Schokolade?«

»Ich bin eine Frau.«

»Gut so. Bis nachher.«

Ich stellte meine Arbeit für einige Minuten ein, lehnte mich zurück, schloss die Augen und versuchte mich auf den Abend zu freuen. In Ansätzen gelang es mir, doch es drängten sich immer wieder die unerquicklichen, wenn auch fesselnden Erlebnisse des Tages dazwischen: das Komazimmer und das über Leonies Körper hinweggeführte Interview, die Behauptungen der Mutter, die Ausflüchte, Schmerzen, die Trauer und die Traurigkeit, der Selbstmord von Philipps Vater, Yasmins totale Abkehr von der Familie, Timos Komplexe. Wie Steine lagen mir die Stunden im Magen, auch im Kopf. Es war unmöglich, sie zu ignorieren.

Yim wartete mit einem Strauß Blumen auf mich – Schokoblumen. Die kleinen Kunstwerke in Weiß hatten die Form von Porzellanrosen, waren zwanzig Zentimeter lang, in Folie verpackt und auf den imitierten Blüten mit roten Streuseln belegt.

»Das wäre doch nicht nötig gewesen.«

»Wenn man immer nur das tun würde, was nötig wäre …« Yim führte den Satz nicht fort. »Sie sehen müde aus, ich werde Sie aufmuntern.«

Ich fühlte mich wohl in seiner Gesellschaft, und gerade deswegen meinte ich, mich unwohl fühlen zu müssen. Es war unübersehbar – und kam ziemlich plötzlich für mich –, dass er mehr wollte, als sich nur zu entschuldigen oder eine lose Bekanntschaft aufzubauen, doch eigentlich war er nicht mein Typ. Ich stand auf Blonde, Modell Schweden, und auf Breitschultrige, Typ Klitschko. Der Vater von Jonas, eine flüchtige Affäre vor dreiundzwanzig Jahren, war so ein Hüne gewesen, seine ganze linke Seite war tätowiert mit Schlangen, Waffen, einem Anker und Ornamentranken. Sie versuchten, die Geschichte einer Selbstfindung zu erzählen, angefangen von den Fremdenlegionären über zwei Jahre auf See bis hin zu einem Sabbatjahr im brasilianischen Dschungel.

Bewegte Geschichten hatten mich immer schon angezogen, vielleicht fühlte ich mich Yim deswegen so nahe. In seiner sportlichen Eleganz und Exotik erinnerte er mich allerdings eher an einen Bollywood-Schauspieler. Außerdem galt das, was ich am Vormittag befunden hatte, am Abend immer noch: Ich war an neuen Menschen – Männern – in meinem Leben nicht interessiert. Ich war zu keiner Investition in Gefühle bereit. Das Letzte, was ich zu all dem anderen Stress in meinem Leben gebrauchen konnte, war Liebeskummer, und ich wusste nur zu gut, dass Liebe und Liebeskummer siamesische Zwillinge waren, die zu trennen schon viele vergeblich versucht hatten. Trotzdem konnte ich mich Yims Charme nicht völlig entziehen.

Im Taxi sagte er: »Vergessen Sie den anstrengenden Tag. Freuen Sie sich auf ein leckeres Essen und einen kalten Drink. Denken Sie an nichts anderes. Mögen Sie es lieber scharf oder mild?«

»In kulinarischer Hinsicht gehöre ich zur Kokos-Fraktion: mild und sahnig. Was die Drinks angeht, bevorzuge ich normalerweise die Campari-Fraktion: leicht bitter, heute allerdings die Egal-was-Fraktion.«

»Die Bar gehört Ihnen. In den nächsten paar Stunden können Sie tun, was immer Ihnen gefällt.«

»Das ist sehr leichtfertig von Ihnen. Die anderen Gäste werden kaum einverstanden sein mit dem, was ich am liebsten tun möchte.«

»Und das wäre?«

»Eine Platte von den Stones auflegen und den Regler bis zum Anschlag aufdrehen.«

Yim lächelte, und zehn Minuten später verstand ich warum. Das *Sok sebai te* war menschenleer, der Montag war Ruhetag. Nachdem er sein Restaurant aufgeschlossen hatte, schob er als Erstes eine CD der Rolling Stones in den Player. Dass er die überhaupt dahatte …

»Der Regler, die Bar und der ganze Gastraum gehören Ihnen. Ich bin Ihr Koch und für die nächsten zwanzig Minuten in der Küche.« Er setzte einen Strohhut auf, der an der Wand hing, verbeugte sich dreimal, viermal in der unterwürfigen Manier eines chinesischen Leibeigenen – und schon war er weg.

Yim konnte ein richtiger Spaßvogel sein. Und welche Idee: Zum ersten Mal hatte ich die Herrschaft über ein Restaurant inne, durfte darin tun und lassen, was mir gefiel. Sollte ich mich beherrschen? Eigentlich war mir nicht danach. Ich drehte den Song *»19th Nervous Breakdown«* dreiviertellaut auf, bis die Gläser im Regal zitterten und mich auf eine weitere Idee brachten. Ich beschloss, mir einen Strawberry-Daiquiri zu mixen. Dabei bewegte ich meinen Körper nach dem wilden Rhythmus der Musik und brachte ihn in Positionen, von denen ich fast vergessen hatte, dass es sie gab. Meine langen Haare wirbelten durch die Luft, ein leeres Tonic-Glas wurde zum Mikrophon, und mein Mund verzerrte sich in stummen Schreien.

Eine Viertelstunde später, den zweiten Daiquiri in Händen, geriet ich – nicht zuletzt durch körperliche Erschöpfung bedingt – in eine andere Stimmung. Ich legte Enya auf, zündete zwei Kerzen an, setzte mich auf den Bartresen und ließ mir von dem nostalgischen Deckenventilator kühle Luft zufächeln. Ich war froh, die Einladung angenommen zu haben, und fürchtete mich, in meine leere Wohnung zurückzukehren.

Als Yim den Kopf aus der Küche streckte und fragte, ob alles in Ordnung sei, antwortete ich: »Alles bestens. Haben Sie auch kambodschanische Musik da?«

»Klar. Aber wollen Sie wirklich hören, wie eine Geige gestimmt wird, begleitet vom Jammern einer Frau?«

»Gut, nächste Frage. Wie lange dauert es noch?«

»Sofort zu Diensten, gnädige Frau. Meister Yim werden sich beeilen und leckeres Gericht in fünf Minuten bringen. Machen Sie sich bereit auf kulinarisches Erlebnis.«

»Ich warten voller Ungeduld«, erwiderte ich, und Yims Kopf verschwand wieder hinter der Tür.

An der Wand hing ein zweiter Strohhut in Pyramidenform, den ich mir spontan aufsetzte. Ich war jetzt ganz Kind und hatte Lust auf kleine Albernheiten, beflügelt von zwei Gläsern Daiquiri sowie einem Gastgeber, der mich dazu ermuntert hatte, mich gehen zu lassen. Derart verkleidet, betrachtete ich mich im Spiegel der Bar und lächelte.

Gleich daneben hingen Dutzende Fotos, manche davon in Schwarz-Weiß, die meisten in Farbe. Man konnte Yims Entwicklung von seiner Kindheit bis zur Gegenwart verfolgen: Yim vor wenigen Jahren bei der Eröffnung seines Restaurants, sein Kopf umrahmt von Luftballons, Yim als Mittdreißiger beim Wasserskilaufen, ein Bild sprühender Lebensfreude, Yim und eine bildhübsche, junge blonde Frau beim Bergwandern, Yim an einem Grab, sehr nachdenklich, Yim neben einer älteren, kleinen asiatischen Frau – seiner Mutter.

Frau Nan sah auf Fotos immer unnahbar aus, fast streng, aber wie sie Yims Hand hielt – an ihre Wange gedrückt –, war von einer Zärtlichkeit, die ich ihr nicht zugetraut hätte, obwohl ich sie nicht kannte. Diese Mutter hatte ihren Sohn geliebt, und er hatte sie geliebt, wie den vielen anderen Fotos zu entnehmen war, die Yim als Jugendlichen zeigten. Frau Nan war auf ungefähr einem Drittel aller Aufnahmen zu sehen, ihr Mann war nicht abgelichtet worden.

Ich staunte, wie persönlich viele dieser Fotos waren, ganz anders als die Fotos in anderen Restaurants und Bars, die ja doch nur immer die Besitzer mit Promis zeigten oder mit anderen lachenden Menschen. Yim breitete auf dieser Wand sein Leben in allen Facetten aus. Wie die tätowierte linke Körperseite des Vaters von Jonas erzählte sie eine Geschichte. Aber wie alle guten Geschichten ließ sie genug Raum, um sie mit eigenen Vorstellungen zu füllen.

Ein kleines Foto in der oberen rechten Ecke berührte mich am meisten. Als ungefähr Zwölfjähriger stand Yim darauf in einem gelben Trikot auf einem Rasenplatz, er sah nach oben, ein Ball tanzte auf seinem Kopf. Nichts konnte mir deutlicher vor Augen führen, dass wir uns auf derselben Seite befanden, auf der Seite der Hinterbliebenen. Ich nahm das Foto von der Pinnwand ab und betrachtete es genauer.

Hinter dem Tornetz stehen zwei Gestalten: Frau Nan und – tatsächlich – ihr Mann. Er versucht sich noch abzuwenden, aber es ist zu spät. Jemand hat auf den Auslöser gedrückt. Wieso hat Herr Nan etwas dagegen, fotografiert zu werden? Einerseits ist er nicht besonders fotogen, er hat die Figur eines Hinkelsteins auf

Stelzen: ein winziger Kopf, schmächtige Schultern, ein aufgeblähter Bauch, sehr dünne Beine, die ein Kompliment verdienen, den Körper zu tragen. Andererseits scheint er nicht eitel zu sein, dafür ist seine Kleidung zu nachlässig getragen. Das Hemd ist ihm aus der Hose gerutscht, die auf seiner Hüfte keinen richtigen Halt findet, und die Haare sind unsauber gescheitelt. Zwischen ihm und seiner ordentlichen Frau, die direkt in die Kamera schaut, scheint sich ein ganzer Kontinent auszubreiten, obwohl sie nebeneinanderstehen. Und dazwischen, im Vordergrund, der Sohn.

Wieso hatte Yim gerade dieses Foto ausgesucht, um es an die Wand zu heften?

Yim hatte nicht zu viel versprochen. Er servierte uns *Hamok Trei*, Fischfilets mit Zwiebel-Paprika-Gemüse in einer Kokossoße, gewürzt mit Knoblauch, Ingwer und Zitronengras, auf Bananenblättern. Damit traf er genau meinen Geschmack. Trotzdem war ich nach zehn Gabeln satt und aß nur noch aus Höflichkeit weiter. Der dritte Daiquiri allerdings ging mir leicht runter.

»Ich habe vorhin Ihre Bilderwand bewundert«, sagte ich. »Ihre Familie, Ihre Freunde, Ihre Jugend …«

»Ja, sie wächst fortlaufend. Erinnern Sie mich bitte daran, dass ich nachher ein Foto von Ihnen mache.«

»Von mir? In meinem derangierten Zustand? Für die Wand? Oh Gott.«

»Sie dürfen es vorab zensieren, außerdem kann von derangiert keine Rede sein. Wenn Sie den Strohhut weit genug in die Stirn ziehen, erkennt man Sie sowieso nicht.«

»Au weia, ich soll den Strohhut tragen?« Ich lachte und sagte zu, denn ich wollte keine Spielverderberin sein.

Dann fragte ich: »Wer ist die bildhübsche Frau, mit der Sie … hicks … Bergwandern. Ich glaube, ich habe einen Schwips.«

Yim lächelte verständnisvoll. »Ja, Sie haben einen Schwips, und bei der bildhübschen Frau handelt es sich um meine frühere Lebensgefährtin. Sie hieß Martina.«

»Heißt sie heute nicht mehr so?«

»Na ja, sie ist vor sieben Jahren gestorben.«

Fettnapf, voll rein.

»Das tut mir leid, ich … ich sollte weniger trinken und … Vielleicht sollte ich jetzt lieber gehen.«

»Nein, wieso? Weil Sie etwas über mein Leben erfahren wollten und dabei auf etwas Trauriges gestoßen sind? Machen Sie sich deswegen nicht verrückt.«

»Na schön, ich … ich finde es wirklich anrührend, dass Sie ein Foto von Martinas Grab aufgehängt haben.«

»Ich korrigiere Sie nur ungern, aber Sie liegen daneben. Das ist das Grab meines Großvaters in England. Der Vater meiner Mutter war ein Seemann aus Bristol, der sich quer durch Indochina geschlafen hat. Ich bin sozusagen Madame Butterflys Enkel.«

Daher Yims überwiegend europäisches Aussehen.

»Ihre Mutter hat in physischer Hinsicht allerdings wenig von diesem Seemann«, sagte ich.

»Stimmt. Vermutlich haben bei meiner Mutter die asiatischen Gene gesiegt, während in meinem Fall die europäischen Gene durchschlugen.«

»Wie der Vater, so der Sohn«, sagte ich und bemerkte, dass Yim diesen Satz einige Sekunden lang verdauen musste, bevor er mit einem gezwungenen Lächeln zustimmte. Das Gespräch geriet vorübergehend ins Stocken, was ich schade fand, weil der Abend bis dahin so harmonisch verlaufen war.

In die Stille sagte ich: »Ich habe heute Leonie Korns Mutter getroffen.«

Nicht gut, dachte ich sofort, gar nicht gut. Wieso hatte ich bloß damit angefangen? Ich hatte mir ausgerechnet das sensibelste aller Themen ausgesucht, noch dazu war es schon einmal in die Hose gegangen. Ich hätte ihm Fragen über die kambodschanische Küche stellen können, über Wasserski, die Geschichte Indochinas, das Leben als Madame Butterflys Enkel, oder ich hätte von mir erzählen können, von meiner Arbeit ... Das war das Stichwort. Natürlich hatte ich instinktiv von dem angefangen, was mir die ganze Zeit über im Hinterkopf herumging. Sogar die angenehme exotische Atmosphäre, Yim und die Bananenblätter, die Drinks und die Stones schafften es nicht, dass ich schwebte. Die Schwerkraft der Arbeit zog mich immer wieder auf die Erde zurück.

Yim reagierte gelassen. »Ich habe mir so etwas schon gedacht, als Sie von einem Termin in Hessen sprachen. Leonie Korn liegt in einer Klinik irgendwo im Taunus, soviel ich weiß.«

»In Bad Homburg. Leonies Mutter hat darauf bestanden, mich an ihrem«, fast hätte ich Totenbett gesagt, »in Leonies Gegenwart zu treffen. Es war ziemlich verrückt.«

»Leonie Korn war schon zu Lebzeiten verrückt. Ich habe sie in den paar Tagen auf Hiddensee nicht gut kennengelernt, aber sie war ... Ich komme nicht auf das richtige Wort. Ich fand sie auf eigenartige Weise beunruhigend, und zwar vom ersten Moment an. Es hat eine heftige Auseinandersetzung zwischen Vev und ihr gegeben, wegen der verschwundenen Pistole. Ich war zufällig dabei.«

»Leonie Korns Mutter hat mir heute gesagt, dass ihre Tochter zu der Tat gar nicht fähig gewesen wäre.«

»Ich mache ihr deswegen keinen Vorwurf. Neun von zehn Müttern würden sich gegen den Gedanken sperren, dass das eigene Kind für den sinnlosen, brutalen Tod von drei Menschen und für die Traumata mehrerer anderer verantwortlich ist. Sie glauben der Mutter doch nicht, oder?«

»Zu viel spricht gegen Leonie«, sagte ich, auch um mich selbst davon zu überzeugen. »Ich habe die Akten studiert und komme zu dem gleichen Schluss wie die Polizei. Trotzdem … Ich finde, ich weiß noch zu wenig über das, was in den Tagen vor den Morden passierte. Wie hat sich die Situation entwickelt? Ich kann mir nicht vorstellen, dass Leonie bereits mit der Absicht zu töten nach Hiddensee gefahren ist. Demnach muss etwas geschehen sein, das sie zur Raserei gebracht hat.«

»Wie gesagt, ich habe kaum zehn Sätze mit Leonie Korn gewechselt.«

Ich blickte in mein leeres Glas und fürchtete, Yim mit dem zu verärgern, was ich als Nächstes fragen wollte.

»Interessiert es Sie denn gar nicht, was Leonie Korn zur Mörderin gemacht hat?«

Er stocherte in seinem Essen herum. »Sehr wenig. Wissen Sie, es würde mir wehtun, zu erfahren, dass der Grund ein ganz banaler war. Vielleicht hat ihr jemand ein Schimpfwort an den Kopf geworfen, vielleicht ist ihr jemand auf den Fuß getreten, vielleicht hat jemand ihren Lieblingssänger lächerlich gemacht … Was spielt das für eine Rolle? Sie hat wahllos getötet, und meine Mutter hatte das Pech, zur falschen Zeit am falschen Ort zu sein.«

»Möglicherweise … Es könnte doch sein …« Der Alkohol brachte mich dazu, einen Gedanken zu artikulieren, der seit Tagen in mir gereift war, sehr still, weshalb er auch für mich neu war. »Es könnte sein, dass Leonie nicht *wahllos* getötet hat, sondern gezielt. Dass der Amoklauf gar keiner war, oder zumindest nur ein halber. Dass sie eine genaue Vorstellung davon hatte, wer büßen sollte.«

»Büßen wofür?«

»Genau das interessiert mich. Ich möchte zu gerne nach Hiddensee fahren und mir die Szenerie ansehen, mit ein paar Leuten sprechen, ein paar Abläufe rekonstruieren, Atmosphäre schnuppern ...«

»Ich höre ein ›Aber‹.«

»Gut möglich, dass ich spinne, in die Irre gehe, Gespenster sehe.«

Yim trank einen großen Schluck seines Mekong Sunset, den er bis dahin kaum angerührt hatte. »Gespenster lauern in dieser Geschichte überall«, sagte er. Und dann: »Den haben Sie gut gemixt, er schmeckt genau wie meiner.«

»Vielleicht sind wir Seelenverwandte«, sagte ich im Scherz – aber womöglich war es keiner.

Ein paar Sekunden lang schwiegen wir, während Enya ihr letztes Lied beendete. Auf einmal wirkte der stimmungsvolle Raum bedrückend, fühlte ich mich im Dickicht meiner Gedanken beengt. Ich wollte gern nach Hiddensee fahren, wusste allerdings nicht, ob das irgendetwas bringen würde. Außerdem kostete die Reise Geld, das ich nicht eingeplant hatte, zweihundert Euro mindestens für Fahrt und Unterkunft. Drittens würde ich Staub aufwirbeln, der sich gerade erst gelegt hatte, was Yim wehtun könnte und damit mittelbar auch mir – falls ich mit ihm in Verbindung bleiben wollte. Wollte ich?

Eigentlich nicht.

Eigentlich schon.

»Ich hatte sowieso vor, dieser Tage nach Hiddensee zu fahren«, sagte er. »Das mache ich jedes Jahr. Berlin im August, Sie wissen ja – alle im Urlaub, das Geschäft ruht. Wenn Sie wollen, nehme ich Sie mit.«

»Ehrlich?«

»Klar. Mit Unterkünften sieht es auf Hiddensee wahrscheinlich mau aus, sanfter Tourismus, wenige Betten, Ferienzeit. Falls Sie nichts finden, also … Sie können gerne in meinem Kinderzimmer schlafen.«

»Im Haus Ihres Vaters?« Bei dem Gedanken wurde mir mulmig. Von dem mysteriösen Herrn Nan wusste ich schließlich nur, dass er am Telefon nichts zu sagen und schwer zu atmen pflegte.

»Ich weiß nicht recht. Wo werden Sie schlafen?«

»Auf dem Sofa im Wohnzimmer.«

»Was, wenn Ihr Vater mich nicht in seinem Haus haben will?«

»Ich rede mit ihm. Ich bin sicher, er wird nicht Nein sagen.«

Ich fühlte mich nicht ganz wohl bei der Sache, der innere Aufpasser riet mir ab. Doch wie alle Aufpasser war auch er nicht besonders beliebt und rief Trotzreaktionen hervor.

»Wieso tun Sie das?«, fragte ich.

»Wieso sind Sie heute Abend hier?«, antwortete er mit einer Gegenfrage. »Sehen Sie, deswegen.«

8

September 2010

Als Timo um halb neun nach unten kam, war Vev gerade dabei, den Frühstückstisch auf der Veranda zu decken. Er half ihr dabei und konnte sich an ihren Bewegungen nicht sattsehen. Die ruhige Art, wie sie Gegenstände in die Hand nahm und platzierte, wie sie ein Besteck oder einen Teller geraderückte, erregte ihn, und allein auf ihren Blick hätte er sich einen runterholen können.

Es herrschte Postkartenidylle: keine Wolke am Himmel, blühende Heckenrosen, leichter Wind, Brötchenduft, schönes Porzellan, zwei Kannen Kaffee, eine Kanne Tee, tausend Marmeladen.

»Ich habe dein Buch gelesen«, sagte sie.

»Ich habe es euch doch erst gestern gegeben.«

Sie zuckte mit den Schultern. »Zweihundertneununddreißig Seiten. Ich war bis drei Uhr wach. Philipp hat sich beschwert, aber das war mir egal. Deine Figuren sind schlagfertig, sarkastisch, ein bisschen verrückt – ich mag das. Die Handlung ist irgendwie unheimlich, obwohl sie in einem bürgerlichen Milieu angesiedelt ist. Irgendwie erinnert mich die Atmosphäre an die Filme von Chabrol.«

»Danke schön. Du bist Chabrol-Fan?«

»Ich war Französischlehrerin, bevor ich Philipp geheiratet habe.«

»Ach! Und ich habe Romanistik studiert.«

»Siehst du, noch etwas, das wir gemeinsam haben.« Sie erläuterte nicht, welches die andere Gemeinsamkeit war, denn die Tatsache, dass sie es nicht erläutern musste, *war* die andere Gemeinsamkeit.

Timo wagte einen Vorstoß. »Yasmin als gestandene Esoterikerin würde jetzt sagen, dass wir Seelenverwandte sind.«

Vev ging zu seinem großen Bedauern nicht darauf ein. »Ich kann Yasmin gut leiden. Sie verstellt sich nicht, so etwas bewundere ich. Wenn sie Lust hat, an die Magie von Steinen sowie an alle fünf Weltreligionen auf einmal zu glauben und ganz nebenbei noch die Marxistin in sich zu kultivieren, hat sie meine volle Sympathie, obwohl ich mit nichts davon etwas am Hut habe.«

Timo wollte eigentlich nicht über Yasmin reden, wenngleich er zufrieden feststellte, dass Vev auch in diesem Punkt im Takt mit ihm ging. Aber ihm fiel nicht ein, wie er den Bogen zurück zur Seelenverwandtschaft spannen sollte.

»Philipp kommt nicht so gut mit ihr zurecht, stimmt's? Ist er sauer, weil ich sie mitgebracht habe, ohne ihn zu fragen?«

»Ach, Philipp ...«, sagte sie. »Für ihn sind Manieren sehr wichtig, für Yasmin dagegen sind Manieren – so wie ich sie einschätze – der Zuckerguss auf der Leberwurst. Ich kenne diesen Typus von früher, und ich kann ihre Einstellung nachempfinden, auch wenn ich selbst nicht den Mut zu ihrer Konsequenz habe.«

»Du hast mir noch nicht gesagt, ob er sauer auf mich ist.«

Die Antwort blieb aus, weil aus dem Innern des Hauses die Mandolinenkonzerte von Vivaldi klangen.

»Philipp ist heruntergekommen«, sagte sie, und einen Augenblick später war er da.

Sie frühstückten gemeinsam. Morrison, der schwarze Kater, liebäugelte mit Timos Schoß, Nena versuchte an den Käse heranzukommen, wurde aber von Philipp verscheucht, Piaf begrüßte Yasmin. Leonie fehlte als Einzige. Sie rief aus dem Gästebad, dass sie noch eine Weile brauche und die anderen schon ohne sie anfangen sollten. Dafür kam ein Überraschungsgast vorbei: Yim, der Sohn des Ehepaares Nan, der einen Tag zuvor aus Berlin zu Besuch gekommen war. Die kleine Clarissa bestand darauf, sich von ihm herumwirbeln zu lassen, und er entsprach ihren Wünschen gerne. Die beiden schienen so etwas wie ein verschworenes Paar zu sein. Ihr gemeinsames Lachen steckte an. Die Szenerie war so perfekt, wie es in einer Margarinewerbung nicht besser hätte inszeniert sein können.

Alle griffen begierig nach den Mohnbrötchen und Marmeladen und tranken sich mit Koffein fit, was auch nötig war, denn Philipp hatte den Tag bereits durchgeplant. Zunächst stand ein Fahrradausflug zum Leuchtturm im Norden der Insel auf dem Programm, gefolgt von weiteren Besichtigungen, dem Mittagstisch in einem Fischrestaurant und einer Stunde Sonnenbaden.

»Wie wär's heute Abend mit einem Lagerfeuer am Strand?«, schlug Yasmin vor.

»Ich glaube, das ist verboten«, sagte Philipp.

Yasmin sah ihn an, als hätte er Chinesisch gesprochen. »Also gebongt«, sagte sie. »Yim, du kommst auch mit, oder? Zu blöd, dass ich meine Rassel nicht mitgenommen habe. Wir hätten so schön Musik machen können. Hat jemand zufällig eine Panflöte dabei?«

»Meine ist gerade zur Reparatur«, erwiderte Vev trocken, woraufhin alle lachten.

In diesem Moment kam Leonie heraus.

»Da bist du ja!«, rief Vev, die sie als Erste entdeckte. »Setz dich zwischen Philipp und mich. Übrigens, das ist Yim, Frau Nans Sohn.«

Leonie begrüßte Yim nur beiläufig und zerstreut. »Ich … ich muss euch etwas gestehen«, sagte sie. »Euch allen, aber besonders Philipp und Vev. Es wäre besser, wenn …« Leonies Blick fiel auf Clarissa.

Vev verstand. »So, Clarissa, du darfst jetzt spielen gehen.« Sie wischte ihrer Tochter die von drei verschiedenen Marmeladen verklebten Finger und den Mund ab. »Nur bis zu den Heckenrosen, ja? Ich möchte dich sehen können.«

Clarissa entfernte sich ein Stück und spielte mit einem der Holztiere, die überall herumlagen, Black Beauty auf Hiddensee.

Leonie setzte sich zwischen Philipp und Vev. Dann warf sie Timo einen Blick zu, als ob er ihr helfen oder Kraft geben könnte. »Ich habe etwas verloren«, brachte sie mühsam hervor, »und ich finde, ihr müsst es erfahren.«

»Ein Schmuckstück?«, fragte Philipp. »Sollen wir im Haus nachsehen?«

»Nein, nein. Ich weiß, das wird sich jetzt zunächst gefährlich anhören … auch wenn es gar nicht gefährlich ist – wahrscheinlich.«

»Leonie«, sagte Philipp, »wieso erzählst du uns nicht einfach, was du verloren hast?«

»Eine Waffe.«

Ein paar Möwen schrien, Clarissa purzelte über den Sand und summte eine Melodie, keiner sagte etwas. Zwei Atemzüge waren eine lange Zeit, wenn fünf Personen um einen Tisch herumsaßen und eine sechste Person anstarrten.

»Eine … Waffe?«, fragte Philipp. »Heißt das ein Schweizer Messer?«

»Nein, eine Pistole. Und sie ist geladen. Na ja, wenn sie nicht geladen wäre, bräuchte ich sie nicht.« Leonie lachte nervös auf. »Ich habe schon überall gesucht, in meiner Tasche, im Koffer, im Zimmer, im Bad … Sie ist weg. Ich kann mir das nicht erklären. Ich habe …«

»Augenblick mal«, unterbrach Philipp. »Wir reden hier über eine *geladene* Pistole? Was, um alles in der Welt, machst du mit dem Ding?«

»Ich bin vor zwei Jahren überfallen worden. Seitdem …«

»Wer soll dich hier schon überfallen? Auf Hiddensee passiert gar nichts, hier ist bestimmt seit fünfzig Jahren kein Schuss mehr gefallen, und du rückst hier mit deinem Arsenal an. Du hättest die Waffe zu Hause lassen können.«

»Es stimmt schon, Philipp, das war dumm von mir. Ich bin so sehr daran gewöhnt, sie dabeizuhaben … Ehrlich, mir tut das alles furchtbar leid. Ich entschuldige mich, auch bei dir, Vev. Ich hätte …«

Vevs Ohrfeige knallte so laut, dass alle zusammenzuckten. Der Schlag mit der flachen Hand erfolgte mit Schwung. Dann trat wieder Stille ein, noch atemloser als zuvor.

Leonie stand auf, rieb sich die Wange und torkelte ein paar Schritte rückwärts vom Tisch weg, ohne Vev aus den Augen zu lassen.

Auch Philipp stand abrupt auf, wobei sein Stuhl nach hinten umkippte. Die Katzen erschreckten davon so sehr, dass sie flohen.

»Vev«, sagte Philipp, ebenso betroffen wie vorwurfsvoll. »Vev, ich bitte dich.«

»Was fällt dir ein?«, schrie sie an Philipp vorbei Leonie ins Gesicht. »Du bringst eine schussbereite Waffe in mein Haus, in die Nähe meines Kindes. Du hast gewusst, dass Clarissa noch klein ist. Bist du nicht mehr ganz richtig im Kopf?«

»Bitte beruhige dich, Schatz.«

»Nicht *ich* sollte mich *beruhigen*, sondern *du* solltest dich *aufregen*. Eine Pistole, voll mit Patronen ...«

Leonie war sichtlich den Tränen nahe. »Nur vier«, murmelte sie.

Vev funkelte sie an. »Na, wunderbar. Das bedeutet, dass maximal vier von uns in Lebensgefahr sind. Wir sind zu sechst. Vier Tote sind dann wohl gar kein so schlechter Schnitt, nicht wahr? Immerhin wird fast die Hälfte von uns weiterleben. Wir könnten ja noch ein paar Gäste einladen, dann senkt das die Wahrscheinlichkeit, dass einer von uns dran glauben muss. Yim, möchtest du vielleicht deine Eltern herüberbitten? Sie würden uns einen großen Gefallen tun, denn das verbessert unsere Überlebenschancen. Kleinen Moment, ich hole den Champagner.«

»Hör auf, Vev«, sagte Philipp. »Niemand wird sterben. Eine Waffe ist verloren gegangen, und das gefällt mir so wenig wie dir. Aber das heißt nur, dass sie weg ist, und nicht, dass sie benutzt wird. Wer von uns hätte Interesse daran, auch nur einen einzigen Schuss abzufeuern?«

Timo mischte sich in die Debatte ein. »Wir sollten uns trotzdem auf die Suche machen. Leonie, versuche dich zu erinnern, wo du die Pistole verloren haben könntest.« Er sprach in verständnisvollem, aber dringlichem Ton mit ihr.

Sie war noch immer geistig benommen von der Ohrfeige und musste gedrängt werden zu antworten. »Also ich … Am Strand, glaube ich«, sagte sie und sah abwechselnd Timo und Yasmin an.

»Jemand«, sagte Timo mit einem Seitenblick auf Philipp, »sollte bei der Polizei nachfragen. Falls die Waffe inzwischen gefunden worden ist …«

»Es gibt nur eine sehr kleine Polizeistation auf Hiddensee, eine Dependance«, sagte Philipp.

»Dann vielleicht in Stralsund?«

Philipp nickte. »Ich finde die Telefonnummer heraus. Den Notruf will ich aber nicht wählen, noch ist ja nichts passiert.«

Das stimmte zwar, trotzdem steckte der Schreck allen in den Gliedern. Eine geladene Waffe, die nicht mehr dort war, wo sie sein sollte, war wie ein Klopfen des Schicksals.

Auch Yim bot seine Hilfe an, holte sein Smartphone hervor, suchte kurz und wählte dann die Nummer des Ordnungsamtes. »Die laufen oft den Strand ab«, erklärte er.

»Leonie, wo sonst könntest du die Pistole verloren haben?«, fragte Timo.

Sie überlegte. »Auf … dem Weg vom Strand zum Haus. Als wir zurückkamen, bin ich duschen gegangen. Ab da lag die Tasche in meinem Zimmer, den ganzen Abend lang.«

»Es hilft nichts«, seufzte Timo, der die Koordination in die Hand nahm. »Wir müssen alles absuchen. Leonie, du übernimmst mit Yasmin bitte die Strecke von hier bis zum Strand und die nähere Umgebung des Hauses.«

Yasmin schien es nicht zu passen, Leonie zugeteilt worden zu sein, aber sie wehrte sich nicht. Gemeinsam machten sie sich auf den Weg.

Timo setzte sich neben Vev, die ihn ansah. Ihre Aufregung war in der Ohrfeige für Leonie zum Ausdruck gekommen, doch in ihrem Gesicht war davon nur wenig zu finden. Sie zündete sich eine Zigarette an, nahm einen langen Zug und blickte zu Clarissa.

Timo und sie dachten dasselbe.

»Man sollte das Kinderzimmer besonders gut durchsuchen«, sagte Timo. »Clarissa hatte durchaus Gelegenheit, die Pistole aus der Tasche zu holen, und Kinder können wie Elstern sein, sie nehmen sich alles, was glitzert oder komisch aussieht.«

Vev lächelte kaum sichtbar. »Ich bin froh, dass du bei mir geblieben bist. Habe ich mich unmöglich benommen?«

»Wie eine Mutter, würde ich sagen.« Zwei Dinge wurden Timo klar, während er das sagte. Zum einen, dass es mehr als nur eine Schwärmerei war, was er für sie empfand, ohne zu wissen, wie er es nennen sollte. Er hatte noch nie geliebt, daher war er unsicher, ob das, was da gerade mit ihm geschah, etwas mit Liebe zu tun hatte. Alles sprach dagegen: die kurze Zeit ihrer Bekanntschaft, der Altersunterschied, Ödipus … Zweitens war ihm auf einmal klar, dass Vev Mutter war. Natürlich hatte er das auch vorher schon gewusst, aber erst jetzt begriff er die Tragweite dieser Tatsache.

Vev hatte eine Tochter! Und er? Er hatte Tage, an denen er sich selbst noch immer ein bisschen wie ein Kind fühlte. Frauen in Vevs Alter waren anders als die Frauen seines Alters, sie waren selbstbewusst, ohne arrogant zu sein. Sie wussten vielleicht nicht immer, was sie wollten, aber fast immer, was sie *nicht* wollten, und das war schon eine ganze Menge. Er und Vev existierten in verschiedenen Welten, nicht bloß getrennt durch Jahre, sondern durch mehrere Schichten an Erfahrungen. So spürte er gleichzeitig eine große Anziehung und großen Respekt.

Yim kam zurück. »Beim Ordnungsamt weiß man nichts von einer Waffe. Sie haben sich den Vorfall aber notiert.«

Auch Philipp hatte nichts erreicht, außer dass die Polizei den Vorfall registriert hatte und weiterleiten wollte.

Sie beschlossen, das Haus zu durchsuchen. Philipp und Vev übernahmen das Erdgeschoss, während Timo und Yim Clarissas Zimmer auf den Kopf stellten.

Das Kinderzimmer vermittelte den Eindruck, über den Wolken zu schweben. Es war zartblau angestrichen und mit einem kuscheligen blauen Teppichboden ausgelegt. An der Decke glänzte eine lachende Sonne. Die Birkenholzmöbel waren weiß gebeizt und wimmelten nur so von Stofftieren der fünf Kontinente. Ein solches Zimmer bot zahlreiche Versteckmöglichkeiten, daher nahmen sie jedes Tier in die Hand, sahen in jede Schublade, in jeden Legokasten.

Als Timo und Yim – erfolglos geblieben – die Treppe nach unten gingen, hörten sie Philipp und Vev streiten. Keiner von beiden wurde laut, aber sie behandelten sich mit der eisigen Höflichkeit zweier spinnefeinder Politiker.

»Verstehst du denn nicht? Leonie ist mein Gast, und du hast sie geschlagen. Das bringt mich in eine unangenehme Lage.«

»Sollte jemand durch die Waffe getötet werden, befindet derjenige sich auch in einer unangenehmen Lage. Hast du dir darüber einmal Gedanken gemacht?«

»Ich werde Leonie unmissverständlich sagen, was ich davon halte, darauf kannst du dich verlassen. Aber damit möchte ich es dann auch bewenden lassen.«

»Wer spricht mit Clarissa?«

»Das werde ich tun. Du bist viel zu wütend.«

»Wütend auf deinen Gast, Leonie the Kid, nicht auf Clarissa.«

»Trotzdem. Ich kümmere mich um alles.«

Es entstand eine Pause, die erst vom Geräusch aneinanderschlagender Eiswürfel im Glas beendet wurde.

Yim war unterdessen nach draußen gegangen, Timo stand noch immer auf der Treppe und meinte das Whiskyglas zu sehen. Er hatte vor Augen, wie sie es hielt, wie sie daran nippte, wie sie den Mund öffnete und sich eine schwarze Haarsträhne aus der Stirn strich.

»Findest du«, fragte Philipp, »den Zeitpunkt für Whisky geeignet?«

Vev antwortete nach einem gedehnten Augenblick mit einer Gegenfrage. »Würdest du mir einen Gefallen tun? Stell bitte das Mandolinengezupfe aus. Ich kann mir beim besten Willen nicht vorstellen, dass Vivaldi diese Musik für eine solche Gelegenheit geschrieben hat. Ich durchsuche jetzt noch einmal Clarissas Zimmer und lege mich dann eine Stunde hin.«

»Und unser Ausflug? Wir wollten doch mit den anderen zum Leuchtturm radeln.«

Philipp erhielt keine Antwort. Sekunden später kam Vev die Treppe herauf und warf Timo einen jener Blicke zu, die ihm unter die Haut gingen. Das Glas in der Hand, schritt sie wortlos an ihm vorbei, und er sah ihr lange nach.

»Papa, müssen wir alle sterben? Und wer ist Me… Medea?«

Philipp haute es fast vom Küchenhocker, auf den er sich gerade erst gesetzt hatte, um Clarissa zu befragen. Sterben,

Medea. Wie um alles in der Welt kam sie auf Medea? Hätte sie ihn nach Methylalkohol oder dem deutschen Steuerrecht befragt, hätte er nicht verblüffter sein können.

»Willst du das wegen dem wissen, worüber wir uns vorhin so aufgeregt haben?«

»Ja, wegen Mama und noch wegen etwas anderem. Mama hat was vom Sterben gesagt.«

»Ja, aber von Medea hat sie nichts gesagt.«

»Doch! Als ihr alle weg wart, hat sie leise geschimpft. Ich habe es genau gehört. Sie hat gesagt, dass die Leonie da, wo sie wohnt, auf Kinder aufpasst. Und dann ... dann hat sie gesagt, das ... das ist so, als würde man Me... Med...«

»Medea.«

»Medea zur Kindergärtnerin machen.«

»Mama hat sich ein bisschen aufgeregt, das hat sie nicht so gemeint.«

»Müssen wir sterben?«

»Nein, Schatz.«

»Aber irgendwann, ja?«

»Na ja, das dauert noch sehr, sehr lange. Oma ist fünfzehn Mal so alt wie du, und ihr geht's immer noch gut.«

Es wehte ihn unheimlich an, und ihn überkam das dringende Bedürfnis, seine Tochter fest an sich zu drücken. »Komm her, Schatz.«

Er streichelte Clarissas Haare, und sie krallte sich mit beiden Händen an seinem Hemd fest. Ihr Atem ging leise und regelmäßig, der Bauch hob und senkte sich unter dem niedlichen Latzhosenanzug.

»Hoppe, hoppe, Reiter«, bat sie, und er setzte sie sogleich auf seinen Schoß. Ihre Locken zappelten synchron mit dem Auf und Ab seiner Beine. Clarissa kicherte. »Weiter, Papa, weiter. Schneller, Papa, schneller.«

»Du hast gut lachen. Ich brauche meine Beine noch. Wir fahren doch jetzt zum Leuchtturm.«

»Kommt die Leonie auch mit?«

»Wieso fragst du?«

»Ich mag die Leonie.«

»Ja, ich auch, Kleines.«

Clarissa hatte ihm einen guten Übergang geliefert. Nachdem auch Leonie und Yasmin die Pistole nicht gefunden hatten, musste er sich unbedingt vergewissern, dass Clarissa nichts mit deren Verschwinden zu tun hatte.

»Hör mal, Stupsi«, so nannte er sie manchmal wegen ihrer Stupsnase, das mochte sie, »Leonie hat etwas verloren, das hast du vorhin ja mitbekommen, und ich möchte von dir wissen, ob du es gefunden hast. Es ist nämlich sehr gefährlich, und man darf es nicht anfassen. Hast du es?«

Clarissa schüttelte den Kopf.

»Warst du in Leonies Zimmer?«

»Nein.«

»Sagst du mir die Wahrheit, Stupsi?«

Clarissa überlegte. »Wenn ich dir die Wahrheit sage, kriege ich dann ein Bananenbrot?«

»Einverstanden.«

»Mit Schoko?«

»Mit Schoko. Aber dann musst du mir auch wirklich die Wahrheit sagen.«

Sie nickte eifrig. »Erst das Brot.«

Er machte das Brot mit allem Drum und Dran, so wie sie es am liebsten hatte.

»Hier, bitte. Und jetzt sag mir, wo du das Ding aus Leonies Zimmer versteckt hast.«

»Ich habe nichts aus Leonies Zimmer genommen.«

»Aber du hast mir doch gerade angedeutet, dass …«

»Ich habe gesagt, ich sage die Wahrheit. Das ist die Wahrheit.« Sie sah ihn an, als hätte sie das Geschäft ihres Lebens gemacht. Die Kleine hatte ihn ausgetrickst.

Er kitzelte sie. »Du kleiner Schelm, du. Jetzt musst du mir aber wenigstens verraten, was das andere ist, von dem du vorhin gesprochen hast. Du sagtest, du hättest mich wegen Mama und wegen etwas anderem gefragt, ob wir sterben müssen.«

Clarissa hatte ein viel zu großes Stück von dem Bananenbrot abgebissen, was eine Antwort unmöglich machte. Daher zog sie ihn an der Hand auf die Veranda und von dort zu einer Birke. Dort lag, mit verrenktem Kopf, eine blutige Möwe. Vermutlich war sie von einer der Katzen gerissen worden.

»Jonathan ist gestorben«, sagte Clarissa. »Ich wollte wissen, ob ich ihn mal wiedersehe?«

Er seufzte. »Oh Kleines, das tut mir leid. Wir beerdigen die Möwe nachher. Aber das – das war nicht Jonathan. Er ist viel jünger, viel kleiner.«

»So wie ich?«

»So wie du.«

Philipp lächelte erleichtert. Im Grunde hatte sich die beunruhigende Lage nicht verändert, trotzdem schien ihm eine mögliche Bedrohung ferner gerückt. Clarissa hatte ihm noch nie frech ins Gesicht gelogen. Er war überzeugt, dass sie spätestens bei seiner Befragung die Wahrheit zugegeben hätte, wenn sie tatsächlich etwas gestohlen hätte.

»Wasch dir die Hände, Schatz. Es geht gleich los.«

9

Wir fuhren mit Tante Agathe. Zwischen Yim und mir hatte es eine kurze Diskussion gegeben, ob wir mit seinem, meinem oder zwei Autos fahren sollten. Sobald er merkte, dass ich meinen eigenen Wagen vorzog, schwenkte er auf meine Linie. Getrennt zu fahren fand Yim lächerlich, und ich stimmte ihm zu. Aber ich wollte unabhängig sein, oder vielmehr einen Rest Unabhängigkeit demonstrieren. Schließlich unternahm ich die Reise auf Yims Initiative hin, man konnte sogar sagen auf Yims Einladung. Ich würde in seinem Elternhaus wohnen, in seinem Jugendzimmer schlafen und – dies vor allem – mich in seinem Leben bewegen, besonders in jenem Teil von vor zwei Jahren. Da war es wichtig, eine gewisse Distanz zu halten, und aus irgendeinem Grund fand ich die Distanz besser gewahrt, wenn wir mit meinem statt mit seinem Auto fuhren.

Zu Beginn der Fahrt machten wir Konversation und blätterten den ganzen Katalog unverfänglicher Themen innerhalb einer halben Stunde durch – jener ersten halben Stunde, die wir benötigten, um die Berliner Stadtgrenze zu passieren. Der Verkehr ließ keinen Tiefsinn zu. Ich hätte Yim gerne gefragt, wie er sich dabei fühlte, dass ich in seiner Geschichte spazieren ging, oder wie wohl sein Vater auf mich reagierte. Es ist jedoch ein albernes Unterfangen, solche Dinge zu besprechen, während andere Autos ohne Blinker und Vorwarnung die Spur wechseln, Krankenwagen einen mit riesigem Tatütata zum Ausweichen zwingen und Fahrradfahrer die Chaostheorie erproben.

Obwohl ich alles andere als aggressiv fuhr, schien Yim meine Fahrweise nicht zu mögen. Er war jedenfalls auffällig still, und er stützte sich zu beiden Seiten des Sitzpolsters mit den Händen ab. Dass er – wie viele meiner Beifahrer – so reagierte, lag an Tante Agathe. Damit sie zum Stillstand kam, musste ich die Bremse ordentlich durchtreten. Selbst um sie zu kleinen Kurven zu bewegen, war es erforderlich, das Lenkrad einmal um die eigene Achse zu drehen, als steuerte ich einen Ozeandampfer. Nicht zuletzt die Gangschaltung war von beachtlicher Renitenz, so als wollte sie mir zu verstehen geben, dass sie woanders hingehöre und nicht in dieses Auto. Mein Sohn fragte mich einmal, ob ich mit dem TÜV-Prüfer geschlafen hätte, um eine neue Plakette zu erhalten.

Sobald wir ins Brandenburgische kamen, wurde Yim wieder gesprächiger. Bei geöffneten Fenstern im Laubschatten von Linden und Eichen fuhr ich Landstraße, Alleen, schnurgerade Strecken, die zum Träumen einluden. Wir fingen an, uns zu duzen.

»Kannst du glauben«, sagte er, »dass es Leute gibt, die diese Schönheit abholzen wollen, nur weil sich ein paar Teens und Twens jedes Jahr um die Bäume wickeln, wenn sie nachts um drei besoffen aus der Disco kommen? Was können denn die Bäume dafür?«

Die von der Dummheit mancher Menschen bedrohten Alleen waren unser Einstieg in eine andere Phase der Fahrt. Darüber war ich froh. Ich konnte nur raten, warum dem so war, aber Yim weckte jedes Mal, wenn ich ihm begegnete, meine Lust an existenziellen Themen. An Gesprächen über Leben und

Tod ebenso wie an Schicksalen. Vermutlich lag es daran, dass er eines hatte, ebenso wie ich.

Um ein Schicksal zu haben, muss man wenigstens einmal im Leben eine Erfahrung oder Erkenntnis ungeheurer, erschütternder Art gehabt haben, ein Schlüsselerlebnis. Solchen vom Schicksal gebeutelten Leuten begegnete ich zumeist im Zuge meiner journalistischen Arbeit und lernte sie daher nur für ein einziges, meist kaum halbstündiges Gespräch kennen. Diese Leute elektrisierten mich, aber der Kontakt war kurz, daher blieb nur die Erinnerung an ein Bitzeln auf der Haut. Vor Yim hatte ich noch mit keinem von ihnen im Auto gesessen.

»Es ist eine menschliche Eigenschaft, die Schuld immer woanders zu suchen«, sagte ich. »Die jungen Männer sind mit anderthalb Promille im Blut und zwei Mädels auf dem Rücksitz unterwegs, und sowohl das Testosteron als auch die Geschwindigkeitsanzeige sind am Limit des Möglichen, bevor es kracht. Die Eltern wissen das alles, dennoch ist für sie letztendlich der Baum verantwortlich. Hätte der nicht dort gestanden, wäre ihr Sohn noch am Leben.«

Ich sprach zwar noch über die Alleen, war aber in Wahrheit längst über dieses Thema hinaus. Wie alle Hinterbliebenen von Menschen, die auf gewaltsame Art aus dem Leben katapultiert worden waren, kannte auch ich die Mechanismen des Vorwurfs und des Selbstvorwurfs. Wenn ich doch bloß … hätte ich nur … wäre ich …

Die drei Wörter haben schon zahllose Angehörige von Opfern und Tätern innerlich aufgefressen. Ihre Zersetzungskraft beruht darauf, dass sie den Menschen eine Illusion vorspiegeln; sie nehmen jene Gestalt an, welche die Menschen idealerweise in ihnen sehen wollen, und werden daher bereitwillig hereingelassen. Dabei sind sie in Wahrheit heimtückische Monster, die Seelen zerfressen.

Wieder dachte ich an die Zeit nach Bennys Tod. Hätte der Fußballtrainer damals kein Sondertraining angesetzt, wäre mein Bruder an jenem Tag nicht durch den Wald zum Bolzplatz gegangen. Wozu dieses Sondertraining? Musste das wirklich sein? Solche Sätze hörte ich meine Eltern einige Wochen nach dem Unglück sagen. Aber auch noch einige andere Gespenster gingen um: Hätte meine Mutter darauf bestanden, dass Benny an jenem Nachmittag Hausaufgaben macht, statt zu kicken … Hätte mein Vater im Ortsbeirat dafür gestimmt, dass endlich eine Verbindungsstraße zum Bolzplatz gebaut wird … Und was mich selbst betrifft: Hätte ich Benny an jenem Tag begleitet, wie er es sich gewünscht hatte, dann hätte dem Täter wahrscheinlich der entscheidende Mut gefehlt. Aber ich hatte mir trotzig gesagt, dass mein Bruder schließlich nicht ein einziges Mal zuhörte, wenn ich Flöte spielte. So war er allein gegangen.

Die Vorhaltung machte ich mir später für kurze Zeit selbst, aber ich glaube – wenngleich ich keinen eindeutigen Beleg dafür habe –, dass zumindest meiner Mutter gelegentlich eine Schuldzuweisung auf der Zunge lag. Ausgesprochen hat sie den Vorwurf nie, doch er glitzerte überall: in ihrer Ungeduld gegen mich, in ihrer Unzufriedenheit mit der Auswahl meiner Freunde, in ihrem Unverständnis für meine frühe Schwangerschaft und meine Berufswahl.

Noch heute meine ich, wenn sie mir am Telefon zum Geburtstag gratuliert, einen bitteren Unterton zu hören, der mitten ins Herz sticht und verdammt wehtut. Manchmal wünsche ich mir, dass sie es endlich ausspricht, damit ich ihr eine runterhauen kann. Danach würde ich sie umarmen und küssen.

Yim wandte sein Gesicht den tausend Bäumen zu, an denen wir vorüberfuhren. Vielleicht fürchtete er, ich könnte ihn fragen, ob er sich manchmal selbst tadelte: Wäre ich früher am Nebelhaus gewesen … Vielleicht gab es ja noch andere Vorwürfe im Konjunktiv, von denen ich nichts ahnte. Noch immer wusste ich nicht, wieso Frau Nan zu nachtschlafender Zeit und während eines Sturms bei den Nachbarn aufgetaucht war.

Ich hatte mir gerade vorgenommen, unser Gespräch in diese Richtung zu lenken, als er fragte: »Wie sind sie eigentlich so, die Mörder, die du triffst?«

»Die meisten Mörder sind ganz anders, als man denkt«, antwortete ich und redete mich im Nu in Rage. Meine Antwort fiel recht weitschweifig aus, aber wir hatten ja Zeit, und Yim hörte mir aufmerksam zu.

Mörder entsprechen in der Tat so gut wie nie der einst weit verbreiteten Vorstellung vom Monster, das es in Wahrheit niemals gab. Die Mär vom Mörder-Monster, übrigens eine Erfindung von Medien und Literatur, hat Risse bekommen. All die Mörder und Mörderinnen, die in Handschellen und mit einem schwarzen Balken vorm Gesicht die Abendnachrichten betreten, sind auf erschreckende Weise normal. Sie sind Nachbarn, mit denen man sich über die Hecke hinweg unterhalten hat, Arbeitskollegen, die das Betriebsfest mit organisiert haben, oder der Cousin, mit dem man als Kind im Garten Federball gespielt hat und der heute noch zu Weihnachten und Geburtstagen eine Karte schickt. Wir alle könnten Mörder sein.

Eigentlich hat ihr Anderssein aber mit dem tieferen Grund für ihre Tat zu tun, ihrem wirklichen Mordmotiv. Lässt man gewöhnliche Erbschaftsmörder, perverse Sexualstraftäter und Mörder aus Liebe mal beiseite, bleiben Männer übrig, die scheinbar aus dem Nichts heraus ihre Frauen und vielleicht sogar ihre Kinder erschießen, Frauen, die ihre Babys lebendig vergraben, Brüder, die im Auftrag des Vaters die Schwester niederstechen, weil sie es wagt, ihr eigenes Leben zu leben, Schüler, die plötzlich wild um sich schießen, oder Jugendliche, die ihre ganze Familie umbringen.

Wörter, die in diesem Zusammenhang immer wieder fallen, sind Zorn, Wut, Leere, Hoffnungslosigkeit, Verrücktheit, Eifersucht und Rache – erfüllt von diesen Gefühlen stellen wir uns die Mörder vor. Ein Wort fällt leider äußerst selten, dabei ist es für mich in diesem Zusammenhang das Schlüsselwort: Angst.

Alle diese Mörder haben Angst, entsetzliche Angst. Allerdings sieht man sie nicht, denn sie ist verborgen unter Schichten des Zorns, der Verrücktheit, der Leere, und entfaltet von dort aus ihre zerstörerische Kraft. Neben der Liebe und dem Hass ist sie die größte Triebkraft des Menschen, wenn auch die unauffälligste, denn niemand gibt gerne zu, Angst zu haben. Eher hasst man, Hass ist gesellschaftskonform, das Feindbild allgemein anerkannt. Auch vor sich selbst versteckt man die Angst, maskiert und verkleidet sie, tauft sie auf andere Namen.

Viele der Männer, die ihre Frauen umbringen, haben in Wahrheit schreckliche Angst vor ihnen und ihrer Macht, sie zu verlassen oder ihnen über den Kopf zu wachsen. Gerade die schwachen Männer glauben, ihre Männlichkeit durch Gewalt unter Beweis stellen zu müssen. Dasselbe gilt für die sogenannten »Ehrenmörder«. Nicht die Ehre diktiert ihnen die Tat, wie sie der Welt weismachen wollen, sondern die Angst, ihr unterdrückerisches Modell des Patriarchats – hohl, wie es ist – könnte in sich zusammenfallen. Die Babys mordenden Frauen wiederum fürchten sich vor dem Leben schlechthin, und ein

Baby, also neues Leben, bedeutet noch mehr Furcht. Die Medeas unserer Tage versuchen ihre Zukunftsangst zu töten und zu vergraben, indem sie die armen Geschöpfe in Blumenerde oder Tiefkühltruhen versenken. Und was die Amokläufer angeht – das Wort Amok stammt aus dem Malaiischen und bedeutet so viel wie Panik, Angst. Die Angst wirkt im Amoklauf in ihrer reinsten, destillierten Form. Zum Tatzeitpunkt bestehen Amokläufer nur noch aus Angst, verpackt in Zorn. Nicht umsonst töten sie sich mit der letzten Kugel selbst, aus Angst vor den übrig gebliebenen Menschen dieser Welt, die sie nicht erschießen konnten.

Während ich ohne Punkt und Komma redete, blickte Yim die ganze Zeit über schweigend aus dem Seitenfenster, als zähle er die Linden, die wir passierten. Aber ich spürte, dass er mir aufmerksam zuhörte, sah es an seinen Händen.

Hände werden oft unterschätzt, dabei sind sie ein wichtiges Indiz für die Befindlichkeit eines Menschen, und Yims Hände reagierten sehr deutlich auf das, was ich sagte. Er verbarg sie erst zwischen den Knien, dann unter den Achselhöhlen und schließlich unter den Oberschenkeln. Das Thema nahm ihn mit. Trotzdem hatte er es angeschnitten.

»Bist du schon vielen Mördern begegnet?«, fragte er, nachdem ich geendet hatte.

»Sehr vielen, an die hundert. Und du, bist du schon einmal einem Mörder begegnet? Außer Leonie Korn, versteht sich.«

»Nein«, antwortete er nachdenklich und mit einer Verzögerung, als wäre er in aller Schnelle die Menschen, die er kannte, im Geiste durchgegangen. Vielleicht hörte sein Nein sich deshalb in meinen Ohren nicht völlig überzeugend an.

Rasch kam er wieder auf das ursprüngliche Thema zurück.

»Alle diese Mörder, denen du begegnet bist, töteten also aus Angst?«, fragte er.

»Die meisten. Das ist jedenfalls meine Theorie. So, wie wir über Jahrhunderte unseren Blick auf Aussehen und Charakter des typischen Mörders eingeengt haben, so haben wir uns lange Zeit auch über die Mordmotive getäuscht. Bei Mord, so hieß es immer, muss es ja um etwas Bedeutendes gehen, um viel Geld oder die große Liebe. Aber dann tötet ein braver, unauffälliger Sechzehnjähriger seine konservativen Eltern, damit sie nicht herausfinden, dass er schwul ist. Man muss nicht gewaltbereit, charakterlich verkommen, geldgierig, eifersüchtig oder verrückt sein, um zum Mörder zu werden. Es genügt, Angst zu haben.«

Yim dachte über meine Worte nach. »Was ist mit Leonie Korn? Hat auch sie aus Angst getötet?«

Ich wählte meine Worte vorsichtig. Leonie Korn war ein sensibles Thema. »Bisher kann ich nur dazu sagen, dass sie sich in ihrer Kindheit oft gefürchtet hat. Das ist noch nicht viel, aber selbst das komplizierteste Puzzle beginnt mit dem ersten Teil. Solange ich in Bezug auf die Ereignisse des Wochenendes vor zwei Jahren im Dunklen tappe, wäre jede Einschätzung meinerseits unprofessionell. Ich muss mir eher folgende Fragen stellen: Warum hat Leonie nicht in ihrem Kindergarten um sich geschossen? Warum nicht in der Fußgängerzone ihres Heimatortes? Warum gerade an jenem Wochenende auf Hiddensee, als sie Leute um sich hatte, die sie von früher kannte? Bevor ich darauf keine Antworten habe … Daher habe ich dich bei unserer ersten Begegnung nach den Gästen des Wochenendes gefragt.«

Damit waren wir wieder dort angelangt, wo Yim das Interview rund eine Woche zuvor abgebrochen hatte. Ich insistierte nicht. Noch einmal wollte ich die neuralgische Linie nicht überschreiten.

Yim vertiefte sich in die Straßenkarte, und eine Weile sprachen wir nicht miteinander. Ich schaltete das Radio an und suchte einen Sender, der der brandenburgischen, dann der mecklenburgischen Landschaft gerecht wurde. Schließlich blieb ich beim NDR und Chopin hängen. Balladen untermalten von da an das Spiel von Licht und Schatten auf den endlosen Alleen, die vom Asphalt aufsteigende Glut, der man stets entgegenfuhr, das Vorübergleiten der Seen, schillernd wie geschmolzenes Silber, das Gleiten der Reiher über Nassfelder. Yim und ich betrachteten die Bilder, die uns die Natur lieferte, mit der gleichen Bewunderung, wir schwiegen über dasselbe Thema. Das einzige Mal, als wir uns ansahen, suchten unsere Blicke im nächsten Moment fast verschämt Zuflucht in einer anderen Himmelsrichtung. Chopin ersetzte das, was Yim noch nicht aussprechen konnte, was ich noch nicht aussprechen konnte. Und das war viel.

Auf Hiddensee anzukommen, war für mich ein bisschen, als träte ich in den Film *Das weiße Band* ein. Er ist im Jahr 1913 angesiedelt, in einem ostdeutschen Dorf mit ungepflasterten Wegen, schlichten Häusern, diffusem Licht und einer Stille, die im Wechsel beruhigend und beklemmend ist. Darin geht es um einen Mord.

Der gleichmäßige Wolkenteppich, ein graugelbes Gespinst, drückte auf meine Stimmung. Die Luft stand, was für eine Insel sehr ungewöhnlich ist, und ich hörte rein gar nichts, außer Yims und meinen Schritten. Ein gewundener Trampelpfad durch versengtes Gras führte an einigen Neuendorfer Häusern vorbei. Staub wirbelte auf und legte sich auf meine Sandalen, wie damals auf meine Kinderschuhe, wenn ich mit Benny den Bolzplatz verließ und durch Wald und Wiese nach Hause spazierte. Ich senkte den Kopf. Auch Yim schwieg. Es war für mich wie der Gang auf einen Friedhof.

Und dann war es plötzlich da, das Nebelhaus. Schon die Architektur war dazu bestimmt, eine Attraktion zu sein, so als hätte der Planer und Erbauer sich ein Monument schaffen wollen. Philipp Lothringer – ein kleiner Cheops. Tatsächlich gab es vereinzelt pyramidale Formen in diesem verwinkelten Gewusel aus gläsernen Mauern. Ich hatte Fotos von dem Haus gesehen, aber erst als ich davorstand, fügten sich all diese Vorsprünge, schiefen Wände, Glas- und Steinstrukturen zusammen: Das Nebelhaus war als riesiger ungeschliffener Kristall konzipiert, und ich war mir sicher, dass der Kristall, wenn die Sonne schien, strahlte und reflektierte, was das Zeug hielt. Andererseits war er völlig fehl am Platz auf einer Insel, die von der Natur Bescheidenheit auferlegt bekommen hatte und deren Bewohner entsprechend lebten. Aber auch das ergab letztendlich einen Sinn – die Pyramiden wurden schließlich ebenfalls aus einer Wüstenei gestampft.

»Willst du es noch heute besichtigen?«, fragte Yim.

»Besichtigen?«

»Entschuldige, das ist wohl nicht das richtige Wort.«

»Mit dem Wort ist alles in Ordnung. Ich verstehe nur nicht … Ich kann da hinein?«

»Oh, das wusstest du nicht? Mein Vater hat die Zweitschlüssel. Er ist sozusagen der Verwalter, nur für den Fall, dass … Ach, ich weiß auch nicht für welchen Fall. Er hat nichts verändert, zumindest hat er mir das so gesagt. Das Nebelhaus ist noch genau so, wie die Polizei es nach Abschluss ihrer Untersuchungen hinterlassen hat, und das war vor fast zwei Jahren, ich glaube am dreißigsten September. Außer meinem Vater hat es seither keiner mehr betreten.«

»Mein Gott«, sagte ich leise. Ich war schockiert, allein deswegen, weil ich nicht damit gerechnet hatte, eine Tatortbegehung machen zu können. Und nun, da Yim sie mir auf dem Silbertablett servierte, schreckte ich davor zurück. Es wäre meine erste Begehung dieser Art.

Meistens sind nach einem Verbrechen die Überlebenden, die Erben oder die neuen Besitzer dagegen, die Medien an den Ort des Geschehens zu lassen, und viele Reporter sind auch gar nicht scharf darauf. Die Fotos entfalten oft nicht die volle Wirkung, auch nicht in Hochglanzmagazinen. Außerdem liegt der Fokus der Berichterstattung zumeist weder auf dem Tatort noch auf den Opfern, sondern auf dem Mörder, was ich zwar stets bekämpft habe, allerdings mit geringem Erfolg. Wenn der Tatort nicht gerade wie aus einem Agatha-Christie-Krimi entschlüpft ist, stößt er bei den Zeitschriftenverlagen eher auf geringes Interesse. Im Fall des Nebelhauses hätte ich gewisse Chancen.

Nach meiner ersten, eher ablehnenden Reaktion wusste ich binnen Sekunden mit absoluter Sicherheit, dass ich das Angebot annehmen würde. Mein Artikel sollte drei Schwerpunkte bekommen: das Interview im Komazimmer, das Geschehen der Mordnacht sowie den Tatort zwei Jahre nach dem Amoklauf.

Yims Elternhaus wirkte wie der Kiesel neben dem Berg, wenn man es mit dem Nebelhaus verglich. Ein Fenster hier, ein Fenster dort, eine schmutzige Hauswand, die einst weiß gewesen war, rostige Dachrinnen und ein Paradebeispiel für eine hässliche Haustür in Aluminiumoptik. Umrahmt war das alles jedoch von einer Blumenpracht, die ihresgleichen suchte und meine kitschige Vorstellung eines Hiddenseer Bauerngartens in den Schatten stellte. Claude Monet hätte augenblicklich den Pinsel hervorgeholt. Allein die Gladiolen ... Sie waren in riesigen gebündelten Stauden bis auf Augenhöhe gewachsen, nur überflügelt von den Malvenstöcken. Rotglühende Kapuzinerkresse rankte sich um einen Jägerzaun, büschelweise wuchsen Hortensien in Königsblau entlang des Weges, dazwischen englische Rosen, die Blütendolden so schwer, dass sie sich vor dem Betrachter verneigten. Gelber Mauerpfeffer überwucherte eine künstlich angelegte Trockenmauer. Der Flieder war natürlich längst verblüht, aber der Schneeball daneben erlebte gerade seine beste Zeit. Ein Gartenteich, so groß und rund wie ein Trampolin und üppig von Sumpflilien umwachsen, war das Revier eines einsamen Koi-Karpfens und einer Libellenfamilie.

Besonders stach mir ein alter Schuppen ins Auge. Er stand geschätzt zwanzig Meter vom Haus entfernt, und obwohl recht groß, war er fast vollständig von violetter und weißer Clematis, Efeu, wildem Wein sowie zahllosen alten Kletterrosen bedeckt, so als ob die Pflanzen das Innere vor der Welt abschirmen sollten – oder umgekehrt.

»Schön, nicht?«, sagte Yim. Er stand mit dem Schlüssel in der Hand vor der hässlichen Haustür, steckte ihn jedoch wieder ein und zog es vor zu klingeln.

»Unglaublich schön«, bestätigte ich. »Kaum zu fassen, dass ein Einzelner all das gestaltet hat.«

»Ich habe dir ja gesagt, dass mein Vater Blumenliebhaber ist. Der Garten ist sein ganzes Glück.«

Jeder hätte aufgrund dieser Blütenpracht erwartet, dass ihm ein frohlockender, offenherziger, zumindest ausgeglichener

Mensch die Tür öffnet. Wer sich einen solchen Garten ausdachte, ihn hegte und pflegte, der musste einfach eine Liebe zum Leben in sich tragen und ausstrahlen. Weil ich Herrn Nan bereits telefonisch »begegnet« war, wusste ich es jedoch besser und hatte eine düstere Vorahnung.

Sie sollte sich in jeder Hinsicht erfüllen.

10

September 2010

Frau Nan kochte bei sich zu Hause ein frühes Mittagessen: Salat, Garnelen, Mangos, Zitronengras, eine angebrochene Dose Kokosmilch, Sesamöl, Reis und manches mehr. Die meisten Zutaten hatte sie am Vorabend von den Lothringer-Nachtmanns mitgenommen. Die beiden würden nichts davon vermissen, sie hätten es ohnehin weggeworfen, und selbst wenn sie etwas merkten, wären sie zu höflich und zu gleichgültig, ihr deshalb Vorwürfe zu machen. Was bedeuteten ihnen schon ein bisschen Reis und Zitronengras? Wer in einem solch riesigen Haus lebte … Für Frau Nan hingegen war es existenziell, dass sie Geld einsparte, wo sie konnte.

Als alles vor sich hin briet, ging sie ins Wohnzimmer, wo ihr Mann, wie so oft, im Halbdunkel saß, den Rollladen bis zur Hälfte heruntergelassen. Auf seinen Knien lag ein Buch, erhellt vom winzigen Kegel einer Tischlampe. Sie kannte das Buch, es war immer dasselbe: ein Fotoalbum voll mit verwelkten, brüchigen Bildern aus seiner Kindheit und Jugend. Er saß oft davor und fast immer so lange, dass man meinen konnte, seine Kindheit habe fünfzig Jahre gedauert, und es gebe Tausende Bilder davon.

»Ist Yim schon zurückgekommen?«, fragte sie auf Deutsch. Die Eheleute sprachen niemals Kambodschanisch miteinander, obwohl sie beide auf Kambodschanisch träumten. Im Wachzustand mieden sie ihre Heimatsprache wie eine Drachenhöhle, die sie jedoch fast jede Nacht betreten mussten, ein jeder für sich.

Ganz kurz tauchte Herrn Nans Gesicht in den grellen Schein der Lampe, und ihr fielen wieder einmal die Farbe und Konsistenz seiner Haut auf, dieses dicken Leders, das aussah, als würde es keine Kälte durchlassen, keine Nässe, gar nichts. Ein siebenundsechzig Jahre alter Panzer. Die ganze Schönheit Herrn Nans hatte sich ebenso wie seine unglaubliche Vitalität in der Jugend in einem langsamen Prozess während der letzten vierzig Jahre in seine Augen zurückgezogen, die noch immer erstaunlich hell waren. Jedes Mal, wenn sie in diese Augen blickte, sah Frau Nan den Anfang – auch heute noch, am Ende.

»Nein, er ist noch nicht da«, antwortete Herr Nan.

Sie zog sich wieder in die Küche zurück und betrachtete ihre Handgelenke, hellgrün wie unreife Bananen, weil Viseth, ihr Mann, ein einziges Mal kurz und fest zugedrückt hatte. Wie dünn und verletzlich ihre Haut im Alter geworden war. Eine solche Haut vergaß keine Verletzung, sie nahm alles entgegen und reagierte, als stünde sie in einem Dialog mit der Welt, so wie ein Verstand.

»Ist er immer noch nicht zurückgekommen?«, fragte sie einige Minuten später.

»Nein.«

Schweigend aßen sie zu Mittag. In dieser Stille, die ein Beobachter leicht als große Eintracht oder als große Langeweile hätte fehlinterpretieren können, ging es in den Gedanken laut und lärmend, ja geradewegs dramatisch zu.

Frau Nan war in die letzte Phase ihres Lebens eingetreten,

in der alle großen Lebensfehler kulminierten, sich versammelten und auf sie stürzten wie Dämonen. Herrn Nan zu heiraten war ihr größter Fehler gewesen. Auch wenn die ersten zwei Jahre mit ihm die schönsten ihres Lebens gewesen waren – die drei darauf folgenden waren die schrecklichsten, und die Zeit danach litt bis heute unter diesen drei Jahren. Frau Nan hatte ihm das Gute nie vergessen, aber das Schlechte nie verziehen. Frau Nan verabscheute ihren Mann, wohlwissend, dass sie bis zum Tod bei ihm bleiben würde.

Herr Nan ahnte, was in seiner Frau vorging. Er litt Schmerzen deswegen, die er zeigte, indem er ihr Schmerzen zufügte.

»Du hast das Essen von den Nachbarn gestohlen«, sagte er. »Ich habe die angebrochenen Packungen gesehen.«

Frau Nan reagierte nicht.

»Du sparst damit Geld, das du für andere Dinge verwendest, für das, was du im Schuppen tust. Ich verbiete dir, weiter bei den Nachbarn zu arbeiten und dir dort etwas zu verdienen. Was du tust, ist schändlich.«

Frau Nan sah ihren Mann, dessen Anblick sie minutenlang gemieden hatte, unverwandt an. Sie musste kein Wort sagen, damit er verstand, wie grotesk dieses letzte Wort aus seinem Mund war. Nicht nur grotesk, geradezu unanständig. Herr Nan hatte jedes Recht auf dieses Wort verwirkt. Ebenso wie sie.

Sie wischte den Tisch ab, dann verließ sie wortlos die Küche und ging hinaus. Dass ihr Mann hinter ihr herkam, merkte sie erst, kurz bevor sie die Tür des Schuppens erreichte.

Herr Nan versperrte ihr den Weg. »Du gehst da nicht mehr hinein«, befahl er.

Sie versuchte, sich an ihm vorbeizudrängen. Er packte sie und drückte sie zurück. Sie wehrte sich. Ein stummer Kampf begann, dessen Frontlinie auf Frau Nans schmerzenden Handgelenken verlief.

Endlich gelang es ihr, sich von ihm loszureißen. Ein Ruck, ein Brennen auf ihrer dünnen, verletzten Haut. Ein paar Sekunden sahen sie sich schwer atmend an.

Mit einem plötzlichen Ausfall stürmte sie zum Schuppen, diesem Berg von Blumen, den Herr Nan daraus gemacht hatte. Mit dem Äußeren des Schuppens hatte Frau Nan nichts zu tun, ihre Welt begann im Inneren.

Es gelang ihr, die Tür einen Spaltbreit zu öffnen und einen winzigen Augenblick lang die heißgeliebte, von Chemikalien gesättigte Luft zu atmen. Doch ihr Mann war schneller und stieß ihr die Tür vor der Nase zu. Für ihren linken Arm war es zu spät, er wurde auf der Höhe des Ellenbogens eingequetscht.

Sie schrie auf. Tränen schossen ihr in die Augen, das Blut wich aus ihrem Gesicht. Mit der rechten Hand hielt sie die verwundete Stelle umklammert.

»Das habe ich nicht gewollt«, sagte er mit einem unerhört ehrlichen Bedauern in der Stimme, weshalb jeder andere ihm die Entschuldigung abgenommen hätte. Dann änderte sich sein Tonfall. »Aber du bist selbst schuld. Ich habe dir gesagt …«

Sie schlug wahllos auf ihn ein, sogar mit dem verletzten Arm, begleitet von kurzen, hellen Seufzern der Verzweiflung. Ihre Schläge waren viel zu schwach und unkoordiniert, um ihn zu verletzen, doch er war so verblüfft, dass er kurz zurückwich. Als er sich wieder gefangen hatte, packte er seine Frau an den Schultern und schüttelte sie.

Nian Nan fühlte nichts mehr von ihrem Körper, gar nichts. Alle Schmerzen, die ein Mensch empfinden kann, konzentrierten sich auf ihr Innerstes, auf Herz und Seele. Frau Nan schrie nicht, sie öffnete noch nicht einmal den Mund. Ihre Lippen formten ein Lächeln, über das salzige Tränen flossen.

In diesem Moment kam Yim dazu. Er ergriff die Hände seines Vaters, genau an der Stelle, wo die schimmelfarbenen Blutergüsse seiner Mutter waren, die sie zu verbergen versuchte, und gewaltsam löste er die peinigenden Hände von ihren Schultern. Spielend leicht und todernst im Ausdruck, siegte Yim über seinen Vater.

Mit Macht zwang er ihn auf die Knie. Der alte Mann sank ins Gras, und mit einem letzten Stoß schickte Yim ihn vollständig zu Boden. Dort kauerte Viseth Nan, ein winselndes Elend, und streute sich Gras über den Kopf.

»Es tut mir leid«, wimmerte er immer wieder. Speichel tropfte aus seinem Mundwinkel. »Es tut mir ja so leid.«

»Fasst er dich häufiger so an?«, fragte Yim seine Mutter.

»Nein, es war das zweite Mal.«

Yim wandte sich wieder seinem Vater zu. »Wenn du das ein drittes Mal machst, breche ich dir die Rippen. Haben wir uns verstanden?«

Als er sich vergewissern wollte, dass seiner Mutter nichts fehlte, war sie bereits im Schuppen verschwunden, in ihrem Reich, zu dem niemand Zutritt hatte – auch er nicht.

11

Yim und sein Vater gingen distanziert miteinander um, wenn auch nicht gerade unfreundlich. Zur Begrüßung gab es von Yim ein schlichtes »Hallo«. Herr Nan antwortete mit einem eifrigen Nicken. Ich hatte nicht das Gefühl, dass sie sich anders begrüßt hätten, wenn ich nicht dabei gewesen wäre, und stellte mir vor, dass sie sich stets wenig zu sagen hätten. Nach einer halben Stunde wären ihre Themen erschöpft.

»Das ist eine Bekannte von mir, Doro Kagel. Sie schreibt einen Artikel über den Amoklauf und wird in meinem Zimmer schlafen. Ich übernachte auf dem Sofa. Sie wird ein paar Tage unser Gast sein und das Nebelhaus besichtigen.«

Peng! Sonst noch Fragen? Yim ließ keinen Zweifel daran, dass es genau so geschehen würde, wie er es soeben geschildert hatte. Seiner Stimme nach zu urteilen, war für ihn ein Einspruch seines Vaters ungefähr so wahrscheinlich wie eine Befehlsverweigerung eines Rekruten gegenüber dem Feldwebel.

Herr Nan sah mich an und verneigte sich leicht. Seine Hinkelsteinfigur betonte er mit einem viel zu engen T-Shirt, das nur neun Zehntel seines hervorspringenden Bauches verdeckte. Wie schon auf dem Foto, das ich im Restaurant gesehen hatte, war seine Hose verrutscht.

»Guten Tag«, sagte ich.

Er und kein anderer war eine Woche zuvor mein schweratmiger »Gesprächspartner« am Telefon gewesen. Ich sah keine Notwendigkeit, Yim davon zu erzählen. Der Alte wirkte jedoch nicht so, als wäre er mir dafür dankbar. Hinter den korrekten Verbeugungen und Gesten, mit denen er mich in die Küche führte, mir einen Platz am Tisch anbot und ein Glas Wasser brachte, spürte ich – zurückhaltend ausgedrückt – sein Unbehagen über mein Erscheinen.

»Spricht er Deutsch?«, fragte ich Yim leise, als Herr Nan kurz die Küche verließ.

»Fast perfekt.«

»Er ist recht wortkarg.«

»Ja, anfangs ist er immer so. Wenn er dich erst besser kennt …«

Darauf war ich bereit zu verzichten, auch wenn es meine Arbeit erleichtern würde. Eine Unterhaltung mit Herrn Nan stellte ich mir in etwa so anregend und gelöst vor wie eine Unterhaltung mit Graf Dracula. Der Mann machte mich nervös, und alles, was er tat, sogar die unverfänglichsten Bewegungen wie das Aufsetzen des Teewassers, löste Wachsamkeit bei mir aus. Im Stillen fragte ich mich, ob Yim wohl noch einen Schlüssel für sein Jugendzimmer hatte, den er mir geben könnte.

»Sag mal, Vater«, begann Yim etwas später, als wir grünen Tee tranken, »wo ist eigentlich das weiße Büchlein, in das Mutter ihre Gedichte geschrieben hat?«

»Weg, fort«, antwortete Herr Nan ausführlich. So wie er es ausdrückte, hörte es sich an, als hätte das Büchlein eines Tages beschlossen auszuziehen.

»Sicher?«

»Ganz sicher.«

Herr Nan warf seinem Sohn abrupt einen äußerst merkwürdigen Blick aus seinen schwarzen Knopfaugen zu. Angst lag ebenso darin wie Groll, und mir wurde mulmig. Ich war darauf eingestellt gewesen, eine nicht gerade einladende Atmosphäre im Hause des Alten vorzufinden, aber das, was ich nach nur einer halben Stunde erlebt hatte, löste den Impuls in mir aus, laut »Taxi!« zu rufen.

Stattdessen trank ich den grünen Tee auf ex. Ich beschloss, den Beginn einer möglichen Auseinandersetzung von Vater und Sohn nicht abzuwarten.

»Ich bin etwas müde und würde gerne spazieren gehen«, sagte ich. Die Blödsinnigkeit dieses Satzes wurde mir erst im Nachhinein bewusst.

»Soll ich dich begleiten? Brauchst du den Schlüssel zum Nebelhaus?«

»Nein, lass nur, das hat Zeit. Du und dein Vater habt euch sicher viel zu erzählen«, log ich. »Danke für den Tee, Herr Nan. Also dann, bis später, Yim.«

Unabsichtlich hatte ich Yim zum ersten Mal beim Vornamen genannt. Ich war nach der halben Stunde im Haus seines Vaters anhänglich geworden, er kam mir vor wie ein Beschützer, wie ein Bollwerk gegen den kleinen Alten, den er im Zaum zu halten verstand. Nicht auszudenken, ich hätte mit Viseth Nan allein in seiner Küche gesessen! Ich nahm mir vor, mich auf Yims Tagesplanung einzustellen, um einer Zweisamkeit mit Herrn Nan aus dem Weg zu gehen. Er würde mir ohnehin kein Interview geben, keine Einblicke gewähren. Im Gegenteil, er schien entschlossen, mir die Arbeit zu erschweren, wie mir seine Reaktion auf Yims Frage nach dem Gedichtbüchlein zeigte.

Ich ging in Richtung des Meeres, das man vom Garten aus zwischen dem Blattwerk der Bäume sehen konnte. Mir war nach Weite und frischer Luft zumute. Aber die von mir erhoffte Erquickung beim Anblick des Meeres blieb aus. Der Himmel war niedrig, die Wellen träge. An die dreißig Leute lagen verteilt über den kleinen Strand der Bucht und langweilten sich, enttäuscht über das Ausbleiben eines Sonnenbrands. Ein junges Pärchen spielte Softball, wobei sie alle beide idiotischerweise versuchten, sich dabei möglichst wenig zu bewegen.

Ich setzte mich auf eine Holzbank, die noch zum Nan-Anwesen gehörte, wie unschwer zu erkennen war. Als einziger Neuendorfer hatte Herr Nan einen Zaun um sein Grundstück gezogen, der zwar nur hüfthoch und im beklagenswerten Zustand war, aber symbolisch sehr bedeutsam. Das hier ist Nan-Land, sagte der Zaun. Ich suchte im Geiste krampfhaft nach einem Bild, das mir Herrn und Frau Nan gemeinsam auf der Bank zeigte, händchenhaltend, den Blick nach Westen in die untergehende Sonne gerichtet. Doch es wollte sich einfach nicht einstellen, nicht bei diesem Alten.

Ich sah nur Yims Mutter, die schmächtige Greisin mit dem kleinen Mund und dem Haarknoten, die Kambodschanerin, die noch ihre Heimat in den Augen trug. Diese Bank war ihre, nur auf ihren Wunsch hin aufgestellt, und abends, wenn der Strand sich geleert hatte, war ihr Blick über das Meer geglitten, wer weiß wohin. Vielleicht zurück in das Dorf ihrer Jugend, zu einem Haus ganz anderer Art als dem mit der Aluminiumtür und den Spatzenfenstern, vielleicht auch zu den Wendepunkten ihres Lebens, der Hochzeit, Yims Geburt, der Flucht aus Kambodscha, oder in die Zukunft, von der sie sich noch das eine oder andere versprach.

Frau Nan war betrogen worden, so wie alle Mordopfer.

Die eines natürlichen Todes oder bei einem Unfall Verstorbenen werden dagegen nicht betrogen, denn der eigene Körper betrügt nicht, er spiegelt bloß, und das Schicksal hat keine kriminelle Energie; es ist wie es ist. Ein Mörder aber ist zugleich ein Betrüger, denn er bringt seine Opfer um ihr Erspartes, für die Zukunft Aufgespartes. Er ist kein Schicksal, sondern er spielt Schicksal, religiöse Menschen würden sagen, er spielt Gott. Dabei ist es gleich, ob der Mörder ein Kind oder eine Siebenundsechzigjährige tötet, er tötet immer die Hoffnung.

Ich habe damals mehr um Bennys verhinderte Zukunft geweint als um ihn als Person. Meine Eltern vermissten ihren Sohn, seine Nähe, seine frechen Worte, seine Vorliebe für Bananensaft, seine verschwitzten Trikots, sogar seine eher schlechten Schulnoten. Ich vermisste ihn natürlich auch – der große Bruder war weg –, aber was mich wirklich fertigmachte, war etwas anderes. Seit seinem Tod habe ich an jedem Tag meines Lebens gedacht: Was würde Benny wohl gerade tun, wenn er noch leben würde? In welche Frau würde er sich verlieben, welchen Schulabschluss machen, welchen Beruf ergreifen, welche Urlaubsziele wählen? Ich habe nie eine Antwort bekommen, und diese Erkenntnis fährt jedes Mal wie ein Blitz in mein Herz.

Auf der Bank unweit des Meeres zuckte ich wieder einmal zusammen. Ich überlegte, wie schön es wäre, wenn Benny in diesem Moment neben mir säße. Dann aber fiel mir ein, dass ich vielleicht nur wegen dem, was ihm widerfahren war, auf dieser Bank auf Hiddensee saß, und bei dem Gedanken wurde mir unwohl.

Ich stand auf und erkundete das Grundstück hinter dem Haus. Es war größer, als ich zunächst angenommen hatte, allerdings überwiegend ungenutzt. Der wunderschöne Bauerngarten machte nur einen kleinen Teil aus, der Rest bestand aus sandigen oder ungepflegten Rasenflächen, zwischendrin vereinzelte Birken und Pappeln. Der einzige Blickfang war der Schuppen in seinem üppigen Blütenkleid. Ich ging einmal um ihn herum, wobei ich erneut darüber staunte, dass dieser kleine, unförmige, unsympathische Mann mit den gelben Zähnen, der schiefen Hose und dem argwöhnischen Gehabe der Urheber dieser Pracht sein sollte. Doch ich fand mich damit ab.

Beinahe hätte ich das Tor zum Schuppen übersehen, denn es war halb zugewachsen. Eine weiße Clematis und eine gelbe Kletterrose ragten in die Lücke, die der Hausherr offenbar nicht mehr freischnitt. Ich fragte mich, warum. In einem Schuppen von dieser Größe stand sicherlich allerlei, auf das man von Zeit zu Zeit zugreifen musste. Altes Gerümpel hatte mich schon immer interessiert, vor allem, wenn es nicht mehr genutzt wurde: Grasgabeln, verrostete Schaufeln, Stehlampen von überragender Hässlichkeit, Heimstätten für Holzwürmer … Solche Dinge atmen Geschichte und Geschichten aus. Zudem hoffte ich, dass ein Teil von Frau Nans Sachen darin lagerte.

Ich bog also einige Triebe zur Seite und versuchte, das Tor aufzudrücken. Da erst sah ich den rostigen Riegel. Er war so alt und massiv und steckte so fest in der Halterung, dass ich Mühe hatte, ihn auch nur einen Zentimeter zu bewegen. Kein Wunder, dass Herr Nan darauf verzichtet hatte, ihn durch ein Vorhängeschloss zu sichern; war die Sperrigkeit des Riegels doch eine bessere Sicherung als jedes Vorhängeschloss, das ein Profi in Nullkommanichts mit einer Brechzange geknackt hätte. Ich war bereits fix und fertig, als ich ihn noch nicht mal halb zurückgeschoben hatte.

»Jetzt geh schon auf, du blödes Ding«, fluchte ich.

Noch eine volle Minute machte ich daran herum, dann öffnete er sich unter lautem Protest mit einem Ruck. Ich quetschte mir dabei den Zeigefinger ein, aber das Erfolgserlebnis ließ mich den Schmerz schnell vergessen.

Vorsichtig zog ich das Tor auf, das Knarren eines ganzen Jahrhunderts im Ohr und Staub auf den Fingerspitzen. So ähnlich musste sich Howard Carter gefühlt haben, als er die Mauer zu Tutenchamuns Grab durchbrach. Ich erwartete einen fauligen Geruch, den feuchten Atem von Schimmel und die dumpfe Bewegungslosigkeit eingesperrter Luft, die Mixtur des Verfalls. Was mir jedoch in die Nase stieg, war beißend scharf, aggressiv. Was war das? Ein Insektizid? Petroleum? Synthetische Farbe? Lösungsmittel? Von allem etwas?

Ich tastete nach dem Lichtschalter. Irgendwo musste es ja einen geben, links oder rechts neben der Tür, denn der Schuppen hatte nur ein einziges winziges Fenster in ungefähr zwei Metern Höhe, das ein klein wenig Tag in die Düsternis brachte. Das Glas war grau vom Staub und grün von etwas, das ich mir lieber nicht genauer vorstellen wollte.

Ich hatte den Schalter gefunden, er war noch von der Sorte, die man drehen musste. Gerade als ich ihn mit Daumen und Zeigefinger umschloss, fiel mir jemand von hinten in den Arm.

»Nein, halt!«, rief Herr Nan und tat mir, vermutlich unabsichtlich, ein bisschen weh mit seiner Aktion. »Das hier nicht. Nichts für Sie. Haben Sie verstanden?«

Wir standen dicht beisammen im Türrahmen, auf der einen Seite die Finsternis, auf der anderen die Blumenranken, links ein in der Kehle brennender Gestank, rechts das schwere Parfüm des Augusts. Und direkt vor mir dieser kleine, alte Mann mit den schwarzen Knopfaugen.

»Das dürfen Sie nicht. Lassen Sie das.«

»Ich habe verstanden«, antwortete ich, leicht benommen vor Schuldbewusstsein.

»Privat. Verstehen Sie? Privat.«

»Ja, natürlich. Es tut mir leid, ich ...« Ich fühlte mich wie ein bei einer Missetat ertapptes Kind – einerseits beschämt, andererseits enttäuscht, mein Ziel nicht erreicht zu haben.

»Kein Zutritt.«

»Es wird nicht wieder vorkommen. Ich hatte ja keine Ahnung, dass ... Entschuldigen Sie, wenn ich Sie verärgert habe. Das wollte ich nicht. Ich habe mir nichts dabei gedacht, es ist ja nur ein alter Schuppen – und so schön bepflanzt, wirklich hübsch. An Ihnen ist ein Gärtner verloren gegangen. Oder waren Sie mal Gärtner?«

Er sah mich wortlos an, während ich überlegte, wie ich aus der Situation wieder herauskommen sollte, und zwar möglichst unbeschadet, denn ich wollte nicht, dass er sich bei Yim über mich beschwerte. Mein in aller Eile entworfener Plan sah vor, ihn mit Komplimenten wegen seines Gartens zu überhäufen. Aber dann klingelte mein Handy.

»Verzeihen Sie, ich muss da rangehen.«

»Gehen Sie. Gehen Sie raus.«

Das ließ ich mir nicht zweimal sagen. Ich trat wieder in den Tag hinaus und zückte das Telefon, wobei ich Herrn Nan ein letztes Lächeln samt zuvorkommendem Nicken schenkte. Doch er wandte sich ohne eine Reaktion dem Riegel zu, den er hektisch und mit großer Gewalt in seine ursprüngliche Position zurückschlug.

»Kagel.«

»Guten Tag, Frau Kagel, mein Name ist Arielle Meißner. Sie hatten mir gestern wegen Leonie Korn eine Nachricht aufs Band gesprochen.«

»Oh, ja … äh … ja, das stimmt.«

Ich hatte Mühe, mich auf das Gespräch einzustellen. Eben noch war ich in einem düsteren Schuppen herumgetapst und von Herrn Nan überrascht worden, der mir ein bisschen Angst gemacht hatte mit der feindseligen Aura, die ihn umgab. Jetzt drang mir das heitere, lebensfrohe Quietschen spielender Kleinkinder ins Ohr. Von der ermordeten Frau Nan schwenkte ich innerhalb einer Sekunde zur Mörderin Leonie Korn.

»Danke, dass Sie zurückrufen, Frau Meißner. Leonie Korn war bei Ihnen angestellt, oder?«

»Nun ja, bei der Stadt. Ich war ihre Chefin, wenn Sie so wollen. Ich leite den Kindergarten. Aber wir haben uns eher als Kolleginnen verstanden.«

»Stimmt es, dass Leonie Korn zum Zeitpunkt ihres … des Amoklaufes, dessen sie beschuldigt wird, schon nicht mehr als Kindergärtnerin bei Ihnen gearbeitet hat? Sie haben Frau Korn fristlos entlassen?«

»Ja, so war es.« Ihre Stimme klang betrübt, so wie sich das gehörte, aber unterschwellig auch stolz und erleichtert, dass sie damals rechtzeitig und richtig entschieden hatte. Nicht auszudenken, eine von ihren Kindergärtnerinnen wäre Amok gelaufen. Da Arielle Meißner nichts zu verbergen hatte, sondern im Gegenteil ihrer Verantwortung gerecht geworden war, musste ich ihr nichts aus der Nase ziehen. Sie war wie ein mit Wasser gefüllter Ballon, den ich mit einer Nadel anpikste.

»Es gab da kurz vorher einen Vorfall«, sagte sie. »Eigentlich waren es mehrere Vorfälle, aber Sie wissen ja, der berühmte Tropfen und so weiter. Leonie wurde immer reizbarer. So etwas geht nicht, wissen Sie? Erzieherin und Reizbarkeit sind zwei Wörter, die nicht zusammenpassen. Man muss sich nicht nur im Griff haben, man darf noch nicht einmal auf den Gedanken kommen, den Kindern zu hart zu begegnen. Jahrelang hat es keine Beanstandung an Leonies Verhalten gegeben, sie arbeitete stets tipptopp. Privat waren wir nur selten zusammen, sind ab und zu eine Pizza essen gegangen, das war's. Jedenfalls gestand sie mir mal, dass Erzieherin nicht ihre erste Wahl war, und dafür machte sie ihren Job wirklich gut. Man muss ja einiges erdulden in diesem Beruf, wissen Sie? Tja, und dann ...«

Arielle Meißners Seufzer bereitete auf die große Tragödie vor. Ich wartete gespannt darauf, dass sie fortfuhr.

»Sie hat die Kinder ein paarmal ein bisschen zu hart angefasst, das ist mir aufgefallen, und ich habe ihr gesagt, das muss aufhören. Aber es hat nicht aufgehört, wissen Sie? Der entscheidende Vorfall ist dann im August passiert. Ja, das muss vor fast exakt zwei Jahren gewesen sein. Wir hatten eigentlich nicht viel zu tun, viele Eltern waren in den Sommerurlaub gefahren. Die Kinder spielten draußen, Leonie führte die Aufsicht. Leonie ... sie ... sie hat einen Jungen geschüttelt, wissen Sie? Sie hat ihn geschüttelt, bis er schrie wie am Spieß. Als er damit nicht aufhörte, stieß sie ihn in den Sand. Ich war im Haus, kam zu spät dazu, um einzugreifen. Der Kleine fiel einigermaßen weich, aber er hätte sich leicht etwas brechen oder verstauchen können. Der Vorfall war so schwerwiegend, dass es keinen Spielraum gab, um Leonie lediglich zu verwarnen. Sie sah das anders und drohte mir mit dem Anwalt. Für sie war die fristlose

Kündigung nichtig, und sie erschien zur Arbeit, als wäre nichts gewesen. Ich musste ihr gegenüber ein Hausverbot aussprechen. Ich glaube, sie hat mit niemandem darüber geredet, ihre Mutter ist aus allen Wolken gefallen, als sie hier anrief und ihre Tochter sprechen wollte. Ein paar Tage später habe ich dann von dem Amoklauf auf Hiddensee erfahren. Natürlich war ich geschockt. Mit einem solchen Menschen – einer Mörderin, das muss man sich mal vorstellen! – habe ich noch kurz vorher Seite an Seite gearbeitet. Wissen Sie, ich habe das erst gar nicht in meinen Kopf bekommen. Angenommen, die wäre hier bei uns Amok gelaufen. Man könnte fast gläubig werden, wenn man sich das genauer überlegt.«

Ich wartete drei Sekunden, um sicherzugehen, dass Frau Meißner einen Punkt gemacht hatte und nicht bloß ein Semikolon, wie einige Male vorher.

»Ich muss jetzt wieder an die Arbeit, die Kinder werden um diese Uhrzeit abgeholt. Und danach habe ich Feierabend.«

»Ich habe nur noch zwei kurze Fragen, wenn Sie so freundlich wären.«

»Bitte. Aber wirklich nur kurz.«

»Warum hat Leonie den kleinen Jungen geschüttelt?«

»Er hatte sie angelogen.«

»Das ist alles?«

»Er hatte ihr gegenüber beteuert, ein gewisser Gegenstand gehöre ihm, dabei gehörte er einem Mädchen. Als Leonie davon erfuhr, ist sie ausgetickt.«

Nicht, dass Leonies Misshandlung zu rechtfertigen gewesen wäre, wenn der Junge Schwerwiegenderes begangen hätte. Aber die Lüge war so nichtig und alltäglich, dass es mir fast den Atem nahm.

»Und die zweite Frage?«, drängte Arielle Meißner. »Ich muss nämlich los.«

»Sind Sie mal Leonies Freund begegnet, Steffen Herold?«

»Ach, der. Er hat Leonie manchmal von der Arbeit abgeholt, na ja, eher selten, vielleicht dreimal in all den Jahren. Er ist ein muskulöser Kerl, ganz nett anzusehen. Wir haben eigentlich nur Hallo und Tschüss zueinander gesagt, ich habe nie richtig mit ihm geredet. Leonie hat andauernd von ihm gesprochen, Steffen hier und Steffen da. Ich hatte trotzdem nicht den Eindruck, dass die beiden gut zueinander passten, aber das ging mich nichts an. War es das?«

»Vielen Dank, dass Sie sich die Zeit genommen haben. Auf Wiederhören.«

Ich hatte die Kindergärtnerin nach Steffen Herold gefragt, weil dieser Mann für mich noch immer ein Phantom war, denn er meldete sich nicht auf meine Anrufe hin. Zwei Nachrichten hatte ich ihm auf Band gesprochen, danach hatte er seinen Anrufbeantworter wohl ausgeschaltet. Auf den Trick mit der Rufnummernunterdrückung war er leider nicht hereingefallen, was bedeutete, dass ich nicht an ihn herankam. Vielleicht hatte er einfach genug von dem Rummel. Andererseits erschien er in keinem der Protokolle und auf keiner der Recherchelisten, konnte also kaum des Öfteren von der Presse belästigt worden sein. Wollte er mit dem Kapitel Leonie abschließen, weil es ihn zu sehr mitnahm? Oder war er im Gegenteil so kaltherzig, wie Margarete Korn ihn beschrieben hatte, und ihm war Leonies Schicksal völlig egal? Was war er für ein Mensch? Wie war er mit Leonie umgegangen?

Ich schickte ihm eine SMS, in der ich ihn um ein Gespräch bat. Meine journalistische Spürnase sagte mir, dass ich unbedingt mit Steffen Herold reden musste. Ich hatte, was ihn betraf, dasselbe Gefühl wie bei dem Schuppen: ein Schlüssel zum Verständnis eines Menschen, wenn auch noch im Dunklen. Der Schuppen würde ein Geheimnis über Frau Nan enthüllen, daran zweifelte ich keine Sekunde. Die Reaktion des Witwers auf mein versuchtes Eindringen hin sprach Bände. Wenn es sein Schuppen war, wieso ließ er die Tür dann langsam zuwachsen? Nein, Frau Nan hatte diese Tür einst benutzt, und nach ihrem Tod sollte sie für immer verschlossen bleiben.

Steffen Herold war – metaphorisch gesehen – auch eine solche Tür, die ich aufstoßen wollte, aufstoßen musste.

Und dann gab es da noch zwei weitere Tote, über die ich schreiben wollte. Der Fall reizte mich immer mehr. Wenn ich bedachte, dass ich die Arbeit noch kürzlich hatte abgeben wollen, und nun entwickelte sie sich zu etwas Beherrschendem …

Ohne darauf zu achten, war ich während des Telefonats mit der Kindergärtnerin ein bisschen herumgelaufen, hatte das Grundstück der Nans verlassen und ein kleines Birkenwäldchen, nicht größer als ein Fußballfeld, durchquert. Erst danach merkte ich, dass ich dicht ans Nebelhaus herangekommen war. Das Birkenwäldchen grenzte seitlich an den Glaspalast, und als ich mich ihm weiter näherte, stolperte ich beinahe über einen Grabhügel.

Verwundert sah ich auf ihn herab. Er war so lang und breit, als hätte jemand einen Kindersarg in der Erde versenkt. Das Grab war ungepflegt, allerlei Grün spross aus der Erde, und ein Holzkreuz, ungelenk aus miteinander verflochtenen Zweigen gebaut, neigte sich schief wie das Männlichkeitssymbol zur Seite. Ein Foto war daran befestigt. Ich kniete mich auf den Waldboden und nahm es in die Hand, doch leider war es fast völlig verwaschen. Die Plastikhülle, in der es steckte, war undicht, Regenwasser war eingedrungen. Ich konnte nur noch erkennen, dass es vor einem Blumenhintergrund aufgenommen worden war. Das eigentliche Objekt war von der Zeit und dem Wasser zersetzt worden.

Traurig und neugierig zugleich schweifte mein Blick erneut über die aufgeworfene Erde.

In diesem Moment hörte ich hinter mir einen Zweig knacken.

12

September 2010

Durch das geschlossene Fenster drangen die Geräusche eines beginnenden Familienausflugs in Timos Zimmer: die Klingeln der Fahrräder, klapperndes Blech, Lachen, ein paar Stimmen, hast du dieses dabei, möchtest du jenes mitnehmen … Zwei Räder blieben unbesetzt, das von Vev und das Leihrad, das für ihn gedacht war. Im letzten Moment hatte er abgesagt. Er war ehrlich gewesen, als er behauptete, schreiben zu wollen, weil ihm eine Geschichte nicht aus dem Kopf ging. Wenn die ersten Sätze entstanden, wenn die Figuren zu reden anfingen, dann gab es für ihn kein Wetter, ebenso wenig wie Anstandsregeln. Schreiben war in solchen Stunden das Köstlichste in seinem Leben, wie Liebe, wie Lust, wie Rausch. Menschen, die nicht schrieben, hatten ihn noch nie verstanden. Sie wurden ja von der Sonne gelockt, von der Natur, einem erfrischenden Bad, einem geselligen Beisammensein, einer Einkaufsmeile.

Trotzdem kam er sich vor wie ein Verschwörer, vor allem wenn er an die Wand zum Nebenzimmer starrte, wo sich, wie er wusste, Vev befand.

Er hatte soeben das Notebook geöffnet und eine neue Datei erstellt, als jemand an die Tür klopfte.

»Herein.«

Es war Leonie. Sie hatte sich zurechtgemacht mit allem Drum und Dran: Lidschatten, Lippenstift, Puder, Wimperntusche, Gala-Make-up. Ihre Haare waren voluminös aufgesprayt, als ginge sie zu einer Preisverleihung. Der Knoten, den sie in ihr Karohemd gemacht hatte, passte irgendwie nicht zu der übrigen Aufmachung und die Aufmachung nicht zu einem Fahrradausflug.

»Ihr seid noch nicht weg?«, fragte Timo.

»Wir radeln gleich los. Ich habe eben erst erfahren, dass du nicht mitkommst.«

»Mir ist eine Geschichte dazwischengekommen.«

»Wirklich schade. Ich fühle mich unwohl ohne dich.«

»Wieso denn das?«

»Du bist der Einzige, der mir keine Vorwürfe macht. Du weißt schon, wegen der Pistole. Vev ist sowieso gegen mich, und auch Philipp hat mir gehörig den Kopf gewaschen.«

»Stichelt Yasmin etwa auch? Würde ihr nicht ähnlich sehen.«

»Ach, die ...« Leonie zuckte mit den Achseln.

»Du siehst das zu schwarz, Leonie. Natürlich sind alle ein bisschen aufgeregt, aber das wird sich geben. Die Pistole stellt keine Gefahr dar, sie ist definitiv nicht im Haus, das wird die Wogen im Laufe des Tages glätten. Du wirst sehen.«

»Du denkst also nicht schlecht von mir?«

»Quatsch.« Sie sah noch immer sehr schutzbedürftig aus, weshalb er sie in den Arm nahm. »Während ihr euren Ausflug macht, rede ich mal mit Vev.«

»Als mein Kämpe, sozusagen?«

Er lachte. »Ja, als dein Krieger.«

»Danke, du bist sehr lieb.«

Nachdem Leonie den Raum verlassen hatte, schob er das riesige Fenster seines Gästezimmers auf und sah ihnen nach, wie sie davonfuhren. Yim schloss sich ihnen an. Clarissa saß in einer Karre, die an Philipps Rad hing, und winkte Timo zu, so wie Kinder es häufig tun, nur mit den Fingern. Auch Leonie winkte, und zwar ganz ähnlich wie Clarissa. Schließlich blieben sie alle noch einmal stehen, um Timo zu grüßen.

Dann war er endlich allein, fast allein. Sein Blick ging zur Wand, die sein Zimmer von Vevs Zimmer trennte.

Zwei Stunden später schmerzten Timos Handgelenke vom unentwegten Tippen. Sie kamen ihm zerbrechlich vor, und gleichzeitig gönnte er ihnen – und sich – den Schmerz, denn dieser bewies ihm, dass er etwas getan hatte. Seite um Seite war entstanden, der leere Raum füllte sich. Der Augenblick, wenn die Figuren für ihn zu leben anfingen, wenn er ihre Vorlieben kannte, ihre Hoffnungen, ihre Verwundungen, dieser Augenblick war stets der größte. Dementsprechend berauscht lehnte er sich auf dem Stuhl zurück, verschränkte die Arme hinter dem Kopf und blies langsam den Atem aus den Lungen. Kaum dass er ein Lachen unterdrücken konnte. Das war wie die Stunde nach gutem Sex.

»Es geht dir gut, wie es aussieht.«

Vev stand mit dem Oberkörper genau vor dem gewaltigen Viereck des geöffneten Fensters, die Landschaft hinter ihr wie auf dem berühmtesten Gemälde Leonardo da Vincis, eine Mona Lisa im ärmellosen schwarzen Shirt.

»So was!«, sagte er. »Ich habe dich gar nicht klopfen hören.«

»Ich habe nicht geklopft.«

»Oh.«

»Ich dachte, du schläfst, weil es so still war.«

»Ich habe geschrieben.«

»Deinem Laster gefrönt. Daher deine gute Laune.«

Sie lachten.

»Ich habe uns etwas zu essen gemacht. Es ist schon nach eins, du musst hungrig sein. Wie wär's mit einem Picknick? Ich kenne da eine schöne Stelle.«

Ihre Stimme war ein Moderato cantabile, gemäßigt singend.

»Kommen die anderen nicht bald zurück?«, fragte er.

»Nein, das kann dauern. Philipp will sie nach dem Leuchtturm noch ins Gerhart-Hauptmann-Haus führen. Philipp ist kulturversessen, muss auf unseren Reisen jede Landkirche besichtigen, jedes Denkmal ehrfürchtig umrunden … Deshalb glaubt er, andere wollen und müssten das auch. Kurz und gut – sie befinden sich gerade bei einem Nobelpreisträger am Anfang des letzten Jahrhunderts, hundert Jahre entfernt von uns.«

»Das ist weit weg.«

»Oh ja.«

Er schaltete das Notebook aus.

»Picknick?«, fragte sie.

»Picknick«, sagte er.

Die Stelle, von der Vev gesprochen hatte, lag im Vogelschutzgebiet, etwa einen halben Kilometer vom Nebelhaus entfernt. Das Betreten das Areals war verboten, wie der Zaun zu verstehen gab, der mit teils drohenden und teils flehentlichen Schildern aus gelbem Blech behängt war. Vev setzte sich darüber hinweg, indem sie die Hose bis zum Knie hochkrempelte und die Absperrung auf dem Wasserweg umging – immer mit Timo im Gefolge. Zwischendurch lachte sie, als genieße sie es, der Nationalparkverwaltung und den Uferschwalben ein Schnippchen zu schlagen. Sie gingen noch etwa zweihundert Meter und kamen an eine schmale Bucht, die von eigentümlich gekrümmten Fichten gesäumt war. Das Wasser gurgelte zwischen Steinen und Bruchholz.

»Ich war noch nie mit einem anderen Menschen hier«, sagte Vev.

»Auch nicht mit Philipp?«

»Mit ihm schon dreimal nicht. Mal abgesehen davon, dass er es verabscheut, Verbotenes zu tun, brauche ich einen Ort für mich allein. Selbst Clarissa habe ich nie hierher mitgenommen.«

Die winzige Stelle, die paar Quadratmeter Strand, die steil abfallende Düne im Rücken, das seicht plätschernde Meer vor Augen – Vev konnte sich hier als Eigentümerin fühlen, als Herrin über den Sand und das Gras. Die Bucht gehörte gewissermaßen ihr, nicht der Gemeinde. Vev hatte sie sich angeeignet. Genoveva Bay.

»Zieh dich aus«, sagte sie. »Wir erfrischen uns im Meer.«

»Aber ich … ich habe nichts dabei.«

»Wer fährt denn ohne Badehose auf eine Insel?«

»Schriftsteller.«

»Du lieber Himmel. Du hast doch wenigstens eine Unterhose an?«

»Ja, schon …«

»Na bitte, das genügt mir völlig.«

Unter Shirt und Hose trug Vev einen schwarzen Badeanzug, in dem sie einfach umwerfend aussah. Ihr Kleidungsstil war zwar nicht gerade originell – alles schwarz –, aber er passte zu ihr.

Sie schwammen ein Stück ins Meer hinaus. Timo hatte das Bedürfnis, ein bisschen anzugeben, und zeigte seinen besten Kraulstil.

»Du schwimmst hervorragend, sehr schnell. Du könntest Philipp schlagen.«

»Und ihn mir zum Feind machen?«

Sie lachte. »Ja, so würde es wohl kommen. Philipp hasst es, wenn die Dinge nicht so laufen, wie er es sich vorstellt. Allerdings kannst du nicht mehr viel kaputtmachen, Timo. Er kann dich schon jetzt nicht leiden.«

»Also doch. Wegen Yasmin?«

»Er braucht keinen Grund. Er hat dich nicht der alten Zeiten wegen eingeladen oder gar weil er dich mag.«

»Nun bin ich gespannt. Wieso dann?«

Sie unterhielten sich, während sie wie zwei Korken auf den Wogen trieben, am privatesten Ort auf der Welt, wo jedes Wort, beschwert von der Einsamkeit, auf den Meeresgrund sank. Niemals würden sie dieses Gespräch an Land fortsetzen oder wiederholen, sie würden bei Bedarf so tun können, als hätte es nie stattgefunden. Darüber waren sie sich einig, ohne es zu verabreden.

»Weil er sich gerne präsentiert, um es mal höflich auszudrücken.« Sie imitierte Philipps Art zu sprechen: »Das hier ist mein Haus, meine Frau, mein Leben. Alles selbst konzipiert. Und natürlich aus Glas, damit jeder meinen Erfolg sehen kann. Was machst du noch mal? Ach ja, Bücher schreiben. Verkaufen sie sich gut? Nein? Oh, wie schade. Übrigens, möchtest du lieber in der Fürstensuite oder im Louis-Seize-Gemach schlafen?« Vev wechselte wieder in ihren normalen Tonfall. »Tu nicht so, als ob dich das nicht angekotzt hätte.«

»Na gut, es hat mich gestört.«

»Angekotzt hat es dich.«

»Warum hast du damit angefangen?«

»Was hast du denn da?«, wechselte Vev das Thema. Sie deutete auf ein Tattoo, dessen graublaue Ornamente sich wie eine Kette um Timos dünnen Oberarm schlangen. Dazwischen waren asiatische Schriftzeichen, deren Bedeutung er vergessen hatte.

»Ich habe es mir am Tag nach meinem ersten Sex stechen lassen. Ich war damals zwanzig.«

»Echt? Du hast dir ganz schön Zeit gelassen, für heutige Verhältnisse.«

»Ich bin eben ein Spätzünder. Ich brauche immer etwas Zeit.«

»Nicht, wenn du auf Schornsteine kletterst. Du hast die sexuelle Zündung damals also mit einem Tattoo gefeiert, ja?«

»Idiotisch, ich weiß.«

»Immerhin«, sagte sie, »es gibt Idiotien, die gar nicht schlecht aussehen.« Sie betastete seinen Arm wie die Auslage einer Boutique. Dabei kam sie Timo so nah, dass ihre im Wasser strampelnden Beine sich berührten, ineinanderwanden. »Gefällt mir.«

Zurück am Strand, warf sie ihm ein Handtuch zu, und während sie sich abtrockneten, ahnte Timo ihren Blick auf seinem Rücken. Er fühlte sich ein bisschen unwohl, nicht wegen des Blicks an sich, sondern weil er seinem Körper nicht zutraute, sie beeindrucken zu können. Er war sehr schlank, wenn auch nicht gerade knochig, und irgendetwas Jugendliches war noch an ihm, so als hätte ihn die Natur gegen seinen Willen zum Wachsen gezwungen. Dazu kam, dass mit seiner Unterhose etwas nicht stimmte. Unterhosen sind nun einmal keine Badehosen, sie sind aus Baumwolle gefertigt, die bei Nässe sehr anschmiegsam wird. Mit dem, was sich darunter verbarg, meinte er ebenfalls nicht prahlen zu können.

Sie legten sich auf ihre feuchten Tücher in den Sand. Die Gewalt der Sonne war durch den September und den Nachmittag gebrochen, nur ein weißliches Licht drang durch Schleierwolken. Ein paar Minuten lang wärmten sie sich auf.

Schließlich kramte Vev Servietten und Bouletten hervor, dazu noch zwei Gläser, eine Flasche stilles Wasser – und Whisky.

»Nichts Gesundes im Gepäck«, stellte sie klar. »Keinen Salat, keinen Apfel, keinen Orangensaft. Philipp mag nur gesunde Sachen, von Müsli über Obst und Vollkornschrotbrot bis zu Radfahren, Denksportaufgaben und tausend andere Beglückungen. Aber für mich ist das Gute nur in Maßen zu ertragen. Buletten und Whisky sind jetzt genau das Richtige für uns.«

Sie nahmen beides reichlich zu sich, er seinen Whisky allerdings stark mit Wasser versetzt, sodass er Timo langsamer als ihr zu Kopfe stieg. Mit jedem Glas wurden sie redseliger. Der Alkohol ließ bei Timo so manchen Knoten platzen.

»Wie hast du Philipp kennengelernt?«, fragte er.

»Was du wirklich wissen willst, ist doch, wieso ich ausgerechnet Philipp kennengelernt habe.«

Er war so perplex, dass er nicht antwortete.

»Nun gut, ich beantworte die Frage trotzdem«, sagte sie. »Ich habe zuletzt als Übersetzerin gearbeitet, es ging um irgendeinen Job, den Philipp in Auftrag gegeben hat. Ich war vierzig und wollte endlich ein Kind. Ich habe es bekommen, Gott sei Dank. Philipp wollte eine Frau, die sich um das Kind kümmert, er wollte ein Haus, er wollte unbedingt auf Hiddensee wohnen – und voilà, wir sind hier. Das Haus durfte aber nicht irgendeines, sondern musste ein besonderes sein. Philipp hat große Pläne, weißt du? Er möchte der Karl Lagerfeld der Wohnarchitektur werden und hält gerne Hof. Er ist ehrgeizig, ich mag ehrgeizige Männer durchaus.

Außerdem ist er ein guter Vater und ein stets korrekter Mann …«
Im letzten Moment unterdrückte sie ein »Aber«. Es war trotzdem spürbar. Traurigkeit legte sich über ihr Gesicht.

Später sagte sie: »Ich weiß noch nicht, was ich machen werde, wenn Clarissa in die Pubertät kommt, in das Alter, in dem man bildhübsche Popstars bei MTV und deren Kopien auf dem Schulhof anhimmelt. Dann werde ich ziemlich überflüssig sein, die Krystle Carrington von Hiddensee. Ein bisschen bin ich das jetzt schon. Ich werde die Möllers und die Müllers, die Schneiders und die Schreiners zum Essen einladen und von ihnen eingeladen werden. Ich werde beim Teekränzchen zwischen Architektengattinnen sitzen, deren Gesichtshaut so glatt, weich und getönt wie Scheiblettenkäse ist. Mit ihren perfekten Händen blättern sie in der *Vogue* und der *Elle*. Das wird wie bei *Sex and the City*, nur ohne Sex und City. Dann werde ich an einen Nachmittag mit einem hübschen Bengel von Schriftsteller zurückdenken, daran wie wir am Meer nebeneinanderlagen und über das Leben sprachen. Ich weiß nicht … Geht es dir manchmal auch so, dass du das Gefühl hast, du wärst nicht im richtigen Leben? Du wärst irgendwo falsch abgebogen, weißt nur leider nicht, wo? Du spielst bloß eine Rolle? Am meisten Angst habe ich davor, dass meine Rolle irgendwann zur Wirklichkeit wird.«

Sie füllte ihr Glas auf.

»Ach was, ist egal. Vergiss, was ich gerade gesagt habe.«

Nach einem großzügigen Schluck veränderte sich ihre Stimmung schlagartig. Sie wandte sich Timo zu.

»Na, wie hört sich das für dich an? Ich ahne, was dir jetzt durch den Kopf geht: die gelangweilte Frau in der Krise, der junge Held, eine stille Bucht im September … Du glaubst, ich sei geil auf einen schlanken, schattenlosen Jüngling. Du glaubst, ich sei so etwas wie die Kurtisane der Ostsee, und ich hätte dich hierhergebracht, um dich zu verführen. Vögeln im Vogelschutzgebiet. Das glaubst du doch, oder?«

»Ja«, sagte er und konnte kaum glauben, dass er es gesagt hatte. »Ja, das glaube ich wirklich, außer das mit der Kurtisane der Ostsee, die bist du nicht. Für mich bist du eher die … die Venus der Ostsee.«

Sie kippte die goldfarbene Flüssigkeit aus ihrem Glas in den Sand. »Venus, von wegen! Was mache ich hier eigentlich? Warum rede ich mit dir, ausgerechnet mit dir? Ich kenne dich ja gar nicht. Ich kann nicht länger bleiben, ich habe mich gerade lächerlich gemacht.«

»Nein, gar nicht.«

Sie stand trotzdem auf und sammelte hektisch ihr Zeug zusammen.

»Geh nicht«, bat er. »Ich fand sie schön, unsere Unterhaltung.«

»Unsere Unterhaltung kommt mir vor wie eine Szene aus einem Film. Wie heißt er noch gleich? Ich bin Deborah Kerr, und du bist Charlton Heston, nein, Burt Lancaster, und dort vorne ist das Meer.«

»*Verdammt in alle Ewigkeit*«, wusste Timo. Er ergriff ihre Schulter.

»Ja, *Verdammt in alle Ewigkeit*. Lass mich los, Timo. Ich kann nicht … Ich muss gehen.«

Er zog sie mit sanfter Gewalt neben sich in den Sand. Sie knieten beieinander, Körper an Körper, und er küsste einen Mund, der nach Meer und Tränen schmeckte. Der nach Whisky schmeckte, der wiederum nach Meer und Tränen schmeckte.

Sorgfältig musterte sie sein Gesicht. »Was willst du mir mit diesem Kuss ausdrücken? Dein Beileid? War das ein Kondolenzkuss?«

»Tut mir leid, wenn es so rüberkommt«, sagte er. »Ich dachte … Ich bin nicht gut in solchen Dingen. Ehrlich gesagt, wenn ich keine Tastatur vor mir habe, bin ich komplett unbrauchbar, zärtliche Gefühle auszudrücken.«

Vev berührte ihn. »Wenn es so ist, dann bist du auf eine wunderbare Weise unbrauchbar.«

Sie legte die Hände auf sein Gesicht, seine Brust, seine Hüften und zuletzt auf sein Geschlecht.

Seine und ihre Finger verschränkten sich ineinander, als Timo Vev in den Sand drückte. Sie bewegten sich wie in Zeitlupe, während sie sich küssten, während sie die Badekleider auszogen.

Timo spürte die Sonne auf seinem Rücken. Vevs Bewegungen und seine eigenen waren einander entgegengesetzt. Sie blieben still, schrien stumm. Ihre Lust kam ohne ihre Kehlen aus, ohne ein Wort.

»Wir hatten uns Treue geschworen, Philipp und ich.«

Timo hob und senkte die Schultern. »Tja …«

»Du kommst dir jetzt wohl ein Stück größer vor?«

»Ein kleines Stück, ja, das gebe ich zu.«

Sie lachten. Natürlich waren sie noch immer berauscht von der Leidenschaft, mit der sie sich eben geliebt hatten, so wie man nach dem letzten Schluck Alkohol auch nicht sofort ernüchtert ist, sondern ihn noch eine Weile mit sich herumträgt.

Sie standen auf Vevs kleinem Strand, Genoveva Bay, und sahen hinaus auf das Meer, das ihnen in kleinen Wellen den

Sand unter den Füßen wegschwemmte. Es war ein zugleich angenehmes und verunsicherndes Gefühl, den Sog am Rand einer unendlichen, gewaltigen Masse zu spüren, ein Stück Boden unter den Füßen zu verlieren, ihn langsam abzugeben, nie genug von dem Kribbeln bekommen zu können, süchtig danach zu werden …

»Du wirst Philipp nichts davon erzählen, richtig?«, fragte sie. »Das ist nicht deine Art.«

»Wirst du es denn tun?«

Sie schwieg. Über ihnen hatte sich der Himmel zugezogen. Eine triste Wolkendecke hatte das Blau, das Grün zum Erlöschen gebracht.

»Du bist eine seltsame Frau«, sagte er.

»Dann passe ich gut in einen deiner Romane, eine Spinnerin und Trinkerin.« Sie lächelte. »Komm, wir gehen zum Haus zurück. Die anderen werden bald eintreffen.«

Timo wusste an diesem späten Nachmittag nicht, wie es mit Vev und ihm weitergehen würde. War das nun ein One-Afternoon-Stand gewesen oder mehr? Die Gedanken tanzten in seinem Kopf, wechselten von Dirty Dancing zu Walzer zu Lambada zu Trauermarsch und Schwanensee – von allem nur ein paar Takte, dann ging es wieder von vorne los. Was war er für Vev? Was war sie für ihn? War das, was er im Stillen aufsagte, das Alphabet der Liebesqualen?

Auf dem Meer alberten ein paar ungefähr dreizehnjährige Jungs auf einem Schlauchboot herum, und ihm fiel ein, dass er in ihrem Alter gewesen war, als Vev zu unterrichten begonnen hatte. Er hatte keine seiner Lehrerinnen geliebt, auch die hübschen nicht. Aber heute liebte er eine Frau, die damals seine Lehrerin hätte sein können, jene für Französisch. Was für ein merkwürdiger Zufall, dachte er, dass im Französischen – das Vev gerne ins Feld führte – das Wort für Lehrerin dasselbe ist wie für Geliebte: *maitresse*.

Er hatte eine Maitresse.

Sie hatten das Vogelschutzgebiet soeben verlassen, als er in der Ferne Leonie erblickte, die ihnen entgegenkam.

»Siehst du«, sagte er zu Vev. »Man hat uns gefunden.«

Vev lachte kurz und verächtlich auf. »Leonie würde dich auch dann noch finden, wenn du in einer Umlaufbahn um den Jupiter kreisen würdest.«

Timo sah sie irritiert an. »Was meinst du damit?«

Doch nachdem Vev diese kryptischen Worte ausgesprochen hatte, beschleunigte sie ihren Schritt und zog an Leonie vorbei wie an einem Laternenpfahl. Timo begrüßte Leonie, und sie folgten Vev in einigem Abstand. Philipps Frau hatte sich schon vorhin an der Bucht ein Strandkleid übergezogen, das nun wie ein Feengewand im Wind wehte, und Timo dachte voller Stolz und Zuneigung: Diese Frau, Timo, wollte dich, diese Frau, Timo, hast du bekommen. Er meinte Meer auf den Lippen zu schmecken, Tränen, Whisky, Rausch …

Leonie plauderte munter drauflos und stellte ein paar Fragen, die er nebenher beantwortete. Glücklicherweise wollte sie nicht wissen, ob er mit Vev wie versprochen über die Vergebung für Leonie geredet hatte. Er hätte wohl gelogen. Die Wahrheit wäre gewesen, dass er in seiner sexuellen Erregung nicht mehr an ihr Problem gedacht hatte. Es gab jedoch Wahrheiten, die niemanden etwas angingen, auch die Leidtragenden nicht.

Leonie zeigte sich verhalten gut gelaunt, ihre Besorgnis vom Vormittag hatte sich ein wenig gelegt.

»Der Ausflug war ganz nett«, fasste sie zusammen, um sogleich einzuschränken: »Der Leuchtturm ist halt ein Leuchtturm und nicht das Kolosseum. Im Fischrestaurant hat mich Clarissa mit Beschlag belegt, mein Essen ist darüber kalt geworden. Yasmin hat sich stundenlang fast nur mit Yim unterhalten, über Buddhismus, die Heilkraft der Steine, Lenin und Kommunismus, Anarchismus, Panflöten, Hildegard von Bingen. Es ging kreuz und quer, so wie in Yasmins Hirn. Und Philipp hat sich als wandelnder Baedeker betätigt und mir den Kopf mit Informationen über Hiddensee vollgestopft, so als hätte ich die Absicht geäußert, die Insel zu kaufen.«

»Sei froh, dass er mit dir spricht. Heute Morgen war deine größte Sorge, dass keiner mehr etwas von dir wissen will.«

»Ja, aber die Art, wie er einem zu verstehen gibt, dass er alles besser weiß … Ich sage dir, er hat sich von uns allen am besten amüsiert, obwohl er den Kram bestimmt schon hundertmal erzählt hat.«

Timo fand den Gedanken tröstlich, dass Philipp sich amüsiert hatte, so als verringerte sich damit seine Schuld.

»Wie war dein Tag? Bist du mit deiner Geschichte vorangekommen? Warst du schwimmen mit Vev?«

Kurz nachdem Vev hinter einer Düne verschwunden war, hörten sie einen entsetzlichen Schrei, wie aus einem Horrorfilm. Es folgte ein zweiter, halb erstickter Schrei der Ohnmacht.

Timo sah Leonie an. »Das war Vev, oder?«

»Ja, das glaube ich auch.«

Er rannte sofort los. Die Dünen waren nicht hoch, er kürzte die Wegstrecke ab, indem er hügelan quer durch die spärliche Vegetation lief. Das Nebelhaus war ungefähr einhundert Meter entfernt.

Zunächst sah er nur Vev, den Rücken ihm zugewandt, die vor irgendetwas erstarrt war, etwas Schwarzem, das unter einer Birke auf dem Boden lag. Der Korb glitt ihr aus der Hand, dann das Strandtuch, das sie unter dem Arm getragen hatte.

Als Timo näher kam, erkannte er, dass es sich bei dem schwarzen Gebilde um eine der Katzen handelte.

»Morrison«, sagte Vev. »O mein Gott, was ist mit Morrison passiert?«

Der Körper des Katers war langgestreckt, die Augen waren geöffnet, die Zunge hing ihm halb aus dem Maul.

Vev rührte sich nicht. Timo näherte sich dem Tier äußerst behutsam, kniete sich nieder und berührte das Fell. Es war warm, obwohl die Sonne hinter Wolken verborgen war. An Morrisons Kopf und Hals klebte eine ebenso warme Flüssigkeit: Blut. Die linke Seite des Kopfes war eingeschlagen.

»Lebt er noch?«, fragte Vev mit zitternder Stimme.

Morrison hatte den glasigen Blick des Todes, den man normalerweise nur Menschen zugesteht.

Timo schüttelte den Kopf. »Nein, aber lange kann er noch nicht tot sein. Er ist noch warm.« Seine letzten Worte blieben ihm fast in der Kehle stecken.

Dieses arme Wesen unter seiner Hand, und dann Vev, der das Unglück über die Wangen lief, vom Kinn in den Sand tropfte, neben Morrison, das machte ihn so traurig, als hätte er einen alten Weggefährten verloren.

»Was wohl passiert ist?«, fragte Leonie. Die anderen beiden hatten fast vergessen, dass sie auch noch da war. Sie stand im Hintergrund, kam nun näher. »Ob er vom Baum gestürzt ist? Oder von einem Hund angefallen wurde? Armer Kerl.« Sie stellte sich neben Vev und fügte hinzu, ohne sie anzusehen: »Das muss furchtbar für dich sein.«

»Hast du irgendwas gesehen?«, fragte Timo Leonie. Immerhin musste sie in der Nähe gewesen sein, als das Unglück passierte.

»Tja, also, ich habe merkwürdige Schreie gehört, aber ich dachte, die kämen von einer Möwe, so hat es jedenfalls geklungen. Ach ja, da war ein seltsamer Mann, recht klein gewachsen, der die Hände in den Taschen einer Segelhose verbarg und mit gesenktem Kopf an mir vorüberging, ohne zu grüßen. Er wirkte fremdländisch …«

»Ich finde«, sagte Timo, »Morrison erweckt nicht den Eindruck, als wäre er vom Baum gefallen oder von einem Hund totgebissen worden. Ich bin kein Fachmann, aber ich sehe nirgendwo Bissspuren, und wenn eine Katze vom Baum fällt, landet sie in der Regel auf den Füßen. Im Übrigen wäre er in den weichen Sand gefallen, und dabei hätte er sich doch nicht den Schädel zertrümmert, oder? So hoch ist die Birke nun auch wieder nicht. Ich …«

»Ich will, dass Morrison sofort begraben wird«, unterbrach Vev. »Hier, an Ort und Stelle, und zwar bevor Clarissa ihn so sieht.«

Es war zu spät. Gerade als Timo auf Vevs Anweisung hin eine Schaufel aus dem Schuppen holte, kam Clarissa aus dem Haus und entdeckte den toten Kater. Sie weinte markerschütternd. Leonie hielt sie lange fest umschlungen, als wäre es ihr eigenes Kind, beruhigte sie mit hundert trockenen Küssen auf den Scheitel und mit der ganzen Enzyklopädie der Tröstungen: Morrison ist jetzt im Himmel, er hatte ein schönes Leben, er würde wollen, dass … er fände es nicht gut, wenn … wir werden ihn nie vergessen, wir malen ihm ein Bild …

Timo hob ein Grab aus, Vev sammelte inzwischen ein paar Gegenstände zusammen, die Morrison gerne gehabt hatte: einen Tennisball, eine Stoffmaus an einer Schnur, ein paar Bröckchen seines Lieblingsfutters … All das gab sie dem toten Kater mit ins Grab, als handele es sich um einen Pharao.

»Mama, er muss ein Kreuz kriegen«, forderte Clarissa. »Und ein Foto muss drauf.«

Vev nickte traurig. Timo umfasste ihre Schulter und zog sie an sich. Wie gerne hätte er sie mit Küssen überschüttet, hätte ihr das halbe Gewicht der Traurigkeit abgenommen und durch Zärtlichkeit ersetzt.

13

Hinter mir war das Grab, und vor mir stand eine betagte Frau. Ich schätzte sie auf achtzig. Weißgraue Haarsträhnen fielen zu beiden Seiten ihres Gesichts bis auf die deutlich hervortretenden Wangenknochen, und um den Mund hatte sich im Laufe der Jahre ein Kranz kleiner Fältchen geflochten, sodass er wie zugenäht aussah.

»Guten Tag.«

»Guten Tag.«

Sie trug ein altmodisches Kleid und darüber eine Kittelschürze, auf der noch die Spuren eines frischen Zwetschgenkuchens klebten. Alles in allem erinnerte das Äußere der Frau mich an die Witwe Bolte.

»Ich wohne dort drüben, wissen Sie? In dem Haus zwischen den Bäumen. Ich habe Sie um das Nebelhaus streunen sehen und dachte, ich sehe mal nach, was Sie hier machen. Man muss vorsichtig sein heutzutage.«

»Da haben Sie recht.« Ich gab ihr die Hand und stellte mich vor.

Sie machte nicht den Eindruck eines argwöhnischen Menschen auf mich, sondern eines einsamen, der reden möchte. Ich hatte sofort ein Bild vor Augen, wie die Frau am Küchenfenster saß, während der Kuchen im Ofen aufging, und sich wie eine Spinne auf jeden stürzte, der sich im Netz ihres Blickfeldes verfing.

»Da liegt eine Katze drin«, erklärte sie ungefragt. »Auf dem Foto erkennt man das nicht mehr, es war ein schwarzer Kater. Er wurde ermordet.«

»Ermordet?«

»Ja, man hat ihm den Schädel zertrümmert, das hat mir Frau Nachtmann am nächsten Tag selbst gesagt. Ich wollte wissen, wer die ganzen komischen Leute in ihrem Haus waren, und da hat sie mir von dem Mord an der Katze erzählt. Und wissen Sie, was sie noch gesagt hat? Dass sie glaubt, dass es die Verrückte war. Nein, ganz so hat sie es nicht ausgedrückt, sie meinte, es sei eine der Frauen gewesen, die zu Gast bei ihr waren. ›Warum?‹, fragte ich. ›Warum soll ein Gast so etwas tun?‹ Da sagte sie: ›Um sich zu rächen.‹ Zwei Tage später hat diese Leonie Dingsda dann um sich geschossen. Haben Sie davon gehört?«

»Ja, das habe ich.«

»Zu meiner Schande muss ich gestehen, ich habe Frau Nachtmann zuerst nicht geglaubt. Es gehört schon eine gehörige Portion Grausamkeit dazu, eine Katze an den Hinterbeinen zu packen und gegen einen Baum zu schleudern, und das alles nur, um jemandem eins auszuwischen. Da muss man schon sehr krank im Kopf sein, schließlich findet man solche Leute ja nicht wie Scheiße im Kuhstall, verzeihen Sie den Ausdruck. Nein, ich hatte erst mal einen anderen Verdacht.«

»Welchen denn?«

»Haben Sie schon einmal von den Nans gehört?«

»Ja, ich wohne im Moment bei ihnen, als eine Art Pensionsgast. Ich bin flüchtig mit dem Sohn des Hauses bekannt. Aber ich kenne den alten Herrn Nan erst seit heute.«

»Erzählen Sie ihm bitte nicht weiter, was ich Ihnen jetzt sage.«

»Mache ich nicht.«

»Ich habe damals geglaubt, dass es seine Frau war.«

»Nian Nan?«, rief ich verwundert.

»Ja, so hieß sie wohl. Ich kann mir solche komischen Namen nicht merken. Die war mindestens so verrückt wie diese Leonie Dingsda, nur auf eine andere Art. Hat sich oft in ihrem Schuppen eingesperrt. Keiner durfte da rein, auch der Alte nicht, nicht einmal ihr Sohn. Ich bin mal rübergegangen, um sie was zu fragen, da war sie gerade im Schuppen. Ich habe geklopft und bin rein, und da stürzte die Nan wie eine Irre auf mich zu und schob mich raus. Dabei beschimpfte sie mich in asiatischem Kauderwelsch. Beschimpft, ja, da bin ich mir sicher, dabei konnte sie doch Deutsch. Ich war nicht lange genug drin, um etwas erkennen zu können. In dem Schuppen waren überall Stellwände aus Holz aufgestellt, wissen Sie, wie in einem Irrgarten, die sollten wohl das Wichtigste verdecken, und das haben sie ja auch. Aber gerochen habe ich was – Chemikalien noch und nöcher, von dem Gestank war ich noch nach zehn Minuten ganz duselig, und die Nan war da jeden Tag mehrere Stunden drin, sogar sonntags. Jetzt kommt's: Wissen Sie, was die da drin gemacht hat?«

»Nein. Was denn?«

»Sie hat Tiere geschlachtet.«

»Wie bitte?«

»Ja, ganz bestimmt. Hier auf der Insel sind immer mal wieder Katzen und kleine Hunde verschwunden, die hat sie gefangen gehalten, geschlachtet und dann in chemischen Bädern aufgelöst.«

Das war der unglaublichste Tratsch, den ich je gehört hatte. Trotzdem blieb ich freundlich und aufmerksam, weil ich die

Nachbarin vielleicht noch als redselige Auskunftei gebrauchen konnte.

»Warum sollte Frau Nan so etwas tun?«, fragte ich.

»Na, die Asiaten essen Hunde und Katzen, das weiß man doch. Und die Knochen musste sie ja irgendwie wegschaffen. Wäre aufgefallen, wenn sie die vergraben hätte, also hat sie die chemisch beseitigt.«

»Und welche Rolle hat Herr Nan bei der Sache gespielt?«

»Gar keine, glaube ich. Haben Sie den Garten gesehen? Menschen, die einen solchen Garten mit ihren eigenen Händen hervorbringen, haben eine gute Seele. Er ist ein komischer Kauz, das ist wahr. Aber mit so einer Frau, wen wundert's, dass man da komisch wird? Die ist immerzu über die Insel geschlichen, zu den seltsamsten Uhrzeiten. Unheimlich war die mir. Ich sage Ihnen, die hatte ein böses Wesen.«

Innerlich schüttelte ich den Kopf, dennoch nahm ich mir, wenn auch widerwillig, die Zeit, kurz darüber nachzudenken.

»Wenn Frau Nan im Schuppen Hunde und Katzen gefangen gehalten und geschlachtet hat, wieso war kein Bellen und Mauzen zu hören?«, fragte ich.

Die Witwe Bolte wirkte nicht so, als wäre dieser Einwand prioritär zu behandeln, allerdings war ich mir sicher, dass sie im Laufe der nächsten Tage eine befriedigende Erklärung für sich finden würde, und wenn sie lautete, dass die Tiere im chloroformierten Zustand dahinvegetieren mussten, bis ihr letztes Stündlein geschlagen hatte.

Vorerst jedoch zog sie es vor, ihre Erzählung an einem anderen Punkt fortzusetzen.

»An dem Tod des armen Katers ist die Nan wahrscheinlich

nicht schuld, das war dann doch eher diese Leonie Dingsda. Ich komme jetzt nicht auf ihren Nachnamen.«

»Korn. Hatten Sie mit ihr zu tun?«

»Nein, mit ihr nicht, Gott sei Dank. Nur mit der jungen Frau mit den bunten Haaren, eine grässliche Person, so was von respektlos.« Sie spie das Wort noch einmal aus. »Respektlos. Der junge Nan, sosehr ich ihn mag, denn er war immer freundlich zu mir, hat einen grässlichen Geschmack, was Frauen angeht.«

Ich war beleidigt, obwohl ich mich nicht angesprochen fühlte. Ich hatte nichts mit Yim, und seine Annäherungsversuche beschränkten sich bisher auf Schokopralinen und kambodschanische Küche. Trotzdem nahm ich der Witwe Bolte diese Bemerkung persönlich übel.

»Heißt das, Yim und Yasmin Germinal waren … ein Paar?«

»Ach, was weiß ich schon?«, erwiderte sie in einem Anfall von Hellsicht, der sehr spät und gewiss nicht häufig kam. »Die jungen Leute heutzutage, da blickt doch keiner mehr durch – und bei einer mit solchen Haaren schon gar nicht. Das war ein Luder, wenn Sie mich fragen. Sie hat Yim schöne Augen gemacht, die beiden sind hier nachts spazieren gegangen, ich hab's genau gesehen. Na ja, ich hätte ihm ja eine Neue gegönnt, wo doch seine Freundin damals so unglücklich gestorben ist. Ertrunken ist sie, hier vor der Insel vom Boot gefallen. Wollte unbedingt bei schlechtem Wetter rausfahren und die Heldin spielen. Aber eine mit bunten Haaren als Ersatz für die andere – das hat der doch gar nicht nötig, so wie der aussieht. Na ja, natürlich nur, wenn man auf Ausländer steht. Sie haben doch nichts mit ihm, oder?«

»Nein.«

»Wie sind wir denn jetzt darauf gekommen? Ach, über das freche Ding mit den bunten Haaren. Die hat auf meinem

Grundstück Hasch geraucht, Drogenkonsum fast direkt vor meinem Küchenfenster. Stand da einfach so rum, unter dem Baum, und hat zum Schuppen rübergestarrt. Ich poche wirklich nicht oft auf meine Grundstücksgrenzen, aber da habe ich sie verscheucht und ihr mit der Polizei gedroht.«

»Wann war das?«

»Am Morgen des bewussten Tages. So, ich muss jetzt nach meinem Kuchen schauen. War nett, Sie kennengelernt zu haben.«

Es kitzelte mich, Yim auf Yasmin anzusprechen. Als wir abends in einem einfachen Fischrestaurant essen gingen, redeten wir über alles, nur nicht über den Fall, und ich wollte die gute, von lustigen Anekdoten angeregte Stimmung durch den ganzen Abend tragen. Daher verkniff ich mir die Frage. Yim bewies Qualitäten als humorvoller Erzähler, wenn er sich beispielsweise über Schauspieler lustig machte, die er parodierte. Seine Karikatur von Sky Dumont war zum Schreien komisch. Später ließ er einige seiner witzigsten Begebenheiten als Wirt Revue passieren.

Die anderen Gäste schauten zu uns herüber, einige verärgert, weil sie sich gestört fühlten von so viel Gelächter, andere neidisch, weil sie sich absolut nichts zu sagen hatten. Yim dachte jedoch nicht daran, den Lauf, den er an diesem Abend hatte, zu zügeln. Im Gegenteil, ihm schien die Rolle als Spaßvogel zu gefallen, und ich ertappte mich bei einem Funken Stolz über einen solchen Tischherrn.

Erst als wir die fünfhundert Meter zurück zum Haus gingen – es war bereits Nacht, nirgendwo stand eine Laterne, und am Firmament glitzerten mehr Sterne, als ich von Berlin gewohnt war –, war er auffällig still.

Ich dachte: Oh, oh, entweder bereitet er gerade einen Annäherungsversuch vor oder …

Es wurde das Oder. Er gab mir den Schlüssel zum Nebelhaus, und ohne mich anzusehen sagte er: »Da musst du allein rein. Ich kann dich nicht begleiten, beim besten Willen nicht.«

Ich ging am nächsten Morgen ins Nebelhaus, gleich nach einem einsamen Frühstück. Yim hatte mir einen Zettel auf den Küchentisch gelegt, dass er joggen sei, und Herr Nan war glücklicherweise bereits im Garten zugange, wo er mit einer Geschwindigkeit Unkraut jätete, als ginge es um sein Leben. Er kroch auf allen vieren um die Rabatten herum. Seine Hose war wieder einmal verrutscht, der Ansatz seines Hinterns lugte hervor. Eigentlich gab er ein Bild der Lächerlichkeit ab, aber ich konnte über nichts lächeln, was ihn betraf.

Als ich das Haus verließ, war er gerade hinter einem prächtigen Bambus beschäftigt, so konnte ich ohne ein Wort das Gartentor passieren. Ich fragte mich, ob sein Blick mir folgte, ebenso der Blick der Witwe Bolte von nebenan. Da mir lieber war, es nicht zu erfahren, drehte ich mich nicht um, sondern ging schnurstracks meinem Ziel entgegen.

Das Nebelhaus machte seinem Namen alle Ehre. Zwar lag an diesem frühen Morgen der ganzen Insel ein feiner Schleier aus aufsteigender Feuchtigkeit über, aber in der Richtung, in die ich ging, war er weit dichter. Aus dem Vogelschutzgebiet zogen zerfetzte Schwaden heran, die sich am Nebelhaus verfingen, aufschichteten und die Fassade still und leise in ihren kaltgrauen Mantel hüllten. Schon das Birkenwäldchen war ein Hort von Dunst und Verlassenheit, doch erst unmittelbar vor dem Glaspalast, gleich hinter dem Katzengrab, überkam mich das dringende Bedürfnis nach einem Menschen an meiner Seite, so stark war der Eindruck, der auf mich wirkte. Der Nebel schien sich mit dem Haus zu verbinden, dessen gläserne Fronten ihn widerspiegelten, sodass die Grenze zwischen der festen und der gasigen Materie leicht verschwamm. Ein paar Meter vom Eingang entfernt geisterte der kuriose Gedanke durch meinen Kopf, dass das Haus eines Tages im Nebel aufgehen und nie wieder Gestalt annehmen würde. Irgendwann wäre es ganz verschwunden, ähnlich wie in Edgar Allen Poes *Der Untergang des Hauses Usher*, und alle Menschen, die je darin gewohnt hatten, wären mit ihm verschwunden.

Gerade hatte ich diese der Beklommenheit geschuldete Vorstellung abgeschüttelt, als ich die erste Tote vor mir liegen sah.

Die verblasste, aber noch gut erkennbare Kreidemarkierung auf dem Boden zeigte die unteren Gliedmaßen eines menschlichen Körpers. Aus dem Kommuniqué der Staatsanwaltschaft wusste ich, dass es der Körper von Frau Nan war. Dort, direkt am Hauseingang, war sie erschossen worden. Ihre Beine waren stark angewinkelt gewesen, so als hätte sie sich im letzten Moment schützend einrollen wollen oder aus dem Instinkt heraus, sich am äußersten Ende des Lebens ganz an dessen Anfang zu begeben.

Schon jetzt pochte mein Herz bis zum Hals, dabei hatte ich die Pforte zum Grausigsten noch nicht einmal aufgeschlossen. Nachdem das getan war und die Haustür sich langsam öffnete, gab sie den Blick frei auf den Torso, die oberen Gliedmaßen und den Kopf der Getöteten. Hier war die Markierung noch sehr deutlich, als wäre sie erst gestern angebracht worden. Mit der Hand vor dem Mund blieb ich auf der Schwelle stehen, unfähig, auch nur einen Schritt zu tun, und spähte auf den Augenblick eines Todes hinab.

Frau Nan hatte den linken Arm vor die Augen gelegt, eine Geste, die sowohl Schrecken als auch Würde enthielt. Viele Jahrhunderte lang war es Brauch – und in einigen Kulturen ist es noch heute so –, dass Sterbende ihr Gesicht verhüllten. In Pompeji fand man zahlreiche Leichen, die sich in der Sekunde, bevor die Lava über sie hinwegrollte, vom Schrecken erfasst der altrömischen Würde besannen. Frau Nans rechter Arm war hingegen weit ausgestreckt, die Finger waren gespreizt in einem letzten ohnmächtigen Versuch der Abwehr.

Der Anblick war weit schlimmer, als ich ihn mir vorgestellt hatte. Dass die Markierungen noch vorhanden sein könnten, daran hatte ich überhaupt nicht gedacht. Dazu diese entsetzliche Gebärde ... Ich suchte einen Weg um die Zeichnung herum, es war mir zuwider, über sie hinwegzulaufen, als wäre es nur irgendeine Kritzelei.

Wie schafft Herr Nan das bloß?, schoss es mir durch den Kopf. Wie konnte er auf dem Umriss seiner Frau herumtrampeln? Und das musste er. Es war nämlich, wie ich rasch bemerkte, schlicht unmöglich, ins Haus zu gelangen, ohne auf die Markierung zu treten, allen Verrenkungen zum Trotz. Ich fasste mir schließlich ein Herz, weil ich Frau Nan nicht persönlich gekannt hatte, und überwand meine Skrupel. Kein Wunder, dass Yim hatte passen müssen, ich verstand ihn nun noch besser als zuvor. Zu gerne hätte ich gewusst, was der Witwer dabei fühlte, wenn er mit seinem ungelenken Körper und den kurzen Beinen über die Kreidespuren hinwegschritt.

Meine Beklemmung besserte sich keineswegs, als ich im Flur stand. An der Garderobe hingen noch mehrere leichte Jacken, ein Kapuzensweatshirt, der rosafarbene Anorak eines Mädchens … Darunter standen Kinderschuhe in Reih und Glied, außerdem ein Paar rote Cowboystiefel, Boots, Herrenhalbschuhe, Pumps, abgetragene Turnschuhe und schwarze Sandalen. Es sah aus, als wären die Bewohner nur eben kurz weg. Da die Größen sehr unterschiedlich waren, erkannte ich, dass einige Schuhe den Gästen des Wochenendes gehört hatten, und erlag der makabren Versuchung, sie zuzuordnen. Die fliederfarbenen Pumps schienen mir in ihrer Puppenhaftigkeit Leonie zu gehören, die rustikal-flippigen Cowboystiefel vielleicht Yasmin, die eleganten Sandalen Vev, die abgetragenen Turnschuhe Timo und die soliden Herrenhalbschuhe Philipp.

Im Wohnbereich, der aus riesigen, ineinander übergehenden Fluchten bestand, erwartete mich ein Schreck ganz anderer Art. Dort sah es aus, als wären Einbrecher am Werk gewesen. Dutzende Papierbögen lagen auf dem Dielenboden verstreut, teils waren sie beschriftet, teils blank, dazwischen Bücher, Wein- und Whiskygläser, Kissen, eine zerknüllte Tischdecke und allerlei Krimskrams. Eine Stehlampe war umgestürzt, die Türen einer Kommode standen weit offen, Bilder hingen schief, ein weißer Volant war größtenteils aus der Schiene gerissen, so als hätte sich jemand im Fallen daran festgehalten. Hier entdeckte ich keine Markierung, wusste aber, dass irgendwo im Haus noch weitere sein mussten.

Durch die meterhohen Fensterwände sah ich in den dichten Nebel hinaus, der das Haus zu tragen schien wie eine Götterburg. In welche Himmelsrichtung ich mich auch wandte, um den zentralen Wohnraum, der an die achtzig Quadratmeter groß war, waberte der Nebel hinter dem Glas, aufgewirbelt vom einsetzenden Seewind.

Ich öffnete die Terrassentür und trat einen Schritt in den von Heckenrosen unvollständig eingefriedeten Garten. Keiner hatte sich in den letzten zwei Jahren die Mühe gemacht, die Gartenmöbel vor der Witterung zu schützen. Auf einem der Stühle lagen verstümmelte Holztiere, ausgebleichte Holsteiner Kühe, ein dreibeiniges Pferd und ein Stück entfernt im Sand ein kopfloser Storch. Über mir schrien Möwen. Mir wurde schlagartig kalt, und ich ging wieder ins Haus.

Hinter jeder Ecke erwartete ich die nächste Kreidezeichnung auf dem Boden, dazu kamen der Nebel, die Agonie und der Alpdruck des Ortes, die mir aufs Gemüt drückten. In der Küche schlug mir ein modriger Geruch entgegen. Jemand hatte die Spülmaschine am 5. September 2010 eingeräumt, sie aber nicht mehr ihr Werk tun lassen. Der gusseiserne Schmortopf auf dem Herd war von einer ekelerregenden Kruste überzogen.

Im Badezimmer, einem kleinen Gästebad, lag zersplittertes Glas auf dem Boden. Eine Fensterscheibe war komplett geborsten und notdürftig mit Folie zugeklebt worden.

Vor dem Obergeschoss hatte ich gehörigen Respekt. Ich zögerte auf der ersten Stufe der spiralförmigen Treppe und bekam ein bisschen Platzangst, was mir sonst nie passiert. So eng und steil war die Treppe gar nicht, zwei Leute konnten locker aneinander vorbeigehen, aber sie war zu beiden Seiten bis auf kleine Lichtöffnungen zugemauert, wodurch sie etwas Röhrenartiges hatte. Zweimal wand sie sich um die eigene Achse, und ich war noch immer nicht oben angekommen. Dafür traf ich auf die zweite Markierung, und diese flößte mir einen noch größeren Schrecken ein als die erste.

Sie erstreckte sich über mehrere Stufen. Weil die Spurensicherung einen Toten, der auf einer Treppe liegt, nicht anders mit Kreide nachzeichnen kann, als sowohl die horizontale wie auch die vertikale Stufenfläche zu markieren, wirkte dieser Körper zerrissen, zerfetzt. Seine normale Größe war verzerrt, wie in einem Parabolspiegel. Die Form, auf die ich blickte, hatte fast nichts Menschliches mehr. Arme und Beine, die Schultern, der Kopf – das alles war für mich nur mühsam zu erkennen, und es dauerte eine Zeit lang, bevor ich begriff, in welcher Haltung dieser Körper mitten auf der Treppe zum Liegen gekommen war. Ich war so auf die Dechiffrierung dieses gespenstischen Codes fixiert, dass mir zunächst entging, was mich dafür mit umso größerer Gewalt traf.

An der Wand der Spiraltreppe prangte ein großer Klecks Blut, umgeben von hundert kleineren Klecksen, die nicht alle rot, sondern auch andersfarbig waren, und ein Teil der Flüssigkeiten war zäh die Wand entlang nach unten geflossen.

Ich konnte nicht mehr. Mit einem Satz stürmte ich die Treppe hinunter, eilte hinaus ins Freie und stürzte beinahe auf der Schwelle, auf der auch Frau Nan gestürzt war. Neben einem Strauch spuckte ich die bittere Galle aus, die mir hochkam.

Ich brauchte mehrere Minuten, um mich wieder aufzurichten. Der Dunst hatte sich ein wenig gelichtet, die Welt zeigte erste blasse Konturen: einen stattlichen Baum, zwei entfernt stehende Häuser, die Wogen der Dünen, so friedlich, so trügerisch. Als Philipp Lothringer sein Haus konzipiert hatte, hatte er den Frieden dieser Landschaft einfangen und in das familiäre Heim integrieren wollen. Die interne Welt sollte mit der externen in Kontakt stehen und umgekehrt, sie sollten sich gegenseitig durchdringen. Das Ehepaar und sein Kind blickten zu jeder Tages- und Jahreszeit auf das, was die äußere Welt darbot, das Meer und den Wind, der die Gräser bog, das Birkenwäldchen, das Heidekraut und die Betulichkeit der Hiddenseer. Im Gegenzug saß die Familie auf dem Präsentierteller. Jeder konnte, wenn die Volants nicht zugezogen waren, ins Haus blicken wie in ein Aquarium. Diese Einstellung Philipps zeugte von großem Selbstvertrauen: Seht her, das bin ich, das ist meine Frau, das ist mein Kind, das ist mein Haus, das ist mein Leben, ich muss nichts verstecken.

Aber irgendetwas war gehörig schiefgegangen, und keiner, weder im Inneren noch außerhalb, hatte die Katastrophe kommen sehen, all des Glases zum Trotz.

Ich kehrte zurück in diese Folterkammer, die mich so sehr strapazierte. Noch hatte ich nicht alles gesehen, doch ich musste es sehen, um davon berichten zu können. Also machte ich ein paar Fotos, dann ging ich ins Obergeschoss. Am oberen Ende der Wendeltreppe angekommen, erstreckte sich ein langer Gang vor mir, links zwei, rechts drei Türen und eine weitere ganz am Ende. Zwei davon standen offen, eine der seitlichen und diejenige am Ende.

Langsam schritt ich voran und warf im Vorbeigehen einen Blick in eines der Gästezimmer. Dort sah ich eine weitere, die dritte Markierung, die allerdings mit grüner Kreide gezogen war. Erschütternd: Leonies totengleicher, tatsächlich aber noch lebender Körper war an der Wand lehnend zusammengesackt und in sitzender Position aufgefunden worden. Daher hatte man ihr Körperprofil nur schemenhaft und zudem grün markiert. Auf den Kieferholzmöbeln und der lavendelblauen Tapete waren Blutspritzer.

Im Raum verteilt waren vereinzelte Fähnchen mit Nummern, die auf sichergestellte Indizienbeweise hinwiesen. Das Bett war zerwühlt. Auf dem Nachttisch stand eine vor zwei

Jahren angebrochene Flasche Orangensaft, daneben ein umgekipptes Glas. Gleich daneben ein aufgeschlagenes Buch: Timo Stadtmüllers *Der Säufer*, die Seiten in der Mitte zerrissen. In der Zimmerecke lag ein Malbuch für Kinder, auch dieses aufgeschlagen. Auf der Doppelseite standen einige in Lila und Grün ausgemalte Pinguine auf einem Felsen, der noch immer des Ausgemaltwerdens harrte.

Zum ersten Mal überhaupt berührte ich einige Gegenstände, wenn auch nur kurz, und sie berührten mich. Das Grauen in mir erweiterte sich um eine tiefe Traurigkeit, wie sie manchmal in Grabgewölben über mich kam.

Die vierte Kreidemarkierung entdeckte ich – und damit hatte ich gerechnet – in dem Zimmer am Ende des Ganges. Der Körper hatte vor dem Fußende des Bettes auf dem Boden gelegen, beide Arme weit von sich gestreckt, die Beine geschlossen, eine Haltung von irgendwie beklemmender Ohnmacht, wie die von Jesus am Kreuz. Kein Blut, nirgendwo. Neben dem Kopf hatte eine Lesebrille gelegen, kenntlich gemacht mit der Nummer vierzehn.

Vier Schüsse waren in jener Nacht gefallen, drei davon hatten unmittelbar getötet, einer hatte Leonie ins Koma geschickt.

Die Markierungen, die Gesten der Körper, das Blut, das Chaos im Wohnbereich, das eingeschlagene Fenster im Gästebad, die Brille, das Malbuch – all diese Pinselstriche des Dramas fotografierte ich sorgfältig, damit ich sie später zu einer Collage zusammenfügen konnte.

Beinahe freute ich mich auf die bevorstehende Arbeit. Einerseits ein dunkles und schreckliches Projekt, entwickelte es andererseits einen immer stärker werdenden Sog, in den ich längst geraten war, als ich ihn bemerkt hatte.

Wie ein Donnerschlag der Hölle fuhr plötzlich ohrenbetäubende Musik mitten in meinen Beschluss. Vom Erdgeschoss dröhnte Beethoven bis zu mir nach oben, Getöse aus der Pastorale, von einer Intensität und Lautstärke, die mich im wahrsten Sinne des Wortes erschütterte. Mein erster Gedanke war: Wer tut so was? Mein zweiter Gedanke war: Ich bin nicht allein, jemand ist ins Haus gekommen, ist unten, wartet auf mich.

Ich kann nicht sagen, dass ich mich beeilte, um nachzusehen, wer es war. Zögerlich wie eine Blinde tapste ich zur Treppe, nahm Stufe um Stufe und schlich über die Markierung hinweg. Versehentlich berührte ich den roten Klecks an der Treppenwand und zog die Hand sofort zurück. Ich schluckte, bekam eine trockene, heiße Kehle. Meine Sinnenschärfe, ohnehin geschliffen von der Aura des Horrorhauses, nahm unheimliche Dimensionen an. Ich meinte sogar, das alte Blut riechen zu können.

Unten angekommen, betrat ich wie in Zeitlupe den Wohnbereich.

Herr Nan stand drei Schritte von mir entfernt, die Hände in den Taschen seiner schmutzigen Segeltuchhose vergraben. Er hatte den Kopf leicht schief gelegt und grinste mich an.

14

September 2010

Nicht weit vom Nebelhaus entfernt stand eine Eibe, ein altes, verkrüppeltes Ding, kaum einen Meter hoch und vom Wind dazu gezwungen, sich nach unten zu entwickeln. Dadurch war eine Art Höhle entstanden, wie dafür geschaffen, dort sich selbst oder einen Gegenstand zu verstecken. Clarissa hatte mal zwei Jungen darin rauchen sehen, die beiden hatten sie mit nervösen Gesten fortgescheucht. Etwas später hatten zwei gut gelaunte Mädchen sich dort geküsst und abwechselnd aus einer Flasche getrunken. In Clarissas Fantasie war die Eibenhöhle ein Ort, wo spannende Dinge passierten, wo Störtebeker seinen Schatz und Ali Baba seine Räuber verborgen hatte.

Clarissa robbte hinein. Es roch nicht besonders gut in der kleinen Höhle, das hatte sie schon bei früheren Besuchen bemerkt, und ihre Eltern hatten ihr überdies verboten, dorthin zu gehen. Aber sie wollte ja nicht lange bleiben. Erwartungsvoll grub sie die Hände in den trockenen, teils sandigen, teils erdigen Boden.

Sie wollte das, was sie falsch gemacht hatte, wiedergutmachen. Sie hätte das Ding aus Tante Leonies Handtasche nicht herausnehmen dürfen. Hätte den Schatz nicht stehlen und vergraben dürfen. Deshalb, so dachte sie, war der liebe Gott jetzt böse und hatte Morrison getötet, um sie zu bestrafen. Der arme Morrison, den hatte sie am liebsten gemocht.

Sie war jetzt schon ziemlich tief, so tief hatte sie den Schatz gar nicht eingebuddelt. Suchte sie etwa an der falschen Stelle?

Sie schüttete das Loch wieder zu und grub nun dort, wo sie eben gesessen hatte, ebenfalls vergebens.

Wie ging denn das? So ein Schatz verschwand doch nicht einfach. Und sie hatte nur einem Menschen davon erzählt.

»Clarissa?« Der Ruf ihrer Mutter. Vev kam näher und näher. »Clarissa, komm da bitte heraus.«

Natürlich tat Clarissa, was ihre Mutter ihr gesagt hatte. Sie war niemals bockig. Vev konnte mit ihrer Tochter sogar am Süßigkeitenregal im Supermarkt vorbeigehen, ohne dass es zu nervigen Diskussionen kam. Doch sie spielte gerne nach, was sie in Büchern gelesen hatte, und das führte manchmal dazu, dass sie Verbote missachtete.

»Ich habe dir doch gesagt, dass du das Grundstück nicht verlassen darfst, ohne dass Papa oder ich dabei ist. Schon gar nicht darfst du unter die Eibe. Da machen Hunde ihren Haufen und manche Leute ihr Pipi hin.«

»Weiß ich ja. Aber der gelbe Tennisball, der Papa gehört, ist da reingeflogen.«

»So eine Frechheit von dem Ball, einfach wegzufliegen. Das macht nichts, Schatz. Papa hat so viele Tennisbälle, dass er gar nicht weiß, wie viele es sind.«

»Aber es ist der Ball, auf den die Tante Leonie mir einen Schleimi draufgemalt hat.«

Vev lachte. »Du meinst einen Smiley.«

Clarissa hatte unabsichtlich etwas Komisches und zugleich höchst Intelligentes gesagt. Tatsächlich wirkten Leonies Versuche, für das Mitbringen und den Verlust der Pistole Abbitte zu leisten, wie ein unglaubwürdiges Anbiedern auf Vev: dass Leonie sie wegen Morrisons Tod trösten wollte, dass Leonie plötzlich Vevs und Yasmins Idee gegen Philipps Bedenken unterstützte, ein abendliches Lagerfeuer am Strand zu veranstalten, kurz dass Leonie sich auf einmal gut Freund mit ihr machen wollte. Bei Vev zündete das nicht. Leonie war bei ihr unten durch, nicht nur wegen der Pistole.

Ein wenig verdächtig kam ihr Clarissas Sorge um einen bemalten Tennisball trotzdem vor. Daher kroch sie unter die Eibe und prüfte, ob ihre Tochter dort etwas versteckt hatte, was sie nicht hätte verstecken dürfen.

Doch da war nichts, weder ein Tennisball noch eine Pistole.

Sie nahm Clarissa an der Hand. »In einer Stunde machen wir ein Feuer am Strand. Das haben wir noch nie gemacht. Das ist schön, oder?«

Clarissa nickte halbherzig erfreut. Für sie stand fest, dass sie noch einmal zur Eibe zurückkehren musste, um ihre Suche von neuem zu beginnen. Sie würde dann eben ein bisschen tiefer buddeln.

»Und der Ball?«, fragte sie.

Vev warf einen Blick zurück auf die Eibe. »Vergessen wir den Schleimi. Jemand anders wird sich bestimmt darüber freuen.«

Philipp und Vev trafen die letzten Vorbereitungen für das Picknick. Es sollte Folienkartoffeln mit drei verschiedenen Dips geben, außerdem Thüringer Würstchen und Salat, dazu Sekt, Bier, Wein und Saft sowie – Philipps Meinung nach – einen kostenpflichtigen Rüffel vom Ordnungsamt. Yasmin hatte das

Ganze ein »perfektes Aktivistenmenü« genannt, woraufhin Philipp sich abgewendet und die Augen verdreht hatte.

»Das verlängerte Wochenende läuft nicht so, wie ich es mir vorgestellt habe«, gestand er seiner Frau in der Küche, wo sie unter sich waren.

»Aha«, kommentierte Vev. »Ist das Tsatsiki fertig?«

»Nimmst du mich nicht ernst?«

»Meinst du jetzt gerade oder im Allgemeinen? Der Zeitpunkt, um sich Mitleid bei mir abzuholen, ist schlecht gewählt, Philipp. Die Folie geht mir aus, und es sind noch vier Kartoffeln einzuwickeln. Außerdem bindet die Mayonnaise nicht. Was ist denn nun mit dem Tsatsiki?«

»Gleich fertig.« Philipp raspelte die Gurke in den Joghurt. »Ich wollte es ja nur mal gesagt haben.«

»Gut, jetzt hast du es gesagt.«

»Willst du die Gründe nicht hören?«

»Helfen die mir beim Binden der Mayonnaise?«

»Du nimmst mich tatsächlich nicht ernst. Solltest du aber, denn zwei der Gründe haben mit dir zu tun.«

Vev hielt inne, lehnte sich gegen die Arbeitsplatte und verschränkte die Arme vor der Brust. »Also, leg los.«

Philipp wandte sich mit dem Schwung der Begeisterung, endlich jammern zu dürfen, seiner Frau zu. »Erstens: Leonie und ihre Pistole.«

»Einverstanden. Wobei ich Leonie am deutlichsten gezeigt habe, was davon zu halten ist, während du mit ihr Frau Antje aus Holland gespielt und eine Radtour über grüne Wiesen gemacht hast. Aber ist egal, erzähl weiter.«

»Zweitens: Yasmin ist mir völlig fremd. Ihre raue Stimme, die affigen Haare, die blöden Klamotten und der ganze buddhistisch-anarchistisch-esoterische Zinnober, den sie quatscht, gehen mir auf die Nerven. Timo hätte sie nicht einfach mitbringen dürfen. Drittens: Yasmin raucht Joints.«

»Na, und wenn schon. Solange sie es nicht im Haus tut und Clarissa keinen anbietet, kann dir das doch egal sein.«

»Viertens: Timo kapselt sich ab. Er ist nicht mit auf die Tour gekommen. Schreiben hätte er auch zu Hause können. Ich habe auch den Zeichenblock weggelegt, um mich um meine Gäste zu kümmern. Aber nein, Herr Stadtmüller mimt den Künstler, der seine Privatsphäre braucht.«

»Andererseits nimmt er am Lagerfeuer teil, er war beim Frühstück, hat uns bei der Suche nach der Pistole geholfen, und ich habe heute Nachmittag mit ihm gepicknickt.«

»Darauf wollte ich gerade zu sprechen kommen. Fünftens …«

»Meinst du, deine Aufzählung beenden zu können, bevor die Leute abreisen?«

»Fünftens«, fuhr er unbeeindruckt fort. »Du hast Herrn Stadtmüller ins Vogelschutzgebiet geschleppt. Das hat unsere tratschende Nachbarin mir genüsslich erzählt, als sie uns Kuchen vorbeigebracht hat.«

»Geschleppt? Das hört sich ja an, als hätte ich ihn mit einem Lasso eingefangen.«

»Du weißt genau, was ich meine.«

»Wir waren picknicken.«

»Ihr könnt doch nicht zu zweit picknicken gehen. Was sollen denn die Leute denken?«

»Dass sie auch gerne entweder mit mir oder mit Timo picknicken gehen würden.«

»Vev! Ich gebe nichts auf leichtfertiges Geschwätz, trotzdem müssen wir uns ein wenig auf die Sitten und Gebräuche des Lebens auf einer kleinen Insel einstellen. Das Vogelschutzgebiet ist tabu, und ein Picknick von Mann und Frau, die nicht Mann und Frau sind … Na ja, semioptimal, würde ich mal sagen.«

»Du bist doch nicht etwa eifersüchtig?«

»Auf diesen kleinen Stadtmüller-Scheißer? Wohl kaum. Ich habe dir jedoch schon mal gesagt, dass die Leute hier …«

»Gibt es noch ein sechstens?«

»Oh ja, Morrison. Du hast den Kater einfach vergraben. Warum hast du nicht auf mich gewartet? Ich hätte ihn zur Tierkörperentsorgung gebracht.«

»Prima, und währenddessen hätte ich Clarissa mitgeteilt, dass Morrisons Knochen zu Seife verarbeitet werden.«

»Das Ordnungsamt …«

»Wenn du noch *einmal* Ordnungsamt sagst, drehe ich durch. Es besteht aus drei glatzköpfigen, übergewichtigen Männern, die ein an Fetischismus grenzendes Verhältnis zu Maßbändern haben. Clarissa wollte eine Beerdigung, verstehst du? Und ich wollte sie auch.«

»Na schön«, räumte er kleinlaut ein. »Aber ich hätte wenigstens daran teilnehmen müssen. Er war auch mein Kater.«

Vev widmete sich wieder den Folienkartoffeln. »Du hast dich nie für ihn interessiert, hast ihm alles verboten, ihm nie etwas vom Tisch gegeben …«

»Davon werden Katzen fett.«

»Ich wollte, dass er von Menschen beerdigt wird, die ihn mochten.«

»Von Timo?«

Vev schaffte es nicht, die letzten beiden Kartoffeln einzuwickeln. Doch sie gab nicht auf, hantierte voller Ingrimm mit dem letzten Rest der Folie. »Das brauchst du gar nicht abzutun. Timo war sehr betroffen von Morrisons Tod. Ich glaube sogar, er hat vor dem Leichnam geweint.«

»Er hat *was*?«

»Geweint. So nennt man das, wenn sich eine klare, salzige Flüssigkeit in den Augenwinkeln sammelt und über die Wangen rinnt. Sie reizt die Haut, das Gesicht schwillt an. Das diesen Vorgang auslösende Gefühl heißt Schmerz, Trauer oder Traurigkeit.«

»Rede bitte nicht mit mir, als müsstest du einem Außerirdischen erklären, was Weinen bedeutet.«

»Und rede du nicht mit mir, als gäbe es einen Grund für dich, eifersüchtig auf eine Beerdigung zu sein. Wenn du Morrison betrauern willst, bitte sehr, das Grab ist gleich vorne am Birkenwäldchen. Der frische Sandhügel ist nicht zu verfehlen. Geh hin und weine ein bisschen, wenn dir danach ist. Ich bezweifle allerdings, dass es dir gelingen wird. Das einzige Mal, das ich dich habe weinen sehen, war damals, als du dir mit dem Hammer auf den Zeigefinger gehauen hast.«

»Hör bitte auf damit, Vev«, bat Philipp. Seine Bemerkung bezog sich nicht auf den Streit, sondern auf das Whiskyglas, das sie zu einem Drittel füllte. »Immer wenn du trinkst, wirst du müde und traurig.«

»Falsch«, antwortete sie ruhig, fast ermattet. »Ich trinke, weil ich müde und traurig bin. Nur damit du's weißt: Heute habe ich weniger getrunken als sonst. Gibt es noch ein siebtens?«

Mit einem Mal fiel alle Streitlust von ihm ab, und er wollte noch nicht einmal mehr Recht behalten. Er ging auf Vev zu und nahm sie in den Arm. »Es tut mir leid, ich … Ich weiß auch nicht, mir gefallen die Leute nicht, die ich mir da ins

Haus geholt habe, und jetzt ärgere ich mich über mich selbst, und wenn ich mich über mich selbst ärgere, werde ich unausstehlich. Bitte entschuldige.«

Er hob ihren Kopf leicht an und bemerkte den Glanz in ihren Augen. »Ach, du meine Güte, was habe ich bloß da wieder angerichtet?«

»Was hast du denn angerichtet?«

»Eine klare, salzige Flüssigkeit sammelt sich in deinen Augenwinkeln und wird dir gleich über die Wangen rinnen. Sie wird die Haut reizen, dein Gesicht wird anschwellen. Das diesen Vorgang auslösende Gefühl heißt vermutlich ... Tja, wie heißt es nur, Vev? Hm, was ist los? Na, komm schon, sag. Liegt es an mir? War ich so ekelhaft?«

»Ja«, sagte sie nach einigem Überlegen. »Aber ich war ja auch ekelhaft, das ist gar nicht der springende Punkt. Ich bin einfach ... Ich habe ...«

Sie rang um Worte, während er danebenstand und vor Neugier und schwerem Herzen platzte. Am liebsten hätte er alles ungeschehen gemacht, alles, und zwar von dem Moment an, als Timo bei Facebook bei ihm angeklopft hatte. Er war sich sicher, dass Vev dann jetzt nicht weinend vor ihm stehen würde, dass es keinen Streit gegeben hätte und, ja, dass Morrison noch leben würde. Letzteres war nur ein unbestimmtes Gefühl, das er nicht belegen konnte.

»Weißt du«, sagte Vev, »es ist nicht nur der Streit um Katzenbeerdigungen, Vogelschutzgebiete, die Nachbarn, eine Kindergärtnerin mit Colt und was weiß ich noch.«

»Herrn Stadtmüller nicht zu vergessen.«

»Es ist die Art, wie wir ... wie ich ...«

In diesem Moment platzte Yasmin zur Tür herein. »Sagt mal,

habt ihr auch Tofuschnitzel, Gemüsetaler oder sonst was in der Art? Mit Thüringer Würstchen kann man mich jagen.«

»Auch aus der Küche?«, fragte Philipp, ohne eine Miene zu verziehen.

Einige Sekunden lang verharrten die drei Menschen wie ein Standbild, es rührte sich keiner.

Dann fragte Yasmin: »Sorry, habe ich gestört?«

»Die Zeitform ist falsch gewählt«, erwiderte Philipp. »Statt dem Perfekt, solltest du es mal mit Präsens versuchen – falls du überhaupt weißt, was das ist.«

»Das weiß ich sogar sehr gut«, gab Yasmin zurück und machte sich einen Zentimeter größer. »Ich ...«

Vev ging dazwischen. Sie führte Yasmin zum Kühlschrank und sagte: »Ich habe Halloumi da. Wie wär's damit?«

Frau Nan bemerkte den Brandgeruch in dem Moment, als sie den Schuppen verließ. Hastig, wie es sonst nicht ihre Art war, lief sie zum Haus, stieß die Tür auf und eilte durch die verqualmten Räume auf der Suche nach der Ursache des Rauches. Das Haus war alt, deshalb war es damals ja so billig gewesen. Frau Nan dachte an einen Kurzschluss des Fernsehers oder eines Küchengerätes, aber der Kurzschluss, auf den sie am Ende stieß, war völlig anderer Natur.

In der Küchenspüle hatte jemand einen Scheiterhaufen aus alten Fotos errichtet und angezündet. Das Zerstörungswerk war getan, die letzten Überreste gingen gerade in dünnen Rauchfäden auf, tiefschwarz wie die Trauer, beißend wie Zorn.

Frau Nan öffnete alle Fenster. Einige Minuten lang wartete sie draußen zwischen den Gladiolen und sah die Vergangenheit aus allen Öffnungen des Hauses quellen und sich in den gemächlich dunkelnden Himmel über Hiddensee verteilen. Herr Nan war nirgends zu sehen, aber sie wusste, dass er irgendwo in der Nähe war und sie beobachtete.

Wieder drinnen, griff sie zitternd in den erkalteten Aschehaufen und zog ein kleines, unversehrtes Stück Papier hervor. Es handelte sich um das rechte obere Eck eines Fotos, das ihr Elternhaus zeigte. Der First aus Palmblättern war noch zu erkennen, das kleine Gebäude und die Familie, die davor posierte, waren dem brennenden Scheiterhaufen zum Opfer gefallen. Das Wenige, was Frau Nan von ihrer Jugend geblieben war, bildete eine verkohlte, stinkende Masse.

Ein einziges Bild hatte überlebt. Es lag fast unversehrt unter dem Haufen und war nur an wenigen Stellen schwarz angelaufen. Frau Nan zog es hervor. Es war ihr Hochzeitsfoto, eine ungefähr vierzig Jahre alte Schwarz-Weiß-Aufnahme.

Sie und Herr Nan sitzen nebeneinander auf zwei riesigen, schmucken Stühlen, steif wie ein Königspaar, aber lächelnd. Überall sind Blüten: in ihren Haaren, um ihren Hals, auf ihren Kleidern und auf den Kleidern der Gäste, die um sie herumstehen und in die Kamera winken. Herr Nan hält ein Horoskop in Händen, das anlässlich ihrer Hochzeit für das Paar erstellt worden ist. Darin wird ihnen eine glückliche Ehe prophezeit.

Sie seufzte. Herr Nan hatte dem Horoskop damals geglaubt, er glaubte von jeher an Lügen, ganz besonders an seine eigenen. Was diesem Foto jedoch nicht anzusehen war, was niemand vermuten würde, der es unbefangen betrachtete: dass dieselben fröhlich winkenden Menschen nur wenig später Herrn und Frau Nans Schicksal ins Düstere, Tragische hineintreiben würden.

Sie steckte das Foto ein, dann drehte sie den Wasserhahn auf und schickte den schwarzen Schlick zu den Abwässern.

Frau Nan ging zum Meer. Es waren nur wenige Schritte bis dorthin und gerade so viel Dämmerung zwischen ihr und ihrem in den Bambusbüschen lauernden Mann, dass sie sich einbilden konnte, allein zu sein. Vor dem Wasser sank sie nieder. Ab und zu erreichte eine Welle den kleinen Körper von Frau Nan, die sich dann mit viel Mühe der Illusion hingab, es handele sich um die Strömung des Mekong.

Nur wenig auf Hiddensee erinnerte an ihre Heimat, den Ort ihrer Kindheit. Es fehlte so gut wie alles: die Schreie der Affen in der Nacht, wenn die Python sich näherte, die Zimtbäume und großen Blüten, der Parfümgeruch des Waldes im Morgengrauen, die zappelnden Schlammfische, die alle Mädchen und Jungen zu Tausenden fingen, damit ihre Mütter sie mit Salzlake zu Paste verarbeiteten, die schönen Namen der Dörfer und Städte, Kampong Cham, Krouch Chmar, Ratanakkiri, Angkor Chey, deren Klang genügte, um die Mutterwelt wieder erstehen zu lassen. Von alledem war sie abgeschnitten, getrennt durch die Dimensionen des Raumes und der Zeit.

Oft dachte sie daran zurückzugehen und wusste doch, es war unmöglich. Es gab kein Zurück für sie. Die Schande, die sie mit Herrn Nan verband, mit dem einst geliebten und nun ungeliebten Mann war ewig.

»Ich wünschte, ich hätte eine Mutter wie deine«, sagte Yasmin, als sie von Ferne auf Frau Nans kleinen, mondbeschienenen Körper blickte, der vor dem Ozean saß.

Sie hatte sich mit Yim auf einen Spaziergang vom Lagerfeuer entfernt. Die Abenddämmerung, das knisternde Feuer und das Zusammensein mit alten Bekannten hatten sie sentimental werden lassen, und Yim schien ihr ein guter Zuhörer zu sein. Sie hatte auf Anhieb Vertrauen zu ihm gefasst.

»Ich war acht Jahre alt, als meine Mutter mich in ein streng katholisches Internat gesteckt hat. Dort haben die Nonnen mir einzubläuen versucht, wie die Welt funktioniert und dass ohne Christus sowieso nichts geht. Ich schrie ihnen irgendwann ins Gesicht, dass ich mir meine eigene Welt schaffe und dass das Männlein am Kreuz darin nicht vorkommt. Das haute sie glatt um. Ich bekam eine Strafe nach der anderen. Mit fünfzehn warfen sie mich raus, weil ich auf dem Internatshof Kondome verteilte. Meine Mutter redete ein Jahr lang kaum ein Wort mit mir, was mir allerdings egal war, weil sie nie etwas sagte, das bei mir ein gutes Gefühl oder Interesse hervorrief. Sie redete immer nur Luftblasen und war aalglatt, eine Heuchlerin mit einem Gesicht wie aus Marmor gehauen. Mein Vater dagegen war von früh bis spät damit beschäftigt, Bonzen vor Gericht zu verteidigen, die beim Betrügen erwischt worden waren. Die seltenen Gespräche mit seinen Kindern drehten sich nur darum, wie sie ihm dabei helfen konnten, eine Fassade zu errichten. Meine Geschwister sind wie meine Eltern geworden. Sieh dir dagegen deine Mutter an. Sie strahlt etwas aus, hat Charakter. Ich schätze, sie ist eine gute Mutter.«

»Ja, ich hänge sehr an ihr. Wenn ich nach Hiddensee komme, besuche ich eigentlich sie, nicht meinen Vater.«

»Einerseits wirkt sie ausgeglichen, stoisch und duldsam, andererseits mitten im Leben stehend und klug, wie eine Überlebenskünstlerin. Was tut sie da? Beten?«

»Wer weiß? Manchmal ist sie einfach nur traurig. Dann sitzt sie am Meer oder geht in den Schuppen.«

»Ich kann sie verstehen. Irgendwie fühle ich mich ihr verwandt. Ist sie praktizierende Buddhistin?«

»Ja.«

»Toll, ich auch. Überleg mal, Yim, wenn jeder Mensch nur einen anderen Menschen glücklich machen würde – dann wäre die ganze Welt glücklich, und der Weltfrieden bräche aus. Sag mal, was hat es eigentlich mit diesem Schuppen auf sich? Ist es der da drüben unter den Schlingpflanzen? Sieht mysteriös aus. Mal ehrlich, was ist da drin?«

»Weiß ich nicht.«

»Frag deine Mutter doch mal.«

»Lieber nicht.«

»Dann mach ich's.«

»Sie würde dir keine Antwort geben.«

»Na, 'ne Opiumhöhle wird sie da drin ja wohl nicht unterhalten. Was, wenn wir einfach mal nachsehen?«

»Das ist sogar nach europäischen Maßstäben ein Vertrauensbruch, nach kambodschanischen ein Sakrileg.«

»Nur wenn's rauskommt. Es kommt aber nicht raus.«

»Ich vermute, der Schuppen ist ihr privater Gebetsort, und der ist heilig und tabu. Ich könnte meiner Mutter nicht mehr in die Augen sehen, ich würde mein Gesicht verlieren. Es gibt in der Heimat meiner Eltern wenig Schlimmeres, als das Gesicht zu verlieren. Das hat schon ganze Familien ruiniert. Die Schande der Kinder fällt nämlich auch auf die Eltern und umgekehrt.«

»Und das alles nur, weil man die Nase in einen Schuppen steckt?«

Er nickte, und sie setzten ihren Spaziergang fort.

Das Licht über dem Horizont war oxidiert, düster, und im Heidegras sangen die Zikaden. Eine intime Stimmung erfüllte den kleinen Kreis des Feuerscheins, in dem nur Timo und Vev saßen.

Vev massierte sich den Nacken.

»Darf ich?«, fragte Timo.

Vev lächelte und wandte ihm den Rücken zu. »Ein Klassiker unter den Anmachsprüchen am Strand. Bei Tage ist es die Sonnenmilch und nachts die Massage. Hast du kräftige Hände?«

»Wenn du es wünschst.«

»Leg los.«

Er hatte keine Ahnung vom Massieren, aber er tat, was er konnte. Vevs Haut war am Nacken leicht sommersprossig, braun und weich. Um den Hals trug sie den Anhänger mit dem keltischen Fruchtbarkeitssymbol, den Yasmin ihr geschenkt hatte.

»Wie ich sehe, denkst du an weitere Kinder.«

»Du meinst, das Ding wirkt?«

»Wer weiß?«

»Dann nimm es lieber ab«, sagte sie. »Sicher ist sicher.«

Sie lachten, und er steckte die Kette in seine Hosentasche, bevor er die Massage fortsetzte.

»Bist du eifersüchtig, weil Clarissa von Leonie und Philipp ins Bett gebracht werden wollte und nicht von dir?«, fragte Timo.

»Wer eifersüchtig auf Leonie ist, der ist ein zutiefst bedauernswerter Mensch«, antwortete Vev versonnen und leise. Sie hatte die Augen geschlossen und gab sich Timos Händen hin. »Clarissa mag neue Menschen in ihrem Leben, und sie hat gemerkt, dass ich dieser Tage nicht ganz bei der Sache bin. Sie möchte sich ihre Gutenachtgeschichte eben lieber von jemandem vorlesen lassen, der eine Handtasche so groß wie ein Seesack hat und geübt im Bau von Legotürmen ist, das ist völlig normal. Und Philipp liest nicht gerne. Von deinen Büchern kennt er nur die ersten paar Seiten. Willst du wissen, was er darüber gesagt hat?«

»Raus damit.«

»So wie andere sich durch ihre Bürohilfen ficken, fickt Timo sich durch die Literatur. Frag mich bitte nicht, was er damit gemeint hat. Vermutlich mag er deine Hauptfiguren nicht, all die Spinner und Säufer und Schläger und bürgerlichen Schlampen. Philipp steht auf klassische Helden, die den Thron der Tugend und Moral besteigen und vom Himmel dafür belohnt werden. Autoren haben in seinen Augen in einem Elfenbeinturm zu leben.«

»Sag ihm, den Elfenbeinturm gibt es nicht mehr. Google, Facebook und die Telekom haben ihn abgerissen. Und du? Was hältst du von meinen Figuren?«

»Ich finde, dass es früher, in heuchlerischer Zeit, nötig war, über Helden und Götter zu schreiben, um als Dichter anerkannt zu werden. Heutzutage darf man auch – man sollte es sogar – über Spinner und Schläger schreiben. Die Spinner haben den Platz der Götter eingenommen. Ich mag deine Figuren, sie sind unberechenbar. Berechenbarkeit ist langweilig, Mathematik ist unerotisch. Ich wäre gerne eine von deinen Romanfiguren.«

Er küsste sie auf den Nacken. »Wir leben aber nicht in einem Roman.«

»Das kann man nie wissen.«

»Du sagst immer so tolle, verrückte Sachen.«

»Ach wo, ich bin nur betrunken.«

Von hinten beugte er sich über sie und übersäte ihr Gesicht mit hundert kleinen Küssen, als wolle er es mit einem Muster bedecken, während sie die Augen dem Glitzern der Sterne öffnete.

»Willst du meine Muse sein?«, fragte er.

»Ist man als Muse krankenversichert?«

Er lachte. »Ich kann gerne bei der Künstlersozialkasse nachfragen.« Wie man es von Liebhabern erwartet, legte Timo seine Geliebte in den Sand, strich ihr die Haare aus der Stirn und bewunderte ihre Schönheit. »Ich liebe dich«, sagte er genau zum richtigen Zeitpunkt.

»Das ist ein großes Wort«, erwiderte Vev. »Liebe. Wenn ich einmal lieben sollte, dann ganz. Eine halbe Liebe, eine Liebe mit Rücktrittsversicherung, das gibt es nicht für mich. Liebe spricht heilig, Liebe tötet, zerschmettert. Öffnet man ihr einmal die Tür, weiß man nicht, ob man einen Engel oder einen Killer hereinbittet.«

»Ich bin kein Killer.«

»Du bist es in deinen Büchern. Mal bist du gefällig, mal beängstigend.«

»Das Gefällige bei Tag, das Dunkle bei Nacht. Ich bin ein Jekyll und Hyde des Schreibens. Im Leben bin ich ganz anders.«

»Bloß nicht«, sagte sie.

Sie küssten und berührten sich. Vev knöpfte Timos Hemd auf, er streifte ihr die Träger von den Schultern. Als sie die Augen wieder öffneten, floss Nebel vom Meer her um ihre Körper, und sie hörten ferne Stimmen. Je näher diese kamen, desto weiter lösten sich Timo und Vev voneinander, bis schließlich Vev in der Stellung der Kopenhagener Meerjungfrau vor dem Wasser saß und Timo Grillwürste auf den Rost legte. Ein letzter Blick, dann waren sie nicht mehr allein.

15

Ich wachte gerne in Yims Jugendzimmer auf. Der kleine Raum erinnerte mich an das frühere Zimmer von Jonas, die Sperrholzmöbel waren ähnlich und auch die Wanddekorationen: Wimpel und Sportabzeichen, Poster und Konzertplakate. Welche Mutter träumt nicht davon, mal im Zimmer ihres Sohnes zu schlafen, wenn er nicht da ist? Ich hatte das manchmal getan und stellte mir nun vor, dass Frau Nan mir darin geglichen hatte. Yim war schon vor zwanzig Jahren ausgezogen, aber das Zimmer sah immer noch so aus, als wohne ein Achtzehnjähriger darin. Die Fotos über dem Bett hatte meiner Überzeugung nach nicht Yim, sondern Frau Nan nach seinem Auszug aufgehängt. Welcher Jugendliche pinnt schon Babybilder von sich an die Wand?

Ein Foto zeigte ihn wenige Wochen nach seiner Geburt, ein zweites im Alter von etwa einem Jahr, ein drittes am Ufer eines großen tropischen Flusses, eingepackt in Tuchwindeln und mit einem lieblichen Lächeln auf den Lippen, als hätte er sich soeben erleichtert. Auf dem nächsten Bild war er bereits sieben oder acht Jahre alt und posierte neben einem Schneemann, der so wenig gelungen war, dass nur ein Kind stolz darauf sein konnte.

Das Zimmer war meiner festen Überzeugung nach lange Zeit Frau Nans Museum gewesen, das derjenige, dem es gewidmet war, ab und zu durch seine Anwesenheit neuerlich geweiht hatte. Durch die Tragödie der Blutnacht war es jedoch umgewidmet worden – jetzt war es Yims Museum, in memoriam Nian Nan. Wenn er diese Fotos betrachtete, sah er vermutlich weniger sich selbst darauf als die Person, die sie aufgenommen und ihnen einen Platz gegeben hatte.

Mit seiner Mischung aus Normalität und Sentimentalität schaffte es der Raum, dass ich mich darin sicher fühlte. Doch allein der Gedanke, aufs Klo gehen zu müssen, ließ mich verkrampfen. Ich schlief und erwachte in Yims Revier, von dem ich spürte, dass Herr Nan es nicht betreten würde. Sobald ich jedoch einen Schritt vor die Zimmertür setzte, verließ ich dieses sichere Refugium und begab mich in das beunruhigende von Yims Vater.

Die Szene im Nebelhaus hatte mir zugesetzt. Nüchtern betrachtet war nichts weiter passiert, als dass Herr Nan den dramatischen Sturmsatz aus Beethovens sechster Symphonie gespielt hatte. Aber schon die Idee, an einem solchen Ort eine solche Musik zu spielen, in dem Wissen, dass ich im Haus war, hatte etwas Krankes an sich. Und dazu sein Grinsen! Ich hatte die Schlüssel dagelassen und war gegangen.

Inzwischen flößte Herr Nan mir mehr als Unbehagen ein, er machte mir Angst. War das seine Absicht? Oder war er einfach bloß ein verwirrter alter Mensch? Das eine schloss das andere nicht aus.

Von diesem Moment an verhielt ich mich wie ein scheues Sumpfhuhn, wenn ich mich im oder auch nur in der Nähe von dem Haus des Alten bewegte. Ich wurde hellhörig, blickte unentwegt nach allen Seiten, erkundete mit weit vorgestrecktem Hals das Terrain, bevor ich einen Raum betrat. Ich huschte über den Flur ins Klo, huschte wieder zurück, huschte in die Küche, biss in aller Eile in ein Brötchen, achtete auf Geräusche, nippte am Tee, achtete auf Geräusche, huschte zur Tür hinaus ... Nur wenn Yim bei mir war, entspannte ich mich ein wenig. Der Gedanke abzureisen kam mir ein- bis zweimal pro Stunde.

Ich verließ das Haus zeitig und blieb den ganzen Vormittag fort, um mich in Neuendorf und in der Inselhauptstadt Vitte ein wenig umzuhören. Eine Bäckereiverkäuferin und der zur Mittagszeit schon leicht angeschlagene Biertrinker am Nachbartisch des kleinen Cafés waren dankbare Informanten – allerdings auch die einzigen. Zuallererst erkundigte ich mich nach der Blutnacht und stellte die üblichen Fragen: Kannten Sie einige der Opfer? Wie waren sie denn so? Wie haben Sie die Tage nach dem Amoklauf erlebt? Welche Stimmung hat auf der Insel geherrscht? Hat es eine öffentliche Trauerfeier gegeben? Wie ist sie verlaufen? Hatte die grausige Tat langfristige Folgen für die Insel?

Sobald die Sprache auf Frau Nan kam, versuchte ich allerdings etwas über ihren Mann zu erfahren. Die Witwe Bolte hatte mir zwar schon ein bisschen was erzählt, Herr Nan war mir dabei allerdings zu gut weggekommen. Leider erfuhr ich nur wenig. Die Nans waren dezente Leute gewesen, weder beliebt noch unbeliebt, und ihre Wortkargheit schrieb man mangelnden Sprachkenntnissen zu, was jedoch – wie mir Yim versichert hatte – ein Irrtum war. Herr Nan hatte einige Jahre lang als städtischer Gärtner und als Hilfsarbeiter für das Gerhart-Hauptmann-Haus gearbeitet. Nach der Wende war er weiterbeschäftigt worden und Ende der Neunziger in Frührente gegangen. Seine mickrige Rente hatte er durch Schwarzarbeit aufgebessert, Heckenschneiden und dergleichen. In all den Jahren auf Hiddensee hatte er keine Freundschaften geschlossen, sich jedoch mit allen Leuten vertragen. Ähnliches galt für Frau Nan. Obwohl hier jeder jeden kannte, war den meisten Leuten bis vor zwei Jahren noch nicht einmal bekannt gewesen, dass sie im Nebelhaus gekocht und geputzt hatte. Irgendwie hatte dieses Paar es geschafft, trotz seiner exotischen Herkunft unauffällig zu bleiben.

Mit Yim war das völlig anders. Er war nicht nur Mitglied in drei Sportvereinen gewesen – wie der Biertrinker zu berichten wusste –, sondern auch Kopfballkönig der Schulmannschaft und einziger »Ausländer« in der Freiwilligen Feuerwehr. Dass er die Insel 1994 verlassen hatte, tat vielen Leuten leid, besonders der rundlichen Bäckereiverkäuferin, wie mir schien. Sie errötete und kicherte wie ein Teenager, als sie von ihm sprach.

Alles, was mit Yim zu tun hatte, gab mir in diesen Tagen ein gutes Gefühl. Ich lächelte, schmunzelte, dachte an Jonas oder Benny, an das Positive in meinem Leben. Yims Spuren folgte ich gerne, sie luden mich ein weiterzugehen. Ich erlebte keine Enttäuschungen mit dem, was ich über ihn erfuhr und an ihm entdeckte. Er schien alles richtiggemacht zu haben: Er hatte sich integriert und engagiert. Dass er ein eigenes Restaurant führte, zeigte ihn als Mann mit Freude zum kalkulierten Wagnis. Er hatte Humor, aber der vorzeitige Tod geliebter Menschen, die Grausamkeit des Lebens, hatte ihm jene Tiefe gegeben, die ihn so anziehend für mich machte.

Auch von seiner Mutter ging nach wie vor eine Faszination aus, der ich mich inzwischen bedenkenlos ergab. Ihren Spuren folgte ich genauso gerne wie Yims, wenngleich aus anderen Gründen. Sie war eine asiatische Sphinx, und ohne dass ich sagen konnte, wieso, schrieb ich ihr eine zentrale Rolle rund um den Amoklauf zu. Umso bedauerlicher fand ich es, dass mir die Erforschung des Schuppens verwehrt worden war.

Zufälligerweise lief ich an jenem Vormittag noch einmal am Schuppen vorbei und sah, dass an dem Riegel ein nagelneues Vorhängeschloss angebracht worden war.

Nachmittags ging ich mit Yim segeln. Er hatte sich das Boot eines alten Schulkameraden geliehen und mich eingeladen.

Unser schwereloses Dahingleiten auf dem Meer verstärkte alle in den letzten Tagen aufgebrochenen Stimmungen in mir, was umso merkwürdiger war, weil sich diese zum Teil widersprachen. Ich hatte das Gefühl, etwas Besonderes zu erleben. Noch nie hatte ich das Steuer eines Segelbootes in der Hand gehabt, noch nie hatte ich eine so aufwendige Rechercheреise gemacht, noch nie hatte sich ein Mann auf Yims unvergleichliche Art um mich bemüht. Ich verspürte den Wunsch, das Neue in meinem Leben zuzulassen. Minuten später lag mir das Steuer schwer in der Hand. Die rasante Fahrt, das aufgeblähte Segel und das kleine, im Angesicht des weiten Meeres zerbrechlich wirkende Boot stellten plötzlich eine Gefahr für mich dar. Die Kräfte der Natur um mich herum verbündeten sich mit denen der Natur in mir, und Angst wehte mich an. Ich musste Geld verdienen. Ich konnte mir den Luxus langwierigen Nachforschens nicht leisten, vom Müßiggang ganz zu schweigen. Sekunden später war die Angstattacke vorbei.

»Kurs halten«, sagte Yim, der um den Mast herumtanzte, mindestens dreißig Handgriffe pro Minute absolvierte und den Dreihundertsechzig-Grad-Radius um das Boot im Auge behielt.

»Aber da vorne kommt einer auf uns zu«, wandte ich ein.

»Er wird ausweichen, wir haben Vorfahrt.«

»Was, wenn er das nicht weiß?«

»Dann hätte ich wohl besser auf dich gehört.«

»Ein schwacher Trost.«

»Die Fahrt macht dir keinen Spaß, oder?«

»Doch, schon. Wirklich, es ist toll, aber … Kannst du das Steuer bitte wieder übernehmen? Es wird mir unheimlich.«

Yim sprang neben mich, griff nach dem Steuer, winkte einem vorbeigleitenden Mann mit Seemannsmütze zu, schätzte mit einem prüfenden Blick auf den Mastwimpel den Wind ein und korrigierte den Kurs.

»Du segelst gut«, lobte ich ihn.

»Ich segele so, wie du Auto fährst: unfallfrei, aber ein bisschen holprig. Auf dem Meer fällt es bloß nicht weiter auf.«

Ich lachte. Für souveräne Männer, die ihr Können nicht wie eine Monstranz vor sich hertrugen, hatte ich schon immer viel übrig gehabt. Bei Yim kam seine Verwundbarkeit hinzu, die stets anwesend war, auch wenn sie schlief. Ich glaube, als wir dort am Steuer Seite an Seite standen, fing ich an, ihn zu begehren. Vorher hatte ich nur mit der Vorstellung kokettiert, es könnte passieren, jetzt wurde die Vorstellung konkret. Sein Blick gab mir zu verstehen, dass es ihm genauso ging. Als ich meine Hände neben seine auf das Steuerrad legte und er mich anlächelte, war die Symbolik eindeutig: Wir würden zusammenkommen, irgendwie, schon sehr bald.

Minutenlang schwiegen wir, während uns die Gischt um die Ohren flog.

Vielleicht um irgendetwas zu sagen, vielleicht aber auch, um mein Leben und meine Vergangenheit von Grund auf kennenzulernen, fragte er: »Sag mal, Doro kommt von Dorothea, richtig?«

»Nur für das Einwohnermeldeamt heiße ich so.«

»Verstehe. Ich habe Abkürzungen und Verniedlichungen immer gescheut. Das liegt wohl daran, dass ein paar Jungs mich in meinen ersten Jahren auf Hiddensee Mini-Yimi genannt haben. Damals war ich noch ziemlich klein, ich bin erst später in die Höhe geschossen.«

»Mit den Mädchen hattest du wohl weniger Probleme, hm? Übrigens, bevor ich es vergesse: Ich soll dich von Bente Wohlfahrt grüßen. Sie war mit dir zusammen Klassensprecherin, verkauft Backwaren in Vitte und ist übrigens noch zu haben. Letzteres hat sie mir zwar nicht zur Übermittlung aufgetragen, aber sie schien mir erleichtert zu sein, als ich erwähnte, dass ich nicht deine Freundin, sondern nur eine Bekannte bin. Lass mich raten: Sie hat dich nie Mini-Yimi genannt.«

Er lächelte. »Nein, das hat sie nicht. Bente ist sehr nett. Wenn ich beim Joggen im Laden vorbeikomme, mogelt sie mir immer eine Zuckerschnecke mit in die Tüte, egal was ich einkaufe, und wenn's nur eine Schrippe ist. Da sie den Laden ohnehin eines Tages von ihren Eltern erben wird, habe ich nichts dagegen, dass sie klaut.«

»Die Schnecke ist vermutlich ihre Art, dir zu sagen, dass sie auf dich wartet.«

Er ließ sich meine Worte durch den Kopf gehen. »Vielleicht.«

Wieder einmal wurde mir bewusst, wie altmodisch Hiddensee in mancherlei Hinsicht war. Eine Frau gestandenen Alters, die dem heimlich Angebeteten ein Backwerk zuschob und von September bis Juli auf den zwölften Monat wartete, den August, wenn er ein paar Wochen in ihrer Nähe verbrachte –

das hätte bei Fontane stehen können. Aber es geschah im Jahr 2012. Umso größer musste der Schock der Blutnacht gewesen sein.

Sicherlich, an jedem Ort in Deutschland würde man erstarren vor Entsetzen, wenn dergleichen dort passieren würde, und die Trauer wäre überall groß. Auf Hiddensee jedoch kam hinzu, dass es der gewaltsame Einbruch einer anderen Zeit war. Auf der Insel gab es weder Autounfälle noch Vergewaltigungen und so gut wie keine Wohnungseinbrüche. Manche Insulaner schlossen über die Nacht nicht mal die Haustür ab. Sie verhielten sich, als lebten sie noch in der sogenannten guten alten Zeit. Am Morgen des 6. Septembers 2010 waren sie sehr unsanft aus ihrem Traum gerissen worden. Ein Amoklauf, vier Schüsse, drei Tote – und ein ganzes Jahrhundert war in einer Nacht übersprungen worden.

»Sag mal, hast du eigentlich noch Kontakt zu den anderen überlebenden Opfern und Angehörigen? Unterstützt ihr euch gegenseitig?«

Ich sah ihm an, dass meine Frage ihn enttäuschte. Er hätte am liebsten gar nicht mehr über den Vorfall gesprochen, darin glich er den Inselbewohnern. Sie verstanden die Welt nicht mehr und wollten daher nichts von ihr wissen. Ich konnte sie und auch Yim gut verstehen, aber ich musste meiner Arbeit nachgehen.

»Wieso fragst du mich das?«

»Weil ich von allen Beteiligten die Adresse und Telefonnummer habe, nur von Yasmin Germinal nicht, und ich dachte, du könntest …«

»Darauf hat meine Frage nicht abgezielt. Warum fragst du *mich* das?«

»Weil ich gehört habe, dass ihr zusammen spazieren gegangen seid. Da ist es nicht weit hergeholt, anzunehmen, dass du ihre Adresse und Telefonnummer hast.«

»Übernimm bitte kurz das Steuer, einfach nur festhalten. Ich muss wenden.«

Er sprang aufs Vorderdeck, hantierte hochkonzentriert mit allerlei Stangen und Seilen und war zwei Minuten lang in einer ganz anderen Welt, einer Welt ohne Schüsse und Traumata.

Als er wieder zurückkam und das Steuer übernahm, machte er gar nicht erst den Versuch, das Thema zu übergehen, was ich ihm hoch anrechnete. Es wäre mir schwer gefallen, noch einmal damit anzufangen.

»Du vergisst«, sagte er, »dass kurz nach unserem Spaziergang etwas passiert ist, das unser Leben auf den Kopf gestellt hat. Kannst du dir vorstellen, dass wir etwas anderes zu tun hatten, als unsere zwei Tage alte Bekanntschaft zu pflegen?«

»Sag doch einfach, wenn du die Kontaktdaten nicht hast.«

»Ich habe die Kontaktdaten nicht.«

Ich akzeptierte seine Antwort. Ich hielt Yim für einen ehrlichen Menschen, zumindest für jemanden, der um Ehrlichkeit bemüht war.

»Schade«, seufzte ich. »Du warst meine letzte Hoffnung. Yasmin Germinal ist wie vom Erdboden verschluckt. Man könnte meinen …« Ich hielt inne, erschrocken von meinem eigenen Gedanken.

»Was könnte man meinen?«, hakte Yim nach.

»Dass sie nicht mehr am Leben ist.«

Ihn schien dieser Gedanke ebenso zu irritieren wie mich, wenngleich er bemüht war, sich das nicht anmerken zu lassen.

»Nach allem, was ich weiß«, sagte Yim, »war Yasmin wie

eine Glucke, wenn es um ihre Daten ging. Sie war nicht bei Facebook, hatte keine E-Mail-Adresse … Sie hat nichts von dieser Art Vernetzung gehalten. Du weißt schon, Big Brother is watching you und so weiter. Das dürfte sich in den letzten zwei Jahren kaum geändert haben.« Nach einer kleinen Pause fügte er hinzu: »Nimm es hin, wie es ist. Sie würde vermutlich sowieso nicht mit dir reden wollen. Sie will einfach nur ihre Ruhe. Verstehst du das? Wir wollen alle unsere Ruhe. Wir wollen nicht mit Hinz und Kunz darüber sprechen, allenfalls mit Therapeuten, und was wir denen anvertrauen, das geht dich gar nichts an. Kannst du dich eigentlich nur *darüber* unterhalten?«

»Nein, aber ich bin deswegen mit auf die Insel gekommen, daraus habe ich nie einen Hehl gemacht.«

»Einverstanden. Nur ist das der einzige Grund, weshalb du noch immer auf der Insel bist?«

Wir sahen uns an. Die Antwort blieb mir fast im Hals stecken. »Nein«, sagte ich, und ich sagte es gerne und mit springendem Herzen.

Er lächelte, als hätte ich ihm gerade eine Eins gegeben. Von einer Sekunde zur anderen hatten sich wieder einmal alle Wolken über seinem Gemüt verzogen, und die Sonne schien wonnig wie im Mai.

Wie hätte ich mich auch nur einen Augenblick lang über Yim ärgern können, weil er leicht schroff geworden war? Wie hätte ich ihm böse sein können, weil er *das* Thema immer wieder abwürgte? Wie gut ich ihn verstand. Besser gesagt, wie gut ich ihn verstehen *wollte*!

Die Nachricht von Bennys Tod hatte ich in meinem Kinderzimmer erhalten, in vertrauter Umgebung, überbracht von meinen liebenden, trauernden Eltern. Meine Freundinnen und

Klassenkameradinnen hatten sich rührend um mich gekümmert, ein Jahr lang war ich zu so ziemlich jedem Kindergeburtstag im Umkreis von vier Kilometern eingeladen worden. Ich hatte Benny nie tot gesehen. So wurde er zwar zum Gespenst für mich, aber nicht zur Leiche. Für Yim war es ganz anders. Wer war für ihn da gewesen? Seine Lebensgefährtin lebte nicht mehr, und sein Vater schien mir in Sachen Trauer und Trost ein Totalausfall zu sein. Nicht zu vergessen: Yim hatte seine tödlich verwundete Mutter aufgefunden und in den Armen gehalten, ein Bild, das sich unauslöschlich in sein Gehirn eingebrannt hatte. Ganz zu schweigen von der Angst, die er in jenem Augenblick gefühlt haben muss. Schließlich konnte er nicht wissen, wo der Mörder war.

»Wir sind am Ziel. Ich hole das Segel ein.«

»Am Ziel? Wir sind mitten auf dem Meer.«

»Siehst du den Küstenabschnitt dort vorne? Das ist das Vogelschutzgebiet, der südlichste Zipfel von Hiddensee. Mit ein bisschen Glück kann ich dir die ersten Graureiher der Saison zeigen, Zugvögel, die bald erwartet werden. Ich habe ein Fernglas dabei … und zufällig auch etwas zu essen und zum Anstoßen. Hast du Lust?«

»Und wie.«

Er holte das Segel ein und verschwand unter Deck.

Das Boot schunkelte auf den seichten Wellen, es gluckste, sein Weiß strahlte, als wäre es eine Energiequelle. Ich schloss die Augen und lehnte mich zurück, und ein paar Atemzüge lang war ich unbeschwert, vom Meer in einen Traum gewiegt. Yim hatte das Talent, mich von meiner Arbeit wegzuholen, er bemühte sich sehr darum. Seinetwegen – allein durch seine Nähe – fand ich allerdings auch immer wieder schnell dorthin zurück. Diesmal war es ein Schlüsselbund neben dem Steuer, der meine Neugier erregte. Mehr als ein Dutzend Schlüssel bildeten eine silbrige Korona, und zwei davon gehörten zu Vorhängeschlössern. Sie waren identisch, nagelneu, blitzten in der Sonne und waren von derselben Marke wie das neue Vorhängeschloss am Schuppen.

Ich hatte bisher angenommen, dass Herr Nan das Schloss angebracht hatte. Nun war ich mir dessen nicht mehr sicher.

Es gelang mir, einen der beiden Vorhängeschlüssel an mich zu nehmen, bevor Yim mit einer Tüte Leckereien an Deck kam.

»Ich habe Gurkensandwiches gemacht, außerdem zwei, drei Tapas, einen kleinen Zitronenkuchen und Mousse au chocolat. Zugegeben, man bekommt schon Sodbrennen, wenn man die Zusammenstellung nur erwähnt …«

»Ich find's toll.«

»Dazu gibt's Rotkäppchensekt zum Runterspülen. Ein volles Glas für dich, ein halbes für mich. Ich bin lieber vorsichtig. Betrunkene Kapitäne kommen schnell in die Nachrichten.«

Auf dem geliehenen Boot, ein Gurkensandwich in der einen und Rotkäppchensekt in der anderen Hand, kam ich mir vor wie ein Mitglied der High Society. Gleichzeitig fühlte ich mich schäbig. Ich hatte Yim bestohlen, hintergangen, und wenn ich eine Gelegenheit bekommen hätte, den Schlüssel wieder an dem Bund zu befestigen – ich hätte es getan. Nur die Gelegenheit kam nicht. Der Schlüsselbund verschwand in seiner Jacke, die Jacke in einem Rucksack, der Rucksack unter Deck, und ehe ich es mich versah, trennten mich drei Verteidigungslinien von einem guten Gewissen. Ich hätte ihm sagen müssen, was ich getan hatte, doch das schaffte ich einfach nicht.

Wir aßen, und zwischendurch zeigte Yim mir die gefiederte Fauna des Schutzgebiets durch das Fernglas. Ich war zunächst nur halb bei der Sache, aber er hatte eine lockere Art, die mir das Vergessen leicht machte – wer weiß, die es vielleicht auch ihm leicht machte. Nach einer Viertelstunde war ich keine Diebin mehr, sondern eine Frau, die endlich einmal wieder verwöhnt wird und die sich nur zu gern verwöhnen lässt.

Als ich zwischen zwei Löffeln Mousse eine Bewegung im Vogelschutzgebiet wahrnahm, setzte ich erneut das Fernglas an. Siehe da, zwei Menschen gingen dort spazieren, ein Mann und eine Frau. Wie Vogelschützer sahen sie mir nicht aus, es sei denn, Vogelschützer gehen des Öfteren Hand in Hand. Sie ließen sich an einem nur vom Meer einsehbaren Küstenabschnitt nieder und starteten ein Liebesgeplänkel, dessen weiteren Fortgang ich aus Gründen der Diskretion nicht verfolgte.

Im Nachhinein kam mir dieses Pärchen wie ein Spiegelbild vor. Nur Sekunden, nachdem ich das Fernglas beiseitegelegt hatte, setzte sich Yim neben mich. Er küsste mich ohne Zurückhaltung und dennoch zärtlich. Dass mir der Kuss wie der schönste in meinem Leben vorkam, lag vielleicht auch am Meer, an dem sanften Auf und Ab, an der Sonne und dem Wind, den Strömungen und dem Treibenlassen, an der Schwere des zu Ende gehenden Sommers, die zum Küssen einlud.

Obwohl er lang war, dieser Kuss, dauerte er mir nicht lange genug. Yim hätte gerne weitergehen dürfen, aber das wäre dann nicht mehr er gewesen, so viel wusste ich schon von ihm. Er wollte sich vorher sicher sein, und das war mir nur recht.

»Das wollte ich dir noch sagen«, meinte er.

Ich sah ihn lange an und erwiderte: »Gut gesagt.«

16

September 2010

Philipps erster Blick nach dem Erwachen ging stets nach rechts, wo der Wecker auf dem Nachttisch tickte. Am Morgen des fünften September wachte er um sechs Uhr vierundfünfzig auf. Die Weckzeit war auf sieben Uhr programmiert, immer, sie änderte sich nie. Für Philipp war es der erste Wettbewerb des Tages, ein Wettbewerb mit dem Wecker oder vielleicht auch mit der Zeit, und an diesem Morgen hatte er ihn – wie meistens – gewonnen.

Ein Siegerlächeln auf den Lippen, wandte er den Kopf nach links. Vev schlief noch. Zwischen ihnen gab es die Übereinkunft, dass sie an fünf Tagen in der Woche früh aufstand und sich um Clarissa kümmerte und Philipp an den übrigen zwei Tagen. Heute war Philipp dran. Er küsste Vev auf die von schwarzen Haaren bedeckte Wange und betrachtete sie voller Liebe, aber auch mit ein wenig Skepsis.

Dann stand er auf. Als er angezogen aus dem Bad kam, lauschte er auf Geräusche im Haus; es war vollkommen still. Diese Ruhe war für ihn das Größte. Darin lag die Ordnung, die er brauchte, um arbeiten zu können, und wenn er sein Atelier betrat, den höchsten Punkt des Hauses, und in einem einzigen Rundumblick die Dünen und das Meer erfasste, war er davon überzeugt, dass ihm alles gelingen könne. Auch an diesem Tag ging er kurz ins Atelier. Er lief einmal die dreieckige Fensterfront ab, atmete tief durch und rechnete in Windeseile aus, in wie vielen Stunden seine Gäste abreisten. Er kam auf achtundzwanzig.

Etwas später streckte er den Kopf in Clarissas Zimmer. Sie war gerade dabei, das achtzehnte Katzenbild hintereinander zu malen. Der Teppichboden war übersät von Morrisons.

Sie sah ihn an. »Papa, warum hat der liebe Gott Morrison zu sich geholt?«

Er nahm sie in den Arm. »Das war ein Unfall, Stupsi. Deswegen müssen wir immer vorsichtig sein. Und deswegen will ich auch nicht, dass du gefährliche Sachen machst. Einer Katze kann man das nicht verbieten. Auf Bäume zu klettern liegt in ihrer Natur.«

»Runterzufallen auch?«

»Na ja, das passiert manchmal, wenn man gefährlich lebt. Das ist der Preis.«

»Dann ist Morrison also selbst schuld?«

»Tja, gewissermaßen schon. Er war unvorsichtig.«

»Timo sagt, dass der Morrison vielleicht totgeschlagen worden ist.«

»Das hat er dir gesagt?«

»Nein, zur Mama hat er das gesagt.«

»Timo ist ein Geschichtenerzähler. Manche seiner Geschichten sind gut, andere sind schlecht. Das war eine sehr schlechte Geschichte, die er Mama da erzählt hat. Denk nicht mehr dran. Warst du schon im Bad? Nein? Also ab mit dir, Zähne putzen, Gesicht und Hände waschen. Ich verlass mich drauf, dass du das alleine kannst. Ziehst du heute für mich das gelbe T-Shirt mit den drei Katzen drauf an? Und wenn du gewaschen und angezogen bist, weckst du Mama, ja? Sag ihr aber bitte nicht, dass ich dich geschickt habe.«

»Darf ich nachher mit Leonie spielen?«

»Erst, wenn sie wach ist.«

Philipp ging die Wendeltreppe hinunter ins Erdgeschoss, wo es nach Zitronenreiniger roch und leise Geräusche aus der Küche kamen – sichere Zeichen für Frau Nans Anwesenheit.

»Guten Morgen, Frau Nan, so früh heute?«

»Ich habe Sie gestern am Strand grillen sehen und dachte mir, Sie wollen das Geschirr sicher schnell weggespült haben.«

An das Lagerfeuer wollte Philipp nur ungern erinnert werden. Er war bereits auf dem besten Weg zu vergessen, dass es je gebrannt hatte. Bereits unmittelbar nachdem sie gegen elf Uhr nachts das Feuer gelöscht hatten, hatte er den Verdrängungsprozess eingeleitet und eine halbe Stunde damit verbracht, die Spuren der Missetat zu beseitigen. Nicht den kleinsten Ascherest hatte er am Strand zurückgelassen, alles hatte er in einen großen Eimer gefüllt und in den Abfall geworfen, als die anderen es sich schon wieder in seinem Haus gemütlich gemacht hatten. Dass Frau Nan etwas von dem Lagerfeuer mitbekommen hatte, war ihm unangenehm.

»Sie sind die Beste, Frau Nan. Ganz ehrlich, einer so tüchtigen Haushaltshilfe bin ich noch nie begegnet. Übrigens, Clarissa wäscht sich gerade alleine im Bad, und wir wissen ja, wie es dort danach aussieht.«

»Ich gehe nach oben, sobald ich hier fertig bin.«

»Danke. Es reicht, wenn Sie am Dienstag wiederkommen. Das Geld lege ich Ihnen auf den Brotkasten, wie üblich. Und …«

Das Telefon klingelte. Philipp sah auf die Armbanduhr und schüttelte den Kopf. »Wer ruft denn am Wochenende um Viertel vor acht an?«, sagte er zu sich selbst, bevor er das Telefon von der Ladestation nahm.

»Lothringer.«

»Hallo? Bin ich dort bei Lothringer?«

Die Stimme der Frau war ihm unbekannt. »Ja, hier ist Lothringer«, wiederholte er.

»Philipp Lothringer?«

Er hatte seinen Namen in den letzten Sekunden so oft gehört, dass es ihn fast schon ein bisschen nervte.

»Ja«, seufzte er. »Philipp Lothringer. Und wer sind Sie, wenn ich fragen darf?«

»Leonies Mutter. Korn mein Name, Margarete Korn.«

»Frau Korn, wie nett«, sagte er in deutlich freundlicherem Ton. Er kannte die Frau nur von einem Foto, das damals in Leonies Berliner Wohnung gehangen hatte. Die Gruppenmitglieder hatten sich an jedem letzten Freitag eines Monats abwechselnd in ihren Wohnungen getroffen und die nächsten Aktionen geplant. Bei Leonie hatte er sich nie wohlgefühlt: schwere Stores an den Fenstern, Polstermöbel in gedeckten Farben, ein massiver Eichenholzschrank von der Größe eines Fußballtores – alles ein bisschen wie in dem engen Zuhause seiner Kindheit, nur sauberer. Irgendwo an der Wand hing verloren das trübselige Foto von Leonies Mutter, die krampfhaft zu lächeln versuchte, dabei aber eher wie eine Schlaganfallpatientin wirkte: eine korpulente Frau mit rosa Haut und einem dünnen weißlichen Haarflaum, vorzeitig gealtert, allein vor einer Hecke. Die andere Hälfte des Fotos war abgerissen worden, und nur des ramponierten Zustandes wegen konnte Philipp sich noch so gut daran erinnern.

»Ich habe Sie über die Auskunft gefunden«, sagte Frau Korn entschuldigend. »Ich wusste noch, dass Ihr Name eine französische Provinz enthält. Zuerst dachte ich Elsässer. Ich hoffe, es stört Sie nicht, dass ich anrufe.«

Ihre Stimme hörte sich plötzlich an, als würde sie jeden Augenblick entzweibrechen.

»Nein, nein, das stört mich nicht.« Er sah noch einmal auf die Armbanduhr. »Aber Ihre Tochter schläft noch.«

»Schade.«

»Haben Sie es schon auf dem Handy versucht?«

»Ja …«

Philipp hörte, wie ein Aber sich zu formen begann, doch es blieb aus. »Ich richte ihr natürlich aus, dass Sie angerufen haben.«

»Danke …«

Wieder ein stummer Gedankenstrich hinter Frau Korns Worten.

»Es ist doch hoffentlich nichts passiert?«, fragte er.

»Nein. Und bei Ihnen?«

Diese Frage kam ihm nun reichlich seltsam vor, selbst die Vermutung in Rechnung gestellt, dass Frau Korn über siebzig Jahre alt und leicht schusselig sein könnte.

»Uns geht's gut«, antwortete er höflich, man könnte auch verlogen sagen. Leonie hatte ihre Pistole verloren, Vev hatte Leonie geohrfeigt, Philipp konnte Leonie nicht leiden. »Wir haben gestern einen Fahrradausflug gemacht«, erzählte er, »und Leonie versteht sich gut mit meiner kleinen Tochter.«

»Sie haben eine Tochter?«

»Clarissa ist fünfeinhalb, fast sechs. Leonie und sie sind beste Freundinnen geworden.«

»Ach …«

»Ja …« Diese unvollständigen Sätze brachten ihn völlig aus dem Konzept. Nun redete er schon wie Frau Korn. »Jedenfalls … am besten, Leonie erzählt Ihnen das alles selbst.«

»Vielleicht ist es besser, wenn … wenn Sie ihr nicht sagen, dass ich angerufen habe. Sie ist ein bisschen …«

Stille in der Leitung.

Er atmete tief durch. »Ein bisschen was, Frau Korn?« fragte er mit der Geduld einer Zeitbombe.

»Ein bisschen empfindlich, verstehen Sie? Ich will nicht, dass sie glaubt, ich spioniere ihr nach. Ich versuche es einfach weiter über das Handy. Außerdem … jetzt, da ich weiß, dass es Leonie gut geht … Entschuldigen Sie nochmals.«

Philipp war nach diesem anstrengenden Telefonat beunruhigt. Es hatte damit zu tun, dass Frau Korn ihn wieder an diese vermaledeite Pistole erinnert hatte, die in seinem Hinterkopf spukte. Er stellte an sich selbst fest, mit welcher Aufmerksamkeit er durch die Zimmer ging, wie er die Möbel betrachtete, immer in der Erwartung, etwas zu entdecken, das dort nicht hingehörte. Es war, als hätte sich eine Schlange ins Haus geschlichen.

Eigentlich hatte er sich vorgenommen, es nicht zu tun, aber nach diesem seltsamen Anruf sprach er kurzentschlossen Frau Nan auf die Pistole an. Vielleicht hatte sie ja etwas gesehen und – es weggeworfen? Eine unwahrscheinliche Theorie, aber die anderen Theorien waren zu schwer erträglich, um sie zu Ende zu denken.

Frau Nan hatte die Angewohnheit, während sie zuhörte, nicht auf das Gehörte zu reagieren. Anderen Menschen sah man wenigstens zeitweise an, was sie von dem hielten, was man von sich gab. Bei Frau Nan war dies nicht der Fall. Man musste warten, bis man zu Ende geredet hatte, um irgendeine Reaktion zu erhalten. Möglicherweise, so überlegte Philipp, war das Frau Nans Methode, andere zu zwingen, sich kurz zu fassen.

Er fasste sich kurz, Frau Nan ebenso. Sie vollzog erst eine energische Bewegung mit dem Kopf nach links und dann nach rechts, sodass der schieferfarbene Haarknoten, der wie eine Kuppelkirche auf ihrem Haupt ruhte, hin und her wackelte.

»Danke«, sagte er in Ermangelung einer Alternative.

Als sein Blick ihr beim Verlassen der Küche folgte, fiel ihm zum ersten Mal auf, dass er so gut wie nichts über das wusste, was sich jenseits dieses Hauses in ihrem Leben ereignete. Ihren Mann kannte er nur vom Sehen, und was Yim betraf, der verlor nie auch nur ein Wort über seine Eltern, gerade so als schäme er sich ihrer oder als fürchte er, sich zu verplappern.

»Du könntest ruhig mal zurückrufen. Ich verstehe ja, dass du viel um die Ohren hast, aber die zwei Minuten wirst du für mich doch übrig haben, oder?«

Leonie lehnte halb aufgerichtet im Bett und sprach mit Steffens Anrufbeantworter.

»Ich versuche es jetzt zum vierten oder fünften Mal seit meiner Abreise. Bist du beleidigt, oder was? Ich werde doch *einmal* ohne dich unterwegs sein dürfen. Du fährst andauernd ohne mich irgendwohin, da sage ich ja auch nichts. Übrigens ist das Wochenende hier ein Desaster, ich fühle mich überhaupt nicht wohl, im Gegenteil, Vev ist eine Zimtzicke und Whiskydrossel, Philipp ein Prahlhans und Yasmin etwas, das man nicht beschreiben kann. Und dieses dämliche Kind hängt wie eine Klette an mir. Ich könnte wirklich eine paar liebe Worte vertragen, nur gerade dann, wenn ich dich brauche, spielst du die beleidigte Leberwurst. Ich habe dich in den letzten Tagen echt vermisst. Aber so geht's nicht. Jetzt bist du mal dran.«

Sie beendete den Anruf und warf das Handy auf die Bettdecke. »Steffen kann so ein Arsch sein«, sagte sie zu sich selbst.

Nach einer Minute schüttelte sie den Ärger jedoch ab und nahm Timos Buch in die Hand. Das Lächeln, mit dem sie das tat, galt weit mehr dem Autor als dem Roman. Sie war auf Seite einhundertachtundachtzig, mehr als die Hälfte war gelesen, und sie verstand immer noch nicht so richtig, worum es ging. Wie bei dem Titel *Der Säufer* nicht anders zu erwarten, war ein Trinker die Hauptfigur. Ein erfolgreicher Geschäftsführer gerät in eine Lebenskrise, als seine zwanzigjährige Tochter ermordet wird. Er schwört ihrem Mörder, den man nicht kennt, Rache und macht sich auf die Suche nach ihm. So weit, so gut. Mal schwankend vor Trunkenheit, mal zitternd vor Nüchternheit stolpert er einhundert Seiten lang durch die wohlhabendsten Stadtviertel von Berlin und legt sich mit fast jedem an.

Weiter war Leonie nicht gekommen. Sie hatte ein Problem mit der Aggressivität in dem Roman, der Text war trotz der bürgerlichen Fassade voll davon, und das war nicht ihr Ding. Wenn schon Krimi, dann bevorzugte sie Detektive wie Inspektor Barnaby, sanfte Typen, die in hübschen, kleinen Dörfern oder in altehrwürdigen Universitäten ermittelten und ihre Verhöre beim Tee durchführten. Am meisten aber mochte sie Liebesromane.

Anstelle von Eifer legte die Leserin an diesem Morgen Verbissenheit an den Tag. Sie war fest entschlossen, das Buch noch an diesem Wochenende auszulesen – und es letztendlich hervorragend zu finden. Ein anderes Urteil kam gar nicht in Frage.

Danach käme sofort *Der Spinner* dran, der natürlich noch herausragender und ausgereifter sein würde, das stand jetzt schon fest. Auf beide Bücher hatte sie bereits einen gelben Smiley geklebt.

»Timo ist mein einziger Freund auf dieser Insel«, kritzelte sie eine Stunde später auf ein Stück Papier. »Es bahnt sich etwas an.« Sie faltete es zusammen und steckte es in ihre Handtasche.

Danach ging Leonie duschen. Sie trällerte ein Lied von Celine Dion, immer nur den Refrain, wieder und wieder, während das Badezimmer sich in ein Dampfbad verwandelte und die Tropfen am Spiegel herunterliefen. Eine Viertelstunde später empfand Leonie sich als gereinigt. Einer spontanen Eingebung folgend, trocknete sie sich nicht ab, sondern zog Vevs Morgenmantel an, der an einem Haken hing. Er war schwarz wie ein Jesuitengewand und passte ihr erstaunlich gut, obwohl Vev schlanker als sie war. Mit nassen Haaren und barfuß überquerte sie den Flur und blieb vor Timos Gästezimmer stehen. Sie wollte gerade an die Tür klopfen, als sie gedämpfte Stimmen hörte. Timo unterhielt sich leise mit einer Frau, und Leonie war sofort klar, wer das sein musste.

Sie ging zurück ins Bad, holte ihr Necessaire hervor, zog den Morgenmantel aus und zerschnitt ihn mit größtmöglicher Sorgfalt.

»Was … Was machst du denn hier?«, fragte Timo, als er die Augen aufschlug. Yasmin saß im Schneidersitz auf seinem Bett, gleich neben seinen Füßen, und rauchte eine Zigarette.

»Ich habe gewartet, dass du wach wirst.«

»Warum?«

»Blöde Frage. Um dich nicht zu wecken.«

»Ich meine … Ist etwas passiert?«

»Ja, klar, Timo, das Haus brennt. Die anderen sind schon draußen.«

»Ha, ha«, sagte er. »Übrigens klemmst du mit deiner rechten Arschbacke meinen linken Fuß ein.«

»Nein, das war anders, dein Fuß hat sich unter meinen Arsch geschoben.«

Timo warf den Kopf zurück aufs Kissen, schlug die Hände vors Gesicht und rief: »Mama, womit habe ich das verdient?«

Yasmin ließ der Ausbruch völlig kalt. Sie drückte die Zigarette auf der Bettkante aus, verstaute den erloschenen Stummel in der Gesäßtasche ihrer Hose und wischte den Dreck, den sie auf der Bettkante gemacht hatte, mit etwas Spucke weg. Ein kleiner Brandfleck, der Yasmin nicht weiter zu kümmern schien, blieb übrig.

Inzwischen hatte Timo sich halbwegs in sein Schicksal gefügt. Er seufzte: »Also, Yasmin, was gibt's?«

»Du bist ein Morgenmuffel, was?«

»Wenn schon jemand in meinem Bett Zigarette raucht und mir den Rauch ins Gesicht bläst, sollte vorher etwas Erotisches passiert sein. Bitte komm zur Sache. Geht es um Yim? Hast du dich gestern während des Spaziergangs in ihn verknallt?«

»Yim? Nee, der hat nix damit zu tun. Na ja, fast nix. Er ist nicht so ganz mein Typ, und ich bin auch nicht sein Typ, weiß auch nicht. Außerdem ist fremdgehen schlecht fürs Karma, und ich würde …«

»Yasmin, bitte verstehe mich nicht falsch. Ich hocke super gerne mit dir um«, Timo warf einen verschlafenen Blick auf sein Handy, »um acht Uhr elf auf dem Bett und diskutiere mit dir über dein Karma. Aber ich bin verdammt müde. Mir geht eine neue Geschichte im Kopf herum, ich musste letzte Nacht unbedingt ein paar Seiten Rohfassung schreiben. Außerdem bin ich dir hilflos ausgeliefert, kann noch nicht mal fliehen. Meine Sachen liegen da drüben auf dem Sessel …«

»Bist du nackt unter der Decke?«

»Schläfst du im Ski-Anzug?«

»Vor mir brauchst du dich doch nicht zu genieren. Erinnerst du dich, wie wir damals in diese Dreckbrühe neben dem Chemiewerk gefallen sind und uns ausziehen mussten, um …«

»Yas-min«, rief Timo. »Warum bist du hie-ier?«

»Ach so, ja, fast vergessen. Ich will in einen Schuppen einbrechen und brauche deine Hilfe. Was heißt schon einbrechen? Ist ja kein Schloss dran, also ist es auch kein Einbruch, sondern nur unbefugtes Betreten. Das belastet das Karma nicht.«

»Sehr praktisch, wenn man sich seine zehn Gebote selbst schreiben kann. Du darfst trotzdem nicht einfach irgendwo eindringen, wenn's dir gerade mal in den Kram passt.«

»Mann, Timo, früher sind wir andauernd an Schildern vorbeigegangen, auf denen ›Betreten für Unbefugte verboten‹ stand, und an dem Schuppen hängt noch nicht einmal ein Schild.«

»An meiner Wohnungstür hängt auch kein Schild, trotzdem will ich nicht, dass jemand einfach so reinspaziert. Und hör endlich mit früher auf. Die Zeiten ändern sich, Menschen ändern sich. Heute mache ich so etwas nicht mehr.«

Sie zündete sich eine neue Zigarette an. Ihr Gesichtsausdruck glitt aus der Unbekümmertheit hinüber in große Ernsthaftigkeit. Ihre Pupillen, sonst seltsam verschwommen, verengten und fokussierten sich auf ihn. Yasmin war hochintelligent, konnte sich gewählt ausdrücken und äußerst entschlossen handeln, packte diese Eigenschaften ihres Wesens jedoch nur zu besonderen Gelegenheiten aus, als handele es sich um Omas gutes Porzellan.

»Falsch«, erwiderte sie leise und fest, »Menschen ändern sich nicht, jedenfalls nicht in grundsätzlichen Dingen. Ihr wesentliches Format behalten sie bei. Denk mal zurück. Philipp zum Beispiel hat immer ewig lange herumgetüftelt, um unsere Aktionen vorzubereiten. Stunden und Tage hat er recherchiert, alles war minutiös ausgearbeitet, wie bei einem Gefängnisausbruch. Und was macht er heute? Immer noch tüfteln, zeichnen, Regeln aufstellen. Und nun zu dir. Wem versuchst du etwas vorzumachen?«

Überrascht davon, plötzlich Thema zu sein, konnte Timo einige Sekunden lang nicht antworten und dann nur mit einer Gegenfrage. »Wovon redest du eigentlich?«

»Muss ich dich an die Hühnerfarm erinnern? Wir sind nachts eingebrochen, um Filmaufnahmen von den beschissenen Haltungsbedingungen zu machen. Du natürlich beispielhaft vorneweg. Dann ist plötzlich dieser Wachmann aufgetaucht, und du hast ihm mit der Taschenlampe so heftig eins übergezogen, dass er bewusstlos umgekippt ist. Und was macht unser Timo in der nächsten Sekunde? In aller Ruhe Filmaufnahmen, kaum ein Wackler drin. Mit den ruhigen Händen hättest du am offenen Herzen operieren können. Wir haben den Film anonym ans Fernsehen geschickt, der Betrieb wurde geschlossen und musste umgebaut werden. Also alles prima gelaufen. Ich weiß noch genau, wie du später gesagt hast, dass man manchmal etwas Schlechtes tun muss, um etwas Gutes zu erreichen.«

»Warum kramst du die alten Sachen hervor? Was soll das?«

»Ich mache das nicht, um dir Vorwürfe zu machen. Ich will dir nur sagen: Der Timo von damals ist noch immer in dir, der

Einbrecher-Timo, der Attacke-Timo, die Speerspitze der ›Grünen Zora‹.«

»Wir haben uns fünfzehn Jahre lang nicht gesehen und gesprochen. Woher willst du das wissen? Woher willst du überhaupt irgendetwas über mich wissen?«

»Ganz einfach: Ich habe inzwischen deine beiden Bücher gelesen.«

Timo schlug die Bettdecke zur Seite, stand auf und ging, nackt wie er war, zum Sessel. Seine provisorische Morgenwäsche bestand aus einem Deodorant-Sprühnebel, der auf seine Achseln zielte, dabei aber den ganzen Oberkörper einhüllte. Er zog sich die Sachen vom Vortag über: eine Bluejeans und ein ausgeleiertes T-Shirt.

»Du nervst, weißt du das?«, sagte er.

»Klaro weiß ich das. Ich bin Yasmin Germinal und habe bisher noch jeden genervt. Ich will in diesen Schuppen, aber nicht allein. Die Sache ist mir unheimlich. Was, wenn mich ihr Giftzwerg von Ehemann erwischt? Ich habe ihn gestern von weitem gesehen, das hat mir gereicht. Der Typ hat sie nicht mehr alle an der Waffel, so was sehe ich auf den ersten Blick. Du musst für mich Schmiere stehen.«

»Ich kapiere es immer noch nicht. Frau Nan wird da drin weder Nerze züchten noch eine Legehennenbatterie betreiben. Wozu also willst du da einbrechen?«

»Yim hat angedeutet, dass der Schuppen ihr Puja ist, darunter versteht man einen privaten Gebetsort. Einen Puja wollte ich schon immer mal sehen, einen Raum voller Gebetsmühlen, Gebetsglocken, Klanghölzer, Sandelholzschreine ...«

»Ja, und vielleicht noch ein paar Knochen von Außerirdischen.«

»Spotte, so viel du willst. Aber ich muss mir das unbedingt ansehen. Wann kriege ich noch mal eine solche Gelegenheit?«

»Du wirst nichts mitgehen lassen?«

»Sehe ich aus wie Winona Ryder?«

»Okay, ich gehe mit dir in den blöden Schuppen. Aber zu keinem ein Wort.«

»Verlass dich drauf. Echt supi von dir. Ich rauche schnell noch einen Joint, dann kann's losgehen.«

Timo schüttelte den Kopf. Er kannte niemanden sonst, der es schaffte, Buddhismus, Esoterik, Joints, die Lenin-Bibel und einen Einbruch im Kopf logisch zusammenzubekommen und von alledem hundertprozentig überzeugt zu sein. Das konnte nur Yasmin. In ihrer Welt ergab das alles einen Sinn.

17

Ein Schlüssel, kaum größer als mein Daumennagel, wurde zu meinem Quälgeist. Was mich weiterbringen sollte, warf mich auf die grundlegendsten Fragen meines Berufsstandes zurück. Was ist noch erlaubt, was nicht? Habe ich das ethische Recht, irgendwo einzubrechen – und sei es auch »nur« in einen Schuppen –, um etwas herauszufinden, von dem ich noch nicht einmal weiß, welche Bedeutung es hat? Wie weit darf ich in eine private Sphäre eindringen?

Herr Nan hatte mir deutlich zu verstehen gegeben, dass ich im Schuppen nichts zu suchen hätte, und kurz darauf war ein nagelneues Vorhängeschloss angebracht worden. Den Schuppen mithilfe des gestohlenen Schlüssels zu betreten war im Grunde nichts anderes, als das Tor einzutreten, ein Fenster einzuschlagen oder das Schloss zu knacken. Von Yims missbrauchtem Vertrauen mal ganz abgesehen.

Warum ich mich letztendlich dafür entschied, von dem Schlüssel Gebrauch zu machen, hing damit zusammen, dass nicht nur der alte Nan, sondern auch Yim ein Geheimnis aus dem machte, was sich hinter der anderen Seite der Tür verbarg. Der Mann, den ich verstehen wollte, versuchte etwas vor mir zu verbergen. Auf dem Boot hatte er mir in Bezug auf Yasmin Germinal gesagt: Das geht dich überhaupt nichts an. Aber das betraf den inneren Verarbeitungsprozess eines Traumas, was ich nachvollziehen konnte.

Hier ging es um etwas anderes, um die Persönlichkeit Nian Nan, die für sich selbst stand, die nicht nur Mutter und Ehefrau, sondern Mensch gewesen war. Vater und Sohn hatten offenbar ihre Hinterlassenschaft weggeschlossen. Schämten die beiden sich ihrer? Oder hatten sie Angst vor ihr, noch über ihren Tod hinaus?

Mir schien der frühe Abend für den Einbruch geeignet. Yim setzte mich am Hafen ab und segelte weiter, um seinem Bekannten das Boot zurückzubringen. Von Vitte aus würde er noch eine Weile brauchen, um nach Neuendorf zu radeln. Er selbst hatte seine Rückkehr für acht Uhr angekündigt, danach wollten wir essen gehen.

Wie ich vom Garten aus erkennen konnte, sah Herr Nan sich im Wohnzimmer einen Vorabendkrimi an. Die Art, wie er das tat, war – wie fast alles, was er machte – unheimlich. Er saß in der Haltung einer Pharaonenstatue auf dem Stuhl, starr und steif, die Hände auf den Oberschenkeln, unbeteiligt an dem Geschehen, das vor ihm ablief. Es wurde geschossen und geschrien, geweint, geflohen und gestorben, und Herr Nan wippte noch nicht einmal mit dem Fuß. Ich beobachtete ihn von draußen durch das Fenster und dachte: Jetzt, Doro! Jetzt gehst du in den Schuppen.

Aber dann klingelte mein Handy – eine Freundin. Ich drückte das Gespräch sofort weg, doch es war zu spät. Herr Nan wandte den Kopf zu mir um, einfach nur den Kopf, ohne dabei den Körper zu bewegen. Ich wich zurück und wusste, dass ich es nicht wagen würde, bei Tageslicht in den Schuppen einzudringen.

Wie geplant ging ich mit Yim essen. Der Kuss, den er mir auf dem Boot gegeben hatte, veränderte zwar nicht die Art, wie wir miteinander sprachen, aber die Art, wie wir uns dabei ansahen. Ich fand, dass sein Lächeln einen erotischen Ausdruck bekam, was mir durchaus gefiel. Allerdings unterließ Yim es, Lektionen aus dem Lehrbuch der Annäherungen anzuwenden: seine Hand kroch nicht über den Tisch zur meinen, er sang keine Lobeshymnen auf meine blauen Augen, und wir bestellten auch nicht *ein* Dessert mit *zwei* Löffeln. Eine flüchtige Berührung, als wir uns eine Gute Nacht wünschten, mehr nicht, und das war mir ganz recht. Denn obwohl ich mir – gegen meinen ursprünglichen Willen – wünschte, Yim näherzukommen, hätte mir jede Zärtlichkeit von ihm an diesem Abend wehgetan. Sogar die Schankrechnung hatte ich komplett übernommen, weil es mir das Gefühl gab, ihn wenigstens halbwegs dafür zu entschädigen, dass ich ihn hinterging.

In meinem Zimmer machte ich das Licht aus und wartete bis ein Uhr nachts. Herr Nans Tür war geschlossen, als ich auf Zehenspitzen die Treppe hinunterging. Yim schlief auf dem Sofa, und sein leises Schnaufen entlockte mir inmitten meiner Anspannung ein flüchtiges Wohlgefühl. Wann hatte ich zuletzt einen schlafenden Mann gesehen? Das war eine Weile her.

Aus der Küche holte ich mir die Taschenlampe, die mir schon beim Frühstück aufgefallen war, und schlich ins Freie. Ferne Stimmen drangen von ein paar jungen Leuten herüber, die am Strand um ein Lagerfeuer herumsaßen. Zwar kam ich noch nicht einmal in ihre Nähe, trotzdem ließ ich die Taschenlampe ausgeschaltet, um nicht auf mich aufmerksam zu machen. Der Halbmond war mir Wegbeleuchtung genug. Erst als ich den Schlüssel ins Schloss steckte, brauchte ich Licht.

Er passte. Bis zuletzt war ich mir unsicher gewesen. Herr Nan hatte seinem Sohn also tatsächlich von meiner Visite im

Schuppen erzählt, woraufhin Yim das Vorhängeschloss angebracht hatte.

Das Tor knarrte, daher öffnete ich es äußerst langsam. Wieder strömte mir ätzender Gestank entgegen, trotzdem ging ich ein paar Schritte hinein. Die Spinnweben, auf die ich traf, bewiesen mir, dass schon lange kein Mensch mehr den Schuppen betreten hatte. Sollte ich das Deckenlicht anschalten? Das einzige Fenster befand sich auf der vom Haus abgewandten Seite, ich hätte es also riskieren können. Nach einigen Sekunden des Zauderns entschied ich mich dennoch dagegen – durch den Bodenschlitz des Tores würde ein Schimmer nach draußen dringen. Ich nahm in Kauf, dass das schwache, punktierte Licht der Taschenlampe kaum in der Lage war, mir den Weg durch das unübersichtliche Innere zu weisen. So blieb mir auch der Zweck des Schuppens noch verborgen.

Wie die Nachbarin es mir Tage zuvor gesagt hatte, verhinderten unterschiedlich große Stellwände den Überblick. Sie bildeten ein Labyrinth, das ich mithilfe der Taschenlampe zu durchqueren versuchte, um zum Eigentlichen vorzudringen, was auch immer dieses Eigentliche war. Vorsichtig schlängelte ich mich an ihnen vorbei. Dann stieß ich mit dem Fuß eine kleine Dose um, und ihr blecherner Lärm ließ mich einen Fluch ausstoßen. Ich ging in die Hocke, um die Dose zur Seite zu schieben, dabei streifte ich eine Stellwand, die zu wackeln begann. Ich griff nach ihr. Als sie wieder ruhig stand, rappelte ich mich auf. Ich stellte die Taschenlampe auf Streulicht, trat einen Schritt zurück – und hielt die Luft an.

18

September 2010

Frau Nan, von ihrer einstündigen Arbeit im Nebelhaus zurückgekehrt, saß reglos an dem kleinen Küchentisch. Vor ihr lagen jene siebenundneunzig Seiten Papier, die sie in der vorherigen Nacht beschrieben hatte. Für die ersten fünfzig Seiten hatte sie etwa fünf Stunden gebraucht, für den Rest noch einmal zwei. Die zweite Hälfte war nicht weniger ungeheuerlich und aufwühlend als die erste, aber als Frau Nan die passende Sprache für den Schmerz und die Scham und die Schuld gefunden hatte, waren die Worte aus ihr herausgeströmt wie aus einer artesischen Quelle. Im Morgengrauen war sie völlig erschöpft gewesen, wenngleich mehr geistig als körperlich, und sie war ins Nebelhaus gegangen, um sich mit Hausarbeit abzulenken.

Siebenundneunzig Seiten, schwer wie ein Testament. Erinnerungen, die sie seit vierzig Jahren im Kopf mit sich herumtrug. Siebenundneunzig Gespenster. Siebenundneunzig Bilder.

Yim kam in die Küche, verschwitzt vom Joggen.

»Geht es dir gut?«, fragte er, als er ihr in die Augen sah.

»Mir geht es gut.«

»Hast du gefrühstückt?«

»Nein, noch nicht.«

»Soll ich dir einen Tee aufbrühen?«

»Bitte.«

Sie verfolgte seine Bewegungen mit einem zärtlichen Blick. Ihn verschwitzt und rege zu sehen tat ihr gut. Es zeigte ihr, dass er sich von seinem Schicksal nicht hatte unterkriegen lassen, anders als Herr Nan und sie selbst, die mit Bleigewichten durchs Leben gegangen waren, bis zu dem Punkt, an dem sie heute waren: der Bewegungslosigkeit.

»Bist du an ihr interessiert?«, fragte sie. »Ich meine die Frau mit den bunten Haaren. Ich habe euch gestern zufällig zusammen gesehen. Es sah aus, als würdest du sie mögen.«

Yim öffnete den Küchenschrank und griff nach der Dose mit den Teeblättern. »Es war nur ein Spaziergang, mehr nicht.«

»Immerhin. Es freut mich, dass du fünf Jahre nach Martina endlich wieder Menschen an dich heranlässt.«

»Ich gehe ein paar Schritte neben einer Frau her, und du siehst bereits drei Enkelkinder.«

Frau Nan nickte. »Eine feste Beziehung wäre gut für dich. Du bist unglücklich.«

»Bitte, Mutter, nicht jetzt.«

Das Teewasser brodelte. Yim gab drei Löffel grüne Teeblätter in die Kanne.

»Fünf Jahre Flucht sind genug, Yim«, sagte Frau Nan. »Glaub mir, mit jedem weiteren Jahr werden dir die Beine schwerer, und am Ende bist du erstarrt.«

Als Yim die Teetasse aus dem Schrank holte, glitt sie ihm aus den Händen und zerbrach auf dem Boden.

Einige Sekunden lang schwiegen Mutter und Sohn. Dann sagte Frau Nan: »Martina hat dich verlassen. Sie hat eure Beziehung beendet, und zwei Wochen später ist sie auf dem Meer gestorben. Ich kann nur ahnen, welche Gedanken und Gefühle dich danach erfüllt haben, vielleicht auch sehr negative. Es muss eine schwere Zeit für dich gewesen sein.«

Er stand mit dem Rücken zu seiner Mutter und sagte energisch: »Ich möchte nicht darüber sprechen.«

Frau Nan erhob sich müde und kehrte die Scherben zusammen. »Das ist unsere Schuld, die meine und die deines Vaters. Wir haben dich nicht zum Sprechen erzogen, sondern zum Schweigen. Wenn wir damals ...«

Yim verließ wortlos die Küche, rannte über die Treppe ins Obergeschoss und schlug die Tür hinter sich zu.

Frau Nan erhob sich. Sie stellte den Kehrbesen und die Schaufel voller Scherben auf die Anrichte, goss sich den grünen Tee ein, den ihr Sohn für sie zubereitet hatte, und setzte sich wieder zurück an den Tisch. Dort saß sie eine Weile, die Tasse an den Lippen, und nippte ab und zu am Tee.

Noch einmal stand sie auf, um das Fenster zu öffnen, nachdem sie bemerkt hatte, dass es zu regnen anfing.

Milder Wind strömte ihr ins Gesicht, und ein paar verstreute Tropfen legten sich wie Tränen auf ihre Wangen. Sie meinte, die Musik des Monsuns zu hören, irgendwo dazwischen lachte ein Kind. Frau Nan würde nie erfahren, ob dieses Lachen sechzig Jahre alt oder eben erst geboren worden war.

Sie summte ein Lied, irgendeines, das ihr gerade einfiel, wieder und wieder. Erst als sie spürte, dass sich etwas im Raum hinter ihr verändert hatte, hörte sie damit auf. Sie schloss das Fenster und drehte sich um.

Herr Nan stand in der Tür.

Sie ging zum Küchentisch und steckte die siebenundneunzig Seiten Papier unter ihre Schürze.

»Du hast die Geschichte also aufgeschrieben«, sagte er und

funkelte sie böse an. »Nicht genug mit dem, was du im Schuppen treibst. Jetzt schreibst du auch noch Romane.«

»Ich wünschte, es wäre einer. Geh mir aus dem Weg.«

»Gib mir das Geschriebene.«

»Damit du es verbrennst, so wie die alten Fotos! Nein, Viseth, nein. Du hast es immer noch nicht verstanden, oder? Wir sind tot, denk nicht, wir wären noch am Leben. Gestorben sind wir, halb an dem, was wir getan haben, und halb an dem, was wir nicht getan haben. Vierzig Jahre lang waren wir Trockenkräuter, die noch einen Duft ausströmten, obwohl wir längst vom Leben abgeschnitten waren, und haben es nicht mal gemerkt.«

»Sei still.« Er hielt sich die Ohren zu und verzog das Gesicht.

Frau Nan zog ihn an den Händen, damit er ihr weiter zuhörte. »Es muss ein Ende haben, Viseth. Willst du etwa noch zehn, fünfzehn Jahre so weitermachen? Ich will es nicht, ich kann nicht mehr. Ich bin kaputt, ich bin fertig. Ich habe alles versucht, aber es geht nicht. Bei dem Versuch, unsere Schuld zu tilgen, haben wir sie verdoppelt. Wir haben Yim zu jemandem gemacht, der davonläuft, der schweigt, der …«

Er stieß sie mit Gewalt von sich, sodass sie strauchelte. Die Papierbögen fielen ihr aus der Schürze und verteilten sich über den Küchenboden, und Herr Nan machte einen Schritt vorwärts, in der Absicht, sie aufzusammeln.

»Rühr sie nicht an!«, rief sie.

Plötzlich hielt sie die Pistole in der Hand, die sie seit zwei Tagen, seit sie die Waffe unter der Eibe ausgegraben hatte, mit sich herumtrug. Sie dachte tatsächlich daran abzudrücken. Schuss, und Schuss, und Schuss. Der letzte für sie selbst. Vielleicht war es so am besten. Vielleicht musste sie mit Gewalt enden, die Geschichte von Nian und Viseth.

Aber irgendwo in all dem Wahnsinn und in der Schuld glomm noch immer ein Funken Liebe für diesen Mann.

Eigentlich wollten Timo und Yasmin das Nebelhaus in aller Stille verlassen, aber Philipp fing sie an der Garderobe ab.

»Wo wollt ihr denn hin?«

»Och, nur 'n bisschen rumlaufen«, sagte Yasmin.

»Rumlaufen? Habt ihr es noch nicht gesehen?«, fragte Philipp. »Das Wetter wird schlechter. Im Radio haben sie für den Abend einen Sturm angekündigt. Ein Orkantief über Norwegen verlagert sich völlig überraschend nach Südosten, gegen alle Vorhersagen.«

»Und das bedeutet?«, fragte Timo.

»Dass euer letzter Tag bei uns verregnet sein wird. Mit viel Glück läuft der Fährbetrieb morgen Mittag wieder normal, und ihr könnt wie geplant übersetzen. Wahrscheinlicher ist, dass ihr den Sturm morgen noch abwarten müsst.«

»Scheiße«, sagte Yasmin.

»Das kannst du laut sagen«, stimmte Philipp ihr ausnahmsweise zu. »Ich muss morgen unbedingt aufs Festland wegen einer Besprechung mit einem potenziellen Kunden. Da hängen neunzigtausend Euro dran.« Es störte ihn, dass er kein Neunzigtausend-Euro-Mitleid von Timo und Yasmin erhielt, sondern nur eine lapidare Beileidsbekundung. »Für euch ist es natürlich weniger tragisch, ihr fahrt einfach einen Tag später ab, habt ja keine normale Arbeit. Deine Decke mit den Wundersteinen läuft dir nicht weg, Yasmin, und Timo arbeitet auch nur, wann es ihm passt. Meinen Glückwunsch.«

Da keiner von beiden etwas erwiderte, ging Philipp der Zunder aus, um sich an ihnen abzureagieren. Der Termin mit dem

Kunden war wirklich wichtig, und die Aussicht, zwei regnerische Tage lang mit seinen ungeliebten Gästen im Haus festzusitzen, ließ sein Gefühlsbarometer gegen null tendieren.

»Wollt ihr etwa immer noch spazieren gehen? Ihr seid ja verrückt. Aber macht, was ihr wollt. Da sind Regenschirme, wenn ihr welche braucht. Wenn's geht, heil zurückbringen, ja? Frühstück gibt's in einer Stunde, um halb zehn. Bekommt ihr das hin: Pünktlichkeit?«

Sie gingen hinaus. Der Regen war leicht und störte sie kaum. Timo zog sich die Kapuze seiner Sweatjacke über, Yasmin trotzte der Witterung ohne Hilfsmittel.

Sie hatten sich ungefähr zehn Schritte vom Haus entfernt, als Yasmin rief: »So ein Arschloch! Der führt sich ja auf … Hat der sie noch alle? Redet mit uns wie mit dummen Kindern. Als hätten wir weder Verstand noch irgendwas sonst. Solche Typen, ey, die kotzen mich an. Wie, ihr habt kein Geld? Dann dürft ihr nicht mitreden. Mann, ey. Geld, Geld, Geld, das ist der Maßstab. Und mit jeder zusätzlichen Null tragen sie die Nase ein bisschen höher. Das ist seit zehntausend Jahren so und hat sich nicht geändert. Schafft endlich mal jemand dieses verdammte Geld ab! Das Zeug ist ein super teuflisches Versklavungsmittel, und die Versklavten sind blöd genug, es nicht abzuschaffen, sondern wollen lieber selbst zum Sklavenhalter werden. Das ist 'ne echte Sado-Maso-Beziehung, das Geld und die Menschen.«

Timo zuckte mit den Schultern. Yasmins Politphilosophien interessierten ihn an diesem Tag noch weniger als sonst.

»Weißt du noch«, fuhr Yasmin fort, »wie Philipp damals drauf war? Der hat gegen die Kohl'sche Sozialpolitik demonstriert, wollte den Spitzensteuersatz auf fünfundsiebzig Prozent anheben, die Vermögen besteuern, die Banken verstaatlichen,

Umverteilung von oben nach unten … Er war ein kleiner Robespierre, unser Philipp, und recht hatte er. Sieht man ja, Finanzkrise, Hartz vier und so weiter. Ja, und heute? Da macht er einen auf Bonzen. Seht her, ich hab's geschafft, ich verdiene neunzigtausend Euro mit einem einzigen Gespräch, und ihr müsst für dasselbe Geld neunzig Jahre lang auf einer Decke sitzen und Wundersteine verkaufen. Oder neunzigtausend Buchseiten schreiben. Schon sein Nasenrümpfen, als wir ihm am ersten Tag gesagt haben, was wir so machen! Und diese näselnde Stimme, sobald er über seine Arbeit spricht!«

»Vielleicht interpretierst du zu viel hinein«, wandte Timo ruhig und vorsichtig ein. »So sehr hat er nun auch wieder nicht geprahlt.«

»Ja, von wegen«, erwiderte Yasmin. »Philipp macht das halt subtil. Er sagt nicht: Schaut euch mein tolles Haus an, schaut euch mein tolles Leben an, ich kann dies, ich habe das, und ihr habt es nicht, ätsch. Nee, er führt dich durch seine Bude, die Hände in den Hosentaschen, routinierter Gesichtsausdruck, nonchalanter Tonfall … Er hustet seine Überheblichkeit nicht in die Welt, sondern benutzt den feinen Zerstäuber der Bescheidenheit. Vielmehr jammert er die ganze Zeit: So viel Arbeit, so viele Aufträge, eine Villa auf Mallorca muss ich entwerfen, ein Künstlerhaus in Rom, und eine Großbank bedrängt mich, ein Seminarhotel am Bodensee zu kreieren. Ich weiß gar nicht, wo mir der Kopf steht, alle wollen was von mir, und nach New York soll ich auch noch fliegen. Hat was mit der UNO zu tun, herrje, wenn ich nur an den Jetlag denke, und ich soll für ARTE interviewt werden, das muss ich irgendwie dazwischenschieben, passt mir ja gar nicht … Wie du so ruhig bleiben kannst, Timo, echt, das begreif ich nicht.«

Dass Timo sich während des Spaziergangs zum Schuppen zurückhielt, hatte drei Gründe: Erstens ließ Yasmin ihn kaum zu Wort kommen, sie redete für zwei. Zweitens irrte sie sich, wenn sie glaubte, er ertrüge Philipps Gehabe mit stoischer Ruhe. Das war nicht der Fall, aber es ärgerte ihn auf andere Weise als Yasmin, und zwar auf eine, die er ihr nicht auf die Nase binden wollte. Vereinfacht ausgedrückt war er neidisch auf Philipp, vor allem auf dessen Wohlstand. Timo hatte so gut wie kein Geld. Er verkündete zwar stets und überall, dass seine Schriftstellerei ihm das Wichtigste sei und dass er seinen Traumberuf gefunden habe – was auch stimmte. Trotzdem nagte es an ihm, dass er so wenig verdiente, vor allem wenn er es sich in manchen Monaten noch nicht einmal leisten konnte, mit Freunden eine Pizza essen zu gehen.

Yasmin schien es völlig egal zu sein, dass sie gerade so über die Runden kam und die meiste Zeit auf einer Decke herumhockte. Ihm genügte dieser Brosamen nicht, den seine Anstrengungen abwarfen. An schlechten Tagen hielt er sich für gescheitert, für einen Versager. Sein jüngerer Bruder, ein Teppichverkäufer, verdiente weit mehr als er und kam zudem viel in der Welt herum, weil er mit einer hübschen Flugbegleiterin liiert war und ihn die Tickets nur ein Taxigeld kosteten. Timo hatte es gerade mal bis Gran Canaria geschafft. Alles, was er vorzuweisen hatte, waren zwei Bücher, die über die erste Auflage nicht hinausgekommen waren.

Er neidete Philipp jedoch noch etwas anderes, und das war der dritte Grund, weshalb er sich Yasmin gegenüber bedeckt gab: Vev. Er konnte nicht aufhören an sie zu denken. Als er Yasmin gesagt hatte, er habe die halbe Nacht geschrieben, war das nur die halbe Wahrheit gewesen. Er hatte über sich und Vev geschrieben, über ihre Affäre, und als er endlich eingeschlafen war, hatte er von ihr geträumt. In ihrer Nähe bekam er ein gutes Gefühl, Energiestöße pulsierten durch seine Adern. Lachte sie, dann lachte er mit ihr, weinte sie, so weinte er auch, war sie erregt, pochte sein Herz im Hals. So etwas hatte er noch nie erlebt.

Wenn er an die Stunde in der Genoveva Bay dachte, an seine langsamen, rhythmischen Bewegungen, das Eindringen in ihren Körper, ihre stummen Schreie, dann erigierte er aufs Neue. Früher hatte er sich immer nur auf Fantasien einen heruntergeholt, jetzt zum ersten Mal im Gedenken an ein reales Erlebnis, mehr noch, beim Aufschreiben des Erlebnisses. Die Geschichte als Geliebte. Den Sonnenbrand auf dem Rücken, den er sich beim Liebemachen geholt hatte, hätte er am liebsten noch zwei, drei Wochen behalten. Die bevorstehende Abreise jagte ihm Angst ein, wohingegen er den aufziehenden Sturm wie einen Verbündeten begrüßte, versprach er doch weitere vierundzwanzig Stunden in Vevs Gegenwart.

Alles war an diesem Morgen auf den Kopf gestellt. Die beiden einzigen Bilder, die neben Vevs unentwegter Präsenz in seinem Kopf ab und zu Gestalt annahmen und ihm sogar im Traum erschienen, waren seltsamerweise die schläfrigen Hunde auf Yasmins Berliner Decke sowie Frau Nans geschwollene Handgelenke. Er konnte sich nicht erklären, wie diese Dinge zusammenhingen – ob sie überhaupt zusammenhingen –, aber sie wühlten ihn innerlich auf. Im Traum hatten sich die schläfrigen Hunde von einer Sekunde zur nächsten zu bedrohlich knurrenden Bestien verwandelt, die ihn durch die Straßen Berlins verfolgten. Frau Nan hatte ihn mit von Blutergüssen verschandelten Händen zu sich herangewunken und ihm Zuflucht angeboten.

»So, ab hier müssen wir vorsichtig sein«, flüsterte Yasmin und ging in die Hocke. »Der hässliche kleine Mann könnte irgendwo zwischen seinen Blumen herumkreuchen, und Yim könnte Qi Gong oder so was machen. Siehst du jemanden?«

»Ich sehe keinen. Aber selbst wenn wir unbemerkt zum Schuppen kommen – Frau Nan könnte drin sein.«

Sie schlichen sich bis zu dem Verschlag, und Yasmin hielt ein Ohr an die Tür. »Ich höre nichts.«

»Erwartest du, dass sie Schlagzeug spielt, während sie betet?«

»Was ist denn heute mit dir los? An allem nörgelst du herum. Nun sei mal positiv.«

»Wenn du sowieso alles positiv siehst, kann ja nichts passieren, und ich bin überflüssig. Tschüss.«

»Warte. Ich riskier's. Was kann sie schlimmstenfalls mit mir machen? Als Buddhistin darf sie mir kein Haar krümmen. Es sei denn, sie gehört einer militanten Richtung an, die …«

»Yasmin, tu mir den Gefallen und geh rein, damit wir das hinter uns bringen.«

»Okey-dokey.«

Sie verschwand im Schuppen, während Timo ein paar Schritte von der Tür entfernt wartete. Er wünschte in diesem Moment, er wäre Raucher, weil er die Hände nicht ruhig halten konnte. Es war weniger die Aktion, die ihn nervös machte, als die Tatsache, dass er sinnlos herumlungerte, während Vev vielleicht schon den Frühstückstisch deckte. Er stellte sich vor, wie er ihr dabei half. Er drückte den Hebel des Toasters nach unten, er neigte sich Vev zu, die das Honigglas öffnete, und sie küssten sich die ganze Zeit über, während das Brot röstete. Als es fertig war, schoss es hoch und beendete vorerst das Liebesspiel.

»Verfluchte Scheiße!«, flüsterte Timo. Er hatte in die Unterhose ejakuliert, und zwar auf eine Fantasie hin, was ihn ärgerte.

In diesem Moment kam Yasmin wieder zum Vorschein. Aus dem Dunkel trat sie, von Clematisblüten umgeben, ins Licht und sagte: »Das musst du dir ansehen.«

»Ich bin völlig unreligiös. Gebetsteppiche interessieren mich nicht. Können wir jetzt gehen?«

»Das musst du dir ansehen«, wiederholte Yasmin, und erst jetzt bemerkte er, dass sie erblasst war.

»Was ist denn? Nun sag schon.«

»Es ist ... es ist schrecklich.«

Mit einem unguten Gefühl betrat Timo den Schuppen.

Der am Boden liegende Körper ist krampfartig verbogen. Augen und Mund sind weit aufgerissen, etliche Zähne fehlen. Aus der Nase tropft Blut. Dort, wo die spärliche Kleidung aufgerissen ist, zeigen sich Schwären, schwarz verkrustet. Ein paar frische sind auch darunter. Die Handgelenke sind zerschunden, ebenso die Füße. Wie konnten sie damit überhaupt noch laufen? Auf der Stirn prangt ein Brandmal. Der Tod des Mädchens ist anscheinend bereits eingetreten, aber nicht lange her. Gleich daneben liegt eine alte Frau in schlafender Haltung, den Rücken zum toten Kind gewandt, das ihre Enkelin sein könnte. Die Füße der beiden berühren sich. Der Haarknoten der Greisin ist verrutscht und gibt den Blick auf ein im Schädel klaffendes Loch frei. Sie hat einen Arm von sich gestreckt, wie Schlafende es manchmal tun, um eine Zärtlichkeit zu erweisen. Der Arm ruht auf einem Skelett.

Die Optik der Bildszene ist verschwommen, so als spiegele sie sich in einem Gewässer. Manche Stellen des Gemäldes sind erstaunlich scharf, einer Fotografie ähnlich, andere sind bis nahe zur Unkenntlichkeit zerhackt. Das trifft auf alle Bilder im Schuppen zu. Sie sind labyrinthisch aufgestellt und bilden eine Ausstellung des Schreckens.

Ein Jugendlicher kniet im Schlamm. Er blickt dem Betrachter ängstlich in die Augen. Drei Männer – nur ihre Beine und Hände sind zu sehen – haben den Halbwüchsigen umzingelt und halten ihm Pistolen an den Kopf. Drei Schüsse, das liegt in der Luft, werden in der nächsten Sekunde fallen.

In der Mitte eines Hofes – es könnte sich um einen Schulhof handeln – befindet sich ein Scheiterhaufen aus Büchern, den gerade ein Soldat entzündet. Aus der Mitte des Scheiterhaufens ragen vier Pfähle auf, an die zwei Frauen und zwei Männer gebunden sind. Etliche Kinder bilden das zum Zuschauen genötigte Publikum. Ein kleiner Junge, der weint, wird von einem Uniformierten mit einer Machete bedroht.

Gestalten im Todeskampf. Ihr Alter und Geschlecht ist unbekannt, ihnen hat man Plastiktüten über die Köpfe gezogen. Sie irren mit auf dem Rücken gefesselten Händen umher, auf verschiedene Weise gequält von einer ausgelassenen Soldatenclique, und gehen dem langsamen Erstickungstod entgegen.

19

Ich befand mich inmitten eines dokumentierten Albtraums. Die Bilderszenen waren kaum auszuhalten. Es mussten an die fünfzig sein, die meisten auf Leinwände von hundertachtzig Zentimetern Höhe gemalt, wodurch viele der dargestellten Personen – allesamt Asiaten – Lebensgröße hatten. Durch die spezielle Maltechnik mit den teils gestochen scharfen und teils verschwommenen Parts erhielt jedes Gemälde einerseits eine authentische Unmittelbarkeit, andererseits eine surreale Atmosphäre. Es gab nur Angst und Hass auf diesen Bildern und nicht den kleinsten Trost. Kein Vogel saß auf einem Ast, keine Sonne schien, keine Schale Reis versprach Sättigung. Sogar von den Farben ging Melancholie aus, waren sie doch alle, auch die gelben, grünen und blauen Töne, von einer bleiernen Schwere und Tristesse, so als wäre ihnen Grau beigemischt worden. Leid und Mitleidlosigkeit entströmten den Bildern und griffen auf mich über. Die Täter widerten mich an, den Gequälten hätte ich am liebsten die Hand gereicht und sie in meine Welt geholt, in die warme Sommernacht 2012 auf der Insel Hiddensee, Lichtjahre entfernt vom Kambodscha zwischen 1975 und 1979.

Angeschlagen von schlechten Gefühlen, setzte ich mich auf einen staubigen Barhocker, der mit Farbklecksen übersät war und den Hockern in Yims Restaurant glich. Vielleicht hatte

Frau Nan ihn sich einst von ihrem Sohn geborgt, ohne ihm zu sagen, wofür sie ihn brauchte.

Eines war für mich offensichtlich: Wer diese Bilder gemalt hatte, der war selbst dabei gewesen, war Opfer des Regimes – oder war das Regime. Es stand für mich jedoch außer Frage, dass Frau Nan die Malerin gewesen war.

Nach einer Weile, die ich brauchte, um mich zu beruhigen und mich auf den Horror einzustellen, betrachtete ich die Bilder genauer. Beim ersten Hinsehen waren mir die Szenen gewissermaßen entgegengesprungen, und die Intensität hatte mich einige Details übersehen lassen. Nicht auf allen, aber auf den meisten Bildern erkannte ich im Hintergrund die gedrungene Gestalt eines schwarz gekleideten Mannes, eines Zivilisten. Sein Gesicht war nirgendwo zu erkennen. Oft erschien die Gestalt in den unscharfen oder hundertfach gebrochenen Bereichen. Manchmal war sie scharf gezeichnet, dann aber verdeckte etwas oder jemand ihren Kopf. Auf einem der Gemälde hielt der Mann sogar die Hand vors Gesicht wie jemand, der nicht fotografiert werden möchte.

Er gehörte zweifelsfrei zu den Tätern, und zwar in hervorgehobener Position, denn er war oft mit ausgestrecktem Arm und Zeigefinger dargestellt. Noch überraschter war ich, als mir die Frau auffiel, die auf so gut wie allen Bildern in seiner Nähe stand. Sie war ebenfalls schwarz und schlicht gekleidet, ungefähr dreißig Jahre alt, recht klein … Ihr Gesicht war immer scharf konturiert, wenngleich es in der Masse unterging. Ich kannte dieses Gesicht. Frau Nan hatte sich selbst an den Ort des Geschehens gemalt, und sie hatte sich zu den Mördern gestellt.

Ich erinnere mich beim besten Willen nicht mehr an alles, was mir in jenem Moment der Erkenntnis durch Kopf und

Herz ging. Ich weiß allerdings noch, dass ich befremdet und enttäuscht war. Enttäuscht von der Frau, der ich in den letzten Tagen nähergekommen war, obwohl ich sie nie kennengelernt hatte. Von der Frau, die ich trotz ihrer spröden Ausstrahlung angefangen hatte zu mögen, vielleicht auch und gerade, weil ich ihren Mann nicht leiden konnte. Auch von mir war ich befremdet, aus denselben Gründen: Ich hatte mich auf eine Genossin der Roten Khmer eingelassen. Der Mann, dessen Gesicht verborgen blieb, schien mir eine führende Rolle zu spielen, wohingegen Frau Nan nur als Beobachterin in Erscheinung trat. Dennoch, ihr Gesicht zeigte nicht die geringste Ergriffenheit.

Der Schuppen, in dem ich ratlos und entsetzt auf einem Barhocker saß – war er gleichsam ihr Beichtstuhl gewesen, ihre Psychiater-Couch? Hatte sie gemalt, um die quälenden Bilder aus dem Kopf zu verbannen? Hatte sie einfach nur besser verstehen wollen? Hatte sie sich selbst angeklagt und verurteilt? Verurteilt zur tagtäglichen Begegnung mit den Opfern? Hatte sie den Ermordeten eine Stimme geben wollen?

Vielleicht alles zusammen, vielleicht nichts davon. Wie konnte ich es wissen? Nur eines resümierte ich: Frau Nan hatte die Kraft gefunden, sich zu stellen, und sei es nur ihrem eigenen Gewissen. Sie hatte nach einer Sprache gesucht und sie erlernt, nachdem sie diese gefunden hatte. Ob sie auch die Kraft gefunden hätte, damit vor die Welt zu treten?

Erst als die Taschenlampe mir ihren Dienst versagte, bemerkte ich, wie lange ich mich schon im Schuppen befand. Es war drei Uhr durch. Ich musste mich im Dunkeln nach draußen tasten, mitten durch das Labyrinth der apokalyptischen Gemälde. Der Gang schien mir eine Ewigkeit zu dauern, und obwohl ich normalerweise nicht unter Platzangst leide, erlebte ich Sekunden der Panik, in denen ich die ganze Galerie am liebsten umgeworfen hätte, nur um schneller ins Freie zu kommen. Ich konnte mich gerade noch beherrschen. Als ich es geschafft und die Tür verschlossen hatte, sank ich langsam an ihr zu Boden. Dort saß ich eine Weile, atmete tief durch und traf eine Entscheidung.

Als ich zurück ins Haus kam, war alles ruhig. Yim schlief tief und fest. Er hatte sich auf dem Sofa garnelenförmig zusammengerollt und die Decke von sich gestoßen. Außer einer hellblauen Boxershorts trug er nichts, wie mir das spärliche Mondlicht enthüllte, das durch das Fenster hereinströmte.

Ich machte mir klar, welchen Einfluss das, was ich gerade entdeckt hatte, auf unser Verhältnis haben würde. Yim war Jahrgang 1972, demnach war er drei Jahre alt gewesen, als die Roten Khmer mit ihrem Terror begannen, und sieben Jahre alt, als die Vietnamesen deren Herrschaft beendeten und viele Protagonisten des Terrorregimes untertauchten. Er hatte mit den Gräueln nichts zu tun, und vor einem Kind in diesem Alter kann man mit ein bisschen Anstrengung das Ärgste verbergen, sodass es kaum mitbekommt, was um es herum geschieht. Das alles hielt ich Yim zugute. Aber er hatte mich im Hinblick auf sein Eintreffen in Deutschland angelogen, so wie er vermutlich alle Leute täuschte.

Er war nicht schon 1975 in die DDR gekommen, sondern erst 1979, und er konnte mir nicht erzählen, dass er das nicht gewusst hätte. Ein Fünf- oder Sechsjähriger versteht sehr wohl, ob er im tropischen Klima neben Reisfeldern und dem Dschungel aufwächst oder ob er in Europa Schneemänner baut. Keines der Fotos an der Wand seines Jugendzimmers zeigte ihn zwischen dem fünften und siebten Lebensjahr, denn das war die verbotene Zeit. Seine Eltern hatten ihn zum Schweigen angehalten, und entweder hatten sie ihn irgendwann eingeweiht, oder er hatte sich irgendwann selbst zusammenreimt, was das alles zu bedeuten hatte. So oder so, er war zum Mitwisser geworden.

Ich wollte ihn dafür nicht an den Pranger stellen – es waren immerhin seine Eltern, die er deckte. Trotzdem konnte ich über sein Verhalten nicht hinwegsehen. Ich hätte mir mehr von ihm erwartet. Oder besser gesagt, ich hätte mir von einem Mann, mit dem ich eine intime Beziehung eingehe, mehr erwartet.

Darum reiste ich sofort ab. Nein, nicht nur darum. Ich konnte unmöglich auch nur einen Tag, geschweige denn eine Nacht länger mit Herrn Nan im selben Haus wohnen. Ich wollte einfach nur noch weg.

Ich schrieb einen Zettel, den ich auf das Bett legte. Yim würde ihn erst in einigen Stunden finden, ungefähr um zehn Uhr, wenn ich noch immer nicht aus dem Zimmer gekommen sein würde. Dafür, dass nur vier Worte auf dem Zettel standen, hatte ich lange gebraucht, um ihn zu schreiben: *Es tut mir leid.* Den kleinen Schlüssel von dem Vorhängeschloss legte ich dazu. Yim würde verstehen.

In aller Stille verließ ich das Haus, der Morgen graute. Am Hafen, inmitten einer Nebelbank, wartete ich auf die erste Fähre. Mein Kopf war voll, mein Körper müde. Aber in diese Erschöpfung hinein schoss ein Gedanke, der mich aufrüttelte: War es Zufall, dass drei Menschen im Nebelhaus umgekommen waren, nur wenige Schritte von einem Massenmörder entfernt? Könnte Herr Nan die Morde von Hiddensee begangen haben?

20

September 2010

Timo betrat in Yasmins Gefolge den Schuppen. Kaum dass er die wackelige Tür hinter sich geschlossen hatte, schaltete er das Licht an. Der niedrige Raum war nun trübe erleuchtet. Ein einziger Blick genügte, um zu erkennen, dass dies kein Gebetsort war. Im Zentrum ein Gewirr von Bildern, manche auf Gestellen, andere auf verschlissenen Decken auf dem unebenen, schmutzigen Boden. Die Eisenregale an den Wänden waren oxidiert und staubig, darin tausend Farbtöpfe, Lösungsmittel und Sprays, wild durcheinander und stinkend, dazwischen abgenutzte Siebe, Spachtel und Schwämme. Die Pinsel, an die hundert mussten es sein, steckten mit den meist unausgewaschenen Borsten nach oben wie Wiesenblumen in großen Kaffeetassen. In einer Ecke hielt sich ein riesiges, rostrot verfärbtes Keramikwaschbecken schräg in der Verankerung. Zwei Wasserhähne, die nicht zum Händewaschen einluden, tropften in unterschiedlichen Abständen.

Der Raum spottete allen Klischees, die man über Ateliers kannte. Wo waren die Lichtfluten, wo die papageibunten Paletten?

»Wie kann man hier nur malen?«, fragte Yasmin.

Timo wusste aus eigener Erfahrung, dass Schöpfung an vielen Orten möglich war, an banalen wie dem Wartezimmer der Arbeitsagentur, an unbelebten wie der nächtlichen Bushaltestelle gegenüber seiner Wohnung, an gefährlichen wie so manchem Stadtviertel oder Park mitten in der Nacht. Warum nicht auch an einem Ort, der unter der Herrschaft des Verfalls stand?

»Vielleicht kann das, was Frau Nan malt, nur an einem solchen Ort entstehen«, antwortete Timo. »Vielleicht ist es ja doch eine Art Gebetsort. Nur anders, als du erwartet hast.«

»Sie muss eine gequälte Seele haben«, sagte Yasmin mit leiser Stimme, der Aussage und der Umgebung angemessen. »Wer etwas derart Grauenhaftes erschafft – das geht doch nur, wenn man krank ist, oder? Wenn ich da an Jonnys wunderschöne Bilder denke …«

»Man kann auch krank sein und Schönes erschaffen. Es kommt auf die Krankheit an, vermute ich mal.«

»Wie meinst du das?«, fragte sie. »Willst du andeuten, dass Jonny nicht richtig im Kopf ist? Oder ich?«

»Ich habe gar nichts angedeutet.«

»Wer's glaubt!«

»Hör zu, ich habe keine Lust, an diesem Ort mit dir darüber zu diskutieren, wer was im Kopf hat. Wie dem auch sei – vielleicht ist das, was wir hier sehen, nicht die Krankheit, sondern die Medizin.«

»Das ist purer Schwachsinn. Mit solchen Bildern kann man keine Seele heilen, Timo. Daran geht man kaputt. Frau Nan muss mit sich ins Reine kommen. Was sie braucht, ist Harmonie.«

»Und vielleicht einen Joint, ja?«

»Ach, leck mich doch. Mit einem Atheisten und Zyniker kann man über so was nicht reden.«

»Wo ist denn deine Harmonie, du Stechmückenverschonerin, wenn du Philipp am liebsten nach einer Revolution an die Wand stellen würdest?«

»Das habe ich nie gesagt!«

Ihr Streit war wie eine überraschende Woge gekommen und ebbte ebenso schnell wieder ab. Die Bilder machten aggressiv. Sie trugen das älteste Gift der Welt in sich, die kaputte Vergangenheit, und sowohl Yasmin als auch Timo waren empfänglich für dieses Gift.

»Ich will hier raus«, sagte Yasmin.

Timo hatte nichts dagegen. Als sie sich umwandten, schälte sich plötzlich aus einer vom Licht nicht erfassten Ecke des Schuppens der Umriss eines Menschen.

»Verdammt«, flüsterte Yasmin.

Timo trat einen Schritt nach vorne, um sie im Ernstfall zu schützen.

Als Leonie in die Küche kam, hielt Vev gerade Philipp den zerschnittenen Morgenrock unter die Nase, und das Gespräch geriet augenblicklich ins Stocken. Leonie widmete weder dem Morgenrock noch seiner Besitzerin einen zweiten Blick.

»Guten Morgen. Könnte ich ein Glas Wasser haben, Philipp?«

»Guten Morgen. Nimm dir, was du brauchst«, antwortete er und deutete auf den Kühlschrank und das Regal mit den Gläsern.

Während sie sich bediente, schwiegen Vev und Philipp, aber Leonie bemerkte, dass die beiden sich hinter ihrem Rücken mit Zeichensprache verständigten, wobei sie sich nicht einig wurden.

»Sag mal«, fragte Vev, »hast du eine Ahnung, was mit meinem Morgenrock passiert ist, der im Bad hing?«

»Herrje, der sieht ja übel aus«, sagte Leonie. »Ist er gerissen, als du ihn das erste Mal seit langer Zeit angezogen hast?«

»Er ist keineswegs gerissen. Man kann die winzigen Zacken einer Schere deutlich erkennen.«

»Ja, tatsächlich, jetzt sehe ich es auch. Na ja, kleine Kinder denken sich oft nichts dabei, bestrafe Clarissa nicht zu hart.«

»Ich denke nicht, dass Clarissa dafür verantwortlich ist. So etwas hat sie noch nie gemacht.«

»Glaub mir, Kinder sind für allerlei Überraschungen gut. Aber wer weiß, vielleicht hast du recht. Mag sein, dass Yasmin nicht gepasst hat, dass bitterarme, pestizidverseuchte Kinder in Bangladesch den Morgenmantel hergestellt haben, die neunzehn Stunden am Tag ...«

»Du weißt also nichts darüber?«

Leonie holte das erste Lexotanil des Tages aus der Handtasche, wobei sie sich Zeit ließ, es zu finden. »Nö«, sagte sie. »Nur, weil ich ein Kleidungsstück hässlich finde, verschnippele ich es nicht.«

Die beiden Frauen standen sich gegenüber. Vev knüllte den seidenen Morgenrock zu einer schwarzen Kugel zusammen, Leonie spielte mit der Tablette. Ein paar Sekunden später schluckte sie sie.

Die Stille, die entstanden war, nutzte Philipp, um das Zwiegespräch, das leicht zu einem Streitgespräch werden konnte, zu unterbrechen.

Er räusperte sich. »Leonie, deine ... deine Mutter hat vorhin hier angerufen, ich habe mit ihr gesprochen. Eigentlich wollte sie nicht, dass ich ...«

»Das ist doch nicht zu fassen«, rief Leonie und donnerte ihre Tasche auf die Küchenanrichte. »Was fällt der Frau eigentlich ein, mir nachzuspionieren?«

»So war das nicht«, sagte Philipp. »Sie hat kaum Fragen gestellt, sie wollte nur wissen, ob es dir gutgeht. Vielleicht hat sie von dem Sturm gehört, der in unsere Richtung zieht. Ach, davon weißt du ja noch gar nichts. Also, wir erwarten über Nacht einen Sturm. Die Handynetze werden vorübergehend zusammenbrechen, und da hat sie wahrscheinlich …«

»Ach, papperlapapp. Du kennst sie nicht. Menschen lästig zu fallen ist ihre Passion. Leider kann man Mütter nicht abbestellen wie ein Abo, sonst hätte ich es mit meiner längst getan.«

»Aber es war wirklich ein nettes Gespräch, sie hat einfach nur besorgt geklungen.«

»Na, dann kannst du sie ja beruhigen, wenn du dich *so gut* mit ihr verstehst. Lass dich doch gleich von ihr adoptieren. Wahrscheinlich würde sie es sogar tun. Du wärst genau der Sohn, den sie sich immer gewünscht hat – erfolgreich, Frau und Kind, gegenseitige Einladungen zum Käsekuchenessen …«

»Leonie, ich …«

»Ja, ja. Können wir bitte über etwas anderes sprechen. Habt ihr Timo gesehen? In seinem Zimmer ist er nicht. Ich möchte mit ihm reden.«

Vev antwortete: »Er aber vermutlich nicht mit dir, jedenfalls nicht in der Verfassung, in der du gerade bist.«

»Diese Wahl wollen wir mal besser ihm überlassen, liebe Vev«, antwortete Leonie süßlich.

»Hat er denn die Wahl?«

Leonie schloss die Augen. Als sie sie wieder öffnete, schrie sie mit aller Kraft: »Wo ist Timo? Ich will es wissen, jetzt!«

Für drei Sekunden waren Vev und Philipp wie versteinert, und Leonie starrte sie mit unnatürlich weit aufgerissenen Augen an. Durch das gekippte Fenster wehte ein frischer Luftzug herein, ein erster Vorbote des Sturmes. Er trug ein Kinderlied mit sich, das Clarissa sang.

Vev hatte es völlig die Sprache verschlagen. Philipp sagte schließlich, und zwar im mildesten Ton, zu dem er fähig war: »Timo ist mit Yasmin spazieren gegangen. Ich weiß nicht wohin.«

Leonie schnappte ihre Tasche und verließ die Küche. Sie stürmte hinaus in den stärker werdenden Regen, ohne sich etwas überzuziehen.

Erst nachdem sie die Tür hatten ins Schloss fallen hören, sprachen Philipp und Vev wieder miteinander.

»Die ist übergeschnappt«, sagte Vev.

»Eine Furie.«

»Eine übergeschnappte Furie. Ich meine das ganz im Ernst, Philipp. Leonie hat sie nicht mehr alle.«

»Na ja, sie ist maßlos überreizt, warum auch immer.«

»Sie scheint sehr oft maßlos überreizt zu sein. Ich habe mir mal die Pillen näher angesehen, die sie futtert, als wären es Schokonüsse. Lexotanil ist laut Internet ein starkes Beruhigungsmittel, wahrscheinlich ist nur ein Schlag auf den Hinterkopf heftiger, zu dem ich, nebenbei gesagt, immer mehr Lust verspüre.«

»Du hast doch nicht etwa in ihrer Handtasche gewühlt?«

»Ich wollte wissen, ob ihr Waffenarsenal erschöpft ist. Ich habe mit allem gerechnet, sogar mit Handgranaten. Stattdessen entdecke ich dieses Narkotikum, das einen Elefanten ruhigstellen könnte.«

»Wie so oft übertreibst du. Wenn Leonie dieses Mittel verschrieben bekommen hat, wird es seine Richtigkeit haben. Wie auch immer, wir sollten uns mit Sticheleien zurückhalten.«

»Wir sollten uns mit Sticheleien zurückhalten?«, echote Vev. »Oh ja, das werden wir, und zwar, indem sie auszieht. Ich werde diese Soziopathin keine Stunde länger ertragen. Sie ist gemeingefährlich.«

»Gut, sie ist unerträglich. Aber gefährlich – nein, so weit würde ich nicht gehen.«

»Ich bitte dich, sie trägt eine mit vier Kugeln geladene Pistole mit sich herum, sie ist die wiedergeborene Ma Baker. Die Pistole ist verschwunden – sagt sie. Aber stimmt es auch?«

»Wieso sollte sie das erfinden?«

»Keine Ahnung. Ich weiß nur, dass es eine fehlende Pistole, eine tote Katze und einen zerschnittenen Morgenrock gibt.«

»Du glaubst doch nicht ... Jetzt übertreibst du aber wirklich, Vev. Nein, alles was recht ist, aber dass Leonie Morrison gekillt hat ... Wie soll das gehen?«

»Na, bestimmt nicht, indem Leonie ihn mit gezogener Pistole dazu gezwungen hat, sich vom Baum zu stürzen. Hast du die kleinen Schnittwunden an ihren Händen bemerkt?«

»Das hat nichts zu bedeuten. Sie ist beim Fahrradfahren umgefallen.«

»Na, das ist doch die perfekte Tarnung. Sie packt Morrison überraschend an den Hinterbeinen und schleudert ihn gegen den Baum.«

Philipp blieb die Spucke weg. »Also, ich ... Sich so etwas auszudenken, das ist doch ... das ist ... Vev, wirklich, nun gehen die Pferde mit dir durch. Erstens kannst du nichts beweisen ...«

»Ich bin nicht die neue *Tatort*-Kommissarin, ich muss überhaupt nichts beweisen. Mir genügt die Unterstellung. Leonie war in der Nähe, als Morrison gestorben ist, sie hat Verletzungen auf den Handflächen, und sie war heute früh im Bad, wo sie Gelegenheit hatte, den Morgenrock zu zerschneiden.«

»Zweitens stimmt deine Eskalationstheorie vorne und hinten nicht. Zuerst eine Katze zu erschlagen und am nächsten Tag einen Morgenrock zu zerschneiden ist falsch herum. Umgekehrt wäre es logischer, denn es ist weitaus schlimmer, eine Katze ...«

Vev rieb sich die Schläfen. »Ich habe dich nicht um eine Expertise für meine Doktorarbeit in Psychologie gebeten. Ich fordere dich auf, zur Kenntnis zu nehmen, dass seit zwei Tagen die seltsamsten Dinge passieren und dass Leonie, die seit zwei Tagen bei uns weilt, ein äußerst seltsamer Mensch ist. Meines Erachtens könnte das irgendwie zusammenhängen.«

Philipp dachte noch einmal darüber nach. Dann seufzte er: »Ich kann sie nicht einfach so vor die Tür setzen. Erstens ist die Morgenfähre schon weg, zweitens wird die Nachmittagsfähre aller Wahrscheinlichkeit nach wegen des Sturms nicht mehr fahren, und drittens sind die Fremdenzimmer in Neuendorf zu dieser Jahreszeit ausgebucht. Soll ich sie bei Wind und Wetter nach Vitte oder Kloster jagen, damit sie sich dort eine Bleibe sucht? Ich sage dir jetzt was. Wir werden lieb und nett zu Leonie sein, wir machen heute einen Dia-Abend mit Erinnerungsfotos aus alten Aktivistenzeiten – auf dem Speicher müsste eine ganze Kiste stehen –, morgen reist die Bagage ab, und alles ist gut.«

»Was, wenn wir Leonie für eine Nacht bei den Nans unterbringen? Yim kann bei uns schlafen, und sie bekommt sein Jugendzimmer. Seine Eltern werden bestimmt einverstanden sein. Frau Nan gebe ich einen kleinen Bonus, und damit hat sich die Sache.«

»Ich bin dagegen. Erstens wäre sie nur ein paar Meter weg ...«

»Bitte, Philipp, ich ertrage dein erstens, zweitens, drittens nicht mehr, es nervt mich zu Tode. Das hier ist ein zerfetzter Morgenrock. Ich glaube, dass Leonie ihn absichtlich zerfetzt hat, und deine Antwort darauf ist ein Dia-Abend.«

»Ich will doch nur ... Ich will einfach nicht, dass die Nachbarn über uns klatschen, und wenn wir Gäste vor die Tür setzen, ist das unvermeidlich.«

»Aber wir verstehen uns nicht. Wir! Verstehen Uns! Nicht! Es ist ja nicht so, als würdest du eine gute Freundin rauswerfen. Du kennst diese Frau im Grunde überhaupt nicht. Wir haben sie freundlich aufgenommen, und sie hat sich aufgeführt wie eine Diktatorengattin. Sie muss gehen. Wenn du nicht mit ihr redest, dann tu ich's.«

»Vev.«

»Und zwar beim Frühstück.«

»Oh Gott. Nein, ich rede mit ihr, aber erst nach dem Frühstück, ja? Unter vier Augen. Ein Rauswurf, während die anderen dabei sind, das ist aus pädagogischer Sicht eine Katastrophe und endet nur in einer Riesendiskussion.«

Vev verdrehte die Augen, gab aber nach. »Meinetwegen. Nachher rufe ich bei den Nans an. Du wirst sehen, wir tun genau das Richtige.«

Frau Nans Schatten schritt ihr voraus. Im trüben fahlgelben Licht des Schuppens näherte er sich Timo und Yasmin durch das Labyrinth der Gemälde. Sie ging gebeugt, sah zu Boden, sodass die beiden ihr Gesicht nicht richtig erkennen konnten.

Die Arme waren vor der Brust verschränkt, und ihre rechte Hand steckte unter der aufgeknöpften Weste, wo sie an irgendetwas herumfingerte.

»Ich bitte um Entschuldigung«, sagte Timo beunruhigt. »Es gibt keine Rechtfertigung für das, was wir getan haben – außer vielleicht, dass wir große Bewunderer Ihrer Religion sind. Wir haben geglaubt ...«

Plötzlich hob sie den Kopf, was Timo sofort zum Verstummen brachte. Frau Nan hatte stark gerötete Augen, ihre Lider waren schwer, die Nase tropfte. Als sie den Mund öffnete, zitterten ihre Lippen.

Sie blickte Yasmin nur kurz an. »Bitte gehen Sie hinaus«, sagte sie leise. Und an Timo gewandt: »Ich möchte mit Ihnen allein sprechen.«

Timo erklärte sich mit einem Nicken einverstanden, und einige Sekunden später waren er und Frau Nan miteinander allein. Sie blieb in unveränderter Haltung stehen, so als wolle sie sich erst davon überzeugen, dass Yasmin nicht doch noch einmal zurückkam.

»Setzen Sie sich auf den Hocker da«, sagte sie. »Ja, den Barhocker.«

Als Timo darauf wartete, dass Frau Nan das Wort an ihn richtete, erschienen ihm seine Situation und der Raum immer unwirklicher. Dieses Gefühl war ein alter Vertrauter, der sich schon lange nicht mehr hatte blicken lassen. Auch damals, vor fünfzehn, sechzehn Jahren war Timo in fremdes Eigentum eingebrochen, und wie damals war er dabei an ihm irreal erscheinende Orte geraten: eine Fabrik, die fast ohne Menschen auskommt und in der Maschinen, hoch wie dreistöckige Häuser, ihr ruheloses Werk tun; eine riesige Halle voll von Tieren, Sklaven, die nie die Sonne sehen sollten; ein Entladehof mit dreißig Trucks, jeder mit neunzig Rindern beladen, ein gewaltiger Chor, der im Mondlicht seinen eigenen Begräbnisgesang anstimmt. Auf die Grausamkeit, die sich hinter manch schöner Fassade befand, war Timo vorbereitet gewesen, nicht jedoch auf die irritierende Schönheit in mancher Grausamkeit.

Nach Jahren befand er sich nun wieder an einem solch unwirklichen und irritierenden, düsteren und faszinierenden Ort, umgeben von Bildern, die die Hölle darstellten. Dennoch waren manche davon so schön, dass man sich nicht traute, es laut zu sagen. Wie jenes direkt vor ihm, das Reisfelder zeigte, so weit wie das Auge reichte, bis zum Horizont, auf den der rote Sonnenball sich niederlegte. Erst beim zweiten Hinsehen bemerkte man die Aufseher mit den Maschinenpistolen, die die Bauern zum Arbeiten anhielten, und die paar Toten zwischen den aus dem Wasser ragenden Pflanzen.

Frau Nan fuchtelte unter ihrer Weste herum, unentschlossen, ob sie die Hand hervorziehen sollte oder nicht. Erst nach einer Minute rang sie sich dazu durch. Sie drückte ihm einen Stapel Papierbögen in die Hand.

»Lesen Sie das.«

»Ich … verstehe nicht. Was ist das?«

»Sie werden verstehen. Lesen Sie es jetzt. Hier.«

»Falls Sie ein Buch geschrieben haben, ich bin kein Lektor. Ich kann Ihnen kein …«

»Sie sollen es lesen.«

Ihr Tonfall war unhöflich, fordernd, aber nach einem weiteren Blick in Frau Nans gerötete Augen fügte sich Timo.

Die Texte drehten sich um das Lager 17, geleitet von Bruder Viseth Nan, errichtet im November 1975 irgendwo im ländlichen Kambodscha. Die Insassen waren Lehrer, Händler, Banker, Künstler, Kleinunternehmer, buddhistische Mönche, christliche Priester, Wissenschaftler, Landbesitzer, Bürger mit Fremdsprachenkenntnissen, Monarchisten, Demokraten, einfach alle, die mit Geld, Grips oder Geist zu tun hatten. Auch Bauern und Fischer waren darunter, sofern sie Saboteure des Regimes Pol Pot waren, und ein Saboteur war man bereits, wenn man unpünktlich zur Arbeit erschien oder ein Buch besaß.

Die Insassen wurden an ihre Betten oder an die Wand gekettet, in Räumen von ein bis zwei Quadratmetern Größe. Die Toilette bestand aus einem Behälter, der oft wochenlang nicht geleert wurde. Sie schliefen zwischen Tausenden von Insekten. Zur Pflanz- und Erntesaison schickte Bruder Viseth Nan sie auf die Felder, zwölf Stunden Arbeit ohne Pause, wochenlang. Es war ihnen verboten zu sprechen, zu stöhnen, zu weinen, auch wenn sie geprügelt wurden. Weinten sie dennoch, wurden sie erneut geschlagen. Brachen sie zusammen, wurden sie an Ort und Stelle erschossen, inmitten der Reisfelder. Gab es nichts für sie zu tun, vegetierten sie in ihren Zellen vor sich hin. Gelegentlich wurden sie gefoltert, manchmal, damit sie andere »Saboteure« denunzierten, manchmal ohne Grund: Elektroschocks, Daumenschrauben, Waterboarding, Verätzungen der Schleimhäute mit Säure, Scheinhinrichtungen am Galgen bis zum Eintritt der Bewusstlosigkeit.

Waren sie physisch verbraucht oder stand eine neue Lieferung von Menschenmaterial bevor, die die Kapazität des Lagers überfordert hätte, wurden sie umgebracht. Um Munition zu sparen, befahl Bruder Viseth Nan, sie mit Plastiktüten zu ersticken oder mit Schaufelhieben in den Nacken zu erschlagen. Alle Bücher, derer Viseth Nan habhaft wurde, ließ er einsammeln, bis er genug hatte, um damit einen Scheiterhaufen zu errichten, auf dem er ihre Besitzer verbrannte. Dasselbe machte er mit jenen, die Geld besaßen, nur dass deren Scheiterhaufen aus den bei ihnen gefundenen Banknoten bestand. Zwei Bildhauer ließ er am Leben, sie waren auf seinen Befehl hin unentwegt damit beschäftigt, Statuen von Bruder Nummer Eins, Pol Pot, zu fertigen.

Frau Nans Geschichten, ihre Erinnerungen, handelten allesamt vom Sterben im Lager 17, denn Leben gab es dort keines. Nicht nur die Opfer, auch die Schlächter starben, jeden Tag, an dem sie mordeten, ein bisschen mehr. Eine einzige Geschichte handelte von Viseth Nan selbst, von seiner Angst, die vom Bruder Nummer Eins geforderte Quote an Reis nicht zu erfüllen, was ihn zum Saboteur gemacht hätte. Vor dem Einschlafen vergoss er Tränen auf die Brust seiner Frau, am Tage dagegen, sobald er das Haus neben dem Lager verlassen hatte, ließ er jeden, der weinte, erschießen. Eine weitere Geschichte handelte von Viseths Frau Nian, die ihren Mann sehr liebte, weshalb sie zuerst nicht glaubte, dass er solche Gräuel beging. Als sie es glauben musste, fing sie an, nach Entschuldigungen für sein Verhalten zu suchen, und als sie sie nicht fand, sah sie über die Gräuel hinweg, und als das nicht mehr ging, blickte sie durch sie hindurch. So starb auch sie, Tag für Tag, vier Jahre lang, bis fast nichts mehr von ihrem Lieben und Leben übrig war. Hätte sie nicht ihren Sohn gehabt, sie hätte zuerst ihren Mann und danach sich selbst erschossen.

Siebenundneunzig Seiten mit Geschichten, siebenundneunzig Schicksale von zwei Millionen Menschen, siebenundneunzig Dämonen bis dato. Ihre Zahl war beständig gewachsen. Von Zeit zu Zeit kam ein Dämon hinzu, wenn ein weiterer Krüppel von Erinnerung aus seinem Versteck kam, in das er sich vor Jahrzehnten verkrochen hatte. Wie viele Geschichten würde Frau Nan noch schreiben? Nicht einmal sie selbst konnte das wissen.

Timo ließ die Papierbögen sinken. Seine Augen waren müde vom Lesen in dem trüben Licht, zumal die Lektüre das Traurigste, Abstoßendste und Ergreifendste war, das ihm seit langem untergekommen war. Ob man es Literatur nennen konnte, war gleichgültig. Es war eine Selbstanzeige, eine Beschreibung des Ungeheuers Mensch, ein Dokument des Versagens und eine Stimme für die gequälten, namenlosen Opfer, alles in einem – unerträglich.

Er rieb sich die Augen. »Warum haben Sie mir das gegeben?«, fragte er. »Warum haben Sie es überhaupt geschrieben? Sie haben die Bilder, Sie können noch tausend Bilder malen. Und jetzt ... Wieso?«

Frau Nan hatte die ganze Zeit über mit dem Gesicht zur Wand gestanden, hatte wie eine Idiotin das Gewicht unentwegt von einem Bein auf das andere verlagert, fast eine Stunde lang. Nun wandte sie sich Timo zu, und es war, als hätte sie Fesseln gesprengt. Ein paar Sekunden lang lächelte sie befreit.

»Es musste aufgeschrieben und gelesen werden«, sagte sie. »Bilder sind bloß Augenblicke, sie lassen so viel im Unklaren. Endlich weiß jemand, was ich weiß.«

»Aber Ihr Mann ...«

»Mit meinem Mann zu reden ist wie ein Selbstgespräch, wenn man taub ist.«

»Und Yim?«

»Könnten Sie Ihrem Kind sagen, dass Sie Tausende von Menschen umgebracht haben?«

»*Sie* haben niemanden umgebracht.«

»Lassen Sie das. Verteidigen Sie mich nicht. Ich habe gequälte Blicke mit kalten beantwortet, ich habe Hände ausgeschlagen, die sich mir hilfesuchend entgegenstreckten, ich habe mit den Mördern gefeiert. Das ist so, als hätte ich selbst gequält und gemordet. Jahre später habe ich Gedichte geschrieben, schöne, harmlose Verse über den Zauber Kambodschas. Diese Gedichte waren wie die Blumen, die mein Mann hegt – sie sollten das Abscheuliche, das wir getan haben, vor uns selbst verbergen. Zehntausend Tage lang habe ich die Wahrheit für mich behalten, und es ist ein Wunder, dass sie auf diesem langen Weg nicht verloren gegangen ist, denn das ist das Schicksal vieler unliebsamer Wahrheiten. Inzwischen ist sie so alt und hässlich, dass mein Sohn sie nicht mehr haben will. Ich kann es ihm nicht verübeln.«

Timo ließ eine Weile verstreichen, in der er versuchte zu verstehen.

»Sie haben mir noch nicht gesagt, warum Sie ausgerechnet mich eingeweiht haben.«

»Sie schreiben. Und Sie sind hierhergekommen, in den Schuppen, genau an dem Tag, an dem ich alles aufgeschrieben habe, genau zu der Stunde, als ich mich entschlossen hatte, das Schweigen zu brechen.«

»Das war Zufall.«

»Das ist Vorsehung.«

»Ich glaube nicht an Vorsehung.«

»Darauf kommt es nicht an. Ich habe mich all die Jahre hierher zurückgezogen, um meinem Mann aus dem Weg zu gehen.

Ich wollte allein sein. Weinen. Dann war da auf einmal diese Frau …«

»Yasmin.«

»Ich habe mich still verhalten, weil ich nicht wollte, dass sie mich so sieht, so … verzweifelt. Dann kamen Sie, und ich hörte Sie sagen, dass mein Schuppen ein Gebetsort sei, ein Beichtraum, und mein Malen eine Medizin. Da spürte ich etwas. Ich kann es Ihnen nicht erklären. Unsere Wege haben sich nicht grundlos gekreuzt. Es sollte so sein.«

Timo schüttelte den Kopf. »Und nun? Was fange ich mit Ihrer Beichte an?«

»Das weiß ich nicht.«

»Soll ich alles für mich behalten? Soll ich Ihren Text an eine Zeitung schicken? Soll ich ihn Yim geben? Erwarten Sie, dass ich ein Buch daraus mache?«

»Ich erwarte gar nichts. Ich kann Ihnen nicht helfen.«

»Wissen Sie eigentlich, was Sie mir damit aufladen?«

Ein letztes Mal in ihrem Leben, das nur noch wenige Stunden dauern sollte, lächelte Frau Nan, diesmal jedoch mit einem bitteren Zug. »Wer«, sagte sie, »wüsste das besser als ich?«

Als Timo sich wenige Minuten später an der Tür des Schuppens von Frau Nan verabschiedete und mit siebenundneunzig Seiten Papier in Händen in Richtung des Nebelhauses davonging, beobachtete ihn jemand. Herr Nan stand hinter einem Baum, dessen Krone die ersten Windstöße des aufziehenden Sturms schüttelten.

Nur einen Steinwurf von ihm entfernt, am Fenster eines Zimmers im ersten Stock, sah Yim, was auch sein Vater sah.

21

Ich fand sie am Wittenbergplatz, neben dem KaDeWe. Sie saßen auf einer Collage aus verschlissenen Decken: vier Männer, drei Frauen und drei Hunde. Obwohl solche Sit-ins auf öffentlichen Plätzen nicht mein Ding waren, sah ich ihnen an diesem heißen Mittag eine Weile zu, wie sie schwatzten, lachten, sich auf die Schippe nahmen oder einfach nur schwiegen und dösten. Was war es, das sie mir sympathisch machte? Das schattige Plätzchen und das Laissez-faire des Miteinanders? Sie kannten keine Pflicht und keine Pflichtverletzung, keinen Termindruck, auch was gestern war und morgen sein würde, bekümmerte sie nicht. Sie schliefen gedankenlos ein, standen schwerelos auf und gingen ohne Erwartungen durch den Tag. So jedenfalls stellte ich mir ihr Leben vor.

Ich hatte noch nie zu den Menschen gehört, für die das Gras auf der anderen Seite des Zaunes grüner ist, egal auf welcher Seite sie stehen. Ich hatte eine Arbeit, die mich forderte. Die Leser mochten meine Artikel, attestierten ihnen analytische Schärfe und empathische Einfühlung. Ich bekam ausreichend Aufträge. Ein Universum lag zwischen diesen Leuten auf der Decke und mir. Davon abgesehen wäre es völlig naiv gewesen zu glauben, dass sie keine Nöte hätten, finanzielle zum Beispiel. Trotz allem ertappte ich mich dabei, wie ich mir wünschte, ein Jahr lang – nun ja, wenn schon nicht ihr Leben zu führen, so doch ihren freien Kopf und ihr leichtes Herz zu haben.

Ich konnte nachvollziehen – ohne es für richtig oder falsch zu befinden –, was Yasmin Germinal damals auf die Decke hier auf dem Wittenbergplatz verschlagen hatte. Zu meiner Enttäuschung war sie an jenem Tag jedoch nicht dort. Ich hatte großen Aufwand betrieben und eigens einen Kontaktmann bei der Polizei kontaktiert, dem ich nun einen Gefallen schuldete. Er hatte mir zwar nicht Yasmins Adresse geben wollen, aber sein schlauer Computer hatte die Information ausgespuckt, dass Yasmin vor einigen Jahren – vor den Ereignissen von Hiddensee – des Öfteren mit dem Ordnungsamt und der Polizei in Konflikt gekommen war. Sie und einige ihrer Freunde hatten sich immer mal wieder geweigert, mit ihrer Decke umzuziehen. Zwei Namen tauchten in diesem Zusammenhang mehrfach auf: Yasmin Germinal und Jonny Hartmann. In einem Fall war wegen Widerstands gegen die Staatsgewalt gegen die beiden ermittelt worden, aber das überlastete Gericht hatte die Klage wegen Geringfügigkeit abgewiesen. Alle Vorfälle hatten sich rund um den Wittenbergplatz abgespielt.

Ich hatte nun zwar Leute auf einer Decke gefunden, aber keine Yasmin. Waren das überhaupt ihre Freunde? Und wenn, würden sie mir weiterhelfen? Meine Möglichkeiten, Yasmin aufzuspüren, waren ausgeschöpft, und der Wittenbergplatz konnte zur vorzeitigen Endstation meiner Spurensuche werden. Ich wollte es nicht vermasseln, also überlegte ich, wie ich vorgehen sollte.

Mein Kontaktmann bei der Polizei hatte mir ein Foto von Jonny Hartmann geschickt, der just in diesem Moment die Bildfläche betrat und meine Unentschlossenheit beendete.

Der Mann war ungefähr Mitte dreißig, trug schmutzige Jeans, abgelaufene Turnschuhe und hatte eine abenteuerliche Frisur. Die Leute auf der Decke begrüßten ihn zwar, aber ich hatte das Gefühl, dass sie ihn nicht vollständig akzeptierten. Er ließ sich denn auch zwei Meter von ihnen entfernt nieder, wo er eine Flasche Wein auspackte und acht Bierdosen wie Bauern einem Schachkönig beigesellte. Derart gewappnet für den Tag, machte er sich an die Arbeit: ein halbfertiges Pflastergemälde.

»Hallo. Ich heiße Doro.« Ich gab ihm die Hand. »Guten Tag.«

»Jonny. Tachchen.«

Er roch stark nach Bier, und seine Augen waren um zwölf Uhr dreißig bereits glasig, aber die Geschicklichkeit seiner Hände hatte nicht gelitten. Er malte wie besessen. Allerdings verstand ich das, was er malte, überhaupt nicht, was bei moderner Kunst hier und da vorkommen soll. Sein Werk sah für mich aus wie ein entzündetes Organ, unförmig aufgebläht, irgendwie beunruhigend, und ich verfiel auf den sarkastischen Gedanken, dass Jonny vielleicht seine eigene Fettleber malte.

Seine anderen, über den ganzen Platz verteilten und bereits abgeschlossenen Werke gingen in die gleiche Stilrichtung.

»Das sind Auren«, erklärte er, als er meine Ratlosigkeit bemerkte, und fügte hinzu: »Das ist der Plural von Aura.«

»Ja schon, aber wessen Auren?«

»Die von den Leuten, die mir Geld geben, wenn ich ihre Aura male. Für fünf Euro zeige ich dir deine.«

Ich war mir nicht sicher, ob ich meine Aura von Jonny gezeigt bekommen wollte, ebenso wenig, ob sie vor allen Passanten ausgebreitet werden sollte. Aber ich musste mit ihm ins

Gespräch kommen, und wenn es meine Aura und fünf Euro dazu brauchte, dann war mir das recht.

Ich steckte also einen Fünfer in den Plastikbecher, woraufhin Jonny mich aufforderte, mit geschlossenen Augen eine Kreide aus der Tüte zu nehmen. Ich zog Schwarz, laut ihm ein schlechtes Omen. Etwas zufriedener machte ihn meine Wahl zweier weiterer Farben, die mit geöffneten Augen erfolgte: Rot und Ocker.

Er legte sogleich los, meine Aura schien ein offenes Buch für ihn zu sein, und ich setzte mich auf eine schattige Bank, nur einen Schritt von dem Künstler entfernt.

Ich ließ ihn eine Minute gewähren, dann sagte ich: »Ich suche Yasmin.«

Er sah mich überrascht an, ließ die Kreide sinken, trank einen Schluck aus der Weinpulle, nahm sie wieder auf und setzte seine Arbeit fort. »Bist du eine Bekannte von ihr?«, fragte er.

»Nein.«

»Bulle?«

»Ich bin Journalistin.«

»Die Bullen machen das, was sie machen, um sich an der Macht aufzugeilen, die sie haben. Journalisten machen ihren Kram für die Auflage, für Geld, und das ist noch viel dreckiger.«

Ich blieb gelassen. »Dann sind die fünf Euro, die du gerade von mir verlangt hast, also dreckig?«

»In einem ungerechten System kann man nicht gerecht leben, auch wenn man es noch so sehr versucht. Man ist automatisch Teil davon. Sartre hat das gesagt, und er hatte recht.«

»Du hast studiert?«

»Philosophie und Geschichte. Weißt du, was man ist, wenn man das studiert hat?«

»Magister, nehme ich an.«

»Falsch. Angeschissen ist man. Als Wirtschaftsfuzzi hast du mir nix, dir nix eine Arbeit. Für Philosophen und Historiker gibt es keinen Platz in dieser geldgeilen Welt, außer du leckst ein paar Ärsche, und auch dann wird's schwer.«

»Ich könnte mich mal umhören.«

»Ich will dein Mitleid nicht, falls es überhaupt Mitleid ist. Wahrscheinlich schleimst du dich bloß ein, um mich über Yasmin auszuhorchen. Vergiss es. Das funktioniert nicht. Lass mich in Ruhe«, rief er, sodass sich die Passanten nach ihm und mir umdrehten. »Verpiss dich. Nimm dein Scheißgeld, und hau ab, du blöde Kuh.«

Auch seine Freunde auf der Decke schüttelten über so viel verbale Aggressivität den Kopf. Ihren Blicken entnahm ich, dass er sogar ihnen, für die Unauffälligkeit keinen Wert darstellte, peinlich war.

»Bist du noch mit Yasmin zusammen? Kannst du ihr bitte ausrichten, dass ich mit ihr reden will? Und wenn ich reden sage, dann meine ich nicht interviewen. Ich …«

»Ich spreche nicht mehr mit dir. Verzieh dich. Hier, nimm!« Er leerte den Inhalt des Pappbechers auf meiner Aura aus.

Der Fünfer und ein paar Silbermünzen lagen auf einer dreifarbigen Acht, die mir nicht das Geringste sagte. Ich ließ das Geld liegen und stand auf. Jonny saugte so lange an der Mündung der Weinflasche, bis ich den Anblick nicht mehr ertrug. Obwohl er mich angepöbelt hatte, hätte ich gerne etwas für ihn getan, wusste aber nicht was.

Als ich die paar Schritte zu den Leuten auf der Decke ging, um sie nach Yasmin zu fragen, fiel mein Blick auf eine Frau meines Alters, die schon die ganze Zeit über in der Tür des Esoterikladens stand, vor dem die Gruppe ihr Lager aufgeschlagen hatte. Mit einer dezenten Kopfbewegung winkte sie mich zu sich.

Im Rückgriff auf Klischees hätte ich bei einer Esoterikerin eine aufgesetzt magische Ausstrahlung erwartet, wie bei einer Wahrsagerin: extravagante Kleidung, allerlei Symbole und so weiter. Karin – so stellte sie sich vor – sah aus wie du und ich. Ihre Schlichtheit wirkte wohltuend auf mich, ganz im Gegensatz zu ihrem Laden. Schon das Gepränge einer einzigen Weltreligion hätte mich beunruhigt, aber in dem geschätzt zwanzig Quadratmeter großen Verkaufsraum stapelten sich die Attribute von fünf Weltreligionen, mindestens drei untergegangenen Kulturen, mehrerer Heil- und Entspannungstechniken, Mystiken, der Symbolik der Naturvölker und einiges mehr. Montezuma meets Hildegard von Bingen.

»Er war nicht immer so«, sagte Karin mit einem Blick auf Jonny, der inzwischen auf meiner Aura saß und stumpf vor sich hin brütete. »Noch vor zwei Jahren hat er kaum etwas getrunken. Er hat auch keine Auren gemalt, sondern Einhörner im Wald bei Mondschein. Allerdings war Yasmin da noch seine Co-Malerin.«

»Die beiden sind nicht mehr zusammen?«

»Eigentlich nicht. Na ja, so kann man das nicht sagen. Die beiden sehen sich schon noch, aber sie sind nicht mehr dieselben wie damals. Sie haben sich verändert – in gewisser Weise. Yasmin hat sich zurückgezogen, ich sehe sie nur noch selten. Manchmal kommt sie vorbei, unterhält sich ein paar Minuten mit mir, redet kurz mit der Gruppe draußen und geht wieder. Mir tut es weh, sie so zu sehen, so … desinteressiert und heruntergekommen. Man kann sie mit nichts mehr erreichen, aus sich rauslocken. Für mich ist das besonders schlimm. Ich kenne sie jetzt seit mehr als zehn Jahren sehr gut, auch wenn ich nie zu ihrer Sit-in-Gruppe gehört habe. Sie war eine meiner besten Freundinnen. Dazu kommt, dass ich ihr den Laden verdanke.«

»Oh. Inwiefern?«

»Die Vorbesitzerin wollte ihn aufgeben. Ich hätte ihn gerne übernommen, hatte aber die Abstandssumme von fünfundzwanzigtausend Euro nicht. Yasmin hat mir das Geld gegeben, einfach so, geschenkt. Das war nur zwei oder drei Monate nach – Sie wissen schon – dieser grässlichen Geschichte auf Hiddensee.«

»Yasmin hat Ihnen vor zwei Jahren fünfundzwanzigtausend Euro geschenkt?«

Sie nickte. »Von einer Rückzahlung will sie bis heute nichts wissen.«

»Woher hatte sie das Geld?«

»Ich weiß es nicht. Sie hatte nie viel. Das war ja gerade ihr Credo: mit wenig auskommen, nichts brauchen. Ein Halbtagsjob für das Nötigste, das war's. Ansonsten rumlümmeln, malen, mit der Gruppe abhängen, bisschen Musik machen, sich mit Heilsteinen beschäftigen, ihr esoterisches Wissen vertiefen, das war ihr Leben. Und plötzlich … Ich habe ihr gesagt, sie solle mit dem Geld lieber eine lange Reise machen, die sie auf andere Gedanken bringt, nach Indien vielleicht oder Tibet oder ins bolivianische Hochland. Solche Ziele hätten sie früher gereizt. Sie könne auch eine Kur machen, in eine Klinik gehen oder drei Monate ins Kloster, um zu verarbeiten, was sie auf Hiddensee erlebt hat. Aber sie hat mir bloß den Scheck gegeben und gesagt, wenn ich ihn nicht wolle, könne ich ihn ja wegwerfen. Da habe ich ihn eingelöst.«

»Haben Sie Yasmins Adresse?«

Sie zögerte. »Bei Ihnen habe ich ein gutes Gefühl, und normalerweise kann ich mich darauf verlassen. Trotzdem – Sie sind Journalistin. Ihnen geht es vor allem um die Story, nicht um Yasmin.«

»Da täuschen Sie sich. Und das wissen Sie im Grunde auch, sonst hätten Sie mir nicht schon so viel erzählt. Ich gebe zu, dass es am Anfang eine Story war. Inzwischen … Wie oft redet man nach kurzer Zeit nur noch vom Täter! Die Hinterbliebenen und Traumatisierten sind entweder sprachlos oder werden nicht gehört. Ich will zeigen, wie die Opfer auch nach zwei Jahren noch leiden, will ihnen eine Stimme geben. Ein junger Mann, der beim Amoklauf seine Mutter verlor, hat mir kürzlich gesagt, dass er nicht darüber sprechen könne, und damit ist er bestimmt nicht allein. Nun will ich für ihn sprechen. Vielleicht ist das anmaßend. Aber ich habe hautnah erlebt, wie die Sprachlosigkeit die Betroffenen immer weiter isoliert und schließlich fertigmacht. Bitte geben Sie mir die Chance, Yasmin zu besuchen. Selbst wenn sie mir gar nichts sagt, kann ich ihr trotzdem eine Stimme verleihen, und wer weiß, im besten Fall kann ich ihre Lethargie durchbrechen.«

Karin überlegte eine Minute, wobei sie sich bei einer Buddha-Statue Rat zu holen schien. Schließlich ergriff sie einen Kugelschreiber. Sie hatte eine sehr schöne Handschrift.

»Ich hoffe, ich tue das Richtige«, sagte sie. »Yasmin geht nicht zum Therapeuten, sie spricht nicht mit ihren Freunden – vielleicht redet sie ja mit Ihnen. Wer weiß, wenn Sie es richtig anfangen … Kaputtmachen können Sie jedenfalls nicht mehr viel. Ich tue das übrigens für Yasmin, nicht für Sie.«

Als kleines Dankeschön für Karins Entgegenkommen kaufte

ich einen Jahresvorrat an handgerollten nepalesischen Räucherkerzen sowie einen Schutzengeltee.

Dann brach ich auf zu Yasmins Wohnung am Kottbusser Tor in Kreuzberg.

Ich brauchte mehrere Minuten, um Yasmins Namen auf der Klingelanlage zu finden, denn viele der ungefähr drei Dutzend Schilder waren ein-, zwei- oder sogar dreimal überschrieben, und die neuen Mieter hatten ihren Namen einfach danebengekritzelt. Ein paar Klingelknöpfe waren herausgebrochen, man konnte durch die Löcher, die sie hinterlassen hatten, die Eingeweide der Anlage sehen. Eine hilfsbereite Hausbewohnerin bedeutete mir mit Zeichensprache, dass die meisten Klingeln sowieso nicht funktionierten, ich solle einfach hineingehen.

»Germinal?«, fragte ich. »Wo finde ich Germinal?«

Sie zuckte mit den Schultern. »Nix kennen.«

»Danke.«

Schließlich fand ich den Namen doch noch, ganz klein zwischen die durchgestrichenen Namen Bukaqi und Yildimiz gequetscht. Die Wohnung lag im Souterrain, im zweiten Hinterhaus – unterirdisch im doppelten Wortsinn. Im Hausflur roch es schimmelig, und als ich klopfte, klapperte die Tür.

Yasmin sah aus, als hätte ich sie aus dem Schlaf gerissen, aber ich begriff nach wenigen Augenblicken, dass sie etwas genommen hatte.

»Ja?«

»Hallo, ich heiße Doro. Karin hat mir deine Adresse gegeben.« Ich duzte sie sofort, weil ich sie von ihrer Biografie her – und von dem Anblick, den sie bot – als jemanden einschätzte, für den Siezen ein Zeichen von Verachtung war.

»Bist du die Geistheilerin, mit der sie mich nervt?«

»Nein.«

»Hundertprozentig?«

»Hundertprozentig. Ich bin Journalistin. Aber bevor du mir die Tür vor der Nase zuschlägst …«

Sie drehte sich ohne ein weiteres Wort um und ging in ihre Wohnung, die Tür blieb offen.

Ich zögere zu behaupten, dass ihr Zustand mein Vorteil war, aber genau so verhielt es sich. Sie hätte mich sonst wahrscheinlich nicht hineingelassen. Als ich die Schwelle ihres Wohn-, Schlaf- und Esszimmers betrat, lag sie bereits auf dem Sofa, ein Strohhalm und ein Handspiegel lagen vor ihr auf dem Tisch. Eine halbvolle Flasche Whisky stand daneben.

»Darf ich hereinkommen?«, fragte ich.

Sie gab mir keine Antwort, also machte ich einen Schritt nach vorne, allerdings nur den einen, dann bekam ich Skrupel. Eine Weile bewegte ich mich nicht, sah mich nur um. Mein Blick glitt über verstaubte Weinflaschen, die als Kerzenhalter dienten, das ungemachte Bett in Form einer Schaumstoffmatratze, die Brandlöcher im Teppichboden, die schwarzen Sporen an der Zimmerdecke, die herumliegenden Kleidungsstücke, eine Schallplatte, die sich stumm auf einem alten Plattenspieler drehte …

Sie sah mich an. Arme Yasmin, ging es mir durch den Kopf. Ich wünschte keinem Menschen das, was sie durchmachte, und kam mir schäbig vor, einfach so bei ihr einzudringen. Aber nicht ich war der Grund für ihr Leiden, und selbst wenn ich sofort gegangen wäre, hätte es nicht das Geringste geändert. Wie Karin schon gesagt hatte: Ich konnte nichts mehr kaputtmachen. Helfen? Vielleicht, ja, ein wenig. Ich konnte aber zumindest Yasmin Germinals Geschichte erzählen.

Sie war ihr Leben lang auf der Flucht gewesen. Wovor genau, ist schwer zu erklären. Am ehesten vor der Welt, in der sie aufgewachsen war, symbolisiert durch ihre Eltern, deren Geld und Einfluss, Ansehen und Repräsentation. Yasmin fand andere Vokabeln für das Leben, das ihre Familie führte: Gier und Egoismus, Heuchelei und Inhaltsleere. An ihrem achtzehnten Geburtstag floh sie in die Freiheit und wenig später in den Aktivismus, die Resistance gegen alle Ausbeuter. Die Gleichgesinnten wurden zu ihrer Familie. Zweifellos erlebte sie die glücklichsten Momente ihres Lebens als Aktivistin. Ich glaube nicht, dass es Zerstörungslust und Rache waren, die sie umtrieben, und wenn, dann nur zu einem kleinen Teil. Es war Abgrenzung, es war Atemluft, es war Geborgenheit.

Doch der amazonenhafte Kampf der Yasmin Germinal mündete in die Müdigkeit eines Sisyphos. Einzelne Erfolge konnten sie über die Jahre nicht darüber hinwegtäuschen, dass die Welt keinen Deut gerechter geworden war. Wer weiß, welche Bilder sie letztendlich aufgeben ließen: die der Schlachttransporte, die der im Mittelmeer ertrinkenden Bootsflüchtlinge?

Yasmin floh in die Esoterik und Religion, was sich anbot, denn im Körperlosen war sie vor Enttäuschungen wesentlich sicherer als im Konkreten. Sie floh in die Mondscheinnächte, die sie mit Jonny auf das Pflaster inmitten unserer Konsumwelt bannte. Sie behielt ihre Abneigung gegen das Establishment bei, ergänzte sie jedoch um eine spirituelle und jenseitige Ebene. Sie wollte die Welt nicht mehr so hartnäckig verändern wie früher, sondern sie gewissermaßen überfliegen.

Dann kam Hiddensee, holte sie runter.

Nach Hiddensee kam die Selbstzerstörung, es kamen die Drogen, die letzte und älteste Zuflucht der Gequälten.

»Wer schickt dich, hast du gesagt?«

»Karin.«

»Karin ist in Ordnung. Aber als sie angefangen hat, hier zu putzen, habe ich sie rausgeworfen. Kommst du, um zu putzen?«

»Ich bin Journalistin«, erklärte ich ihr noch einmal.

»Das ist keine Antwort auf meine Frage.«

Ich lächelte. »Stimmt. Eigentlich bin ich nicht zum Putzen gekommen. Soll ich trotzdem?«

»Untersteh dich, äh … Ich hab deinen Namen vergessen.«

»Doro.«

»Doro … Ach, *die* bist du. Man hat mir prophezeit, dass du kommen würdest. Yim hat mich heute Morgen angerufen, hatte ich schon fast wieder vergessen.«

»Yim steht mit dir in Kontakt?« Und mir hatte er gesagt, dass er nicht wisse, wo Yasmin wohnt.

»Na ja, heute nicht mehr so. Er war ein paarmal hier, ist aber schon 'ne ganze Weile her, letztes oder vorletztes Jahr, was weiß ich. Hab ihn rausgeworfen, genau wie Karin. Whisky?«

»Danke, ich möchte nichts.«

»Wenn du nicht mit mir Whisky trinken willst, kannst du gleich wieder gehen. Wo gibt's denn so was?«

»Na gut.«

Sie holte zwei Kaffeetassen und schenkte ein. »Hab früher nicht so auf das Gesöff gestanden, aber inzwischen … Ist eines der vielen Andenken von Hiddensee. Vev hat das Zeug andauernd getrunken. Na, macht es klingeling bei dir? Vev, Hiddensee, Nebelhaus, Blutnacht. Ja, natürlich, ich kann es laut klingeln hören, ich bin nämlich Gedankenleserin. Und was habe ich in den letzten Minuten in deinen Gedanken gelesen? Oh, sie lässt mich rein, oh, gleich verrät sie mir was, was sie noch keinem verraten hat, oh, ich hab sie so weit, die arme, besoffene, vollgedröhnte Yasmin G., Klammer auf, vierzig, Klammer zu. Klingelingelingeling. Die Toten geilen euch so richtig auf, und die Überlebenden sind die Spielzeuge, die ihr euch dann sonst wohin schiebt.« Sie streckte mir die Tasse entgegen und kippte mir den Whisky ins Gesicht. »Raus«, rief sie. »Nein, warte, ich will nicht unhöflich sein.« Sie kippte auch noch die zweite Tasse über mir aus. »So, jetzt raus.«

Was mir in den Augen brannte, auf den Lippen bitter schmeckte, von den Haaren und vom Kinn tropfte, die Bluse benetzte und über die Brüste bis zum Bauch rann, war Yasmins Verzweiflung. Ich war ihr nicht böse, keinen Augenblick lang. Ich war auch Yim nicht böse gewesen, als er mich bei unserem ersten Treffen angefaucht hatte. Ich war nicht mal der Frau böse gewesen, die mir vor Jahren ins Gesicht gespuckt hatte, weil ihr mein Artikel über einen freigesprochenen Angeklagten, der wegen Mordes an ihrer Tochter vor Gericht stand, nicht gefiel. Nicht mal meinem Vater war ich böse, der sich sechs Jahre nach Bennys Ermordung getötet hatte, indem er mit einhundert Stundenkilometern gegen die Wand einer Fabrikhalle fuhr. In seinem Abschiedsbrief stand, dass er nichts mehr habe, wofür es sich zu leben lohne. Mich erwähnte er mit keinem Wort.

Bevor ich überhaupt auf den Gedanken komme, einem Opfer oder dessen Angehörigen böse zu sein, bin ich wenigstens einige Sekunden lang mir selbst böse, weil ich irgendetwas getan oder unterlassen habe. Aber dann sage ich mir – und nur so kann ich meinen Beruf überhaupt noch ausüben –, dass all diese Menschen im Grunde das Schicksal anklagen. Da sie es natürlich nicht zu fassen bekommen, richtet sich ihre Verbitterung gegen Journalisten, Behörden und Politiker, die vermeintlichen Helfershelfer des Schicksals. Menschen wie Yasmin Germinal billigte ich das Recht zu, mich stellvertretend für das Schicksal und die Journaille zu beschimpfen.

Mit einem Taschentuch rieb ich mir den Alkohol aus den Augen. Als ich wieder einigermaßen sehen konnte, saß Yasmin mir noch immer gegenüber. Sie hatte sich nachgeschenkt und lächelte gehässig in ihren Whisky.

Ich sagte: »Ich war dort, im Nebelhaus.«

Yasmins Lächeln verging. Sie sah mich an und ließ mich von diesem Moment an nicht mehr aus den Augen. Entweder war ich äußerst interessant für sie oder äußerst respekteinflößend, ja, vielleicht sogar gefährlich.

»Ich habe die Kreideumrisse gesehen, dort, wo die Toten lagen, am Hauseingang, auf der Treppe und oben in den Zimmern. Ich wusste aus dem Kommuniqué, wer wo niedergeschossen wurde, aber ich habe überall zuerst meinen Bruder liegen sehen, der vor dreißig Jahren gestorben ist, in einem Wald. Ich bin damals zu der Stelle gegangen – nicht sofort, erst ein paar Wochen später. Ich wusste, wo sie war, denn ich hatte oft mit ihm dort gespielt. Da waren noch ein paar Spuren, Schilder, Nummern, ein Absperrband. Und dann hörte ich ihn. Er kicherte, rief meinen Namen. Plötzlich erstickte seine Stimme, als würde ihm noch einmal die Kehle zugedrückt.«

Ich schwieg eine Weile, während Yasmin mich nur stumm ansah.

Dann fuhr ich fort: »Seither ist er an jedem Tatort, den ich begehe. Ich kann nicht ohne ihn sein. Natürlich ist er nicht wirklich da, sondern nur in meinem Kopf. Trotzdem kann ich nicht am Ort eines Verbrechens sein, mich noch nicht einmal gedanklich dorthin versetzen, ohne dass ich ein Lachen höre, dann Schreie, dann das Verstummen … Passend zu den Stimmen sehe ich Bilder, ein Film läuft ab. Wie alle Filme stellt er nur eine Fiktion dar, und dennoch ist er Realität. Er ist vorhanden. Ich stelle mir also die Erschossenen oder Erdrosselten vor, und die Sekunde, in der sie sterben. Das ist hart, sehr hart, aber ich kann nicht anders, es muss sein. Seit Benny. Mein Bruder Benny ist immer dabei.«

Wieder schwieg ich für kurze Zeit.

»Ich war auf Hiddensee. Ich habe die Umrisse gesehen, Benny gesehen, Körper gesehen, den Film, einen Sturm, Unruhe …«

»Clarissa«, flüsterte Yasmin und sank in das Sofa zurück. Ihr Blick war nach innen gerichtet, ihr Tonfall monoton. »Verschwunden.«

»Clarissa war verschwunden?«

»Wir suchen sie, ich auch. Nur Leonie hilft nicht mit, sondern bleibt im Haus. Ich ziehe mit Timo los, aber draußen kann man kaum die Hand vor Augen sehen, und ich verliere Timo. Dann …«

Yasmin trank einen Schluck aus der Flasche. Sie übersprang irgendein Geschehen und knüpfte an anderer Stelle wieder an.

»Zurück im Haus gehe ich direkt von der Diele hinauf ins Badezimmer. Ich werfe die nassen Klamotten ab und dusche heiß, ich weiß nicht wie lange. Ich bin gerade dabei, mich abzutrocknen, als ich einen lauten Knall höre. Zuerst denke ich, das war eine Tür …«

Yasmin brach erneut mitten im Satz ab. Ich verhielt mich still und wagte nicht, mich zu bewegen, aus Angst, sie abzulenken. Nach einer Weile fuhr sie tatsächlich fort:

»Aber dann überkommt mich eine Ahnung. Ich weiß nicht, woher. Der Knall ist mir plötzlich unheimlich. Ich starre die

Badezimmertür an, sie ist abgeschlossen, ich strecke die Hand nach dem Riegel aus. Gerade als ich ihn berühre, gibt es einen zweiten Knall. Ich höre schnelle Schritte auf dem Gang, presse das Ohr an die Tür. Ich habe das Gefühl, jemand steht auf der anderen Seite und tut dasselbe. Dann wieder Schritte, die sich entfernen. Ich weiß nicht genau warum, aber ich gehe zur Dusche und drehe sie an, bleibe daneben stehen. Dann der dritte Knall, kurz darauf der vierte. Plötzlich bin ich ganz sicher, dass es Schüsse sind. Ich öffne das Fenster. Regen schlägt mir ins Gesicht. Draußen ist es finster, aber das Haus selbst ist hell erleuchtet, ich sehe den Eingang schräg unter mir, und die Außenbeleuchtung wirft weißes Licht auf den Körper, der auf der Schwelle liegt. Beine, nur die Beine, ein schwarzer Rock, wie ihn Frau Nan getragen hat. Ich spüre einen Stich in meinem Kopf. Sofort schließe ich das Fenster und rutsche unterhalb vom Sims langsam zu Boden. Von da an starre ich auf die Türklinke. Einmal noch strecke ich den Arm aus, um einen tragbaren CD-Player anzuschalten und bis zum Anschlag aufzudrehen, und wieder weiß ich nicht, warum ich das tue. Ich denke mir, dass ich ihn ausschalten sollte, aber ich tue es nicht, ich bewege mich nicht mehr. Die Türklinke, dann der ganze Raum verschwinden langsam im heißen Nebel, der von der Dusche kommt. Die laute Musik übertönt alles: Samba. Hämmert jemand an die Tür? Mir scheint es so. Aber ich bin nicht sicher. Ich tue gar nichts. Meine Nase läuft. Das Handtuch löst sich von meinem Körper, ich bin nackt. Ich tue gar nichts. Ich tue gar nichts. Ich tue gar nichts. Samba, Nebel, das Rauschen des Wassers. Plötzlich fliegt die Badezimmertür krachend auf, und ich schreie. Die Musik, das Rauschen, das Prasseln des Regens, alles ist verstummt, es gibt nur noch meinen Schrei, der nicht enden will. Yim steht vor mir, er beugt sich zu mir herunter und …«

Erneut hielt Yasmin inne. Die Haltung, in der sie auf dem Sofa saß, könnte dieselbe gewesen sein wie damals in dem Badezimmer. Sie hatte die Beine angewinkelt und starrte ins Leere. Für einen kurzen Moment dachte ich sogar, sie würde schreien, doch sie öffnete bloß den Mund.

Schließlich kehrte sie wieder in die Gegenwart zurück. Sie sah mich kurz an.

»Das ist *mein* Film«, sagte sie.

Kurz darauf griff sie in eine Couchritze und zog ein Beutelchen mit weißem Pulver hervor, das sie in aller Ruhe auf den Handspiegel kippte und zu einem hübschen Faden formte, den sie wenige Sekunden später in ihre Stirnhöhle einsog.

Ich saß daneben, ratlos, was ich sagen und tun könnte. Ich sagte und tat nichts. Yasmins Film lief Tag und Nacht. Ihr Schrei hatte nie geendet. Sie schüttete Whisky und schneeweißes, sauberes, hübsches Pulver in sich hinein, um den Schrei zu ersticken.

»Verrückt, aber für die Dauer von einigen Sekunden war Yim für mich der Killer. Mein Schrei, meine Angst und sein Gesicht – all das wird in meinem Kopf immer zusammengehören, auch wenn sich später herausstellte, dass Leonie geschossen hat. Yim kam anfangs ein paarmal vorbei, meinte es gut, aber ich habe seinen Anblick nicht ertragen und ihn rausgeworfen.«

Aus mehreren Gründen brauchte ich eine Pause, und Yasmin wohl ebenfalls. Daher fragte ich: »Wo kann ich mich waschen?«

»Waschen?« Sie schien völlig vergessen zu haben, dass sie mich mit zwei Tassen Whisky übergossen hatte.

Ich fand die Toilette auch ohne Yasmins Hilfe. Minutenlang klatschte ich mir kaltes Wasser ins Gesicht, das ich mangels eines sauberen Handtuches lufttrocknen ließ. Ich setzte mich auf den einzigen Platz, der nicht verstaubt oder verdreckt war, die Klobrille, und versuchte meine Gedanken zu ordnen. Da waren einzusortieren und zu verarbeiten: Yasmins Film und Yims Rolle darin, Yims Halbwahrheiten, Yasmins Rauschgiftkonsum vor meinen Augen, das, was ich unbedingt noch zur Sprache bringen wollte, und schließlich, dass ich ihr von mir erzählt hatte wie zuvor noch keinem. Ich brauchte gewiss eine Viertelstunde dafür.

Als ich aus dem Bad kam, war nur noch ein goldfarbener Streif in der Whiskyflasche, die bei meiner Ankunft halb voll gewesen war, und ich dachte, ich sollte besser keine Fragen mehr stellen und Yasmin in Ruhe lassen. Aber ich hätte auch ein schlechtes Gewissen gehabt, sie einfach so zurückzulassen. Sie hatte sich mir offenbart, und sie war innerlich aufgewühlt, auch wenn die Drogen das überdeckten. Ich wollte wenigstens noch eine Stunde lang ein Auge auf sie haben.

»Ich habe Durst«, sagte ich.

»Möchtest du Whisky?«

An ihrer Miene erkannte ich, dass sie das als Scherz meinte. »Danke, ich hatte schon genug. Hast du Kaffee da?«

»Puh, so harte Sachen rühre ich nicht an. Kann sein, dass noch was da ist. Musst selber gucken. Aber bring nichts durcheinander, ja?«

Noch so ein Scherz: In der Küche sah es um einiges schlimmer aus als in der übrigen Wohnung. Sie war im Grunde nur eine kleine Ausbuchtung des Wohnzimmers, für zwei Leute schon zu eng, und die angenagten Matjesfilets, die verkrusteten Milchreisreste und die hundert geöffneten Dosen machten den Aufenthalt nicht angenehmer. Irgendwie gelang es mir, in diesem Tohuwabohu einen Instantkaffee aufzugießen. Der Versuchung, nebenbei ein bisschen aufzuräumen, widerstand ich, weil ich nicht Karins Schicksal erleiden wollte.

Yasmin trällerte indes ein Liedchen von Nina Hagen. Das Rauschgift hatte sie euphorisiert. »Du willst mich doch bloß aushorchen«, rief sie zwischen zwei Strophen.

»Ich möchte die ganze Geschichte erzählen«, rief ich zurück. »Die Sturmnacht ist nur der Mittelteil. Über das, was in den Tagen davor passiert ist, weiß ich noch viel zu wenig. Genauso über das, was bis heute nachhallt. Darum bin ich hier.«

Ich kam mit zwei Kaffees zurück – Yasmin ignorierte die Tasse, die ich ihr zuschob, geflissentlich.

»Wir sind uns gegenseitig mächtig auf die Nerven gegangen. Ich bin mit Philipp nicht zurechtgekommen, Philipp nicht mit Timo, keiner mit Leonie. Vev und Philipp zofften sich auch, hab da was mitgekriegt. Philipp hat den Spießer gegeben, total verkrampft der Typ. Der wollte sogar Leonie rauswerfen. Na ja, rückblickend gesehen war das gar nicht so dumm von ihm, gebe ich zu. Vielleicht hat er die Tat damit aber gerade ausgelöst …«

Sie trank den Bodensatz Whisky aus der Flasche, griff neben das Sofa, holte eine volle hervor und versuchte vergeblich, sie zu öffnen. »Probier du mal«, sagte sie.

Ich fühlte mich nicht wohl dabei, zum Kompagnon einer Trinkerin und Rauschgiftsüchtigen zu werden, aber wieder beruhigte ich mein Gewissen damit, dass meine Anwesenheit im Grunde keinen Unterschied machte: Würde ich die Wohnung verlassen, würde Yasmin dennoch weitertrinken, würde ich mich weigern, die Flasche zu öffnen, würde sie sie irgendwo anschlagen und köpfen, vielleicht auch eine dritte hervorholen. Also öffnete ich sie. Die Marke wirkte teuer, ich merkte mir den Namen und den Jahrgang.

»Ich mochte Vev, sie hat Philipp ordentlich Kontra gegeben, ihrer Schlagfertigkeit hatte er nichts entgegenzusetzen. Sie hat gemacht, was sie wollte, typisch Freigeist. Und Timo mochte ich natürlich auch. Den durfte ich nerven, ohne dass er gleich an die Decke ging, ein prima Kumpel. Mit dem hat sogar das Streiten Spaß gemacht. Und Clarissa war La Belle, so süß …«

Von da an trank Yasmin, als wollte sie Satzzeichen setzen – ein paar Worte, ein Schluck aus der Flasche, ein Halbsatz, ein Schluck …

»Das ganze verlängerte Wochenende war von Anfang an eine Katastrophe. Diese dämliche Pistole … Ich hatte gleich eine schlimme Ahnung, als ich sie das erste Mal gesehen hab. Sie ist Leonie aus der Tasche gerutscht … und ich weiß noch genau, wie ich die schlechte Energie gespürt hab, die von ihr ausging. Damals … habe ich mich geärgert, dass ich nicht den passenden Stein dabeihatte, um die Energie zu neutralisieren.«

Sie fing an zu kichern. »Als hätte ein Stein etwas ändern können. Heilkräfte, Energien, Auren, Schutzengel, alles dummes Zeug. Wie blöd man sein kann. Auch Religionen sind nichts als heiße Luft, leere Versprechen. Entweder es gibt keinen Gott, oder wenn doch, dann ist er ein Perverser, der sich einen auf die Qualen der Menschen runterholt.« Sie lachte lauthals über diese Vorstellung. »Aber vor zwei Jahren«, fuhr sie fort, »war ich dermaßen angefixt vom Göttlichen, dass ich sogar in den Schuppen von Frau Nan eingebrochen bin, in der Hoffnung, einen heiligen Gebetsort vorzufinden.«

»Du warst im Schuppen? Ich auch.«

»Dann weißt du ja, wie das, was da drin ist, einen fertigmachen kann. Noch so ein schlechtes Omen. Zuerst die Pistole, dann die tote Katze, und dann diese Bilder. Wir waren umgeben vom Tod und haben nicht gemerkt, wie nahe er schon war und wie er näher und näher kam.« Sie wurde plötzlich ganz still.

Ich fragte: »Was hatte es eigentlich mit Clarissas Verschwinden auf sich?«

Yasmin legte sich langsam auf das Sofa, den Rücken mir zugewandt. Hatte ich vielleicht eine falsche Frage gestellt, eine, die mit dem bösen Film in Yasmins Kopf zu tun hatte? Ich entschuldigte mich bei ihr, aber sie ging nicht darauf ein. Mit geöffneten Augen lag sie zusammengekauert da.

Ich blieb noch eine Weile bei ihr. Irgendwann sagte ich: »Ich werde jetzt gehen – es sei denn, ich kann noch etwas für dich tun.«

Als sie nicht antwortete, stand ich auf. Ich war bereits an der Tür, als Yasmin fragte: »Diese Bilder, Frau Nans Bilder …«

»Was ist damit?«

»Sie sind wie eine Vorahnung. So als hätte die arme alte Frau gespürt, was ihr … was uns allen bevorsteht.«

»Ich glaube«, antwortete ich, »die Bilder waren Frau Nans Schrei.«

Yasmin, noch immer mit dem Gesicht zur Sofalehne, nickte. »Timo hat damals etwas Ähnliches gesagt.«

»Timo war auch in dem Schuppen?«

»Ja. Frau Nan hat uns erwischt, sie hat mit ihm allein sprechen wollen. Was sie ihm wohl erzählt hat?« Yasmin klang sehr müde.

Ich verabschiedete mich in nachdenklicher Stimmung.

»Kommst du irgendwann noch einmal vorbei?«, fragte sie leise.

Ich war verblüfft. »Gerne. Nächste Woche?«

»Ja, das wäre schön. Bin fast immer hier. Mach's gut.«

»Mach's gut.«

Ich sollte sie nicht wiedersehen.

22

September 2010

»Timo.«

»Leonie. Was machst du denn bei dem Wetter hier draußen?«

Es hatte aufgehört zu regnen, aber der Wind frischte merklich auf. Timo war auf dem Weg vom Schuppen zum Nebelhaus. Frau Nans siebenundneunzigseitige Anklageschrift hielt er fest umklammert an den Körper gepresst.

»Ich habe dich überall gesucht. Ich muss unbedingt mit dir sprechen, und zwar allein. Man trifft dich ziemlich selten allein, weißt du das?«

Ihm stand nicht der Sinn nach einem Schwätzchen mit Leonie. »Hat das noch Zeit? Ich möchte mich gerne noch mal eine Stunde aufs Ohr legen.«

»Aber es ist wirklich sehr, sehr wichtig, dass wir reden. Gehen wir in dein Zimmer oder in meins?«

Er fand sie penetrant, traute sich jedoch nicht, sie abblitzen zu lassen. Er bestimmte Leonies Zimmer als Besprechungsraum, weil es für ihn leichter sein würde zu gehen, als Leonie bei sich hinauszukomplimentieren.

»Setz dich zu mir aufs Bett«, bat sie, und er gehorchte.

Er hatte sich noch immer nicht auf ein Gespräch mit Leonie

eingestellt, seine Gedanken sprangen ständig von Vev zu Frau Nan und wieder zurück.

Doch Leonie schonte ihn nicht, im Gegenteil, sie übergoss ihn mit einem ungeheuren Wortschwall. Es ging drunter und drüber in diesem Schwall, der ein ganzes Wörterbuch an Liebeserklärungen umfasste: Verliebtheit, Schwärmerei, Träume, Sehnsucht, Leid, Hoffnung, Zärtlichkeit, Umarmung, Nähe, Tränen, Lachen, Vergessen, Nicht-vergessen-können, … Er kam nicht immer mit und verstand gelegentlich nicht, ob sie nun von der Vergangenheit, der Gegenwart oder der Zukunft sprach. Sie redete sehr schnell, steigerte sich hinein und gelangte in eine Art verbalen Orgasmus.

Wirklich begriffen hatte Timo danach nur eines: Leonie liebte ihn, sie begehrte ihn, sie hatte ihn immer geliebt und begehrt, schon damals, vor fünfzehn Jahren.

Das allein hätte ausgereicht, ihn vollends zu plätten. Zwei Geständnisse an einem Tag waren eindeutig zu viel für ihn, jenes nicht mitgerechnet, das er selbst mit sich herumtrug und noch an diesem Tag loswerden wollte.

Doch es sollte noch schlimmer kommen. Plötzlich mischten sich Vokabeln in Leonies Suada, die eindeutig aus einer anderen Realität stammten. Da erst war ihm der Ernst der Lage klar. Leonie ging davon aus, dass er und sie im Grunde schon zusammengehörten und er sie genauso liebte wie sie ihn. Noch während er überlegte, wie er ihr möglichst schonend beibringen konnte, dass sie nicht mehr ganz dicht war, erklärte sie sich selbst zu seiner Muse. Große Künstler bevölkerten mit einem Mal das kleine Gästezimmer, von Salvador Dalí über Pablo Picasso bis Ernest Hemingway, deren Leistung allesamt durch Musen potenziert worden war. Timo verkniff es sich, Leonie darauf hinzuweisen, dass Hemingway und Picasso im Laufe ihres Lebens mehrmals die Musen gewechselt hatten.

Er war in einer absurden Situation. Was habe ich bloß getan?, fragte er sich. Er hatte Leonie mal kameradschaftlich in den Arm genommen, er hatte sie angelächelt, er hatte sie getröstet, ihr ein Buch geschenkt … In Leonies Augen schienen das Beweise seiner Leidenschaft zu sein. Sie kam ihm vor wie eine pubertierende viktorianische Miss, die glaubt, ein Kind entstehe durch einen freundlichen Blick zwischen Mann und Frau oder die Benutzung derselben Teetasse.

Er hatte noch immer nicht den richtigen Punkt gefunden, an dem er die geschlossene Mauer ihrer dicht aneinandergereihten Wörter durchbrechen konnte, und wusste auch nicht, mithilfe welches Wurfgeschosses er das bewerkstelligen sollte. Da erhielt er Unterstützung von unerwarteter Seite.

Clarissa kam herein. Die Langsamkeit und Zaghaftigkeit, mit der sie das tat, stand im Gegensatz zu dem entschlossenen Lächeln auf ihrem Gesicht.

»Tante Leonie, ich habe uns ein Legohaus gebaut. Guck es dir an, es ist schön bunt.«

Leonie nickte. »Ich komme in ein paar Minuten.«

»Aber es fällt zusammen, wenn du nicht gleich kommst.«

»Wenn es zusammenfällt, hast du es nicht richtig gemacht. Baue es neu.«

»Brauchst du eine Garage?«

»Ja, eine Garage brauche ich auch.«

»Hilfst du mir?«

»Clarissa, ich habe etwas mit Timo zu besprechen. Gehst du bitte schon mal vor? Ich komme gleich nach.«

»Nein, jetzt.«

Leonie stand abrupt auf und zog Clarissa am Arm auf den Flur.

»Aua«, rief das Mädchen.

»Du bist selbst schuld. Willst du, dass ich böse werde? Ich sagte doch, ich komme gleich nach. Geht das nicht in deinen Kopf?« Sie gab Clarissa einen deutlich hörbaren Klaps auf die Stirn, dann schloss sie die Tür mit einem Rums.

Leonie setzte sich, nun wieder ganz entspannt, zu Timo auf das Bett, diesmal etwas näher als vorher. Bevor sie erneut ansetzen konnte, gab Timo ihr zu verstehen, dass er auch mal etwas sagen wolle.

Es war ein entsetzliches Gestammel, das er von sich gab. Seine Erwiderung glich dem Motor eines Oldtimers, der nicht recht anspringen wollte. Er unternahm vier oder fünf Anläufe, bis er den ersten halbwegs verständlichen Satz zustande brachte. Dann lief es ein paar Sätze lang recht gut, bis er erneut stockte und mühsam versuchte voranzukommen.

Irgendwo aus der Mitte seiner Wörter und Lücken jedoch stieg eine Botschaft empor. Sie erreichte Leonie in kleinen Schüben. Sobald er erkannte, dass Leonie ihn verstanden hatte, hielt er inne und blickte zu Boden.

Er verkniff sich Floskeln wie »An unserer Freundschaft ändert sich deswegen nichts« und dergleichen. Denn selbstverständlich änderte dieses Gespräch alles zwischen Leonie und ihm, und zwar dahingehend, dass er sie nach diesem Wochenende nie wiedersehen würde. Sie waren keine engen Freunde gewesen, sie hatten fünfzehn Jahre lang keinen Kontakt gehabt. Es gab auch künftig keinen zwingenden Grund für sie, miteinander zu telefonieren, wohl aber gab es von da an einen Grund, dies *nicht* zu tun.

»Tante Leonie, schau …« Clarissa kam erneut herein. Sie trug ein Malbuch vor sich her. »So sieht das Haus aus, das ich nachgebaut habe.«

Leonie zerriss die Seite, ohne jedes Anzeichen einer inneren Regung, in Streifen von einigen Zentimetern Breite. »Habe ich dir nicht gesagt, dass du auf mich warten sollst? Na, habe ich es gesagt, oder nicht? Das hast du nun davon.« Leonie schleuderte die Papierstreifen Clarissa ins Gesicht und das Malbuch in die Ecke. »Raus jetzt, aber sofort.« Sie schubste das Mädchen, sodass es hinfiel.

Clarissa weinte. Es klang leise, erschütternd.

»Ich bringe sie in ihr Zimmer«, sagte Timo.

»Nein. Wir sind noch nicht fertig.«

»Ich finde, du solltest dir meine Worte eine Stunde durch den Kopf gehen lassen. Wenn du dann noch einmal darüber sprechen willst …« Mit diesem Angebot verließ er das Zimmer. Auf dem Flur nahm er Clarissa in den Arm. »Der Leonie geht's nicht gut«, sagte er. »Sie ist ein bisschen … durcheinander und traurig. Sie hat es nicht böse gemeint. Du wirst sehen, nachher verträgt sie sich wieder mit dir.«

Als die Kullertränen nicht versiegten, stupste er Clarissa mit der Nase an. »Ich habe gehört, wie dein Papa Stupsi zu dir gesagt hat. Darf ich dich auch so nennen?«

Sie nickte. Ein kleines Lächeln kam zum Vorschein, das auch Timo aufheiterte. Er fühlte sich wie ein Heilsbringer, nachdem er eben noch ein Hiob und zuvor ein Beichtvater gewesen war.

Frau Nan verließ den Schuppen, ihr Reich der Reue. Zum ersten Mal seit langer Zeit fühlte sie sich frei – nicht frei von Schuld, aber frei von der Last der Schuld. Ihre Erinnerungen hatten das

Gespensterhafte verloren, jetzt, da sie auf Papier gebannt waren. Frau Nan hatte sich ausgeliefert, ganz dem himmlischen Willen unterworfen, und konnte nun endlich ruhen. Ihr Schicksal lag buchstäblich in den Händen eines anderen.

Sie ging durch den Garten, in dem ihr Mann die Gladiolen zusammenband, damit der herannahende Sturm sie nicht abknickte. Sein strenger Blick folgte ihr, bis sie in die Windstille des Hauses eingetaucht war. Dort bemerkte sie, dass Yim die schmutzigen Töpfe und Pfannen gespült hatte, und nickte beifällig. Guter Junge, dachte sie und saß eine Weile in der Küche, die nach Reinheit und Frische roch. Dort traf sie ihre letzten Entscheidungen.

Als das Telefon klingelte, nahm sie das Gespräch mit größter Gelassenheit, beinahe schläfrig entgegen.

Es war Vev Nachtmann. Sie erkundigte sich, ob einer der Gäste über Nacht in Yims Zimmer schlafen könne und Yim dafür im Nebelhaus. Frau Nan fragte nicht nach, um wen es sich handelte.

»Nein, tut mir leid, Frau Nachtmann, das geht nicht. Nein, wirklich nicht. Das hat familiäre Gründe. Im Moment ist es sehr ungünstig. Oh, Yim würde sicherlich einwilligen, aber wie gesagt, ich habe meine Gründe. Ja, ich bedaure sehr. Guten Tag.«

Sie ging nach oben und klopfte an Yims Tür.

Er lag mit einem Buch in der Hand auf dem Bett, ein Bild des Friedens. Sie sah ihn voller Liebe und Stolz an, aber sie lächelte nicht.

»Kommt Vater zurecht?«, fragte Yim.

»Die Hilfe, die er braucht, kannst du ihm nicht geben«, sagte sie, woraufhin er Anzeichen von Nervosität zeigte – grundlos, denn sie hatte nicht vor, mit ihm über seinen Vater zu sprechen. Diesen Plan hatte sie aufgegeben, ihr Mut war anderweitig verplant.

Yim sagte: »Ich will kurz rüber zu Philipp und Vev gehen und fragen, ob ich ihnen irgendwie helfen kann. Sie haben ein kleines Boot am Hafen, das müsste man besser festbinden, und die Tür am Wintergarten wackelt. Man hört sie jetzt schon klappern.«

»Ja«, sagte sie, »es ist stürmisch geworden.«

»Also gut, dann gehe ich mal los.« Er gab ihr einen Kuss auf die Wange. »Es sei denn, du brauchst mich hier.«

Einen Moment zögerte sie. »Nein, hier ist alles getan.«

Als er sich die Schuhe anzog, sagte sie: »Du kannst mir einen Gefallen tun und das hier mit rüber nehmen.« Sie übergab ihm eine Tüte, in der sich zwei kleine Geschenkkartons befanden, wie man sie für Naschereien und andere Mitbringsel verwendet. »Der obere ist für Clarissa, da sind Reiskuchen drin, die werden ihr durch den Sturm helfen.«

»Wie nett von dir. Da wird sie sich freuen. Und der andere?«

»Der ist für die Kindergärtnerin, die Gast im Nebelhaus ist.«

»Du meinst diese Leonie? Leonie Korn, heißt sie, glaube ich.«

»Ja, die meine ich.«

»Sind da auch Reiskuchen drin?«

»Nein«, sagte Frau Nan. »Da ist eine Pistole drin.«

23

Kaum aus Yasmins Wohnung ins Freie getreten, atmete ich tief durch. Trotz des Feierabendverkehrs, der an mir vorüberrollte, empfand ich die Luft als frisch. Tante Agathe stand um die Ecke, und auf dem Weg dorthin recherchierte ich mit meinem Smartphone, dass Yasmins bevorzugte Whiskymarke kein Discounter-Produkt für sechs neunundneunzig, sondern nicht unter fünfzig Euro zu bekommen war.

Nach der großzügigen Schenkung für Karin vor zwei Jahren war das der zweite Hinweis darauf, dass Yasmin über große Geldmittel oder einen wohlhabenden Gönner verfügte. Wie konnte das sein? Hatte es mit ihrer reichen Familie zu tun, oder gab es eine andere Erklärung dafür? Ich hätte Yasmin auf die fünfundzwanzigtausend Euro ansprechen können, aber was das Thema Finanzen anging, benahm ich mich so seltsam wie die meisten Menschen: Sogar Leuten, die ich nicht besonders gut kannte, hätte ich bereitwillig Auskunft über Gallensteinoperationen, eingewachsene Zehennägel, Schilddrüsenprobleme und andere höchst private Dinge gegeben – wenn jemand dagegen über Geld sprach, starrte ich ein Loch in den Boden und drückte mich mehr als vage aus. Die Frage hatte mir auf der Zunge gelegen, doch ich hatte sie als zu intim empfunden, obwohl ich mit Yasmin über objektiv viel Intimeres gesprochen hatte. Im Nachhinein ärgerte ich mich darüber.

Bevor ich in Tante Agathe einstieg, hörte ich zum ersten Mal seit meiner Abfahrt von Hiddensee die Mailbox ab. Ich rechnete damit, dass Yim eine oder mehrere Nachrichten hinterlassen hatte, erlebte jedoch zwei Überraschungen. Die eine war, dass Yim nicht angerufen hatte, was mich verstörte, ohne zu begreifen, warum. Die andere war, dass sich Steffen Herold, Leonies Exfreund, endlich gemeldet hatte. Ich hatte ihn seit Tagen beharrlich mit SMS und Nachrichten auf der Mailbox traktiert, dementsprechend unfreundlich klang er.

»Sie gehen mir auf die Nerven, Gnädigste. Unterlassen Sie das!«

Ich hatte nicht die Absicht. Vielmehr rief ich ihn erneut an, und diesmal ging er ran.

»Hören Sie mal, Sie treiben es echt zu weit. Ich habe mit dieser Scheiß-Geschichte von damals nichts zu tun, wann kapieren Sie das endlich?«

Mein Instinkt sagte mir, dass ich bei ihm mit Süßholzgeraspel nicht weiterkam. »Herr Herold, die Sache sieht so aus: Wenn Sie nicht mit mir reden, bleibt mir keine andere Wahl, als meinem Artikel die Sichtweise von Leonies Mutter zugrunde zu legen.«

Meiner Erfahrung nach findet sich kaum jemand auf dieser Welt, der die Sichtweise seiner Schwiegermutter unkommentiert lassen möchte, schon gar nicht in einer so heiklen Angelegenheit. Und Margarete Korn hatte an ihrem Quasi-Exschwiegersohn herbe Kritik geübt.

Offenbar hatte ich den richtigen Ton getroffen, denn er sagte: »Ich muss nachdenken. Ich melde mich, oder auch nicht.« Damit legte er auf.

Ich war wirklich froh, dass Steffen Herold angerufen hatte,

denn er war eine Lücke im Puzzle. In meinem Kopf entstanden die ersten Skizzen für eine gewagte These, die von jener der Polizei deutlich abwich. Wenngleich mir noch vieles unklar war, hatte ich zum ersten Mal in meinem Leben das Gefühl, dass ich einer Sache wirklich nahekommen könnte.

Ich schloss gerade das Auto auf, als jemand von der Seite an mich herantrat.

Es war Yim.

»Ich habe dich gesucht«, sagte er. »Also hatte ich den richtigen Riecher – du warst bei Yasmin. Ich bin ein paarmal um den Block gelaufen. Dann habe ich dein Auto hier stehen sehen … Es ist wirklich leicht zu entdecken.«

»Ach, Yim«, seufzte ich schwer. Mir wäre es lieber gewesen, er wäre vorläufig auf Hiddensee geblieben, und wir hätten uns erst in einigen Wochen ausgesprochen. Andererseits freute ich mich aber auch, ihn zu sehen. Ich sah ihn verdammt gerne, hörte gerne seine Stimme, und wenn er einen Schritt auf mich zuging, war mein erster Instinkt, dasselbe zu tun.

»Warum bist du mir nachgefahren?«, fragte ich.

»Zuerst wollte ich das nicht, gekränkte Eitelkeit, Verlassenwerden, Wunden lecken, Trotz. Aber dann habe ich mich zu sehr über dich geärgert, um einfach nur stillzusitzen. Inzwischen bin ich … ich weiß auch nicht … irgendwas von allem.«

»*Du* hast dich geärgert? Mit dem, was du mir verschwiegen hast, könnte man eine ganze Tageszeitung füllen.«

»Höchstens die Wochenendbeilage.«

Meine Lippen versagten den Gehorsam und verbreiterten sich zu einem kurzen Lächeln. Dann runzelte ich die Stirn. »Lass das«, erwiderte ich. »Das ist nicht lustig, sondern eine sehr ernste Sache. Du hast mich angelogen, als ich dich gefragt habe, wann deine Eltern und du nach Deutschland gekommen seid. Und sag mir jetzt nicht, das wäre nur eine kleine Lüge gewesen. Du wusstest genau um die Bedeutung.«

»Lügst du nie, wenn es um Familiengeheimnisse geht?«

»Mein Vater hat sich umgebracht, weil sein Sohn ermordet wurde und ihm seine Frau und seine Tochter nichts mehr bedeuteten, und meine Mutter gibt mir in ihrem tiefsten Innern die Schuld an beiden Unglücken. So viel ist klar: Das schmiere ich nicht jedem aufs Butterbrot, der mir über den Weg läuft. Aber wenn mein Vater ein Massenmörder wäre, würde ich mich offensiv damit auseinandersetzen.«

»Das kannst du nicht beurteilen, weil du nun mal nicht das Kind eines Massenmörders bist. Wenn und falls, dann würde ich – das ist schnell dahingesagt. Ich habe meinen Vater dreißig Jahre lang mit Gärten in Verbindung gebracht, nicht mit Terror. Mit Blumen, verstehst du? Erst vor zwei Jahren habe ich die Wahrheit erfahren. Gut, okay, ich habe vorher etwas geahnt, das leugne ich nicht. Aber es ist etwas ganz anderes, Dinge zu befürchten, als sie zu wissen. Ist es so verwunderlich, dass man einer Wahrheit, vor der man Angst hat, nicht hinterherläuft?«

Ich dachte kurz darüber nach. »Wie hast du die Wahrheit letztendlich erfahren?«

Wir hatten einen ziemlich erregten Wortwechsel auf dem Bürgersteig geführt. Jetzt dämpften wir unsere Stimmen.

»Am Tag nach dem Tod meiner Mutter«, sagte Yim, »bin ich in den Schuppen gegangen. Innerhalb von einer Minute habe ich verstanden.«

Ich nickte. »Mir ging es ähnlich. Ich schätze, das ist der Grund dafür, dass dein Vater eine Glocke aus Blumen darüber gestülpt hat – er hat gespürt, was im Schuppen vorging. Vor nichts hatte er mehr Angst als vor seiner Vergangenheit und vor der Frau, die sie gekannt hat.«

So wie Herr Nan seine hässliche Natur mit dem Kleid des Blumenliebhabers bedeckte, so verbarg er die Wunden seiner Frau unter den Blumen selbst. Eine stärkere Symbolik konnte ich mir kaum vorstellen.

»Mein Vater war nicht in der Lage, den Schuppen zu betreten, er hatte Angst, sich den Bildern zu stellen. Und ich … Ich hätte sie am liebsten weggeworfen. Aber das Vermächtnis meiner Mutter wegwerfen – unmöglich.«

»Du hast gut daran getan. Sie hat sicher sehr mit sich gerungen, bevor sie zum Pinsel griff. Ich stelle mir das Verhalten deiner Mutter als ein ständiges Zweifeln vor, ein Schwanken zwischen Selbstvorwürfen, Reue, Loyalität zu ihrem Mann und Furcht vor den Konsequenzen, falls sie offen über alles gesprochen hätte. Sie hat ein Ventil gebraucht. Zuerst waren es die Gedichte, dann das Malen im Verborgenen. Und wenn sie nicht gestorben wäre – wer weiß?«

Yim schwieg. Für meinen Geschmack tat er es an der falschen Stelle.

»Du kannst mir nicht erzählen, dass du nie gemerkt hast, dass deine Mutter malt. Die Farbflecke an ihren Händen, auf den Schuhen …«

»Sicherlich. Ich habe auch gewusst, dass sie sich Acrylfarben bestellte. Das kostete Geld, das sie nicht hatte, also verdiente sie sich, was sie brauchte, bei Philipp und Vev. Aber sie hat nie über das gesprochen, was sie malte, und ich habe sie nicht gefragt, aus Gründen, die ich dir eben erklärt habe.«

»Feststeht, das hast du selbst gesagt, dass du seit zwei Jahren die Wahrheit kennst. Und was hast du getan? Nichts. Das ist es, was ich dir übelnehme. Du hättest damit an die Öffentlichkeit gehen müssen, das wärst du deiner Mutter schuldig gewesen.«

Damit hatte ich einen Nerv getroffen, härter und genauer, als ich wollte.

Seine Stimme zitterte, als er sagte: »Du weißt nicht, was es bedeutet, der Sohn eines Schlächters der Roten Khmer zu sein. Ich verliere mein Gesicht, wenn das herauskommt, werde geächtet.«

»Übertreibst du nicht ein wenig? Du warst damals noch ein Kind. Keiner kann dir etwas vorwerfen …«

»Du hast ja keine Ahnung«, rief er und gestikulierte wild. So hatte ich ihn noch nie gesehen. »In meiner Kultur hängt die ganze Familie mit drin, wenn einer zum Verbrecher wird, und mein Vater ist weit schlimmer als ein gewöhnlicher Verbrecher. Er war nicht bloß ein unbedeutender Mitläufer, sondern einer der hundert ersten Brüder, das hat er mir selbst gesagt, als ich ihn vor zwei Jahren zur Rede stellte. Wenn er nach Kambodscha ausgeliefert und dort vor Gericht gestellt werden sollte, kann ich mein Restaurant zumachen. Die Hälfte meiner Gäste sind Kambodschaner und Vietnamesen, ohne sie kann ich nicht überleben, ich werde alles verlieren, was ich mir aufgebaut habe. Alles, Doro! Ich bin dann pleite. Davon mal abgesehen, ich bin mit diesem Mann, den sie wahrscheinlich in das finsterste Loch sperren würden, aufgewachsen. Ich habe auf seinem Schoß gesessen, in seinem Garten gespielt, von ihm meinen ersten Anzug bekommen. Er stand am Spielfeldrand, wenn ich gekickt habe, und ohne ihn hätte ich mein Restaurant nicht finanzieren können. Seit ich weiß, für welche Gräuel mein Vater verantwortlich ist, strafe ich ihn mit Verachtung, und ich sage dir, das tut ihm sehr weh. Aber ich werde ihn keinesfalls an ein Tribunal ausliefern, das ihn in den Tod schicken könnte. Das kannst du doch nicht ernsthaft von mir erwarten.« Er schluckte seine Empörung herunter und ergänzte leise: »Und nun bitte ich dich um dasselbe. Geh nicht an die Öffentlichkeit mit dem, was du herausgefunden hast. Es ist nur eine Art Nebenprodukt und hat mit dem, worüber du eigentlich recherchierst, nichts zu tun.«

An das, was dem alten Nan nach einer möglichen Auslieferung widerfahren könnte, verschwendete ich keinen Gedanken. Ich dachte nur an die unzähligen Opfer, die er zu Tode gefoltert, erschossen, erschlagen und erhängt hatte und denen er gegenwärtig noch nicht einmal die Referenz später Reue erwies. Er hätte sich freiwillig stellen und Abbitte leisten können, stattdessen hatte er buchstäblich Gras über die Sache wachsen lassen. Sollte sich wieder einmal alles nur um den Mörder drehen? Wie oft hatte ich das erlebt.

Plötzlich standen moralische Fragen im Mittelpunkt, die ich nur allzu gut kannte: Darf man einen Mörder an ein Land ausliefern, dessen Haftbedingungen nicht unseren Standards entsprechen und das womöglich noch die Todesstrafe vollzieht? Ist ein vielfacher Mörder überhaupt zurechnungsfähig oder per se psychisch gestört? Sollte man nach vierzig Jahren einen Schlussstrich ziehen? Die Diskussionen über solche Fragen waren berechtigt, aber sie hatten immer den Täter zum Gegenstand, nicht die Opfer. Die Opfer, so schien es oft, waren Randfiguren. Wer redete noch über die abertausend Menschen, die Viseth Nan abgeschlachtet hatte? Auch wir, Yim und ich, hatten bei unserem Streit kein Wort über sie verloren.

Trotzdem war ich unschlüssig, was ich mit meiner Entdeckung anfangen sollte. Zum einen, weil ich keine Beweise hatte. Frau Nans Bilder waren eindrucksvolle Werke, jedoch keine dokumentarischen Zeugnisse. Herr Nan war inzwischen deutscher Staatsbürger, die Hürden für eine Auslieferung waren hoch. Zum anderen: Welche Frau würde ohne zu zögern den Vater des Mannes, den sie sich als Liebhaber oder mehr wünschte, ans Messer liefern? Ich wusste nicht, ob meine Geschichte mit Yim bereits beendet war oder noch fortgeschrieben würde, aber das war für meine Entscheidung ohnehin nebensächlich. So oder so, ich empfand sehr viel für Yim und wünschte ihm nur das Beste – trotz aller Vorwürfe, die ich ihm machte. Was, wenn ich eine Lawine ins Rollen brachte, die letztendlich Yim, nicht aber seinen Vater traf? Bei dieser Vorstellung wurde mein Herz schwer wie ein Stein.

Ich entschied, vorerst nicht zu entscheiden.

»Es kann sein, dass du recht hast und die Sache mit deinem Vater bloß ein Nebenprodukt meiner Recherchen ist. Vielleicht aber auch nicht. Vielleicht ist sie der Kern.«

»Das verstehe ich nicht. Wie meinst du das?«

»Ist dir nie der Gedanke gekommen, dass dein Vater durchaus die Anlagen mitbringt, mehrere Menschen zu erschießen?«

Daraufhin wusste Yim eine halbe Minute lang gar nichts zu erwidern. Er ging ein paar Schritte auf dem Bürgersteig hin und her, griff sich an den Kopf, ballte die Fäuste und donnerte sie mit verhaltener Wucht auf mein Autodach. Dann schüttelte er den Kopf. »Sagst du so etwas, um mich zu provozieren, um mir irgendetwas heimzuzuzahlen?«

»Das liegt mir fern. Ich ...«

»Bist du ehrgeizig, ist es das? Willst du dir mit einer konstruierten Bombenstory einen großen Namen machen? Doro, die Enthüllungsjournalistin. Doro Kagel, die einem bereits abgehakten Fall eine spektakuläre Wendung gibt.«

»Was wäre dagegen einzuwenden, solange die Wahrheit nicht auf der Strecke bleibt?«

»Deine Unterstellung ist absurd.«

»Keiner hat gesehen, wie Leonie …«

»Komm mir bloß nicht damit. Dazu hat die Staatsanwaltschaft alles gesagt, und ich weigere mich, mit dir auf offener Straße eine Gerichtsverhandlung nachzustellen, bei der du Leonie Korns Verteidigerin mimst.«

»Meinetwegen. Aber ob du es wahrhaben willst oder nicht – dein Vater ist nicht nur der Rosenkönig von Hiddensee, er ist auch das Monster vom Mekong. Findest du wirklich den Gedanken so abwegig, dass er zu den Tausenden von Gräbern in Kambodscha noch drei in Deutschland hinzugefügt haben könnte?«

»Ach, einfach so? Frei nach dem Motto, heute habe ich mal Lust, ein paar Menschen zu erschießen?«

»Er hatte Angst.«

»Oh ja, natürlich, die berühmte Angst des Mörders, die hatte ich fast vergessen.«

»Die sehr konkrete Angst, dass sein Geheimnis ans Licht kommt. Darum hat er, falsch, könnte er deine Mutter in einem Anfall von Panik erschossen haben.«

»Aha, und wieso hat er die anderen erschossen? Woher hatte er Leonies Waffe?«

»Das weiß ich nicht, noch nicht. Ich arbeite mich Stück für Stück voran. Da die Waffe verloren gegangen ist, könnte er sie irgendwo gefunden haben, oder jemand hat sie ihm arglos gegeben.«

»Man hat die Pistole bei Leonie Korn gefunden, neben ihrem bewusstlosen Körper. Sie hat das Ding mitgebracht, und sie hat es abgefeuert. Ich glaube, die Pistole ist nie verloren gegangen, das hat Leonie sicher nur erfunden. Sie war krank im Kopf, alle sagen das.«

»Leonie war extrem launisch und leicht zu verärgern, und als Kindergärtnerin war sie untauglich, so viel steht fest. Das macht aus ihr jedoch weder eine Verrückte noch eine Mörderin, und die bloße Aneinanderreihung von Indizien …«

Er wandte sich von mir ab und entfernte sich ein paar Schritte. »Ich werde dir nicht länger zuhören.«

»Das war von Anfang an nicht deine Stärke. Kann es sein, dass du dich nur deshalb auf mich eingelassen hast, um meine Recherchen zu beeinflussen? Immerhin, du hast das Schloss am Schuppen angebracht, du bist meinen Fragen über Yasmin ausgewichen, und du hast bei unserem ersten Treffen einen Streit vom Zaun gebrochen, um das Interview zu beenden. Sei ehrlich, findest du nicht, das riecht ein bisschen nach Manipulation?«

»Jetzt drehst du völlig durch.«

»Ich stelle nur Fragen.«

»Deine Fragen sind Nadeln, die du abschießt. Merkst du nicht, wie weh du mir damit tust?«

Nun war ich es, die kurzzeitig nichts zu erwidern wusste. Yim hatte genau den richtigen Ton getroffen, genau die richtigen Worte gefunden, um meine lebhafte, überbordende Diskutierfreude augenblicklich zu betäuben. Ich hatte tatsächlich die schlechte Angewohnheit, meiner sonstigen Verbindlichkeit zum Trotz messerscharfe Fragen zu stellen, die Behauptungen glichen, aber formell keine waren. So konnte ich jederzeit behaupten, nur Fragen gestellt zu haben, und sagen, das sei ja wohl noch erlaubt.

Mit einer Behauptung und einer Gegenbehauptung, einer Anklage und einer Verteidigung kann man ein Duell mit gleichen Waffen ausfechten. Die in eine Frage gekleidete Behauptung hingegen gleicht einem Gegner mit einer Tarnkappe. Das ist eine komfortable Situation und daher bei Journalisten äußerst beliebt. Fair ist es nicht.

»Es tut mir leid«, sagte ich.

»Das hat bereits auf dem Zettel gestanden, den du mir auf Hiddensee hinterlassen hast, jene Insel, auf die *ich* dich eingeladen habe. Es stimmt, ich habe das Schloss angebracht, damit du die Gemälde meiner Mutter nicht siehst. Meine Gründe kennst du. Und ich habe dir verschwiegen, wo Yasmin wohnt, weil ich nicht wollte, dass du sie belästigst. Gut, das darfst du mir vorwerfen. Aber was uns beide angeht, dich und mich ...« Ihm versagte die Stimme. Kurz darauf fuhr er fort: »Ich habe mich schon bei unserer ersten Begegnung zu dir hingezogen gefühlt, auch wenn ich mich anfangs über dich geärgert habe. Warum hätte ich sonst mitten in der Nacht bei dir angerufen und mich entschuldigt? Und danach ... Ja, ich wollte mit dir ein paar schöne Tage verbringen, um dich besser kennenzulernen und ... na ja, um dich und für mich zu werben. Kannst du dir vorstellen, wie ich mich fühle, wenn du das alles in den Dreck ziehst und mich verdächtigst, dass ich das alles nur getan habe, um dich zu manipulieren?«

Er drehte sich blitzschnell um und ging fort, weshalb ich zuerst gar nicht reagierte. Als ich mich wieder fing, lief ich hinter ihm her, aber Yim war bereits auf der anderen Seite der belebten Straße, und nur einen Augenblick später sah ich ihn nicht mehr.

»Das hast du ja mal wieder super hinbekommen, Doro«, flüsterte ich.

Plötzlich fühlte ich mich müde – nicht körperlich, sondern geistig. Ich kannte diesen Zustand nur zu gut: sehr viel Arbeit, Termindruck, eine gewisse Perspektivlosigkeit und Leere, dazu der immer gleiche Alltag, das Hamsterrad ... Seit ich an dem Amoklauf von Hiddensee arbeitete, war es bergauf gegangen. Ich hatte mich viel frischer gefühlt und dies natürlich darauf zurückgeführt, dass ich zum ersten Mal engagiert recherchierte und nicht einfach bloß einen Prozess beobachtete und widerspiegelte.

Nun erkannte ich, dass auch Yim großen Anteil daran hatte, vielleicht sogar den wesentlichen. Seit dem Abend, als er mich in seinem Restaurant bekocht hatte, war er ein wichtiger Teil meines Lebens geworden, ohne dass ich mir das eingestanden hatte. Selbst als ich Hiddensee überstürzt verlassen hatte, war ich mir insgeheim darüber im Klaren gewesen, dass ich Yim wiedersehen würde. Diese Gewissheit war nun fort. Ich fühlte mich zurückgeworfen auf einen Abschnitt meines Lebens, von dem ich mich unbewusst bereits verabschiedet hatte.

Auf dem Rückweg zum Wagen signalisierte mein Handy eine angekommene SMS. Sie stammte von Steffen Herold.

»Morgen Vormittag, elf Uhr, Potsdam, Haupteingang Schloss Sanssouci. Pünktlichkeit sehr wichtig.«

24

September 2010

Timo entdeckte Vev auf der Veranda. Sie saß, gekleidet in einen luftigen schwarzen Leinenanzug, am gedeckten Bistrotisch und blickte in Gedanken versunken in Richtung einer monströsen Wand auberginefarbener Wolken, die sich von Norden näherte, aber noch ein gutes Stück entfernt war. Mit der linken Hand spielte sie mit den Perlen der Halskette, mit der rechten umklammerte sie ein mit Whisky gefülltes Glas. Timo konnte sich an ihren Haaren nicht sattsehen, sie waren Spielzeuge des Windes, weich und fließend. Als er sich vorstellte, am nächsten Tag um diese Uhrzeit Hiddensee und Vev zu verlassen, kam es ihm vor, als trampele jemand auf seiner Brust herum.

»Hey, Madame Bovary«, sagte er.

Sie lächelte fast unsichtbar. »Hey, Liebhaber.«

»Störe ich?«

Sie griff in eine Strandtasche, die unter dem Tisch stand, und holte ein zweites Glas hervor. »Ich habe gehofft, dass du kommst. Letztes Picknick und so, du weißt schon. Philipp ist zum Hafen gegangen, wir haben dort ein kleines Boot, nicht der Rede wert, aber es muss besser angebunden werden. Wenn er schon einmal dort ist, hilft er natürlich den anderen Bootsbesitzern. Philipp ist nämlich sehr hilfsbereit, wenn es um Eigentumssicherung geht.«

Timo setzte sich zu ihr. Die Luft hatte sich abgekühlt, doch er fror nicht, er meinte sogar, innerlich zu glühen.

»Hast du Yasmin gesehen?«, fragte sie.

»Nein, ich dachte sie wäre hier im Haus.«

»Sie ist bis jetzt nicht von eurem gemeinsamen Spaziergang zurückgekehrt. Hast du sie ermordet?«

»Falls es so ist, habe ich es vergessen. Yasmin interessiert mich im Moment weniger als Aufzugsmusik.«

»Gut, wir suchen ihre Leiche später. Whisky gefällig?«

»Hilft Whisky gegen Liebeskummer, oder verschlimmert er ihn?«

»Zu Risiken und Nebenwirkungen lesen Sie die Packungsbeilage, oder fragen Sie Herz und Leber.« Sie füllte das Glas großzügig.

»Ich habe seit Stunden nichts gegessen«, gab er zu bedenken.

Vev griff ein zweites Mal in die Tasche und servierte ihm die Reste vom Vorabend sowie einen Tomatensalat.

Unter ihrem zufriedenen Blick aß er – hauptsächlich *wegen* ihres zufriedenen Blicks, denn er hatte eigentlich keinen Appetit – und spülte alles mit winzigen Schlucken Alkohol herunter. Der nahende Sturm zerrte an Haaren und Kleidung, und Timo merkte an, dass er sich an einen Loriot-Sketch erinnert fühle. Doch der kleine Witz nahm nur für wenige Sekunden die Spannung, die in der Luft lag.

»Das ist also wirklich unser letztes Picknick?«, fragte er nach dem zweiten Glas. »Ich will dich nicht aufgeben, und ich weiß, dass du mich nicht aufgeben willst. Da war sofort eine besondere Verbindung zwischen uns, die gibt es zwischen dir und Philipp nicht. Wir verstehen uns auf einer Ebene, zu der dein Mann keinen Zugang hat. Es ist die Art, wie wir miteinander reden, wie wir uns ansehen und dasselbe denken, was passiert, wenn wir uns berühren … Ich kenne dich erst seit ein paar Tagen, aber mehr als ich von dir weiß, muss ich nicht wissen. Ich will dich, Vev, und ich schenke mich dir. Das mag sich jetzt vielleicht theatralisch anhören …«

»Es ist unmöglich.«

Der Satz fuhr ihm ins Gesicht wie eine starke Böe. »Was meinst du?«, fragte er. »Was ist unmöglich?«

»Das zwischen dir und mir. Wir müssen damit aufhören.«

»Aber unsere Geschichte fängt doch gerade erst an, und wir …«

»Ja, eben. Jetzt ist es viel leichter, als wenn wir uns besser kennen.«

»Ich kenne dich bereits, für mich wäre eine Trennung zu jeder Zeit gleich schlimm.«

»Trennung – Timo, du steigerst dich da in etwas hinein. Ich empfinde ja auch etwas für dich, aber … Noch haben wir es unter Kontrolle. Verstehst du denn nicht?«

Er trank den Rest des schottischen Safts, der ihn von innen anfeuerte. »Nein, ich … Das verstehe ich *nicht*. Wieso? Sag mir, wieso wir nicht zusammenkommen können.«

»Ich bitte dich, überleg doch mal!«

»Mir fällt kein einziger Grund ein. Es sei denn … es sei denn, du warst nicht ehrlich zu mir, neulich am Strand, an der Genoveva Bay.«

»Ich war ehrlich.«

»Dann bin ich überfordert, Vev. Glaubst du etwa, ich würde dich eines Tages nicht mehr lieben, weil du auf die sechzig zugehst, wenn ich fünfundvierzig sein werde? Wir sind beide keine Dummköpfe, wir wissen, das kann passieren, ebenso wie es passieren kann, dass *du mich* nicht mehr lieben wirst, weil du möglicherweise genug von einem Jüngeren hast. So etwas kann man nicht vorhersehen, bei keinem Menschen, keiner Liebe.«

»Darum geht es nicht, Timo.« Sie schenkte ihm reichlich nach.

»Hör auf, mir mit Whisky die Birne zu verkleben, und sag mir: Ist es wegen Philipp? Liebst du ihn noch?«

Ihr Gesicht nahm einen traurigen Ausdruck an. »Ich habe ihn nie geliebt. Ich habe nie angefangen, ihn zu lieben. Es gab eine Zeit, in der ich dachte, ich müsse es wenigstens versuchen, aber ich erinnere mich nicht mehr, ob ich es wirklich versucht habe. Ehrlich, ich weiß es nicht. Ich habe ihn gemocht und mich damit zufriedengegeben, ihn als den Vater meiner Tochter zu betrachten. Er ist ein guter Vater, und er ist ein Mann, der zu seinem Wort steht. Alles andere, seine eisige Ordnungsliebe, seinen Hang zum Wichtigtun, die Inszenierung eines Idylls … Verrückt, ich will ihn gar nicht lieben.«

»Ja, aber dann …«

»Dass du nicht von selbst auf den Grund kommst, wieso ich bei ihm bleibe! Ich habe eine Tochter. Nur wegen eines Kindes, das ich mir mehr als alles andere wünschte, habe ich mit Philipp geschlafen und ihn später geheiratet. Wegen Clarissa muss ich bei ihm bleiben. Sie liebt ihren Vater, sie hängt an ihm. Einen anderen Grund gibt es nicht.«

Timo spürte, dass sie aufrichtig zu ihm war. Der Wind trug zur Ehrlichkeit bei. Sturmtief Emily wehte die Worte fort, nahm sie mit sich nach Polen, ins Baltikum, in Russlands Weite, zerstreute sie, löste sie auf bis hin zu kleinsten Partikeln. Unmöglich, sie wieder zusammenzusetzen. Vev würde ihre Worte niemals wiederholen, und kein anderer als Timo würde sie jemals gehört haben.

Er überlegte, die Familienpsychologen, Scheidungsanwälte und Glücksforscher ins Feld zu führen, um Vev klarzumachen, dass es tausend bessere Möglichkeiten für sie gab, als ihr Kind in einer lieblosen Ehe zu erziehen. Er sah ihr jedoch an, dass sie diese tausend Möglichkeiten in der vergangenen Nacht auf die Waage gelegt und für zu leicht befunden hatte. Vev war niemand, der sich überzeugen ließ, indem man auf ihn einredete.

Wie zynisch die Götter sein können, dachte er. Eine Stunde zuvor hatte er noch auf der anderen Seite gesessen und einem Menschen die Hoffnung auf Erfüllung genommen. Da hatte Leonie gelitten, nun war er an der Reihe.

»Wir sehen uns morgen also zum letzten Mal?«, fragte er.

Vev ließ sich Zeit mit der Antwort. »Ja.«

»Dann war ich also doch nur ein … ein Gespiele.«

»Du weißt, dass das nicht stimmt«, rief sie ungehalten, beruhigte sich jedoch schnell wieder. »Aber neulich, Timo, das ist hundert Jahre weg. Es gibt eben Augenblicke, in denen man das große Ganze vergisst, in denen man sogar vergisst, dass man eine Tochter hat, eine Ehe führt … Es ist mit uns nun einmal so gekommen, wie es gekommen ist. Das ändert nichts an den Gegebenheiten. Das Leben ist keine Schiefertafel, über die man mit einem feuchten Lappen fährt und alles auslöscht, was darauf geschrieben steht.«

In diesem Moment störte Yim sie, der um die Ecke kam und die Veranda betrat. »Hallo, Vev, Timo. Ich wollte erst an der Haustür klingeln, aber dann habe ich Stimmen gehört. Ihr seid ja ziemlich tapfer, bei dem Wind hier draußen zu sitzen. Nicht dass ihr noch fortgeweht werdet, so leicht, wie ihr beide seid.«

»Mein weiter Leinenanzug könnte mich tatsächlich in die Lüfte tragen«, scherzte Vev. »Wenn es schlimmer wird, gehen wir rein, versprochen. Übrigens – Philipp ist schon am Hafen, falls du ihn suchst.«

»Äh ja, ich gehe gleich mal rüber. Vorher habe ich allerdings noch etwas für Clarissa abzugeben, Reiskuchen von meiner Mutter.«

Vev lächelte. »Danke deiner Mutter von mir. Clarissa sitzt vor dem Fernseher. Die Teletubbies findet sie einfach unwiderstehlich. Für mich sind es nur bunte Kartoffeln mit Nasenlöchern. Du kannst durch die Verandatür reingehen, aber verrate Philipp nicht, dass ich dir das erlaubt habe. Er hat ein besonderes Verhältnis zur Haustür und der Fußmatte.«

Als Yim im Haus war, sagte Vev: »Yims Mutter hat es abgelehnt, Leonie aufzunehmen. Ich wollte sie loswerden, aber das geht jetzt natürlich nicht mehr. Die Reiskuchen sollen wohl ein kleiner Ausgleich sein.«

Timo waren Reiskuchen, Teletubbies und der verpasste Rauswurf Leonies in diesem Moment herzlich egal. Sogar Frau Nans ungeheuerliches Geständnis verschwand wie ein dunkler Fleck in der einbrechenden Nacht. Er war trunken vor Whisky und Traurigkeit.

»Ich bin einfallsreich«, sagte er. »Ich könnte den Kontakt zu Philipp aufrechterhalten ...«

Vev gab ihm ein Zeichen, leiser zu sprechen.

»Du und ich, wir könnten uns ab und zu ... sehen«, murmelte Timo. »Wenigstens das. Nur sehen, weiter nichts.«

»Das wäre nicht klug, Timo. Menschen sind keine Planeten, denen es gelingt, in immer gleicher Umlaufbahn zu schweben. Die Anziehungskräfte zwischen uns sind zu groß, und früher oder später würden wir ihnen nachgeben.«

»Nein, ich schaffe das.«

»Ich aber nicht. Und selbst wenn es uns gelänge: Was nutzt uns Nähe, wenn wir sie nicht mit Intimität ausfüllen können? Wir würden uns nur gegenseitig wehtun.«

Timo grinste bitter. »Du bist sehr intelligent. Ich wünschte, du wärst ein bisschen weniger intelligent.«

Sie schenkte sich und ihm nach und drückte ihm sein Glas in die Hand. »Machst du mich irgendwann mal zu einer intelligenten Romanfigur?«, fragte sie.

»Worauf du dich verlassen kannst.«

»Ich werde jedes Buch von dir genauestens durchforsten.«

Er stieß mit ihr an, der Kloß in seinem Hals wog schwer und immer schwerer. Er spürte Tränen aufsteigen und machte ihnen und dem Kloß mit einem unverschämten Schluck Whisky den Garaus. Als er ausgetrunken hatte, verspürte er Lust, noch einmal Vevs Mund zu schmecken. Vermutlich waren sie zum letzten Mal allein, es musste daher sofort geschehen.

Er neigte sich ihr zu und küsste sie. Sie ließ es geschehen, erwiderte den Kuss sogar. Jenen Kuss, der nicht enden sollte.

Der unerwartet endete.

Eine Hand legte sich Timo auf die Schulter und zog ihn von Vev weg. Er fiel auf die Planken der Veranda. Im nächsten Moment sah er Philipp über sich stehen.

»Wenn du das noch mal machst«, rief dieser, »lernst du mich von einer anderen Seite kennen.«

Timo stand auf. »Und von welcher?«, erwiderte er. »Von hinten?«

Der Schlag traf Timo am Kinn, und er stürzte rücklings über die Verandabrüstung auf die Wiese. Sekundenlang war ihm schwarz vor Augen.

Er hörte, wie Vev rief: »Philipp! Bist du verrückt geworden? Es war doch bloß ein Kuss.«

»Dann soll ich ihm wohl noch dankbar sein, dass er dich nicht vergewaltigt hat?«

»Er … er hat mir den Kuss nicht aufgezwungen.«

Drei, vier Sekunden lang war nur das Heulen des Windes zu hören.

»Wie war das?«, fragte Philipp.

»Du hast mich schon verstanden.«

»Du meinst, du … du hast *ihn* geküsst?«

»Herrgott, Philipp, möchtest du, dass ich dir eine Skizze zeichne? Er hat mich geküsst, und ich habe mich küssen lassen.«

Die Kinnlade fiel ihm herunter. »Von dem da? Dieser halben Portion? Er könnte beinahe dein Sohn sein.«

»Er ist aber …«

Sie hielt inne, und während Timo sich halbwegs aufrappelte, hoffte er, dass sie »mein Liebhaber« oder »mein Geliebter« oder »meine Zukunft« sagte. Dafür hätte er gerne noch ein Dutzend Kinnhaken in Kauf genommen.

Sie überlegte noch, was Timo war, da hörte man aufgeregte Stimmen, die von weit her nach Philipp riefen.

Zwei Männer kamen herbei, die wild gestikulierten. »Wo bleibst du denn? Wir brauchen dringend die Taue. Hast du sie? Wo sind sie denn? Beeil dich!«

Eingeklemmt zwischen der Pflicht, die Boote zu vertäuen, und dem Wunsch, seine Frau zu vertäuen, entschied Philipp sich für die Boote. Allerdings nicht, ohne Timo vorher in die Schranken zu weisen.

»Halte dich von ihr fern«, sagte er. »Wenn ich dich auch nur auf Armeslänge von ihr entfernt erwische, prügele ich dich ins

Meer. Worauf wartest du noch? Ich will sehen, dass du verschwindest.«

Timo zog sich zurück. Noch vollständiger, noch schmählicher konnte eine Niederlage kaum sein. Doch was hätte er tun sollen? Kämpfen? Um was oder wen? Um eine Frau, die ihn nicht wollte? Er hatte kein Gelege zu verteidigen, keines zu erobern. Und Trotz hatte er immer schon für eine äußerst primitive Reaktion gehalten. Philipp hatte gewonnen.

Er ging ums Haus herum, noch unschlüssig, wo er seine Wunden lecken sollte. Ohne zu überlegen, lief er zum Strand, ganz nah ans aufgepeitschte Meer. Der Wind war so stark, dass er ihm das T-Shirt, sooft er es auch in die Shorts stopfte, gleich wieder herausriss. Noch war die Luft trocken, aber die schwarze Wand hatte Hiddensee fast erreicht. Die Gischt, die ihm ins Gesicht spritzte, wischte er nicht weg; sie ersetzte die Tränen des Verlusts, die er sich nicht gestattete.

Er geriet ins Vogelschutzgebiet, dessen Zaun an einer Stelle umgefallen war. Dünensand flog ihm um die Ohren, hielt ihn jedoch nicht davon ab, bis zur Bucht vorzudringen, der Bucht des vorgestrigen Tages, Genoveva Bay. Sie war nicht mehr da, war überflutet, von Wellen bedeckt, untergegangen. Es kam Timo vor, als hätte Sturm Emily die schönste Stunde seines Lebens ausgelöscht.

Noch nie hatte er mehr verloren als in den letzten Minuten. Es war auch noch nie um so viel gegangen: um eine Frau, um ein neues Leben, um Liebe, um Glücksgefühle, um die Zufriedenheit mit sich selbst, weil er etwas erreicht, etwas geschafft hatte … Vev hatte ihn gelobt. Das hatten andere zwar auch schon getan, zum Beispiel Leser oder Freunde, aber das war nicht annähernd so wertvoll, denn sie alle liebte er nicht. Das

Lob eines geliebten Menschen ist ein Pokal aus reinem Gold. Einen hatte Timo von Vev als Autor bekommen, einen als Liebhaber. Nach Vevs Worten und Blicken, ihren Berührungen und Küssen verlangte es ihn wie einen Junkie nach dem nächsten Schuss.

Er kämpfte sich unter Mühen zurück. Die ersten Tropfen fielen, zaghaft noch, als sanfte Vorboten von etwas Zornigem. Über die Veranda gelangte er ins Wohnzimmer, wo Clarissa noch immer vor dem Fernseher saß. Bernd das Brot war offenbar interessanter als Timo, denn sie sah ihn nicht ein einziges Mal an, während er den Raum durchquerte.

In der Küche machte er sich einen heißen, starken Kaffee, den er – wie vorhin den Whisky – in kleinen Schlucken trank. Er hatte nicht das Gefühl, betrunken zu sein, obwohl er drei volle Gläser geleert hatte.

Auf dem Weg in sein Zimmer begegnete er niemandem. Ruhelos lief er hin und her, setzte sich erst auf das Bett, dann an den kleinen Schreibtisch. Seine Hand glitt an dem angespitzten Bleistift auf und ab, auf und ab, auf und ab, immer schneller, immer verzweifelter. Er hatte den Blick auf das jüngferlich weiße Papier gerichtet, mit der Lust, es zu beflecken, ihm sein Siegel und sein Leid aufzudrücken – auch um gegen das Verschwinden des vorgestrigen Tages anzuschreiben. Doch er unterließ es. Plötzlich widerte es ihn an, dass er jede seiner Untüchtigkeiten und Niederlagen mit Schreiben kompensierte.

»Elender Schwächling«, flüsterte er sich zu, und er sah wieder und wieder vor sich, wie er sich von Philipp hatte verjagen lassen.

Er ging zum Fenster. Dort sah er, wie Yasmin ins Nebelhaus

zurückkehrte. Es war Nachmittag, und die Finsternis begann, die Erde zu bedecken.

Für Leonie hatte die Leere ein Gewicht. Was die meisten Menschen als baren Unsinn abtun würden – wie konnte etwas, das weder vorhanden war noch vermisst wurde, jemanden belasten? –, war für sie beinahe tägliche Realität. Die Leere drückte mit unsichtbarer Kraft auf ihren Körper. Nicht auf einen bestimmten Körperteil wie Kopf oder Brust oder Bauch, sondern auf alles.

Sie spürte die Macht der Leere in den Fingern, die manchmal keine Lust mehr hatten, sich zu rühren, spürte sie in den Beinen, die nicht laufen wollten, im Herzschlag, der wie das Ticken einer Uhr das sinnlose Verstreichen der Sekunden, der Stunden markierte. Sie spürte es auch an der wie zugeschnürten Kehle, auf den Augenlidern, die sich verzagt schlossen und verzagt wieder öffneten, auf den Ohren, die sie in manchen Augenblicken hasste, wenn das Telefon oder die Haustür klingelte, wenn ein Hubschrauber das Dorf überflog, eine Hupe ertönte oder wenn die Kinder, auf die sie aufpasste, zu sehr lärmten. Sie hatte über das Gewicht der Leere in einem Physikbuch gelesen: Luftdruck. Auf der Venus war er angeblich so stark, dass ein Mensch dort auf der Stelle zu Brei zerdrückt würde. War es nicht von ätzender Ironie, dass ausgerechnet jener Planet, der den Namen der Liebesgöttin trug, alles Leben zerquetschte? Ein ähnlicher Druck lastete seit Jahren auf ihr, nur eben auf geistige, nicht physikalische Weise.

Während sie regungslos auf dem Bett lag, ließ sie die Jahre der Qualen an sich vorüberziehen: der dunkle Keller, in den ihr Vater sie dann und wann gesperrt hatte, die Katze, ihre einzige

Gefährtin in diesem Kerker, die durch das Fenstergitter in die Freiheit schlüpfte, wenn sie von Leonie genug hatte, Steffens fieses Lächeln, wenn sie sich vor dem Ausgehen schön machte, Timo, der mit Vev am Strand entlangging, Timo, der Vev auf der Veranda seine Liebe gestand. Sie hatte die beiden vom Fenster aus gehört, und der Wind hatte ihr genug Wortfetzen zugetragen, damit sie sich ein Bild machen konnte.

Timo hatte sie die ganze Zeit über getäuscht, ihr etwas vorgespielt. Ihm lag gar nichts an ihr. War es ein Spaß für ihn gewesen, dabei zuzusehen, wie sie ihn anhimmelte? Hatte er sich jedes Mal ins Fäustchen gelacht, nachdem sie ihm den Rücken gekehrt hatte? Timo war eine verlogene Null, der jemand das prahlerische Maul stopfen sollte. Und Vev war eine bösartige Hexe, arrogant und tückisch. Sie hatte Timo verführt, und Leonie bereute, nur die eine Katze gegen den Baum geschlagen zu haben.

Aber letztlich war sie selbst schuld. Wie töricht sie gewesen war, der Liebe auch noch hinterherzulaufen: der Liebe ihrer Eltern, der Kinder anderer Leute, der Männer ... Wie idiotisch, dass sie einfach nicht begriffen hatte, dass die Menschen ihr nur Verachtung entgegenbrachten! Niemand sollte sie mehr lieben, und niemanden würde sie mehr lieben.

Leonie richtete sich äußerst langsam im Bett auf. Wie eine Greisin stellte sie erst das eine, dann das andere Bein auf den Boden und schwang sich dann mit zittriger Kraft in eine aufrechte Haltung. Sie ging zum Spiegeltisch und holte aus ihrer Tasche die Streichhölzer, die Schmerztabletten und ein paar Zigaretten hervor.

Frau Nan war umgeben von den Elementen: allen Winden ausgesetzt, die Erde des Gartens unter den bloßen Füßen, und überall war Wasser. Dazu kamen der Regen auf ihrer Haut, das Meer in den Ohren, die Pfützen auf dem getränkten Boden, unentwegtes Rauschen und Plätschern – die Musik des Monsuns. Der Tag wurde zur Nacht, doch sie fürchtete den Sturm nicht, im Gegenteil, die Taifune der Kindheit kamen ihr mit einem Mal so nah, so wunderschön vor. Sturm Emilys Luft war die gleiche, das Geräusch ihres Regens war dem ihrer tropischen Kusinen zum Verwechseln ähnlich. Dasselbe Lied.

Frau Nan zog die Strickjacke, die sich längst mit dem Wolkenwasser vollgesogen hatte, noch enger um sich und schloss die Augen auf der Suche nach der Kindheit, der Unschuld. Sie sah ihre Mutter, die schon lange tot war, auf sich zuschreiten: Komm ins Haus, kleine Nian, du wirst ja ganz nass, was tust du da, fängst du Schlammfische, rein mit dir, ich habe Reis und Gemüse gekocht. Frau Nan sah, wie ihre Mutter im Haus verschwand, und im nächsten Augenblick kam Viseth ins Dorf, ein junger Landvermesser. Er lächelte sie unentwegt an, machte ihr den Hof, nannte sie eine schöne Frau, hielt um ihre Hand an, heiratete sie, schlief mit ihr. Der Monsun rauschte auf dem Dach, ihr Glück war vollkommen.

Als sie die Augen wieder öffnete, stand Viseth erneut vor ihr, der alte Viseth. Wahnsinn glitzerte in seinen Augen, die eben noch so leidenschaftlich und verheißend gewesen waren. Er sagte kein Wort, doch der sadistische Ausdruck in seinem Gesicht war ihr wohlvertraut, und sie musste keine alten Erinnerungen an Kambodscha und das Lager 17 aufleben lassen, um ihn zu bemerken.

»Du hast mich verraten«, sagte er.

Sie nickte.

»Das hättest du nicht tun dürfen. Es ist *mein* Leben, das du einem Wildfremden in die Hand gelegt hast.«

»Dein Leben, Viseth, ist der Tod Tausender. Im Gedenken an sie habe ich dem jungen Mann die Wahrheit gesagt.«

Herr Nan platzte fast vor Zorn. »Dann werde ich sie mir eben zurückholen, die Wahrheit. Und du gehst ins Haus.«

»Nein!«, rief sie. »Nein. Hier trennen sich unsere Wege.« Damit lief sie davon.

Der Tag wurde zur Nacht. Sie rannte. Ihr kleiner Körper hatte Mühe. Hörte sie Schritte? Sie drehte sich nicht um. Frau Nan dachte an den Augenblick, als sie Yim zum ersten Mal im Arm gehalten, den kleinen, geröteten Körper gestreichelt und dabei seinen Herzschlag gefühlt hatte.

Das war lange her.

Das war das Beste.

Das war vorbei.

25

Steffen Herold war ein muskulöser Mann mittleren Alters, der sich sehr viel Mühe gab, jünger zu wirken: perfekte Bräune, blondierte und gestylte Haare, breite Schultern, enges T-Shirt, flotte Shorts. Ich fand, er hatte ein attraktives Gesicht, das er leider durch das ständige Zelebrieren und die Zurschaustellung seiner Aggressivität verunstaltete.

»Bringen wir es hinter uns«, sagte er nach der knappen Begrüßung. »Sie bekommen exakt eine Viertelstunde von mir. Ich bin hier mit meinem Job fertig und will nach Hause.«

»Das verstehe ich gut. Wo wohnen Sie?«

»In Frankfurt am Main. Ich bin bei einer Cateringfirma, die unter anderem für die Filmstudios Babelsberg arbeitet. Hier im Schlosspark hatten wir einen Dreh. Könnten wir jetzt bitte zur Sache kommen?«

Ich deutete auf eine Bank im Schatten mit Ausblick auf Schloss Sanssouci. »Ist es Ihnen recht, wenn wir uns setzen?«

»Damit das klar ist«, sagte er, sobald wir uns gesetzt hatten, »ich mache das hier nur, damit Leonies Mutter nicht unwidersprochen ihren Stuss erzählen kann. Die Frau hat doch keine Ahnung. Schießen Sie los, fragen Sie, Sie haben noch genau zwölf Minuten.«

Ich sah auf die Uhr. »Gut, dann haben Sie zwölf Minuten, mir von Leonie zu erzählen. Vielleicht sagen Sie mir erst mal, wie Sie Leonie kennengelernt haben, was Sie an ihr gemocht, was Sie weniger gemocht haben, ob Ihnen in den Jahren der Beziehung irgendetwas an Leonies Verhalten besonders unangenehm aufgefallen ist. Auch wie Sie die Nachricht von Leonies Amoklauf verkraftet haben und wie Sie heute über Leonie denken, interessiert mich. Alles, was Ihnen einfällt.«

Er brach unvermutet in schallendes Gelächter aus, sodass die anderen Parkbesucher denken mussten, ich hätte ihm den Witz des Jahrhunderts erzählt.

»Mann, das ist fast so gut wie Sex«, sagte er und wischte sich eine Lachträne aus dem linken Auge.

Dabei verrutschte ihm die Kontaktlinse, die er umständlich zurechtrücken musste, was ihn – gelinde gesagt – ziemlich blöde aussehen ließ und mich eine Minute der limitierten Zeit kostete.

»Okay«, sagte er schließlich. »Ich sehe schon, Sie haben keinen blassen Schimmer, was Sache ist. Dann liefere ich Ihnen jetzt mal einen Knaller. Warten Sie ab, ich werde Sie nicht enttäuschen.«

Ich hatte keine Ahnung, wovon er redete, und ich muss zugeben, dass er es schaffte, mich neugierig zu machen.

»Ich habe Leonie bei einer Kirmes kennengelernt, im Bierzelt. Wir saßen zufällig nebeneinander auf einer dieser langen Bänke. Sie war mit einer Kusine da, ich mit zwei Kumpels. Das war vor vier Jahren, im Sommer. Ich habe gleich gemerkt, dass sie auf mich steht, sie hat mich mit den Augen geradezu aufgefressen. Na ja, ich war geschmeichelt, wir haben getanzt, waren lustig, haben uns für den nächsten Abend verabredet – und da hat es Rums gemacht. Wir haben uns vier, fünf Tage in Folge gesehen. Leonie war super, sie hat sich total auf mich eingelassen, mir E-Mails geschrieben, die eher Hymnen waren, und ehe ich es mich versah, waren wir ein Paar. Anfangs lief es prima, aber bald fingen die Schwierigkeiten an. Leonies komplizierter Charakter … Oder nein, so kann man das nicht sagen, da fängt das Problem ja schon an. Leonies Charakter gab es nicht. Sie konnte fast alles sein: hilfsbereit, offenherzig, verschlossen, romantisch, zärtlich, intrigant, aufbrausend, rasend vor Wut, mitfühlend, und zwar an einem einzigen Tag.«

»Können Sie mir ein Beispiel geben?«

»Leonie war sehr kinderlieb. Dass sie Erzieherin war, wissen Sie bestimmt. Außerdem hatte sie eine Patenschaft für ein Mädchen in Peru übernommen, dem sie monatlich Geschenke schickte. Zugleich war sie extrem kinderfeindlich, sobald Kinder ihr irgendwie in die Quere kamen. Einmal hat sie einem Mädchen, das sie auf der Straße angerempelt hatte, das Waffeleis aus der Hand geschlagen. Es war, als würde ein Schalter umgelegt. Eines Tages meinte sie plötzlich mitten in einem bis dahin guten Gespräch, ich fände sie hässlich oder fett oder abstoßend oder was weiß ich. Schräger Unsinn. Sie hatte ein paar Pfund zu viel, na und? Ich habe Leonie nie hässlich gefunden. Sie aber hat sich in solchen Momenten durch nichts davon überzeugen lassen. Sie hatte meinen angeblich verächtlichen Blick bemerkt, es folgte langes Geschrei und Geheule, irgendwann war dann Ende der Diskussion. Dasselbe konnte mir mit einer Geste oder einem Gesichtsausdruck passieren, in die sie irgendetwas hineininterpretierte. Anfangs habe ich das für weibliche Überspanntheit gehalten – Sie wissen bestimmt, was ich meine.«

»Ich ahne es. Nebenbei gesagt, kenne ich genug männliche Überspanntheiten. Wann ist Ihnen aufgefallen, dass bei Leonie mehr als nur das vorlag?«

»Ich trinke weder Kaffee noch Tee, überhaupt kein Koffein, dieses üble Zeug ist Gift für den Körper. Leonie zuliebe kaufte ich mir eine Kaffeemaschine und Pulverkaffee, damit sie sich bei mir wohlfühlte. Eines Tages hatte ich vergessen, neuen Kaffee zu besorgen, und sie warf mir vor, ich hätte es absichtlich getan, um sie zu vergraulen. Ich wolle sie auf diese Weise abservieren. Wieder mal gab es eine Riesenszene. Von da an reihte sich ein Wahnsinn an den anderen. Sie schluckte massenweise Schmerztabletten. Sie fuhr mit Tempo einhundertvierzig auf regennasser Landstraße, und zwar nachts. Ich fahre selber gerne schnell, aber das … Sie redete mal gut über ihre Mutter, dann wieder schlecht, sehr schlecht sogar. Sie fing ohne ersichtlichen Grund an zu weinen. Sie intrigierte in meinem Freundeskreis gegen eine Frau, von der sie glaubte, sie sei scharf auf mich – was völlig absurd war. Aber am schlimmsten waren die Verletzungen, die sie sich zugefügt hat. Beim Gedanken daran läuft es mir heute noch kalt den Rücken runter.«

Interessiert hakte ich nach: »Was genau hat sie getan?«

»Sie hat sich manchmal gestochen oder die Haut eingeritzt. Zweimal habe ich sie dabei erwischt, einmal mit einem Schlüssel, den sie sich fest über den Bauch gezogen hatte, und einmal mit einer Sicherheitsnadel. Als ich fragte, wieso sie sich das antue, wich sie aus. Natürlich hat sie sich viel öfter verletzt als nur diese beiden Male. Ich habe ja die verkrusteten Wunden gesehen, wenn wir miteinander schliefen. Ich sag's mal direkt: Es war ekelhaft. Ich habe ihr geraten, zum Psychiater zu gehen, aber wenn ich ehrlich sein soll, hatte ich da innerlich schon mit ihr abgeschlossen. Ich habe nur noch den richtigen Zeitpunkt abgewartet.«

»Haben Sie mit Leonies Mutter darüber gesprochen?«

»Mit der? Das hätte noch gefehlt, die war doch völlig hilflos und überfordert. Ich war zweimal mit Leonie bei ihr zum Essen eingeladen, das hat mir gereicht. Sie hat sich alles von ihrer Tochter gefallen lassen, jede Gemeinheit.«

Ich gestand es mir ungern ein, aber Leonies psychische Verfassung war zerrütteter, als ich angenommen hatte. Mit einfacher Launenhaftigkeit war das, was ihr Exfreund da berichtete, nicht mehr zu erklären. Natürlich spielte ich kurz den Gedanken durch, dass er mich in einigen Punkten anlog, beispielsweise was die Verletzungen anging. Könnte er seine Freundin geschlagen und damit ihren geistigen Zustand verschlimmert haben? Der betreuende Arzt aus der Bad Homburger Klinik hatte allerdings von kleinen, frischen Brandverletzungen auf Leonies Brust erzählt, und für die konnte Steffen Herold nicht verantwortlich sein. Das sprach dafür, dass er die Wahrheit sagte.

Ich nahm an, dass der Knaller, den Steffen Herold mir versprochen hatte, Leonies Selbstverletzungen waren. Doch darin irrte ich.

»Sie haben also noch nach dem richtigen Zeitpunkt gesucht, um mit Leonie Schluss zu machen, als sie nach Hiddensee abfuhr. Hatten Sie vielleicht kurz vorher einen Streit mit ihr? Und was wussten Sie von der Pistole?«

Er grinste. »Sie haben mich vorhin falsch verstanden. Ich habe gesagt, dass ich nach dem richtigen Zeitpunkt zum Schlussmachen gesucht habe.«

»Das habe ich auch so verstanden.«

»Ich habe ihn auch gefunden.«

Ich brauchte eine Weile, um seine Worte zu begreifen. »Das heißt, Sie waren nicht mehr ihr Lebensgefährte, als sie nach Hiddensee gefahren ist?«

»Gute Frau, ich war ganze vier Monate lang mit Leonie zusammen. Vier Monate«, wiederholte er. »Ich habe mich kurz vor Weihnachten 2008 von ihr getrennt, fast zwei Jahre vor dem Amoklauf.«

Steffen Herold erzählte mir, wie Leonie während eines gemeinsamen Abends mit Freunden ausgerastet war. Sie saßen in einer Kneipe zusammen, als jemand eine Bemerkung machte, die Leonie nicht passte. Sie warf alle Gläser zu Boden und rannte davon. Steffen machte noch am selben Abend mit ihr Schluss. Jedenfalls glaubte er das.

Von da an rief Leonie zehnmal am Tag und öfter bei ihm an, tagelang, wochenlang, monatelang, und bat um eine zweite Chance. Dazu war er nicht bereit, was Leonie allerdings nicht akzeptierte. Irgendwann ging er nicht mehr ans Telefon, wenn sie anrief. Steffen Herold hatte die digital abgespeicherten Mailbox-Nachrichten nicht gelöscht, für den Fall, dass er sie eines Tages brauchte, um die Stalkerin per Gerichtsbeschluss loszuwerden. Er wählte mit seinem Handy eine Nummer an und startete die Abfrage. Dann gestattete er mir, die Nachrichten mitzuhören.

20. Januar 2009, siebzehn Uhr vierunddreißig: »Hallo, Steffen, Schatz, wir sollten unbedingt miteinander reden. Komm doch vorbei, ich mache uns einen Punsch, den trinkst du ja so gern.«

20. Januar 2009, achtzehn Uhr einundzwanzig: »Steffen, ich muss wissen, ob du kommst, ich muss noch den Punsch vorbereiten.«

20. Januar 2009, neunzehn Uhr sechsundfünfzig: »Wo bleibst du denn? Der Punsch ist fertig.«

20. Januar 2009, zwanzig Uhr siebenundzwanzig: »Du mieser Arsch, du bist echt so was von mies. Scheißkerl.«

So ging das an jedem Tag. Mal kochte sie ihm sein Lieblingsessen, mal verabredete sie sich mit ihm auf einen Spaziergang, mal lud sie ihn zu ihrem Geburtstag ein – ohne dass es je zu einem direkten Kontakt zwischen ihnen gekommen wäre. Ihr letztes richtiges Telefonat hatten sie Ende Dezember 2008 geführt. Danach ließ Steffen ihre Anrufe ausnahmslos auf die Mailbox auflaufen, was Leonie nicht daran hinderte, ihn anzuflehen, zu beschimpfen, zu bedrohen, einzuladen, auszuladen oder ihm Komplimente zu machen ... Manchmal sprach sie zehn Minuten lang auf das Band. Mit der Zeit wurden die Anrufe etwas seltener, aber es verging kein Tag, ohne dass sie sich meldete. Er wechselte die Nummer, aber Leonie bekam sie durch einen Trick heraus.

Im März 2009 versprach sie ihm, einen Schal in seiner Lieblingsfarbe Blau zu stricken, und im September 2009 war er fertig. Plötzlich stand sie vor Steffens Wohnung, das erste Mal nach der Trennung vor neun Monaten. Er tat genau das, was jemand in einem Internet-Blog in Fällen von Stalking empfahl: Er ging einfach an ihr vorbei, würdigte sie weder eines Wortes noch eines Blickes, ganz egal, was sie sagte. Sie klingelte eine Stunde lang Sturm, bis die anderen Hausbewohner sie verjagten. Am nächsten Morgen fand er den Schal in einer Tüte vor seiner Tür.

Sie strickte ihm warme Socken, Kissenbezüge, Handschuhe, einen Kannenwärmer und stopfte sie in seinen Briefkasten oder hängte sie ihm an die Türklinke. Einmal schaffte sie es sogar, ihn bei der Arbeit zu überraschen. Ihre Anrufe setzten sich fort, aber der Stil änderte sich. Leonie fing nun an, ihm aus ihrem Alltag zu erzählen: Ich habe heute dies gemacht oder das gekauft oder die und den getroffen, ganz so, als wäre sie noch immer mit Steffen zusammen und hätte ihn bloß verpasst.

24. November 2009: »Hallo, schade, dass ich dich nicht erreiche. Ich war vorhin im Reisebüro und habe einen Stapel Kataloge von Karibikinseln mitgebracht. Die sollten wir mal durchgehen. Ein Hotel auf Grenada gefällt mir besonders gut, aber ich will nichts vorwegnehmen.«

8. Dezember 2009: »Heute Abend ist die Weihnachtsfeier vom Kindergarten. Ich rufe dich morgen an und erzähle dir, wie es war.«

Anzeige erstattete Steffen Herold nie, er war aber nach eigener Auskunft mehrmals kurz davor. Er bewahrte die Mailbox-Nachrichten nur für den Fall auf, dass die Situation weiter eskalierte. Ich hatte den Eindruck, sein männliches Ego ließ nicht zu, dass eine durchgeknallte Frau ihn kleinkriegen würde und ihm womöglich eine Polizist*in* aus dem Schlamassel helfen musste. Aus demselben Grund schaltete er wohl auch Margarete Korn nicht ein, von der er ohnehin wenig hielt. Was er vielleicht ahnte, aber nicht sicher wusste, war die Tatsache, dass Leonie weder ihrer Mutter noch ihrer Kollegin oder irgendjemandem sonst von der Trennung erzählt hatte. Die Schals, Handschuhe und Kannenwärmer hatte nicht Leonie, sondern Mutter Korn gestrickt, in dem Glauben, ihrem künftigen Schwiegersohn Gutes zu tun.

Alles, was ich von Steffen Herold erfahren und gehört hatte, war deprimierend. Was mich jedoch wirklich erschütterte, waren Leonies letzte Nachrichten auf dem Band, angefangen mit dem Morgen ihrer Abfahrt nach Hiddensee bis hin zum 5. September um dreiundzwanzig Uhr elf, rund eine Stunde vor den Schüssen.

»Steffen, bitte komm her und hol mich ab. Du musst mir helfen. Bitte, bitte, ich brauche dich. Hier geht alles kaputt. Oh mein Gott, es tut so weh. Alles, alles tut so weh. Bitte, bitte, bitte, Steffen …«

»Steffen, Steffen. Ich bitte dich, nur dies eine Mal, hilf mir. Der Sturm … Da war dieses Gesicht, die Dunkelheit. Nimm den Hörer ab. Ich weiß, du bist da. Geh ran. Hier … passiert etwas. Clarissa ist fort. Alle sind draußen, weit weg. Ich höre Schritte. Ich werde sterben, Steffen. Hörst du mich? Ich werde sterben …«

26

September 2010

Leonie entzündete die Zigarette und setzte sich an den Spiegeltisch. Bedächtig öffnete sie ihre Bluse, streifte sie ab. Mit dem Büstenhalter machte sie dasselbe. Trotz ihrer Fülle hatten Leonies Brüste eine gewisse Straffheit bewahrt; sie waren das Einzige, das Leonie schon immer an ihrem Körper mochte.

Sie beobachtete im Spiegel, wie sie die Zigarette mit gleichmäßig ruhigem Tempo näher an die Brust führte. Natürlich hätte sie einfach nach unten blicken und Brust und Zigarette unmittelbar fixieren können, doch sie zog den Umweg über den Spiegel vor.

Ein Zischen.

Der Schmerz zerriss sie, und darin blitzten andere Schmerzen auf: das Dunkel des Geräteschuppens, in dem sie als Kind eingesperrt gewesen war, das Schweigen ihrer Mutter, die Angst vor dem Alleinsein und die Angst, nicht allein zu sein. Vergangenes Leid war – für die Dauer einer Sekunde, für die Dauer des Zischens – eingebettet in das gegenwärtige Leid.

Gleich darauf folgte ein kurzes Glück, vergleichbar mit dem Glück einer gelungenen Flucht, vergleichbar auch mit dem Glück, auf einer Autobahn mit Tempo zweihundertzwanzig zu fahren.

Die Stelle neben der Brustwarze auf der linken Brust rötete sich. Bald würde die Haut anschwellen und eine mit Gewebswasser gefüllte Blase ausbilden.

Leonie schluckte eine Schmerztablette. Dann griff sie zum Handy und wählte die Kurzwahltaste Eins. Erneut entzündete sie die Zigarette und wiederholte den Vorgang auf der rechten Brust. Ihr Mund öffnete sich, ohne dass ein Schrei sich entlud. Ein paar Sekunden später hinterließ sie ihre Nachricht.

»Steffen, bitte komm her und hol mich ab. Du musst mir helfen. Bitte, bitte, ich brauche dich. Hier geht alles kaputt. Oh mein Gott, es tut so weh. Alles, alles tut so weh. Bitte, bitte, bitte, Steffen …«

Sie beendete das Gespräch, schluckte eine zweite Schmerztablette, wischte sich die Tränen vom Kinn, entzündete die Zigarette noch einmal und führte sie langsam auf das Brustbein. Zischen. Ihr Mund öffnete sich.

Die Tür ging auf, Yasmin platzte herein – und sah alles: die Zigarette, die Wunden. Auch ihr Mund öffnete sich, ohne einen Laut hervorzubringen.

Leonie knöpfte rasch die Bluse zu. »Was willst du denn schon wieder?«

Yasmin versuchte ein Wort zu formen. »Ich … Ich suche … Hast du Clarissa gesehen? Sie ist verschwunden.«

Als Timo ins Wohnzimmer kam, waren dort alle außer Vev versammelt. Philipps Haare und das frische Hemd waren nass, weil er die Veranda und die nähere Umgebung des Hauses nach seiner Tochter abgesucht hatte. Timo und Yasmin hatten in allen Schränken und unter allen Betten im Obergeschoss nachgesehen. Leonie verhielt sich passiv.

Wütend rüttelte der Sturm an den Fenstern, heulte auf, schleuderte den Regen wie Nägel gegen das Glas. Im Hintergrund lief der Fernseher, der nun einen Bildausfall meldete.

»Wer hat Clarissa zuletzt gesehen?«, fragte Philipp. Seine Stimme war angespannt und leicht erregt, aber nicht panisch.

»Ich, heute Nachmittag«, antwortete Timo. »Ich habe sie getröstet.«

»Getröstet? War sie traurig?«

Timo vermied, Leonie anzusehen, doch er spürte ihren Blick auf seinem Nacken. »Ähm, ein bisschen.«

»Wieso? Was war los?«

»Ist doch jetzt nicht so wichtig, oder?«

»Ich bin ihr Vater, und ich bestimme, was wichtig ist. Antworte! Was war los gewesen?«

»Sie war enttäuscht, weil Leonie nicht mit ihr spielen wollte und dabei ein bisschen … na ja ungeduldig geworden ist. Später hat Clarissa vor dem Fernseher gesessen, das nehme ich jedenfalls an. Ich habe sie nicht gesehen, aber der Kinderkanal lief. Das war«, Timo warf Philipp einen ernsten Blick zu, »als ich mit Vev auf der Veranda war.«

Philipp erwiderte den Blick. »Und danach?«

»Ich war zuerst am Strand und bin dann direkt auf mein Zimmer gegangen. Ich habe die Kleine weder gesehen noch gehört.«

»Als ich ins Haus gekommen bin«, warf Yasmin ein, »ist der Kinderkanal noch immer gelaufen, daran erinnere ich mich. Es war ungefähr vier Uhr, vielleicht Viertel nach.«

»Da war ich noch am Hafen«, sagte Philipp. »Hast du mit ihr gesprochen?«

»Nein, ich bin nicht ins Wohnzimmer gegangen, sondern

gleich in mein Zimmer. Ich war ziemlich durchgepustet von meinem langen Spaziergang.«

»Ich glaube wohl eher vollgedröhnt von Joints. Ich kann das Hasch bis hier riechen.«

Yasmin wollte gerade etwas erwidern, als Vev ins Zimmer kam. »In der Waschküche und auf dem Speicher ist sie auch nicht«, sagte sie. Die Angst stand ihr ins Gesicht geschrieben. Anders als Philipp gab sie sich keine Mühe, es zu verbergen.

»Clarissa konnte gar nicht in der Waschküche sein«, sagte Philipp. »Die Tür war von außen abgeschlossen. Es wäre unlogisch ...«

Vev fiel ihm ins Wort. »Deine Logik ist mir im Moment scheißegal. Ich suche meine Tochter überall, hörst du? Überall! Habt ihr schon in den Schränken nachgesehen?«

Alle nickten, außer Leonie.

»Unter den Betten auch? In den Duschkabinen?«

Wieder nickten alle, außer Leonie.

»Habt ihr Yim angerufen?«

»Wieso Yim?«, fragte Philipp.

»Er war vorhin kurz hier, um Clarissa Reiskuchen zu bringen.« Plötzlich brach Vev in Tränen aus. Sie stützte das Gesicht in die Hände und schluchzte: »Wäre ich doch bloß nicht in den Wintergarten gegangen! Hätte ich doch bloß nach Clarissa gesehen! Ich habe den Fernseher gehört und dachte, es sei alles in Ordnung. Wer weiß, vielleicht war sie da schon nicht mehr ... Oh mein Gott.«

Philipp lief rot an. Er presste die Lippen zusammen, um etwas zurückzuhalten, doch es gelang ihm nicht. »Du hattest deine Gedanken wohl bei jemand anders.«

Timo hätte Philipp am liebsten eine reingehauen. Vevs Verzweiflung machte ihn fertig. Er dachte daran, dass sie nun schon zum zweiten Mal innerhalb weniger Tage nervlich am Ende war. Zuerst war eine Waffe verschwunden, nun Clarissa. Yasmin und Philipp stand der gleiche Gedanke ins Gesicht geschrieben, doch keiner wollte den Zusammenhang offen herstellen. Sie hüteten ihn wie ein peinliches Familiengeheimnis, jeder für sich.

Die Anwesenden sahen sich gegenseitig an und begriffen mit einem Mal den Ernst der Lage. Ein fünfjähriges Mädchen war irgendwo da draußen.

»In Ordnung«, sagte Philipp im Ton eines Spähtruppführers. »Ich werde den westlichen Strand samt Dünen ablaufen, Vev klappert die Häuser der Nachbarn ab und sucht dann am östlichen Strand weiter. Timo und Yasmin, ihr nehmt den Weg in Richtung Vitte und seht in den Sträuchern nach. Clarissa hat sich bestimmt verirrt und irgendwo Schutz gesucht, wir müssen sie bloß finden.«

Der letzte Satz war die Parole, die niemand anzweifeln durfte, die niemand anzweifeln wollte.

»Leonie, du bleibst hier. Einer von uns muss im Haus sein, für den Fall, dass Clarissa zurückkommt oder dass jemand anruft. Und bitte klingele bei den Nans an, das ist die Kurzwahltaste neun. Hast du das verstanden? Leonie, hast du mir zugehört?«

Leonies Mund verhärtete sich. »Ja.«

Sie zogen sich so wetterfest wie möglich an. Yasmin und Timo hatten keine Anoraks und Stiefel nach Hiddensee mitgebracht und wurden deswegen aus dem Fundus von Philipp und Vev versorgt. Die Jacken waren ihnen zu groß, die Schuhe passten mehr schlecht als recht, aber das musste reichen. Während der Ankleideprozedur sprachen sie nur das Nötigste miteinander, ein »Hier«, ein »Dort«, ein »Ja«, ein »Nein«. Alles Verzierende verkniffen sie sich, auch die Höflichkeit.

Irgendwie bildeten sie eine seltsame Mannschaft: Timo hatte Leonie zurückgewiesen, Vev hatte Timo fallenlassen, Philipp hatte Timo einen Kinnhaken verpasst, Vev und Philipp lagen im Streit, Philipp hatte Yasmin angeschnauzt, Yasmin hatte Leonie bei der Selbstverstümmelung ertappt, worauf beide gerne verzichtet hätten ... Kaum einer konnte den anderen noch leiden, und ihnen war längst bewusst, dass sie nach dem hoffentlich glücklichen Ausgang des Abenteuers auseinanderfallen würden wie das modrige Buch einer längst untergegangenen Epoche.

Für den Moment aber spielte das keine Rolle.

»Fertig?«, fragte Philipp.

Sie nickten.

Kaum dass er die Klinke gedrückt hatte, riss ihm die Wucht des Sturms die Tür aus der Hand. Sie prallte gegen die Wand, wobei das Schloss beschädigt wurde und die Luke im oberen Drittel der Tür einen Sprung bekam. Regen und Wind schlugen und drückten ihnen dermaßen in die Gesichter, dass ihnen fast die Luft wegblieb. In der Haltung eines gleitenden Skispringers arbeiteten sie sich Schritt für Schritt voran. Sofort verloren Timo und Yasmin Philipp und Vev aus den Augen.

Yasmin hielt sich dicht neben Timo, während sie in kurzen Intervallen nach Clarissa riefen.

Wie befohlen hielten sie sich an den Weg in Richtung Vitte. Sobald sie Neuendorf verlassen hatten, wandte Timo sich Yasmin zu. Ihr Gesicht schimmerte tropfnass und eiförmig aus der Kapuze hervor.

»Ich suche ein Stück abseits des Weges«, schrie Timo.

»Du kennst dich hier nicht aus«, antwortete Yasmin.

»Die Insel ist gerade mal einen Kilometer breit, ich werde mich schon nicht verlaufen. Dass wir zu zweit dieselbe Strecke absuchen, ist Verschwendung.«

Yasmin nickte, wenn nicht im Einverständnis, so vor Erschöpfung.

Timo schlug sich in die Büsche zur Linken. Die dünnen Zweige vereinzelten Strauchwerks bogen sich, der Untergrund war weich. Die Schönheit der Heideblüte ging unter in der Gewalt von Nässe und Dunkelheit. Die Natur ächzte, Kiefern knarrten, Wipfel schlug an Wipfel. Aus dem Nichts kam gelegentlich der Schrei eines Vogels, in vermeintlich weiter Ferne brüllte das Meer. Aber über allem rauschten wie eine Decke aus Lärm Wind und Regen. Darum bemüht, kein Geräusch zu überhören – schließlich könnte eines von Clarissa stammen –, streifte Timo die Kapuze zurück.

Immer wieder rief er den Namen des Mädchens, das er vor wenigen Stunden noch mit der Nase angestupst hatte. Es waren ohnmächtige Schreie gegen einen Sturm, der jedes Wort zerriss, zerstörte.

Mehrmals fiel er hin. Er stolperte über Wurzeln, oder eine Böe erfasste ihn. Seine Jeans war längst ein nasser Lappen, und seit er die Kapuze abgestreift hatte, liefen ihm die kalten Tropfen in den Nacken und von dort den Rücken hinunter. Sein Atem ging schwer. Sich gegen das Gewicht des Sturms zu stemmen, einen Fuß vor den anderen zu setzen und aufzustehen, wenn er hingefallen war, bedeutete für ihn eine enorme körperliche Anstrengung. Immer wieder hielt er sich an Baumstämmen fest, hangelte sich an Gestrüpp entlang. Wäre der Wind nicht hauptsächlich aus derselben Richtung gekommen, hätte er die Orientierung verloren.

Er hatte keine Ahnung, wie weit er gekommen war. Es fühlte sich an wie ein Marathonlauf, und auch das Zeitgefühl ging ihm verloren. Sturmtief Emily raubte ihm alle physischen und psychischen Kräfte, alles. Es war, als sauge sie ihn aus.

Irgendwann brach er wehrlos zusammen. Am Boden waren Emilys Kräfte geringer, gegen die Erde vermochte sie wenig auszurichten.

Timo lehnte an einer jungen Birke und blickte nach oben in die Milliarden und Abermilliarden kleiner Quälgeister, die vom Himmel schossen. Zwischen Wolkenfetzen blinkte manchmal der Mond auf wie eine gigantische Leuchtreklame.

Ein paar Mal noch rief er nach Clarissa, aber er dachte in seiner großen Ermattung vor allem an Vev. Er war nahe dran zu beten und wünschte, er hätte es gekonnt.

Mit beiden Händen ergriff er ein paar Zweige, um sich daran hochzuziehen, als sein Blick auf etwas Längliches fiel, das er bisher, beeinträchtigt von Regen, Dunkelheit und Ermattung, für den Teil eines Baumstamms gehalten hatte.

Jetzt erkannte er, dass vor ihm, zum Greifen nahe und mit dem Gesicht nach unten, ein menschlicher Körper lag.

Leonie saß, die Arme um den Oberkörper geschlungen, am Esstisch. Der Sturm brandete mit voller Wucht gegen die Fenster, und auch in Leonies Innern herrschte Sturm. Nur dazwischen war große Ruhe. Ihrem Körper war äußerlich nichts anzumerken von den Dingen, die geschahen, so als wäre er etwas Eigenes, von allem Entfremdetes. Sie tat nichts weiter, als vor sich hin zu starren. Auf ihren Brüsten hatten sich Brandblasen gebildet, die höllisch schmerzten, wogegen sie nichts tun konnte, außer in immer kürzerem Abstand Pillen zu nehmen. In den Phasen dazwischen wusste sie nichts mit sich anzufangen. Sie war ganz auf sich selbst konzentriert. Eine dunkle Masse näherte sich ihr, schwarz, drohend, tödlich, ähnlich der Wetterwand vom Nachmittag – sie zog in ihrem Innern auf.

Wieso hatte Philipp ausgerechnet ihr befohlen, im Haus zu bleiben? Sie war jünger als Yasmin und kräftiger als Timo. Sie war mindestens ebenso gut geeignet, Clarissa zu suchen und zu finden. Trotzdem traute Philipp es ihr nicht zu. Wer hatte sich denn das ganze Wochenende mit der Göre befasst!

Vev war eifersüchtig auf sie, so war das. Philipps Frau wollte nicht, dass sie, Leonie, Clarissa rettete. Die beiden wollten ihr nicht dankbar sein müssen. Die beiden hatten gegen sie gesprochen, hatten hinter ihrem Rücken ihren Rauswurf geplant. Sie hielten sie für bescheuert und glaubten, sie merke nicht, was sie von ihr dachten. Sie spielten ihr etwas vor, eine Posse.

Leonie schluckte noch eine Pille.

Ein auffälliges Geräusch, ein lautes Knacken ließ sie den Blick heben.

»Clarissa?«, rief sie.

Keine Antwort.

In den Nachrichten hatten sie gesagt, gegen neunzehn Uhr erreiche der Sturm die Spitze, es käme zu Böen mit zweihundert Stundenkilometern.

Es war achtzehn Uhr dreißig.

Erneutes Knacken.

»Philipp? Yasmin?«

Keine Antwort.

Ein wenig widerwillig stand sie auf.

»Timo? Vev?«

Plötzlich ein lautes Geräusch, ein Bersten und Klirren. Dann ein schauerliches Rauschen.

Leonie blieb zwei, drei Sekunden lang erschrocken stehen, dann spürte sie die Kälte, den Wind, und sie begriff, was geschehen war. Sofort eilte sie in den Eingangsbereich, und tatsächlich: Die angeschlagene Luke in der Haustür war zerbrochen. Ungehindert strömte der Sturm durch das gesprengte Ventil, stieß den Garderobenständer um, riss einen Spiegel von der Wand … Die Scherben, munter funkelnd im Lampenlicht, bedeckten den Boden.

Unkoordiniert gestikulierte Leonie in der Luft herum, pendelte zwischen Hilflosigkeit und Entschlossenheit. Sie wollte eine Dielentür schließen, die es nicht gab, wollte ohne Schuhe über die Splitter laufen, um den Garderobenständer aufzurichten, und kehrte wieder um.

Eine Decke, sie brauchte eine Decke. Hektisch rannte sie ins Wohnzimmer. Emily hatte inzwischen das Haus unter ihre Kontrolle gebracht. In allen Räumen des Erdgeschosses tanzten Luftwirbel, deren zügelloser Rock'n'Roll Fotorahmen umstürzen, Tischdecken flattern und Blumenvasen kippen ließ. Leonie schloss die wenigen Türen, die es gab, um es dem Wind schwerer zu machen. Sie fand eine Wolldecke auf dem Sofa und breitete sie auf dem Boden des Eingangsbereichs aus. Auf Zehenspitzen ging sie zu ihren Schuhen. Sie waren nass, der Regen peitschte fast waagerecht durch die Luke, wirbelte außerdem Laub und Blüten und sogar kleine Zweige auf.

Leonie zog die Schuhe an. Um dem wilden Treiben ein Ende zu setzen, war es nötig, die Luke irgendwie zu schließen, entweder indem sie das Loch zustopfte oder es verhängte. Vielleicht mit der Decke? Zum Zustopfen würde sie nicht reichen, aber wenn sie den Stoff vor die Luke hängen könnte, drinnen oder draußen … Dazu müsste sie allerdings Nägel in die Tür schlagen. Unabhängig davon, dass sie unsicher war, ob sie in dieser Situation überhaupt in der Lage sein würde, einen Nagelkopf mit dem Hammer zu treffen, waren Nägel in der Haustür wohl eher die letzte Wahl.

Besser war es, die Luke zu verstopfen. Wenn sie eine zweite Decke hätte … Sie lief ins Wohnzimmer zurück, das mittlerweile aussah, als ob ein Raub stattgefunden habe. Ihr Blick fiel unmittelbar auf den rot-weißen Vorhang am Fenster.

Sie wollte ihn soeben mit einem kräftigen Ruck aus der Befestigung reißen, als sie – durch irgendeine Bewegung irritiert, die sie aus den Augenwinkeln wahrnahm – zur Seite blickte, dorthin wo jenseits des Fensters nur Schwärze war, nur Schwärze *sein sollte*.

Inmitten dieser Schwärze sah sie ein Gesicht.

Leonie schrie leise auf und machte einen Schritt zurück, dabei stolperte sie und fiel hin.

Als sie noch einmal zum Fenster blickte, war das Gesicht verschwunden, aber sie war sich *sicher*, es gesehen zu haben. Es war nicht Philipps gewesen, auch nicht Yasmins, Vevs oder Timos, und Clarissas schon gar nicht. Es war ein furchterregendes Gesicht gewesen, irgendwie maskenhaft, geschlechtslos. Sie hatte es nur kurz wahrgenommen, wie einen Blitz, aber sie *spürte*, dass etwas Böses davon ausging.

Fenster. Überall Fenster, wohin sie auch sah. Wer in das Haus eindringen wollte, hätte keine Mühe.

Sie hatte den Gedanken kaum zu Ende gedacht, als sie aus der Gästetoilette ein lautes Klopfen hörte. Sie näherte sich der geschlossenen Tür, vernahm ein Geräusch, als würde ein Eiszapfen in warmes Wasser getaucht, erst ein Knirschen und dann – ein Splittern. Nur einen Augenblick später flogen die beschädigte Haustür und die Toilettentür krachend auf.

Leonie unterdrückte einen Schrei. Mitten in ihrem Herzen explodierte die Angst wie eine Bombe. Die Druckwelle erfasste ihre Lunge, ihre Arme, ihre Beine. Sie rannte in die Küche und zog ein Fleischmesser aus dem Block. Doch die Küche flößte ihr zusätzlich Furcht ein. Von all den Gegenständen, die dort an Haken hingen – Fleischklopfer, Bratengabeln, Gusspfannen, japanische Messer, Messerschärfer –, ging eine Drohung gegen sie aus. Hastig sah sie sich um. Sie wollte weg, nur weg. Das Gesetz der Angst verbot ihr allerdings, einen Weg einzuschlagen, der sie auch nur einen Meter zurück oder um eine Ecke geführt hätte.

Hin- und hergerissen zwischen der Tür zur Veranda – einer Tür ins Freie – und dem Wintergarten, wählte sie den Wintergarten.

Der vollverglaste Raum war wie das Auge eines Orkans. Im Innern herrschte völlige Windstille. Korbmöbel, Lorbeerbäume und Orchideen, Monets Seerosenteich, ein Stillleben und ein plätschernder Brunnen waren Attribute paradiesischen Friedens. Das Chaos war jedoch zum Greifen nahe. Draußen knickten die Äste, Laub klatschte gegen die Scheiben. Die grollenden Geräusche Emilys, die sich der Insel bemächtigt hatte, brachten Leonie zum Erzittern. Das Messer in den kaum noch kontrollierbaren Händen, verkroch sie sich unter einem Tisch.

Sie zückte ihr Handy und drückte die Eins.

»Steffen, Steffen. Ich bitte dich, nur dies eine Mal, hilf mir. Der Sturm … Da war dieses Gesicht, die Dunkelheit. Nimm den Hörer ab. Ich weiß, du bist da. Geh ran. Hier … passiert etwas. Clarissa ist fort. Alle sind draußen, weit weg. Ich höre Schritte. Ich werde sterben, Steffen. Hörst du mich? Ich werde sterben …«

Dann riss die Verbindung ab.

27

Nachdem Steffen Herold sich verabschiedet hatte, saß ich noch zwei Stunden lang auf der Bank im sonnigen Schlosspark von Sanssouci. Leonie spukte in mir. Ich bekam sie nicht mehr aus dem Kopf, sie machte mir Angst, ich verabscheute und bedauerte sie zugleich. Und ich ärgerte mich über mich selbst, weil ich mich von ihr hatte täuschen lassen. Verliebt in meine eigene Theorie, dass Herr Nan der Mörder von Hiddensee gewesen sein könnte, hatte ich mir Leonie schöngeredet, und nun musste ich erkennen, dass sie allemal das Potenzial zur Amokläuferin hatte. Die paar Details, die Zweifel an ihrer Schuld zuließen, reichten bei Weitem nicht aus, um eine seriöse Gegenthese aufzustellen.

Noch von Sanssouci aus rief ich bei Yim an. Nach dreimaligem Klingeln sprang der Anrufbeantworter an.

Ich sagte: »Du hattest recht, was Leonie Korn angeht. Ich habe gerade etwas erfahren, das so erschreckend ist … Na ja, ich lag falsch, das wollte ich dir eigentlich nur sagen. Euer Familiengeheimnis hat nichts mit dem Amoklauf zu tun. Ich habe mich verrannt, und jetzt hoffe ich … Wirst du mich anrufen?«

Zurück in meiner Wohnung, versuchte ich meine Gedanken zu ordnen, was mir jedoch kaum gelang. Zu viele Stimmen redeten durcheinander: Leonie, Yasmin, Margarete Korn, Steffen Herold, Yim, sein Vater … Zu viele Bilder kamen hinzu: der Schuppen, die Gemälde, das Komazimmer, der Segeltörn, das Katzengrab, das Heroin, die Kreideumrisse im Nebelhaus, die Vorstellung von Leonies abscheulicher Tat.

Mit so viel menschlicher Zerstörung und so viel Bösartigkeit hatte ich noch bei keinem Fall zu tun gehabt, was mir zeigte, dass mein Instinkt, den Artikel abzugeben, richtig gewesen war. Es war eben doch ein Unterschied, einen Gerichtsprozess zu verfolgen, in dem das Grauen in Nüchternheit verpackt wurde, oder in das Grauen einzutauchen. Ich warf das ganze Material in die Tonne und legte mich um siebzehn Uhr schlafen.

Zweieinhalb Stunden später klingelte das Telefon.

»Ach, du bist es, Jonas.«

»Enttäuscht?«

»Nein, Quatsch. Ich freue mich immer, deine Stimme zu hören. Ich habe nur auf einen anderen Anruf gewartet.«

»Von einem Mann?«

»Woher weißt du das?«

»Da war so etwas in deiner Stimme … Außerdem haben Söhne einen Riecher für die Liebschaften ihrer Mütter, das liegt ihnen in den Genen.«

»Soso.«

»Ist echt so, die Nasenhaare vibrieren dann auf eine ganz spezielle Weise.«

Ich lachte, aber ich hörte aus meinem eigenen Lacher etwas Gezwungenes, jedenfalls nicht ganz Befreites heraus.

Jonas vernahm es auch. »Dann will ich mal die Leitung nicht länger blockieren«, sagte er.

»Red keinen Unfug.«

»Okay, Mam. Dann stell dich aber auf neugierige Fragen ein. Wie läuft's denn so mit *ihm*?«

»Nicht so gut. Wir hatten Streit, und es war meine Schuld. Na ja, zum Teil. Ich habe ihn um Entschuldigung gebeten und hoffe, er wird mir verzeihen.«

»Erzähl mir ein bisschen von ihm.«

»Wenn du magst … Er ist Deutsch-Kambodschaner …«

»Wow, Asiaten bevorzugt, wie?«

»Er kann göttlich kochen …«

»Da wird jede Frau schwach.«

»… sieht so gut aus wie ein Schauspieler …«

»Na ja, Karl Malden war auch Schauspieler.«

»… und ist ein paar Jährchen jünger als ich.«

»Solange er schon einen Schulabschluss hat, macht mir das nichts. Hat er doch, oder?«

»Blödmann. Er segelt gerne, hat die Stones im Repertoire …«

»Die Stones! Dann hat er seinen Abschluss definitiv schon länger.«

»Wirst du wohl aufhören, über meine Stones zu spotten.«

»Ich weiß, du liebst sie mehr als mich!«

»Nur beinahe.«

»Wie kannst du dich nur mit so jemandem streiten, Mam? Geh zu ihm, und wirf dich ihm zu Füßen.«

»Ich schwanke zwischen dieser Variante …«

»… und ewiger Selbstverbannung.«

»So ungefähr.«

Jonas seufzte. »Klingt nicht, als hättest du einen schönen Abend vor dir.«

»Mir geht's schon besser. Du hast mich aufgeheitert.«

»Dafür sind Söhne ja sonst nicht bekannt.«

Wir sprachen noch ein wenig über sein Studium, ehe wir uns verabschiedeten. Nach dem Telefonat holte ich das in die Tonne geworfene Material wieder hervor, griff zum Hörer und wählte.

28

September 2010

Frau Nan lag vor ihm auf der tropfenden Heide, reglos und bleich. Ihre grauen, melierten Haare klebten im Gesicht, auf den Ohren ... Im Nacken waren sie rot gefärbt von Blut. In der Wölbung von Timos Hand, mit der er ihren Hinterkopf hielt, bildete sich eine rote Pfütze, und sooft er das Blut abschüttelte, es rann unaufhörlich nach. Vergeblich versuchte er, Frau Nan zu Bewusstsein zu bringen, und genauso vergeblich bemühte er sich, sie aufzurichten. Sie war nicht schwer, aber er ebenso wenig. Dazu kamen der Sturm, die Dunkelheit, der matschige Untergrund und das Dickicht. Nach zwei Anläufen war er völlig erledigt.

»Timo?«

Yasmins Stimme war wie eine Rettungsboje, an die er sich klammern konnte. Endlich war er nicht mehr allein mit einer Verletzten, einer Sterbenden womöglich.

»Hier bin ich, hier drüben. Komm schnell.«

»Hast du Clarissa gefunden?«, rief Yasmin, während sie sich durch die Sträucher kämpfte.

»Nein, das ist Frau Nan. Du musst mir helfen, sie zu tragen.«

»Was ist passiert?«

»Keine Ahnung. Ich habe sie so gefunden.«

»Lebt sie noch?«

»Ich … ich nehme es doch an.« Er war seltsamerweise gar nicht auf die Idee gekommen, dass sie tot sein könnte. Nun tastete er ihr Handgelenk ab.

»Meine Hände sind so kalt … Doch, ja, ich fühle ihren Puls. Beeilen wir uns, Frau Nan zum Haus zu bringen.«

Yasmin ergriff die Beine, Timo fasste sie an den Schultern. Immer wieder mussten sie Frau Nan absetzen, immer wieder fielen sie auf die Knie und keuchten. Das Gesicht der Greisin, auf das Timo fast zwangsläufig starrte, blieb unbewegt.

Komm schon, wach auf, halte durch, redete Timo ihr stumm zu. Du bist noch längst nicht am Ende, du hast noch ein paar schöne Jährchen vor dir, an einer Bucht, die begrenzt ist vom Schilf und den Felsen, in deinem Haus aus Holz und Palmblättern, umgeben vom Wald, den Reisfeldern, von den Schreien der Affen, vom Duft des warmen Monsuns … Hörst du den Fluss? Mach die Augen auf, in denen tief verborgen die Sehnsucht versteckt ist, noch einmal den Mekong zu sehen … Du hast genug gebüßt, ein halbes Leben lang. Deine Aufgabe besteht darin, über deine Schuld zu reden, nicht an ihr zugrunde zu gehen.

Er spähte andauernd über die Schulter, in der Erwartung und der Angst, Herrn Nan zu sehen.

Die Augenblicke zwischen den Rufen waren das Schlimmste für Philipp, gefüllt mit Vokabeln der Machtlosigkeit und des Grauens. Solange er rief, hatte er das Gefühl, etwas zu tun, das ihm unweigerlich seine Tochter zurückbrächte, doch sobald der Ruf verklungen, vom Orkan erstickt worden war, erhielt seine Hoffnung einen Rückschlag. Darum rief er, sooft er konnte.

So nah am Wasser traf ihn der Sturm ungefiltert mit voller Wucht. Gelegentlich erfasste ihn eine Welle, riss ihm fast die Beine weg und gab ihm zu verstehen, was passieren würde, wenn sie Clarissa in ihre Gewalt bekäme. Hatte er sein Mädchen jemals vor den Wellen gewarnt? Er erinnerte sich an andere Ermahnungen: Nimm dich in Acht vor Fremden, nimm dich in Acht vor großen Hunden … Sie nahm sich nicht in Acht. Clarissa war allem und jedem gegenüber arglos und aufgeschlossen, auch Dingen, die viel mächtiger waren als sie, so als wolle sie dem Leben sagen: Ich vertraue dir.

Philipp stolperte. Seine Hand krallte sich so fest in den nassen Sand, dass er ihm durch die Finger schlüpfte. Den Rest warf er fluchend ins finstere Nichts. Der Orkan war zu stark geworden, um weiterzusuchen. Vielleicht hatten Vev, Yasmin oder Timo mehr Glück gehabt, vielleicht hatte Clarissa bei einem der Nachbarn Schutz gefunden. So musste es sein. Auf allen vieren kroch Philipp die Düne hoch, rollte sich auf deren andere Seite und kämpfte sich zum Haus zurück.

Heimgekehrt, fand er das blanke Chaos vor. Kaum etwas war noch dort, wo es hingehörte. Alles, was nicht schwer genug war, war verschoben, zerbrochen, verdreht, umgeworfen. Papiere, Zeitungen, Servietten und Clarissas Krakeleien tanzten über die Böden, schoben sich die Wände hoch oder schaukelten durch die Luft.

Er suchte nach Leonie, fand sie aber weder im Erdgeschoss noch in den Zimmern des ersten Stocks. Schließlich bemerkte er die offene Tür zum Wintergarten.

»Leonie, was machst du denn da?« Philipp blickte befremdet auf das Nervenbündel, das unter dem Korbtisch kauerte und ein Messer in Händen hielt. »Das ganze Haus steht Kopf, und du …«

»Philipp, du bist es! Ich habe geglaubt … Da war ein grauenhaftes Gesicht am Fenster … Irgendwie nicht Frau und nicht Mann. Fremd, so fremd. Und dann ist jemand in die Gästetoilette eingebrochen.«

»Was redest du denn da?«

»Überzeuge dich selbst. Jemand ist eingebrochen.«

»Der Sturm ist eingebrochen.«

»Nein, nein, da war jemand. Geh ins Bad, dann siehst du es. Hier, nimm das Messer mit.«

»Ich brauche kein Messer«, sagte er und verließ den Wintergarten. Das war doch nicht zu fassen. Sein Mädchen war verschwunden, sein Haus war verwüstet, und Leonie hatte nichts Besseres zu tun, als völlig durchzudrehen.

Er sah im Bad nach. Tatsächlich war die Scheibe im oberen Drittel zerbrochen. Offensichtlich hatte das Fenster auf Kipp gestanden, und die Zugluft hatte es zu- und wieder aufgerissen, so oft, bis es zersprungen war. Es war noch immer gekippt. Niemand war durch dieses Fenster eingedrungen.

Er hatte keine Lust, sich noch länger mit der Hysterikerin im Wintergarten abzugeben, und ging schnurstracks zum Telefon. Die Polizei musste die Suche nach Clarissa übernehmen, Rettungskräfte mussten ausrücken. Im Grunde wusste er, welche Antwort man ihm geben würde. Bei Orkan kam kein Schiff vom Festland nach Hiddensee, auch kein Hubschrauber. Aber er wollte es gesagt bekommen, wollte jemanden anschreien …

Nicht einmal dieser billige Trost war ihm vergönnt. Die Leitung war zusammengebrochen. Die Geräuschlosigkeit im Hörer stand im Gegensatz zur rasenden Welt. Das Handy wiederum kündigte schon auf dem leuchtenden Display an, dass keine Verbindung möglich war. Nirgendwohin.

Und dann, als das Display wieder erlosch, nachdem es ihm die bittere Wahrheit verkündet hatte, stand alles still. Es war, als hätte die Erde aufgehört, sich zu drehen, als hätte die Zeit aufgehört voranzuschreiten. Philipps Gedanken erstarrten. Er war unfähig, an irgendetwas oder irgendjemanden zu denken. Er sah nur das erloschene Display, sah das Gerät in seiner Hand, die Tastatur, all die Nutzlosigkeit.

Mit einem Mal – so als würde er erwachen – begriff er, dass die Möglichkeit bestand, Clarissa nie mehr wiederzusehen, und selbst wenn er sie noch einmal sähe, dann nicht lebend. Da draußen hatte er es nicht wahrhaben wollen. Auch als er die Notrufnummer gewählt hatte, hatte er es nicht wahrhaben wollen. Erst jetzt, beim Anblick des stummen, erloschenen Telefons, war es möglich.

Inmitten seiner Erstarrung schwand ihm der Boden unter den Füßen. Alles, was er sich in den letzten Jahren aufgebaut hatte, brach in sich zusammen. Das Haus war verwüstet, die Frau ehebrecherisch, die Tochter tot. Und er konnte den Gedanken nicht verhindern, dass an allem Leonie, Timo und Yasmin schuld sein könnten.

Als Timo und Yasmin mit Frau Nans erschlafftem Körper ins Nebelhaus kamen, hatten sie keine Augen für das Chaos. Die Aussicht, sich von der schweren Last zu befreien, beherrschte ihre Gedanken.

»Was ist passiert?«, fragte Philipp.

Sie legten Frau Nan auf das Sofa und brachen daneben zusammen. Umgehend bildeten sich kleine Pfützen um sie herum.

Philipp beugte sich über die reglose Gestalt. Mit der Routine eines Roboterarms legte er nacheinander beide Hände auf alle relevanten Punkte des menschlichen Körpers, die Lebendigkeit beweisen: auf die Handgelenke, auf die Halsschlagader, die Schläfen, das Herz. Er öffnete ihr das linke Auge.

»Sie lebt, sie ist nur bewusstlos, ihr Puls ist fast normal«, sagte er.

An seinem nüchternen Tonfall erkannte Timo, dass Clarissa noch immer vermisst und Philipp daher kaum imstande war, einer anderen Betroffenheit Ausdruck zu verleihen. All seine Zuwendung war absorbiert von der Sorge um seine Tochter.

»Ich habe Frau Nan ein paar Meter von der Straße entfernt gefunden«, sagte er mit dem ersten ihm zur Verfügung stehenden Atem, den er nicht zum Überleben brauchte. »Sie hat eine Wunde am Hinterkopf. Hast du Verbandszeug da?«

»Kann sein. Oben im Bad hängt ein Erste-Hilfe-Kasten.«

Yasmin lief sofort los, während Timo versuchte, den Notruf anzuwählen.

»Die Leitung ist tot«, sagte Philipp.

Timo überzeugte sich davon, dass Philipp recht hatte. »Wir sind tatsächlich von der Außenwelt abgeschnitten. Wäre dies ein billiger Krimi von Edgar Wallace, müsste jetzt auch noch der Strom ausfallen, und wir alle würden mit tropfenden Kerzen durchs Haus laufen.«

»Ich habe deinen Humor noch nie gemocht«, sagte Philipp. »In dieser Situation Scherze zu machen, das ist unanständig.«

»Es ist meine Art, mit der Niedergeschlagenheit umzugehen.«

»Ach so, na dann kann ich es natürlich verstehen, dass du immerzu sprühst vor Witz. Jemand wie du muss ziemlich niedergeschlagen sein, so ein kleiner Scheißer, der seit fünfzehn Jahren, seit er auf den letzten Schornstein geklettert ist, nichts auf die Reihe bringt, der nur zwei erfolglose Bücher vorzuweisen hat, der es nötig hat, sich an einer elf Jahre älteren Frau zu vergreifen, ein Hänfling von einem Gigolo. Außer schöne Reden zu schwingen hast du doch nichts drauf. Immer der liebe, halbintellektuelle Timo, lachend, scherzend, die Bonmots wie Kamellen unter die Leute streuend. Zieht man das ab, ergeht es dir wie einem Clown zum Aufblasen, bei dem das Ventil aufgesprungen ist.«

»Und du«, erwiderte Timo, »bist der Prototyp des Spießers im einundzwanzigsten Jahrhundert: der Puritaner im Glashaus, der Müsli fressende Korrektor, der Globuli-gläubige Familienvater, der jeden zweiten Tag Liebe macht, jeden dritten Tag seine Eltern anruft, niemals mehr als zwei Gläser Wein trinkt, sogar die Zahnpasta im Bioladen kauft und auch nicht vergisst, einen Euro für den vom Aussterben bedrohten nordwestvenezolanischen Grünohrpfeifvogel zu spenden, währenddessen er den Superreichen in den Arsch kriecht und ihnen neue Versailles aus Glas und Tropenholz baut.«

»Meine Rede«, sagte Yasmin, die gerade die Treppe herunterkam. Sie hatte Verbandszeug gefunden, mit dem sie Frau Nans Kopf ungeübt umwickelte. »Wenn ich dran denke, dass du, Philipp, früher mal davon geträumt hast, helle und freundliche Sozialwohnungen zu bauen …«

»Ich glaube, ich spinne. Meine Tochter ist verschwunden, und ich muss mir einen solchen Mist anhören.«

»*Du* hast angefangen«, verteidigte sich Timo.

Leonies Erscheinen beendete den Streit abrupt. Sie war totenbleich, blasser als Frau Nan, und hielt ein Messer in Händen, das zwar passiv in der Höhe ihres Oberschenkels am herabhängenden Arm ruhte, aber dennoch sehr präsent war.

»Sie wurde erschlagen«, sagte Leonie. »Und zwar von der Gestalt, die ich am Fenster gesehen habe. Von einem Mann. Ihrem Ehemann.«

Philipp warf ihr einen ärgerlichen Blick zu. »Was erzählst du da für einen Quatsch?«, rief er, wobei er das letzte Wort derart überbetonte, dass ihm Speichel aus dem Mund sprühte.

»Das ist kein Quatsch.«

»Vorhin hast du gesagt, dass es nicht Mann und nicht Frau war, was du gesehen hast.«

»Ich bin mir jetzt ganz sicher, dass es ein Mann war. Einer wie sie. Deswegen habe ich ihn in der Dunkelheit nicht gleich erkannt.«

»Das glaube ich dir nicht«, erwiderte er. »Keiner mit Verstand glaubt den Phantasien deines verdrehten, durchgeknallten Hirns. Du siehst abwechselnd Gespenster, Einbrecher und Mörder am Werk. Vev hatte recht, dir eine zu scheuern. Nicht einmal jetzt machst du dich nützlich, kannst nicht auf das Haus aufpassen, verkriechst dich unter Tischen, stehst nur herum und phantasierst … Ungeheuerlich, dass man dir jemals erlaubt hat, eine Waffe zu tragen. Gib das Messer her.« Er riss es ihr aus der Hand. »Ich habe es satt, mich noch länger mit dir zu beschäftigen. Geh mir aus den Augen. Hau ab, sage ich.«

Leonie war während Philipps Beschimpfung zunehmend erstarrt. Nun rannte sie die Treppe hinauf und warf die Tür hinter sich zu.

Sie schwiegen. Es gab so viele Gründe dafür – Clarissas ungewisses Schicksal, der Streit, Philipps Wutausbruch, Leonies Flucht, die noch fehlende Vev, die bewusstlose Frau Nan zwischen ihnen –, dass sie ihnen nachgaben.

Kurz darauf fiel tatsächlich der Strom aus.

Timo und Yasmin zündeten ein paar Kerzen an. Einige Minuten lang saßen sie fast andächtig im flackernden Schein beisammen. Ab und zu fiel ihr Blick auf Frau Nan.

Ihr Gesichtsausdruck war frei von Schmerz, gleichmütig. Timo dachte an das, was Leonie gesagt hatte. Stammte die tödliche Verletzung auf Frau Nans Hinterkopf von einem abgebrochenen Ast, der sie unglücklich getroffen hatte, oder hatte Herr Nan zugeschlagen? Das Motiv dafür wäre Timo bekannt. Leonie war zwar nicht gerade die zuverlässigste Zeugin, aber konnte es nicht sein, dass sie wirklich ein Gesicht am Fenster wahrgenommen hatte, das Gesicht von Herrn Nan? Oder … das von Yim?

»Wo ist eigentlich Yim?«, fragte Timo.

»Ich habe ihn zuletzt am Hafen gesehen, vorhin, am späten Nachmittag«, sagte Philipp müde. Der Tonfall zwischen ihnen normalisierte sich. »Auf dem Handy habe ich ihn nicht erreicht, als die Netze noch funktionierten. Und inzwischen …« Er seufzte. »Wir können nur warten und hoffen.«

Genau das taten sie.

Als Vev hereinstürmte und rief: »Da bin ich. Ich habe Clarissa«, rannten Timo, Philipp und Yasmin ihr entgegen. Das Haar klebte ihr in nassen Strähnen auf den Wangen, Tropfen perlten zu Boden, sie war schmutzig und erschöpft, aber sie lachte.

»Sie hatte sich unter einer Eibe versteckt. Dort habe ich sie neulich schon einmal erwischt. Nicht zu glauben – ihr Lieblingsplatz ist ein Ort, wo andere ihr Geschäft verrichten. Traumberuf Toilettenfrau.«

Ich liebe sie, dachte Timo, mein Gott, wie sehr ich sie liebe.

Während Philipp seine verstörte, kleine Tochter in die Arme

schloss, machte Timo mit Vev dasselbe, und obwohl sie kalt und durchnässt war, hatte er sich in ihrer Gegenwart nie wohler gefühlt.

Keiner machte Clarissa Vorwürfe, niemand stellte ihr Fragen. Alle sahen ihren geröteten Wangen die Tränen an, die darübergelaufen waren.

»Jetzt ein warmes Bad und dann ab ins Bett«, sagte Philipp und umarmte sie ein weiteres Mal. »Ich mache das schon, Vev. Ruh dich aus.«

Philipp brachte Clarissa ins Obergeschoss. Vev, die von Timo kurz informiert wurde, was es mit der scheinbar schlafenden Frau Nan auf dem Sofa auf sich hatte, ging in die Küche. Sie brühte sich einen Kräutertee auf, schenkte sich einen Whisky ein und setzte sich mit beiden Getränken neben die Bewusstlose.

»Ich bin sicher, dass sie bald aufwachen wird«, sagte sie zu Timo und Yasmin. »Geht ihr nur in eure Zimmer. Löst mich jemand in einer Stunde ab?«

Yasmin akzeptierte das Angebot umgehend. Timo schloss notdürftig die Haustür, um dem Wind, der immer noch durchs Haus fegte, Einhalt zu gebieten. Als ihm das gelungen war, ließ er Vev in Ruhe – schweren Herzens, aber er wusste, dass sie Zeit für sich brauchte.

Eine halbe Stunde lang schien der Frieden wiederhergestellt.

29

Ich traf mich noch am selben Abend, an dem mich Jonas angerufen und aufgeheitert hatte, mit einer Freundin. Eigentlich war sie eher eine gute Bekannte, mit der ich drei-, viermal im Jahr etwas trinken ging. Sie war schon an die sechzig Jahre alt, und wir hatten auch sonst wenig gemeinsam. Ich hatte Hanna über den Job kennengelernt. Sie war Gerichtspsychologin und erstellte Gutachten. Bei unseren spärlichen Treffen sprachen wir meistens über die Arbeit – Mörder, Opfer, Prozesse –, privat wusste ich von ihr nur, dass sie im Laufe der letzten vier Jahre jedes Jahr vier Kilo zugenommen hatte. Sie war eine eindrucksvolle Erscheinung, hochgewachsen, grauhaarig und mit leicht maskulinen Zügen.

Ich glaube, sie hatte keine große Lust, sich spontan mit mir zu treffen, aber wir hatten uns eine ganze Weile nicht gesehen, was meine Schuld war, und ich machte es ein bisschen dringend.

Jedenfalls gab sie sich nach kurzem Zögern einen Ruck, und ich lud sie in die Bar am Lützowplatz ein.

Wir saßen in hohen schwarzen Ledersesseln, umrahmt von Lichtbögen, und diskutierten die menschliche Psyche, die fröhlich-bunt sein konnte wie Hannas Mai Tai oder dunkel und rätselhaft wie mein Negroni.

»Ich hatte am Telefon den Eindruck, dass dich etwas sehr

beschäftigt, worüber du unbedingt reden musst«, sagte Hanna und kippte sich eine Handvoll Erdnüsse in den Mund.

»Greife in den Sack und ziehe ein Los«, scherzte ich. »Ich müsste über hundert Dinge unbedingt reden.«

»Zum Beispiel?«

»Zum Beispiel darüber, dass ich mich Tag für Tag abrackere, aber gerade so über die Runden komme. Zum Beispiel darüber, dass es auf meinem Schreibtisch von Verbrechern nur so wimmelt und dass der Mann, in den ich mich verliebt habe, sich als Hüter eines dunklen Familiengeheimnisses entpuppt hat.«

»Klingt nach einem Schauerroman.«

»Ist aber mein Leben.«

»Das eine schließt das andere nicht aus. Welches dieser Probleme hat uns denn nun vor einer riesigen Schale mit Nüssen zusammengebracht und lässt mich morgen zweihundert Gramm mehr auf die Waage bringen?«

»Keins davon.«

»Schade. Ich hatte auf das Familiengeheimnis gehofft.«

»Da muss ich dich leider enttäuschen. Ich kann nur mit einer Mörderin dienen.«

»Ah, das Übliche also. Bin ich mit dem Fall vertraut?«

»Ich glaube nicht. Es geht um die Hiddensee-Morde. Bisher ist es nicht zum Prozess gekommen, denn Leonie Korn, die Beschuldigte, liegt im Koma. Ich möchte über den Fall schreiben, und zwar etwas Größeres, einen echten Enthüllungsartikel.«

»Jesses.«

»Ja, allerdings weiß ich nicht, wie ich Leonies seltsames Verhalten einordnen soll, und es gibt noch kein Gutachten …«

»Und da dachtest du, ich könnte dir ein Privatgutachten erstellen. Am besten hier und jetzt?«

»Wenn es dir nichts ausmacht.«

»Sorgst du für Nachschub an Nüssen und Mai Tais? Meiner Erfahrung nach kann man derart düstere Themen am besten mit Fett und Alkohol ertragen.«

»Versprochen.«

»Dann leg mal los.«

Ich verleibte mir mit dem Strohhalm einen Mundvoll Negroni ein, recht bitter und somit passend zum Thema.

»Leonie Korn war zum Zeitpunkt der Tat Ende dreißig, eine Kindergärtnerin, die kurz zuvor entlassen worden ist. Mir liegen Aussagen ihrer Chefin, ihrer Mutter und ihres Exfreundes über ihren Charakter vor, und es fällt mir schwer, diese Beschreibungen einzuordnen. Alle betonen jedoch Leonies Launenhaftigkeit. Ob im Umgang mit ihrer Mutter, ihrem Freund oder mit Kindern – immer waren die Ausschläge extrem. Ihr Vater war sehr streng, er sperrte die kleine Tochter oft in den Keller, und die Mutter war lange Zeit depressiv. Leonie Korn war meines Wissens nie in psychiatrischer Behandlung. Sie haderte mit ihrem Aussehen …«

»Entschuldige, wenn ich dich unterbreche, aber alles, was du mir bisher erzählt hast, trifft auf ein Viertel der Bevölkerung unseres Landes zu. Launen, ein ambivalentes Gefühl zur Mutter, eventuell Depressionen … Ich kann aufgrund solcher Verhaltensweisen kein Psychogramm erstellen, das dich vom Hocker hauen würde.«

»Na schön, wie wäre es damit: Sie hat sich häufig selbst verletzt. Die Ärzte haben kleine, teils vernarbte, teils halb verheilte Stichwunden gefunden, alte Kratzer und mehrere frische

Brandblasen. Außerdem nahm sie übermäßig viele Schmerztabletten und schätzte riskantes Fahrverhalten. Mit Kritik konnte sie offenbar schlecht umgehen – gelinde gesagt. Sie bekam dann bisweilen Zornesausbrüche. Andererseits konnte man sie zum Essen einladen, und sie vermutete dahinter einen Schlich. Dasselbe konnte passieren, wenn ihr Freund vergaß, frischen Kaffee zu kaufen. Sie hat die kleinsten Gesten, Gesichtsausdrücke, Ausdrucksweisen analysiert.«

»Und ist zu abenteuerlichen Schlussfolgerungen gekommen?«

»Allem Anschein nach.«

»Hatte sie vor dem Amoklauf Panikattacken?«

»Davon ist mir nichts bekannt.«

»Hat sie je einen Suizidversuch unternommen?«

»Das weiß ich nicht. Aber sie hat eine Pistole besessen.«

Hanna dachte darüber nach, während sie gemächlich eine Handvoll Erdnüsse im Mund zermahlte. Ich orderte nach.

Ihr bisher eher lockerer Plauderton wechselte zu sachlich und analytisch, eine echte Gutachterstimme. »Ohne mit der Betroffenen sprechen zu können, bleibt meine Analyse vage. Ich fasse noch mal zusammen: extreme Ausschläge in der Bewertung anderer Menschen, unangemessene Verhaltensweise bei Kränkung oder Kritik, Missbrauch von Schmerzmitteln, rücksichtsloses Fahren, ein gestörtes Selbstbild, eine intensive Untersuchung von Gestus, Mimik und so weiter, schließlich Selbstverletzungen. Wie gesagt, ich will mich nicht endgültig festlegen, dafür müsste ich mit den Angehörigen und Freunden der Betroffenen selbst sprechen.«

»Mir würde eine grobe Einschätzung genügen.«

»Borderline.«

»Das habe ich mir schon gedacht. Ich weiß zwar ein bisschen was darüber, aber kannst du mir mehr erzählen?«

»Diese Persönlichkeitsstörung ist nicht zu vergleichen mit schwersten Erkrankungen wie beispielsweise Schizophrenie. Der Begriff Borderline bedeutet, wie du sicherlich weißt, Grenzlinie und ist irreführend, weil er sich nicht auf die Störung selbst bezieht, sondern ausdrückt, dass die Störung im Grenzbereich zwischen neurotisch und psychotisch anzusiedeln ist. Bei Borderline kommt es typischerweise zu den von dir geschilderten Verhaltensweisen. Dazu kommen äußerlich unauffällige Symptome wie das Gefühl von innerer Leere und ein ausgeprägtes Schwarz-Weiß-Denken. Zugrunde liegt oft eine in der Kindheit erlittene Vernachlässigung, sei es durch fehlende Liebe, durch häusliche Gewalt, durch Depressionen eines oder beider Elternteile. Borderliner neigen dazu, abwechselnd Angst vor Nähe und Angst vor dem Alleinsein zu entwickeln. Dementsprechend sprunghaft ist ihr Umgang mit anderen Menschen. Mal idealisieren sie, dann wieder entwerten sie bis hin zur Verteufelung. Bereits die kleinsten Ereignisse können starke Verschiebungen in ihnen auslösen. Da reicht der fehlende Kaffee aus, um eine bis dahin glückliche Beziehung in Frage zu stellen. Borderliner gieren förmlich nach dauernder Bestätigung. Erhalten sie diese nicht, suchen sie die Schuld manchmal bei sich selbst und bestrafen sich dafür. Schon kurz danach kann es passieren, dass sie die Kritik ganz anders einschätzen und die Schuld allein bei denen suchen, von denen sie kritisiert wurden.«

»Würdest du sagen, dass Borderliner starke Aggressionen gegen die Menschen entwickeln, von denen sie kritisiert werden?«

»Das kann man so pauschal nicht sagen. Borderliner empfinden ihr Leben oft als eine emotionale Achterbahnfahrt. Sie durchlaufen, wie wir alle, Phasen des Höhenflugs und Phasen des Tiefpunkts, jedoch ist die Achterbahn der Borderliner bedeutend höher als die anderer Menschen, viel kurviger und voller Loopings, und sie nimmt kein Ende. Aggressionen sind typisch, auch starke, doch deren Schwere hängt von der augenblicklichen Verfassung ab.«

»Welche Umstände könnten Leonie dazu gebracht haben, drei Menschen zu erschießen? Angst? Kritik? Enttäuschung? Das alles zusammen?«

»Wir alle würden in einer solchen Situation unter Stress stehen. Bei einem Borderliner ist er mit großer Wahrscheinlichkeit potenziert, das heißt der Betroffene reagiert ungleich stärker als die meisten anderen Menschen. Sollte Leonie unter einer solchen Persönlichkeitsstörung gelitten haben, hätte ihre ausgeprägte Impulsivität, verbunden mit der extremen Situation eine brisante Mischung ergeben. Damit meine ich allerdings nicht, dass die Mischung zwangsläufig oder auch nur wahrscheinlich zum Amoklauf führen muss.«

»Sondern wozu?«

»Hysterie, Halluzinationen in Form nicht vorhandener Stimmen oder Personen, Suizid … Doro, du musst Folgendes verstehen: Mit Borderlinern zu leben, zu arbeiten oder befreundet zu sein ist nicht gefährlicher als mit x-beliebigen anderen problematischen Menschen – von denen es nicht wenige gibt. Sie empfinden Liebe, Freundschaft, Hoffnung, haben Spaß, trauern … Natürlich stellt der Umgang mit ihnen eine spezielle Herausforderung dar: Man braucht Geduld und muss einiges wegstecken können. Besser man legt nicht alles auf die Goldwaage, was sie sagen oder tun. Borderliner, die sich in einer Therapie befinden, entwickeln jedoch nur selten ein hochaggressives Verhalten, das bis hin zum tätlichen Angriff gegen andere geht.«

»Leonie hat sich nicht in Therapie befunden.«

»Das erhöht die Wahrscheinlichkeit eines hysterisch-aggressiven Verhaltens. Dennoch müsste eine Situation vorliegen, in der Leonie Korn das Gefühl hatte, sich verteidigen zu müssen. Das ist nicht im Sinne einer herkömmlichen Notwehr zu verstehen. Sie könnte unter außergewöhnlichen Umständen gegen eine Person vorgegangen sein, von der sie nach eigener Meinung zutiefst beleidigt oder gedemütigt wurde, oder gegen eine Person, die sie für ihre schwierige Lage verantwortlich machte. Aber ich betone nochmals – die Umstände müssten wirklich außerordentlich gewesen sein. Viel wahrscheinlicher wäre aber auch dann die Selbstbestrafung, also Suizid.«

»Etwas habe ich noch nicht erwähnt. Leonie hat ihren Exfreund gestalkt, und zwar zwei Jahre lang und zum Zeitpunkt des Amoklaufs noch immer.«

Hanna seufzte. »Ja, das passt einerseits, denn Borderline bleibt selten allein, andere Störungen kommen oft hinzu. Andererseits, irgendwie …« Sie sog mit nachdenklicher Miene den letzten Rest Mai Tai aus dem Glas, und ich winkte – versprochen ist versprochen – nach dem nächsten. »Was mich daran stört«, fuhr sie fort, »ist die Tatsache, dass Stalker nur sehr selten Schusswaffen besitzen. Das Verhältnis liegt in Deutschland bei eins zu tausend, das macht eine Drohung mit der Waffe in tausend Fällen von Stalking. Dass von der Waffe Gebrauch gemacht wird, ist noch seltener, das Verhältnis liegt meines Wissens bei eins zu dreitausend. Und noch etwas ist merkwürdig: Stalker sind in der Regel auf *eine* Person fixiert, sie wollen eine Person besitzen oder vielmehr bestrafen. Leonie Korn hat, hilf mir, auf wie viele Menschen geschossen?«

»Auf drei und auf sich selbst. Ihr Exfreund war nicht darunter. Er war weit weg und kannte die Opfer nicht.«

»Sehr seltsam. Stalker schießen, wenn überhaupt, auf die von ihnen verfolgte Person. Und Borderliner schießen weit eher auf sich selbst als auf andere.«

Ich fuhr nach Hause, leicht benebelt von einem Negroni und tausend Überlegungen. Je länger ich mich mit dem Amoklauf von Hiddensee beschäftigte, desto verwirrender wurde er. Anfangs hatte ich Leonie ganz selbstverständlich als Täterin angesehen, dann waren mir Zweifel gekommen, die jedoch Steffen Herold ausgeräumt hatte, und nun zweifelte ich erneut. Innerhalb eines Tages änderte ich meine Meinung nun schon zum zweiten Mal.

Gewiss, für den Laien schien die Sache klar: Leonie war bekloppt, verdreht, eine Stalkerin, die sich wer weiß was einbildete, also hatte sie geschossen, und die Indizien unterstrichen diese Behauptung. Hanna jedoch war psychologische Gutachterin. Wenn sie sagte, dass Leonies Persönlichkeitsstörungen kaum mit dem Amoklauf in Einklang zu bringen waren, ließ mich das aufhorchen. Hanna konnte sich irren – es wäre nicht das erste Mal, dass Gutachter in der Beurteilung der Gefährlichkeit eines Täters danebenlagen. Außerdem hatte sie nicht ausgeschlossen, dass Leonie Amok gelaufen war.

Trotzdem war ich irritiert. Wenn ich Hanna richtig verstanden hatte, war Leonies Amoklauf ungefähr so wahrscheinlich wie eine Planetenkonstellation, bei der alle Himmelskörper in einer Reihe stehen. Es mussten viele Dinge zusammengekommen sein, damit Leonie nicht Steffen Herold oder nur sich selbst, sondern drei andere Menschen getötet hatte, die sie zudem kaum kannte. Waren ein beängstigender Sturm, eine schwere Beleidigung und eine Zurückweisung die giftigen Zutaten für Leonies Zerfall gewesen? Hatte das genügt, um sie zur Mörderin zu machen?

Ich stellte mich darauf ein, die Antwort vielleicht nie zu bekommen. Doch es wurde Zeit, die anderen Überlebenden und Zeugen zu kontaktieren, um den Blick auf den Fall zu erweitern und die Tage und Stunden vor dem Amoklauf zu rekonstruieren. Yasmin hatte Unstimmigkeiten zwischen Philipp, Vev, Leonie, Timo und ihr selbst angedeutet. Das interessierte mich natürlich, und ich nahm mir für den nächsten Morgen vor, ein wenig herumzutelefonieren.

Als ich um Mitternacht nach Hause kam, hockte Yim vor meiner Tür – und aß Sushi.

Ich lachte. »Was machst du denn da?«

»Ich sitze seit drei Stunden hier rum, habe Hunger bekommen und mir etwas bestellt. Der Sushi-Bote hat nicht schlecht gestaunt, dass ich mein Abendessen vor der Haustür einnehme. Er wird sich wohl gedacht haben, dass meine Freundin mich rausgeworfen habe. Willst du einen Happen? Ich hätte noch Lachs-Nigiri, Maki mit Gurke und zwei Odaiko.«

»Nein, danke. Ich war mit einer Freundin unterwegs, wir haben unsere Jahresration Erdnüsse gegessen, und ich verspüre das dringende Bedürfnis, mir die Zähne zu putzen.«

»Darf ich dir dabei Gesellschaft leisten, oder fändest du das anstößig?«

»Perverser, du.«

Während ich mir mit viel Schaum die Krümel aus dem Mund schrubbte, besichtigte Yim meine Wohnung. Der Schreibtisch interessierte ihn besonders, und er scheute sich nicht, die eine oder andere Textseite in die Hand zu nehmen und zu lesen.

»Hast du schon mit dem Artikel angefangen?«, fragte er, sobald ich wieder sprechen konnte.

»Nein, ich weiß noch nicht, wie ich ihn aufbauen will und ob ich eure Namen nennen soll. Wie möchtest du heißen?«

»Cornelius. Ich wollte immer schon mal Cornelius heißen.«

»So hieß der Hahn meiner Großmutter. Er war ein herrschsüchtiges Miststück. Wenn wir meine Oma auf dem Land besuchten, hat er mich jedes Mal verfolgt.« Ich grinste. »Dreimal darfst du raten, was ich mir zu meinem dreizehnten Geburtstag zum Mittagessen gewünscht habe.«

Yim nahm mich in den Arm und drückte mich fest an sich. Unsere Küsse legten den Streit bei, ohne ihn zu lösen. Denn meine Meinung über Leonies Täterschaft hatte sich seit meinem Versöhnungsangebot auf Yims Mailbox erneut geändert, und wie ich mit seinem Vater verfahren sollte, wusste ich noch immer nicht, jedenfalls nicht mit letzter Sicherheit. Eigentlich gehörte er vor Gericht gestellt. Aber Yims Anblick war zu schön, seine Brust war zu warm und verlockend, als dass ich unnachgiebig geblieben wäre. Ich war zu allem bereit.

Er ebenfalls. Unsere Küsse wurden länger, die Umarmungen intensiver. Knöpfe öffneten sich. Ich jauchzte innerlich, dass es endlich so weit war. Mein Herz war begeistert, mein Kopf einverstanden. Wir schliefen miteinander, und es wurde die schönste Stunde für mich seit Jahren.

Um Punkt zwei Uhr zwölf nahm ich die Zeit wieder wahr. Mein Blick fiel zufällig auf den Wecker, und ich bedauerte sofort, zurück zu sein in der normalen Welt. Yim holte mich noch einmal zu sich, zog mich heran. Vielleicht klingt es kitschig oder abgedroschen, aber tausend Glocken läuteten in mir, als ich ihm in die Augen sah. Wann hatte ich zum letzten Mal so gefühlt? Die Antwort fiel mir leicht: noch nie. Du oder keiner, dachte ich.

Doch mit jeder Minute wurde mir klarer, welche Konsequenzen sich aus diesem Selbsteingeständnis ergaben. Von nun an war ich verletzbar, über ein normales Maß hinaus. Ich hatte mich Yim emotional verschrieben, und das war nicht anders, als wenn ich durch Nervenstränge mit ihm verbunden gewesen wäre. Im Moment war das ein Glückszustand ...

Aber schon ein paar Minuten später – gewissermaßen nach der Zigarette danach, die in unserem Fall ein Glas Sekt war – blinkte mich die Kehrseite der Medaille an.

Yim fragte: »Tust du mir einen Gefallen?«

»Natürlich.«

»Mein Vater möchte mit dir sprechen. Er lässt dir ausrichten, dass er ... Du sollst ihn nur anhören. Um mehr bittet er nicht. Er ist eigens deswegen von Hiddensee nach Berlin gekommen.«

Ich seufzte ob des lästigen Themas, das in mein Bett einbrach. »Was verspricht er sich davon?«

»Na, was wohl. Er wird dich zu überzeugen versuchen, ihn nicht den Behörden zu melden.«

»Was ist mit dir, Yim? Stehst du auf seiner Seite?«

»Ich habe nie auf seiner Seite gestanden. Ich habe dir nur alle Konsequenzen vor Augen geführt, die deine Entscheidung – auch für mich – haben würde.«

Ein scheußlicher Verdacht keimte in mir auf: dass Yim mich absichtlich umgarnt hatte, nur damit ich seinen Vater sozusagen begnadigte. Ich zertrat den Gedanken auf der Stelle.

»Also gut, meinetwegen. Wann?«

»Er wartet in meinem Restaurant auf uns.«

»Jetzt gleich?«, rief ich. Die Vorstellung, dass Herr Nan die ganze Zeit, während ich mit Yim geschlafen hatte, an mich gedacht hatte, behagte mir nicht. »Es ist bald halb drei.«

Yim drängte mich nicht weiter. Er schwieg. Aber ein Blick in seine Augen erweichte mich.

Ich konnte ihm die Bitte nicht abschlagen. Nicht mehr jedenfalls.

»Ich will auf keinen Fall mit ihm allein sein. Du bleibst während des Gesprächs bei mir, ja?«

»Unbedingt.«

»Bringen wir es hinter uns.«

Obwohl der Deckenventilator im *Sok sebai te* unermüdlich arbeitete, schien die schwüle Luft zu stehen. Herr Nan saß im hintersten Eck, beinahe verborgen zwischen Trennwänden, Tischen, Stühlen und Lampen. Er erinnerte mich an eine Muräne, an irgendetwas Gemeines, das auf der Lauer liegt. Bei dem Gedanken, dass ich Zimmer an Zimmer mit diesem Mann geschlafen hatte, stolperte mein Herzschlag, und ich war froh, Yim an meiner Seite zu haben. Herr Nan starrte mich an. Er rang sich ein Lächeln ab, das mich abstieß, und streckte mir die Hand entgegen, die ich ignorierte.

Yim holte eine Karaffe stilles Wasser und drei Gläser. Dass er sich dafür ein paar Schritte vom Tisch entfernen musste, ließ mich bereits unruhig werden. Er setzte sich neben mich, nicht neben seinen Vater, wofür ich ihm einen dankbaren Blick zuwarf. Meine Hand legte ich auf seinen Oberschenkel.

»Hier bin ich«, sagte ich zu Herrn Nan. »Ich will stark hoffen, dass Sie nicht versuchen werden, Ihre furchtbaren Verbrechen kleinzureden. In diesem Fall stehe ich sofort auf und gehe.«

Seine Hände rangen miteinander.

Im *Sok sebai te* bekam Viseth Nan etwas Authentisches. Wenn ich mir ihn auf Hiddensee, in der kleinen Küche und im Garten vorstellte, fiel es mir viel schwerer, in ihm den Massenmörder zu sehen, der er war. Dieses Phänomen kannte ich bereits von anderen Verbrechern. In einem dunkelblauen Anzug auf der Anklagebank war ein jeder Mörder so weit weg von seiner Tat, dass er damit fast nichts mehr zu tun zu haben schien. Auch die behördliche Nüchternheit deutscher Gerichtssäle, ebenso wie die Pracht so manches französischen oder englischen Gerichtssaals, trugen zur Verfremdung bei. Dazu die Zuschauer, die Medienvertreter, der ganze Rummel – es brauchte oft eine starke Imaginationskraft, um den Mörder am Werke zu sehen.

Im kambodschanischen Ambiente, mit dem Mekong im Hintergrund, war Herr Nan dorthin zurückgeworfen, wo er vor fast vierzig Jahren gewütet hatte. Frau Nans Gemälde, die sich mir eingebrannt hatten, taten ein Übriges. Dieser schwitzende, kleine Mann im weißen Hemd, der mir gegenübersaß, machte mir nichts mehr vor. Ich roch seine Angst, und seine niedrige Gesinnung stand ihm in den Augen.

»Sie glauben gar nicht, wie sehr ich bedaure, was ich vor langer Zeit getan habe«, begann er. »Ich leide unter heftigen Alpträumen. Ich höre Schreie, wo keine sind. Manchmal bin ich tagelang nicht in der Lage, etwas zu essen. Meine Schuld holt mich immer wieder ein. Bitte bedenken Sie, dass ich damals jung und dumm war, ich habe mich von den Roten Khmer begeistern lassen, wie so viele andere. Sie als Deutsche müssten wissen, wovon ich rede, wie so etwas vonstattengeht.«

»Ich hätte mir denken können, dass Sie diese Karte ausspielen. Und ich gebe Ihnen recht – ich weiß tatsächlich, dass ganze Völker sich zum Bösen hinreißen lassen können. Individuen fühlen sich nun einmal unter Gleichgesinnten wohler, und so greift der Wahn um sich. Ich weiß aber auch, dass man für seine Taten die Verantwortung übernehmen muss. Irren ist menschlich, jedoch nicht straffrei. Außerdem besteht ein großer Unterschied zwischen einem Jungspund, der den Mördern zuwinkt, ihre Ideologie übernimmt und ihnen vielleicht einige Hilfsdienste leistet, und einem über Dreißigjährigen, der ein Mordlager leitet. Sie haben Tausende von Menschen gefoltert und auf grausamste Weise getötet, und ich will gar nicht wissen, welche sadistischen Spielchen Sie vorher mit ihnen getrieben haben.«

Ich war heftig geworden. Während ich einen Schluck Wasser trank, gewann ich meine Fassung einigermaßen zurück.

»Ich bin ein alter Mann«, sagte er. »Ich kann mich kaum noch an den Burschen erinnern, der ich mal war. Ich habe mich geändert, Frau Kagel.«

Immer wieder suchten seine Augen den Kontakt zu Yim, doch der blickte beharrlich auf den Tisch.

»Sie haben sich also geändert, sind ein neuer Mensch geworden, ja? Bitte sagen Sie mir, warum Ihre Frau in der Sturmnacht von Hiddensee zum Nebelhaus gelaufen ist.«

»Was hat denn das damit zu tun?«, fragte Herr Nan, und auch Yim sah verwundert auf.

»Herr Nan, wenn Sie möchten, dass wir das Gespräch fortsetzen, beantworten Sie bitte meine Frage.«

»Sie hat mitgeholfen, genau wie ich, das kleine Mädchen zu suchen, das vermisst wurde. Meine Frau hat die Kleine gerne gemocht.«

»Wie haben Sie davon erfahren?«

»Das ist so lange her … Vermutlich über das Telefon. Ja, jetzt weiß ich es wieder. Jemand hat uns angerufen.«

»Ich habe eine Aussage von Yasmin Germinal, dass man im Nebelhaus zwar versucht hat, Sie und Ihre Frau zu erreichen, aber dass es nicht möglich war. Die Telefonleitungen waren längst gestört, als man Clarissas Verschwinden bemerkte.«

»Das Handy, es muss ein Anruf auf dem Handy gewesen sein.«

»Nur besitzen Sie kein Mobiltelefon, wie mir Yim erzählt hat. Sie halten nicht viel von den Dingern.«

»Dann hatte Yim seines zu Hause vergessen. So war es.«

»Ich glaube etwas ganz anderes. Ich glaube, Ihre Frau war dabei, sich von Ihnen zu lösen, vielleicht sogar sich selbst und Sie anzuzeigen. All diese Gemälde im Schuppen … Yasmin Germinal erzählte mir, dass Ihre Frau dort ein langes Gespräch mit Timo Stadtmüller geführt hat, dem Autor. Sie bekamen es mit der Angst zu tun. Hatte ein Außenstehender von Ihren Verbrechen erfahren? Mehr noch als die juristische Verfolgung fürchteten Sie die Verfolgung durch die Wahrheit, die Sie so geflissentlich von sich fernhielten. Den Schuppen verbargen Sie in einem Sarkophag aus Blumen, so wie Sie vermutlich alles, was Sie an Ihre Verbrechen erinnert, in den letzten dreißig Jahren bedeckt oder beseitigt haben. Das Letzte, was Sie bisher nicht beseitigt hatten, war Ihre Frau.«

»Nein … Nein.«

»Die Schande, als Massenmörder gebrandmarkt zu werden,

war für Sie eine unerträgliche Vorstellung. Die Einzelheiten dessen, was in der Sturmnacht in Ihrem Haus passiert ist, sind mir nicht bekannt, aber ich glaube, es kam zu einer Eskalation. Ihre Frau lief vor Ihnen davon, mitten in den Sturm hinein, und Sie verfolgten sie. Sie haben Ihre eigene Frau niedergeschlagen, und danach sind Sie zum Nebelhaus gegangen.«

»Nein … Nein, nein, nein.«

Ich wandte mich Yim zu. »Hast du an jenem Abend dein Handy im Haus deiner Eltern vergessen?«

Yim sah erst mich an, dann seinen Vater. Er schloss die Augen, öffnete sie wieder. Meine Hand lag erneut auf seinem Schenkel. Ich konnte nur raten, was in ihm vorging. Er sah sich mit der Möglichkeit konfrontiert, dass sein Vater seine Mutter getötet hatte. Trotz der vielen Jahre in diesem Beruf, trotz der unzähligen Stunden, die ich mit Opfern und Mördern, Zeugen und Polizisten in Gerichtssälen verbracht hatte, konnte ich mir nicht vorstellen, wie er sich in diesem Augenblick fühlte. Er war damit aufgewachsen, der Wahrheit aus dem Weg zu gehen, und nun sprang sie ihm mitten ins Gesicht. War er stark genug, ihr standzuhalten?

»Yim?«, fragte ich. »Was war mit dem Handy?«

Er stand auf und schien unschlüssig, was er nun tun sollte. Am Tresen schenkte er sich einen Schnaps ein, wobei er einiges vergoss, und kippte ihn in einem Zug herunter.

»Komm wieder zurück, Yim«, sagte ich.

Plötzlich sah ich ihn nicht mehr. Dafür hörte ich die Küchentür auf- und zugehen.

Was sollte ich beunruhigender finden? Dass Yim verschwunden war oder dass ich mit Herrn Nan allein am Tisch saß? Mehrmals rief ich Yims Namen, bekam jedoch keine Antwort.

Der leere, spärlich beleuchtete Gastraum hatte für mich jegliche nostalgische Ausstrahlung verloren, die ich Tage zuvor noch genossen hatte.

Ich wollte aufstehen und zu Yim in die Küche gehen.

Wie eine Schlange schoss Herr Nans Hand hervor und hielt mich am Arm fest. »Bleiben Sie.«

»Lassen Sie mich los.«

Ich hörte die Küchentür. Herr Nan gab meinen Arm frei, und ich setzte mich auf meinen Platz zurück.

Yim kam. In seiner Hand hielt er ein langes japanisches Messer.

30

September 2010

Leonie saß auf der Bettkante. Ihr Zimmer war finster. Sie entzündete ein Streichholz nach dem anderen und warf es achtlos weg. Als alle Streichhölzer aufgebraucht waren, zerfetzte sie eine Seite nach der anderen von Timos Roman und riss den Smiley herunter.

Wie schon einige Stunden zuvor, als sie allein im Haus gewesen war, zog eine schwarze Wand in ihrem Innern auf, ein Sturm von Gedanken und Gefühlen, deren Richtung ständig wechselte. Sie zitterte und war kaum in der Lage, den Kopf gerade und den Rücken aufrecht zu halten. Es gab einen Gleichklang zwischen der vom Sturm beherrschten Außenwelt, dem Sturm in ihrem Innern und einem Körper, der ihr nicht mehr gehorchte, nicht mehr gehörte. Er war zum Eigentum von Angst und Zorn geworden. Zum Eigentum der Übelkeit einer unendlichen Achterbahnfahrt, zum Eigentum von Überdruss. Von Leere. Leere. Sie glaubte zu zerfallen. Es war ein Verfall im Dunkeln und ins Dunkle hinein.

Sie hörte Stimmen, ein leises Murmeln. Dann wurde es still, sehr still. Der Wind, die Bäume, das Meer – sie schwiegen. Noch immer klapperten die Fenster, bogen sich die Wipfel, wirbelten Zweige durch die Lüfte, schlug Laub ans Fenster, brandeten Wellen auf den Strand, doch das alles in größter Geräuschlosigkeit.

Leonie griff zum Handy, wählte die Eins.

»Steffen, ich wollte dir nur sagen, dass du mich ankotzt, dass ihr alle mich ankotzt. Ihr trampelt auf meinen Gefühlen herum, Leute wie du. Immer gebt ihr mir an allem die Schuld, dabei seid ihr selbst oft genug die Versager und Täuscher. Ich ertrage euch fiese Typen nicht länger. Damit ist jetzt Schluss. Ich zeige es euch, ich zeige es euch allen. Ihr werdet schon sehen, was ihr davon habt.«

Dass diese letzte Nachricht Steffen nie erreichte, weil die Verbindung unterbrochen war, bemerkte Leonie nicht.

Sie öffnete den Geschenkkarton, den Yim ihr am Nachmittag vorbeigebracht hatte, wobei er eine Entschuldigung im Namen seiner Mutter gemurmelt hatte. Noch immer steckten vier Patronen im Magazin der Pistole.

Sie trank einen Schluck Orangensaft, der auf dem Nachttisch stand, kippte den Rest auf den Boden, öffnete ihre Zimmertür und trat in den Flur hinaus.

31

Yim trat, die Spitze der Klinge von sich weg gerichtet, an den Tisch heran, an dem sein Vater und ich saßen.

»Du …«, sagte er und schluckte. »Du hast meine Mutter ermordet.«

»Glaub nicht den Lügen dieser Frau«, flehte Herr Nan.

»Deinen habe ich viel zu lange geglaubt. Ich habe mein Handy an jenem Abend nicht vergessen. Ich war am Hafen und habe beim Festbinden der Boote geholfen. Ein früherer Klassenkamerad bat mich dann noch um Hilfe, an seinem Haus war etwas zu richten, und ich erinnere mich genau, wie ich mit dem Handy versuchte, dich und Mutter anzurufen. Ich bekam zwar noch Empfang, aber die Leitung zu euch war unterbrochen. Ich machte mir Sorgen. Gegen den Rat meines Freundes ging ich mitten im Sturm zum Haus zurück. Ihr wart nicht da. Ich suchte überall, auch im Schuppen … Eine Weile blieb ich. Dann beschloss ich, mich zum Nebelhaus durchzukämpfen. Mutter … Ich habe sie tot aufgefunden. Und du hast sie umgebracht.«

»Bist du verrückt, Sohn?«, rief Herr Nan. »Dass ich und deine Mutter nicht nach dem Mädchen gesucht haben, heißt doch nicht, dass ich sie umgebracht habe.«

»Warum sonst hast du uns gerade angelogen?«

»Das wäre auch meine Frage gewesen«, sagte ich. »Wenn Sie

nichts zu verbergen hätten, hätten Sie mir nicht das Märchen vom vergessenen Handy erzählt.«

»Ich … ich … Gut, ich gebe es zu, ich habe meiner Frau gedroht, habe mich vergessen, bin hinter ihr her … Ich wollte sie aufhalten, aber doch nicht … umbringen. Sie hat nicht auf mich gehört. Da hat ein Ast sie getroffen.«

»Ich habe genug gehört«, sagte Yim.

»Der Ast ist von einem Baum abgeknickt«, schrie Herr Nan. »Ich habe deine Mutter nicht erschlagen. Das könnte ich gar nicht. Ich habe sie doch … geliebt.«

Yim machte einen Ausfall nach vorne und hielt seinem Vater das Messer an die Kehle. »Nimm dieses Wort nie wieder in den Mund. Sag endlich die Wahrheit.«

Ich versuchte, Yim zu beschwichtigen, hatte ehrlich Sorge, dass er seinen Vater vor Wut erstechen würde. Zum Glück ließ Herrn Nans Geständnis nicht lange auf sich warten.

»Bitte, tu mir nichts. Ich habe sie geschlagen. Ja, ich habe mit einem Ast auf sie eingeprügelt. Aber es war ein dünner Ast. Ganz dünn. Ich verstehe nicht, wie …«

Yim schleuderte das Messer zu Boden. Sein Oberkörper wölbte sich über die Tischplatte, den Kopf verbarg er zwischen den Armen, und er schluchzte. Ich streichelte ihn. Seine Verzweiflung tat mir so weh, als wäre es meine eigene.

Auch Herr Nan weinte, jedoch in starrer Haltung. »Sie ist trotzdem nicht durch meine Hände gestorben«, beharrte er. »Sie ist erschossen worden. Ich war es nicht. Ich schwöre, dass ich nicht der Schütze war.«

»Das sollen die Behörden klären«, erwiderte ich. »Ich werde die neuen Erkenntnisse der Staatsanwaltschaft zukommen lassen. Dazu gehört selbstverständlich auch Ihre Vergangenheit,

Herr Nan. Sie haben behauptet, ein anderer Mensch geworden zu sein. Vielleicht glauben Sie das sogar. Ich muss Ihnen leider sagen, dass Sie sich irren. Ganz egal ob Sie der Schütze sind oder nicht, Sie sind noch immer derselbe, der Sie damals waren. Komm, Yim, wir gehen.«

Yim hatte sich wieder aufgerichtet. Die Verachtung, mit der er seinen Vater bedachte, stimmte mich zuversichtlich, dass er mit meiner Entscheidung einverstanden sein würde, auch wenn sie seine berufliche Existenz gefährdete. Er hatte seine Mutter geliebt, wenngleich er ihr nie wirklich nahegekommen war. Dass sein Vater auf sie eingeschlagen hatte, würde er ihm nie verzeihen.

»Warten Sie«, sagte Herr Nan mit resignierter Stimme. »Da Ihr Entschluss feststeht und Yim sich endgültig von mir abgewandt hat, ist nun sowieso alles egal. Ich werde Ihnen erzählen, was vor zwei Jahren passiert ist.«

32

September 2010

Leonie kam ohne anzuklopfen in Timos Zimmer und schloss die Tür hinter sich. Erst dann sah er die Waffe.

»So, Timo«, sagte sie.

Noch vor wenigen Tagen hätte ihn der Anblick nicht weiter beunruhigt – er hätte eben einfach Leonie mit einer Waffe gesehen, mehr nicht. Erst die Assoziation, die Verknüpfung zweier Bilder ließ ihn die Gefahr erkennen. Ihr Blick, zusammengenommen mit der Pistole, machte ihm jäh bewusst, dass er sich in einer unberechenbaren Situation befand, die, einem Pendel gleich, in jede Richtung ausschlagen konnte. Das Chaosprinzip in Vollendung, ein Lotteriespiel.

»Leonie«, sagte er, den Blick auf die Mündung gerichtet. »Hallo.«

Er fand es bescheuert, dem Tod Hallo zu sagen, aber von diesem Moment an war er in einer Ausnahmesituation, gleichsam in einer Rolle, die er aus dem Stegreif zu spielen hatte. Eine Million Dinge gingen ihm gleichzeitig durch den Kopf, Banales wie Großartiges, von Feigheit bis zu Heldentum reichende Gedanken. Er hielt es zum ersten Mal in seinem Leben für möglich, in der nächsten Sekunde zu sterben. Er war mit sich selbst konfrontiert, mit seiner Angst, seinem Ehrgeiz und dem

Gefühl der Unzulänglichkeit, dass er in seinem Leben noch nicht viel erreicht hatte. Das erwartete man doch von jedem – etwas zu erreichen, zu heiraten, Kinder zu haben, einen guten Job zu machen, aufzusteigen, Eigentum anzuhäufen, so viele Facebook-Freunde wie möglich zu sammeln ... Daumen hoch, gefällt mir – nur darum ging es. Der Daumen für ihn zeigte schräg nach unten, und die ganze Gülle, die diese Erkenntnis mit sich brachte, stieg ätzend in ihm auf.

Leonie sprach nicht, zitterte nicht. Von einer Mörderin hätte er erwartet, dass sie aufgeregt war. Ihr Gesicht machte den Eindruck, als wolle es sagen: So, das hast du jetzt davon.

Er stand ungefähr drei Meter von ihr entfernt und roch ihren Schweiß. Sollte er versuchen, sie zu beschwichtigen? Sollte er schreien? Wenn er schrie, dann was? Hilfe, Mörderin? Hilfe?

Timo und Leonie standen etwa zwanzig Sekunden lang schweigend und bewegungslos in dem Zimmer, sie mit dem Rücken zur Tür, er mit dem Rücken zum Bett. Dann bewegte Leonie die Pistole am ausgestreckten Arm abrupt nach unten.

Wieso? Das fragte er sich nicht. Schlagartig erkannte er die Gelegenheit, sich zu retten. Nur das: sich zu retten, indem er ihr die Waffe entwand.

Es ging alles sehr schnell. Er rannte auf Leonie zu. Drei Meter waren nicht viel, aber er benötigte aus dem Stand heraus etwas mehr als eine Sekunde, vielleicht anderthalb Sekunden, um die Strecke zurückzulegen. Gerade als er sich in Bewegung gesetzt hatte, sah er, wie Leonie die Waffe an ihre Schläfe setzte. Hätte sie das eine Sekunde vorher getan – er hätte nichts unternommen. Gar nichts. Er hätte zugesehen. Er wäre, noch ganz erfüllt von seiner Charaktergülle, vermutlich erleichtert gewesen, dass sie sich selbst und nicht ihn umbringen wollte. Ihr gesprengtes

Hirn auf seinem T-Shirt wäre ihm wie ein Geschenk vorgekommen im Vergleich zu den trüben Aussichten im Hinblick auf seine Lebensdauer, die er noch kurz vorher gehabt hatte.

Doch es war zu spät. Er war praktisch schon bei ihr, als er begriff, dass sie es auf sich selbst abgesehen hatte und er lediglich als Zuschauer fungieren sollte. Er konnte nicht mehr anhalten und fiel ihr in den Arm.

Sie war stärker, als er dachte. Der Kampf war stumm und absurd. Er rang mit Leonie um ihr Leben, dabei wollte sie sterben, und ihm war es gleichgültig, ob sie starb. Aber er hatte Angst, dass sie nun, da er sich gegen sie gestellt hatte, doch zuerst ihn und erst dann sich selbst umbringen würde, für den Fall, dass er zurückwich. Aus diesem Grund gab er nicht nach.

Die Pistole prallte gegen Leonies rechten Mundwinkel, doch sie kämpfte weiter. Ein paar Sekunden später fiel der erste Schuss. Die Kugel bohrte sich von unten durch Leonies Kehle und Mund, ohne durch den Schädel auszutreten. Sie sackte an der Wand zu Boden, und Timo fand sich mit der Pistole in der linken Hand wieder.

Von dem Moment an hatte er das Gefühl, als würde alles noch viel, viel schneller weitergehen als zuvor.

Da war die Pistole. Da war Blut. Da war seine Euphorie zu leben. Zu leben! Da war Adrenalin. Da war Macht im Spiel, Lust, Potenz. Da war Liebe, seine Liebe zu Vev. Da war die Gülle von vorhin, die nur langsam abfloss, zu langsam ... Da war die Schubumkehr. Irgendwohin musste die Kraft umgeleitet werden. Und da war die Angst, für immer ein Verlierer zu bleiben. Die Pistole sog die Angst auf, neutralisierte sie. Die Pistole konnte sein Leben zum Besseren wenden.

Er öffnete die Tür und schlüpfte in den Flur. Seit dem Schuss war kaum Zeit vergangen. Hatte überhaupt jemand etwas gehört? Der Sturm tobte, lärmte noch immer. Timo eilte die wenigen Meter über den Flur und öffnete die Tür zum Schlafzimmer von Philipp und Vev.

Philipp hatte einen Pyjama an, trug eine Lesebrille und war gerade dabei, das Zimmer zu verlassen.

»Timo«, sagte er. »Ich habe gerade ein lautes Geräusch gehört. Ist etwas passiert?«

Timo hob die Pistole in der gleichen Weise, wie Leonie es bei ihm gemacht hatte – und drückte ab.

Die Kugel traf Philipp in die Stirn, präzise zwischen die Augen. Er fiel rücklings zu Boden.

Es war eine Inspiration gewesen, etwas, das seinen Ursprung vielleicht am selben Ort hatte, an dem auch die Ideen des Künstlers entstanden, ein Zusammenprall von menschlichem Wunsch und göttlicher Gelegenheit. Das Paradies tat sich vor Timo auf. Zuallererst ein Leben mit Vev – er sah sich, wie er sie liebte, wieder und wieder in sie eindrang, in einer Berliner Dachgeschosswohnung, unter kretischer Sonne, an Ostseestränden … Sie würde zu ihm gehören. Zum ersten Mal hatte er sich etwas Bleibendes erobert, eine Liebe. Und ein Kind gleich noch dazu. Mit der Zeit würde Clarissa zu seinem Mädchen werden, zu seiner Stupsi. Einmal im Jahr, an Philipps Todestag, würden sie zu dritt zum Friedhof fahren. Timo würde taktvoll am Eingang zurückbleiben.

Das wäre der einzige, winzige Triumph, der Philipp bleiben würde. Philipp hätte Vev und Clarissa für fünf Minuten im Jahr, Timo für dreihundertfünfundsechzig Tage dreiundzwanzig Stunden und fünfundfünfzig Minuten. Oder, anders gerechnet, fünfhundertdreitausendsiebenhundertfünfundfünfzig Minuten. Timo war von nun an ein halber Minutenmillionär. Philipp dagegen war pleite. Dead Man.

Ja, und dann noch das Geld, Philipps hübsches Architektenvermögen. Timo sah sich am Wendepunkt seines Lebens.

Aus den Augenwinkeln heraus bemerkte er eine Bewegung im Zimmer. Jetzt erst sah er, dass Clarissa in der Mitte des Bettes lag; er hatte sie in ihrem Zimmer vermutet. Sie starrte ihn an, starrte, starrte …

Er atmete tief ein und sagte: »Clarissa.« Mehr brachte er nicht heraus. Sie sprang aus dem Bett und lief an ihm vorbei, ehe er sie aufhalten konnte. Er rannte hinter ihr her. Mit gedämpfter Lautstärke rief er: »Clarissa, bleib stehen. Bitte bleib stehen. Komm zu mir. Ich tue dir nichts.«

Sie hörte nicht auf ihn, hatte bereits den Flur durchquert und die Wendeltreppe erreicht.

Wenn sie redete, wäre alles verloren.

Er wollte ihr nichts tun.

Timo schoss.

Die Kugel sprengte Clarissas Kopf, Hirnmasse spritzte gegen die Säule, der Körper purzelte einige Stufen hinunter und blieb mitten auf der Treppe in verrenkter Pose liegen.

Timo fasste sich an die Stirn, dann legte er die Hand auf den Mund. Er zitterte wie ein Parkinsonkranker. Schweiß troff ihm über die Nase auf die Lippen, er leckte ihn ab, schmeckte seine Erregung. Sein Atem ging schwer.

Als er Schritte hörte, riss er sich zusammen, hielt die Luft an und schloss die Augen. Bitte, lieber Gott, lass es nicht Vev sein. Er öffnete die Augen wieder.

Frau Nan stand mehrere Stufen unter ihm auf der Wendeltreppe. Zwischen ihm und ihr lag Clarissas Leiche, an der ihr entsetzter Blick entlangglitt, der zunächst auf der Pistole und schließlich auf ihm haften blieb. Sie schlug beide Hände vor den Mund und presste zugleich einen seltsamen, hohen Stoßseufzer hervor. Dann machte sie kehrt und rannte die Treppe hinunter. Timo sprang über die Leiche des Kindes und holte Frau Nan ein, als sie gerade die Haustür aufgezerrt und einen Schritt in den Sturm gemacht hatte. In dem Moment, als er abdrückte, drehte sie sich zu ihm um. Die Kugel drang in den Unterleib ein, Frau Nan sank auf die Knie. Das Letzte, was sie sah, bevor sie tot zusammenbrach, waren die Augen ihres Mörders.

Binnen drei Minuten und dreißig Sekunden hatte Timo vier Menschen niedergeschossen, einen aus Versehen, einen mit voller Absicht und zwei weitere, weil es nicht anders ging.

Das Magazin war leer. Wer weiß, was er mit einer fünften Kugel getan hätte? Vielleicht wäre er Frau Nan, Clarissa, Philipp und Leonie gefolgt. Vielleicht hätte er einen Fünften erschossen, jenen Mann nämlich, der nicht weit vom Haus entfernt klatschnass im Regen stand und den Tod seiner Frau beobachtet hatte.

Die beiden Mörder wechselten einen Blick, bevor jeder von ihnen in seine eigene Dunkelheit eintauchte. Herr Nan wurde von der Nacht verschluckt, Timo kehrte ins Haus zurück.

Geduckt und leise huschte er die Treppe hinauf. In seinem Zimmer entfernte er rasch seine Fingerabdrücke von der Waffe, um anschließend jene von Leonie reichlich darauf zu platzieren.

Nun brauchte er nur noch jemanden, dem er entsetzt berichten konnte, dass Leonie in sein Zimmer eingedrungen war und sich vor seinen Augen erschossen hatte.

Aus dem Badezimmer drangen laute Musik und das Rauschen der Dusche – vermutlich Yasmin.

»Yasmin? Um Himmels willen, Yasmin, mach die Tür auf. Es ist etwas Schreckliches passiert.«

Die Tür war verschlossen, alles Rütteln und Schreien änderte daran nichts. Also lief er ins Erdgeschoss, um Vev zu suchen, traf jedoch auf Yim. Der stand kreidebleich und benommen in der Diele, wo seine leblose Mutter lag.

Timo gab sich bestürzt. »Oh Gott, ist sie … ist sie tot?«, fragte er.

Yim nickte gedankenverloren.

Timo stammelte: »Sie ist nicht die Einzige. Auf der Treppe … Clarissa … und oben Philipp. Leonie. Sie hat … sie hat …« Er fand, er machte seine Sache gut. »Yim, kannst du den Notruf anwählen? Oder vielleicht kennst du jemanden in Neuendorf, der ein Funkgerät hat. Ich … ich muss jetzt zu Vev und ihr … und ihr … Kommst du zurecht? Übrigens, Yasmin hat sich im Bad eingeschlossen. Sie duscht oder … ich weiß auch nicht, vielleicht hat sie etwas mitbekommen. Sie antwortet einfach nicht. Kannst du – natürlich nur, wenn es nicht zu viel verlangt ist – dich um sie kümmern?«

Yim nickte gedankenverloren. Er sah aus, als könnte er in der nächsten Sekunde zusammenklappen, und nachdem er die ersten Stufen der Wendeltreppe hinaufgegangen war, hörte Timo seinen Aufschrei. Doch Timo kümmerte sich nicht darum.

Sein Gang war schwer, der schwerste des Abends. Timo fand Vev in der Küche, wo sie auf einem kleinen Gasbrenner einen Tee zubereitete. Drei Kerzen spendeten ihr Licht.

»Oh, du bist es. Du hast mich ein bisschen erschreckt. Für einen Moment dachte ich, es käme ein böser Geist herein.

Dabei ist es nur Timo, der Jäger der Inspiration. Die ganze Zeit schlagen hier im Haus die Türen, dass man das Fürchten bekommt. Wenn bloß der Strom wieder da wäre. Hast du gesehen, Frau Nan ist aufgewacht. Sie hat nach einem grünen Tee gefragt. Typisch. Ich wette, wenn sie eines fernen Tages an die Himmelspforte klopft, verlangt sie als Erstes einen grünen Tee. Sie wird wieder gesund, da bin ich mir sicher. Wer stirbt schon auf Hiddensee? Keiner. Man stirbt hier einfach nicht, unmöglich. Schon gar nicht an einem herabstürzenden Ast. Bei den paar Bäumen auf der Insel hier. Das wäre ja so, wie in der Wüste zu ertrinken. Was ist denn? Warum siehst du mich so an?«

33

Um halb zehn am Morgen nach dem Gespräch mit Herrn Nan betrat ich ein Café im Prenzlauer Berg, das als ein bisschen multikulturell, ein bisschen schick, ein bisschen alternativ galt und als Szenelokal geadelt worden war. Die meisten Leute saßen im Freien, zu zweit oder dritt vor riesigen Frühstückstellern, die von Leckereien überquollen. Drinnen duftete es nach Kaffee.

Timo Stadtmüller entdeckte ich am kleinsten Tisch, allein, wo er ein mehrere hundert Seiten starkes Manuskript durchblätterte. Gelegentlich korrigierte er ein Wort. Ich beobachtete ihn ein paar Minuten lang und konnte nichts Unsympathisches an ihm finden. Das geht mir mit vielen Mördern so, denen ich begegnete, was einmal mehr die weit verbreitete Theorie vom Monster widerlegt. Ein Kapitalverbrecher kann gute Manieren haben, er kann ein Kumpel sein oder lustig und für jeden ein gutes Wort haben. Timo Stadtmüller war so ein Mensch. Die Kellnerin kam gerne an seinen Tisch, er wechselte dann immer ein paar Worte mit ihr, und wenn sie wegging, hatte sie ein Lächeln auf den Lippen.

Ich glaube, er legte es darauf an, dass die Leute ihn mochten, und sonnte sich in deren Meinung, es mit einem feinen Kerl zu tun zu haben. Er war nett zu den Menschen, nicht um *ihnen* Gutes zu tun, sondern sich selbst. War er darin so anders als wir Normalen? Das Böse an sich ist nicht humorvoll, höflich und hilfsbereit, aber es kann mit guten Eigenschaften koexistieren. Es schirmt sich nicht ab, im Gegenteil, es gesellt sich gerne dazu. Manchmal verschmilzt es sogar mit einem sympathischen Charakterzug. Das macht seinen Erfolg aus.

Nachdem die Kellnerin mir den bestellten Tee gebracht hatte, zog ich von meinem an Timo Stadtmüllers Tisch um. Ohne zu fragen, setzte ich mich.

»Doro Kagel, Journalistin. Ich bin eine Freundin von Yim. Er hat bei Ihnen zu Hause angerufen, und man hat ihm gesagt, dass ich Sie hier finde. Es ist Ihr Stammlokal, Sie schreiben hier oft, nicht wahr?«

»Ja …« Er war noch ein bisschen verdattert von meinem Überfall.

»Yim hat nicht schlecht gestaunt, als Vev Nachtmann das Telefon abgenommen hat. Mir ist es genauso ergangen. Aber damit war ein weiteres Puzzleteil gefunden – das Motiv. Ich habe mir die halbe Nacht den Kopf darüber zerbrochen, wieso Sie das getan haben.«

»Ich weiß gerade nicht …«

»Ach so, ich habe ja völlig vergessen zu erwähnen, dass Yim und ich letzte Nacht ein sehr aufschlussreiches Gespräch mit Herrn Nan geführt haben.«

Auf einmal fiel der Groschen bei ihm. Allerdings hatte ich mir seine Reaktion anders vorgestellt. Er blieb völlig gelassen, keine Spur von Unruhe, so als hätte ich herausgefunden, dass er vor zwei Jahren bei Rot über die Ampel gefahren war. Auch als ich ihn detailliert mit Herrn Nans Beobachtungen und meinen Schlussfolgerungen konfrontierte, blieb er seltsam entspannt. Er nippte an seinem Kaffee, spielte ein wenig mit seinem Stift, lehnte sich zurück. Ich meinte sogar, ein feines Lächeln auf seinen Lippen zu entdecken.

»Falls Sie vorhaben sollten, die Sache zu leugnen …«

»Es war ein stillschweigendes Übereinkommen«, unterbrach er mich. »Herr Nan und ich hatten niemals direkten Kontakt. Bei der Beerdigung von Clarissa und Philipp haben wir uns ein letztes Mal gesehen und uns nur über die Augen verständigt. Er wusste von mir, ich wusste von ihm. Uns war klar: In dem Moment, wo einer von uns die Vereinbarung brach, würde er auch sich selbst zerstören.«

»Ich bin hinter Herrn Nans Geheimnis gekommen.«

»Der Schuppen, oder? Er wollte ihn weder abreißen noch den Inhalt verbrennen, die Bilder … Ich bin einige Wochen nach dem September 2010 nach Hiddensee gefahren, in der Absicht, ein Feuer in dem Schuppen zu legen. Mir war immer klar, sobald Viseth Nans Geheimnis gelüftet würde, wäre auch ich dran. Es regnete vier Tage lang ununterbrochen, ich musste also warten. Dann kam die Sonne heraus. Als ich endlich ans Werk gehen konnte, passierte etwas Merkwürdiges. Ich *wollte* plötzlich nicht mehr. Ich bin unverrichteter Dinge abgereist. Interessiert es Sie, warum ich mich nicht mehr schützen wollte?«

»Sehr sogar.«

Er bestellte einen weiteren Kaffee. Seine Morde im Stile einer Caféhaus-Plauderei zu diskutieren kam mir absurd vor, zumal Timo Stadtmüller noch immer keine Anzeichen von Unruhe oder Aggression zeigte.

»Dazu muss ich ein wenig ausholen, das stört Sie doch nicht?«

»Kein bisschen.« Ich sah auf die Uhr. »Ich habe allerdings nur noch fünf Minuten, genauso wie Sie.«

»Ich kann mir vorstellen, was in fünf Minuten passieren wird.« Er nahm den Kaffee dankbar von der Kellnerin entgegen und trank einen Schluck. Dann fing er an zu erzählen. »Der Schuss auf Leonie war ein Versehen, aber er hat die unterschiedlichsten Gefühle in mir freigesetzt: Aggressionen, die Wut über frühere Niederlagen und eine seltsame, schwer zu beschreibende Lust. Ich nenne diese Mixtur der Einfachheit halber meine Gülle. Das Dreckszeug staute sich auf, schwappte in mir. Nur so ist zu erklären, dass ich nach dem Schuss auf Philipp auch noch fähig war, Clarissa und die alte Frau Nan zu erschießen. Man glaubt zu wissen, wer man ist, wozu man fähig ist und wozu nicht, aber ich sage Ihnen, man täuscht sich fast immer. Das war ein Schock. Anschließend kamen noch die Zwillinge unter den Dämonen hinzu, die Angst vor Entdeckung und die Angst vor mir selbst, vor den Alpträumen. Als es hieß, dass Leonie noch lebte, durchfuhr mich ein derart intensives Gefühl, das ich nur als heftigen Schmerz bezeichnen kann. Es war, als hätte ich einen Schlag in die Magengrube erhalten, und zwar von Gott selbst.

Nur eine Nachricht hätte mich noch stärker treffen können: dass Philipp lebte. Doch er war tot, mausetot. Damit war Vev frei. Ich hatte sie befreit. Sie hätte nicht die Kraft gehabt, ihn zu verlassen und ihrer Tochter die Familie zu nehmen. Sie, Philipp, ich – jeder von uns wäre unglücklich geworden, die einen in ihrer lieblosen Zweisamkeit und ich mit meiner langsam verhungernden Liebe. Also habe ich dem Glück ein bisschen nachgeholfen. Nicht zuvorderst für Vev, das will ich zugeben, sondern für mich. Ich nährte meine Liebe zu ihr mit einem Verbrechen, für das ich mich zwar spontan entschieden hatte, das jedoch mit ganzem Herzen begangen worden war. Ich spreche nicht von Clarissa und Frau Nan, nur von Philipp. Nach seinem Tod hatte ich eine Chance, eine teuflisch gute Chance, Vev in mein Leben zu holen. Natürlich litt sie unsägliche Qualen wegen Clarissas Tod, aber ich tröstete sie, so gut ich konnte, während ich schreckliche Ängste wegen Leonie ausstand.

Leonie klammerte sich an ihre Existenz: Koma. Im Leben hatte sie keinen Halt mehr gefunden, und im Tod, so schien es, fand sie ebenfalls keinen. Vielleicht hatte sie sich nur umbringen wollen, damit ich ihr dabei zusehe. Um mich zu strafen. Sie hatte mir den ersten Schreck mit vorgehaltener Waffe verpasst, der zweite sollte ihr Freitod sein. Was sie nicht geahnt hatte: Den größten Schreck jagte sie mir nicht durch ihren Tod, sondern durch ihr Fortdauern ein, ihren Nicht-Tod. Was, wenn sie wie durch ein Wunder erwachte? Was, wenn sie zu sprechen anfing? Mein künftiges Leben war auf dem dünnen Atem dieser Frau aufgebaut. Sie quälte mich in doppelter Hinsicht. Zum einen konnte sie mit einem einzigen Satz alles zunichtemachen, wovon ich träumte. Zum anderen, und das war noch schlimmer, war sie es, die die Gülle in mir auf hohem Pegel hielt.

Schlechte Gedanken beherrschten mich, wo ich doch am liebsten nur an das Schöne und Gute gedacht hätte, an meine Liebe, meine Eroberung. Stattdessen wünschte ich Leonie den Tod. Ich fand in perverser Weise Trost darin, dass ihr Mund durchlöchert, ihre Zunge zerhackt war und sie dadurch der Fähigkeit zur Wahrheit beraubt war. Selbst wenn sie aufwachte: Sie hätte die Wahrheit aufschreiben müssen, und das konnte ich mir nur schwer vorstellen. Außerdem war ihr Gehirn verletzt. Ihre Aussage wäre ohne Aussagekraft. Um solcherlei Abscheulichkeiten kreisten meine Überlegungen wie Fliegen um ein Stück Kuhmist. Wochenlang verbrachte ich im Dreck, im Sumpf, ich watete darin, fraß ihn. Ausspucken durfte ich ihn nicht, schließlich sollte niemand etwas merken.

Als klar war, dass Leonie vermutlich nie wieder aufwachen würde, bereitete mir Herr Nan zunehmend Sorgen. Er war die letzte Schwachstelle. Ich überlegte mir, ihn umzubringen und es wie Selbstmord aussehen zu lassen, aber ich fürchtete, mein Glück zu sehr zu strapazieren. Einmal war ich davongekommen, aber ein zweites Mal ... Damals reiste ich nach Hiddensee, um den Schuppen abzufackeln. Aber wie gesagt, es kam ganz anders. Ich hatte den Benzinkanister schon in der Hand, stand vor dem Schuppen – da hatte ich eine Erleuchtung, eine Inspiration.«

Da er plötzlich schwieg, nachdem er minutenlang geredet hatte, fragte ich nach: »Welcher Art?«

Er lächelte. »Ich lasse Sie noch ein bisschen zappeln und erzähle Ihnen erst einmal von dem, was nach der Inspiration passiert ist. Die Gülle lief langsam ab. Ich wurde glücklich mit Vev, sie brauchte mich, verließ sich auf mich. Darum spürte ich auch keinerlei Reue wegen meines Verbrechens, denn ich glaube, dass sie nur dann entsteht, wenn man mit dem, was man getan hat, sein Ziel nicht erreicht hat. Wäre ich damals sofort aufgeflogen, oder wäre das Leben mit Vev die Hölle, würde ich meine Tat bedauern. So jedoch ist die Reue für mich nur ein alttestamentarischer Begriff. Das, was ich getan hatte, wurde unwirklich. Aber wie immer, wenn eine Flüssigkeit aus einem Behältnis abfließt, bleibt ein Rest zurück, der sich an den Wänden und am Boden festhängt. Ein paar Tropfen Gülle sind übrig geblieben, deren Wirkung ich manchmal spüre. Man hat mir gesagt, dass meine kecken Verbalattacken öfter als früher unter die Gürtellinie gehen, dass ich ungeduldiger geworden bin und nicht mehr so viel Spaß verstehe. Niemand ahnt etwas von dem Gift in meinem Blut, das selbst hundert Transfusionen nicht beseitigen könnten. Dabei habe ich noch Glück. Weder sehe ich Gespenster noch träume ich schlecht, noch habe ich den Zwang, mir ständig die Hände zu waschen, so wie Lady Macbeth. Manchmal allerdings, etwa wenn ich meine Hände betrachte, habe ich den Eindruck, sie gehören mir nicht. Trotzdem, ich war fast zwei Jahre lang ein sehr glücklicher Mensch. Ich übertreibe jetzt nicht. So glücklich, dass ich manchmal glaube, ich hätte Vev nur erfunden. Sie hält sich an mir fest wie an einer Boje. Schon immer wollte ich für einen Menschen die ganze Welt sein. Ich habe Vev zerbrochen, und ich habe sie wieder zusammengefügt. Wir leben in einer schönen Maisonettewohnung, gleich um die Ecke, fünf Zimmer. Ich schlafe fast jede Nacht mit Vev. Ehrlich, es hätte kaum besser laufen können. Nun fehlt nur noch mein beruflicher Erfolg. Irritiere ich Sie?«

»Ich hatte immer die Hoffnung, dass Mörder unglücklich werden.«

»An diesem Irrglauben sind die vielen amerikanischen Filme und Bücher schuld – und natürlich Leute wie Sie, die sich wünschen, dass Mörder unglücklich und bestraft werden.«

»Mein Wunsch geht in Erfüllung, Ihre gute Zeit ist vorbei, Herr Stadtmüller«, sagte ich, als sich ein blaues Licht in Intervallen auf dem Tisch und dem Boden des Lokals spiegelte.

Während ich zu dem Treffpunkt gefahren war, hatten Yim und sein Vater mit der Polizei gesprochen. Zwei Beamte in Zivil und zwei Uniformierte betraten das Café. Yim folgte ihnen.

»Timo Stadtmüller? Ich bin Hauptkommissar Sperling. Gegen Sie wurde Haftbefehl erlassen. Es besteht der dringende Tatverdacht, dass Sie Clarissa Nachtmann, Philipp Lothringer und Nian Nan ermordet und einen Mordversuch gegen Leonie Korn unternommen haben.«

»Jetzt«, entgegnete er an mich gewandt, »werde ich berühmt.«

Die Beamten führten Timo Stadtmüller in Handschellen ab. Es ging alles ganz schnell.

Ich saß mit Yim an dem Tisch, an dem ich kurz vorher noch mit dem Mörder gesprochen hatte. Einerseits fühlte ich mich gut. Ich hatte ein scheußliches Verbrechen aufgeklärt, genau genommen zwei, wenn ich Herrn Nans Terror mitzählte. Es mag sich blöde anhören, aber ich hatte in diesem Moment das Gefühl, meinen ermordeten Bruder Benny gerächt zu haben.

Andererseits war ich verunsichert. Wieso hatte Timo Stadtmüller nicht das kleinste Anzeichen von Unruhe gezeigt, nicht mal als ihm klar geworden sein musste, dass die Polizei bereits unterwegs war? Wieso hatte er sogar bei seinem Abtransport noch gelächelt? Nur weil er jetzt berühmt wurde? Und was hatte er mit der Inspiration gemeint? Er war nicht mehr dazu gekommen, mir davon zu erzählen. Seine Bemerkung ging mir nicht aus dem Kopf.

»Wer zahlt denn jetzt die Rechnung?«, fragte die Kellnerin traurig.

»Ich übernehme alles«, beruhigte Yim sie. »Bringen Sie uns bitte zwei doppelte Espressi.« Er griff mir in die Haare, legte mir die Hand auf den Nacken und fragte: »Wie fühlst du dich?«

»Es geht. Ich bin nur … ein bisschen verwirrt. Ein Espresso ist genau das, was ich jetzt brauche. Und deine Gesellschaft.«

»Ich bin hoffentlich mehr als nur Gesellschaft.«

»Bedeutend mehr. Ich bin froh, dass ich dich habe.«

Bis der Kaffee kam, schwiegen wir. Ich zitterte leicht, Yim hielt meine Hände.

»Es gibt da etwas, das du noch nicht weißt«, sagte er, und ich bekam plötzlich wahnsinnige Angst, dass er mir etwas sagen könnte, das alles zwischen uns zunichtemachte.

»Ich war derjenige, der Leonie damals die Pistole zurückgebracht hat. Clarissa hatte sie gestohlen und vergraben, meine Mutter hat sie ausgegraben und mich später gebeten, sie Leonie zu geben. Ich war lange Zeit in dem Glauben, der Mörderin meiner Mutter die Waffe in die Hand gedrückt zu haben. Natürlich, es war der Wille meiner Mutter. Trotzdem hat es mich fertiggemacht. Ich konnte einfach nicht darüber sprechen.«

Ich verstand ihn sehr gut. »Sobald ich zur Ruhe gekommen bin, erzähle ich dir von meinen Selbstvorwürfen nach dem Tod meines Bruders. Daraus habe ich vor allem eines gelernt, nämlich dass alles, was geschieht, von den besten bis zu den schlimmsten Dingen, aus einer Vielzahl von Handlungen und Bewegungen der verschiedensten Menschen entsteht. Wir können die Folgen unseres Tuns und Unterlassens oft nicht abschätzen, und wir würden wahnsinnig bei dem Versuch, den jeweils nächsten Schritt vorab zu analysieren. Deine Mutter ist nicht gestorben, weil du ihren Auftrag ausgeführt hast. Sie ist vielmehr gestorben, weil ein unglücklich verliebter, dreiunddreißigjähriger Mann mit Minderwertigkeitskomplexen durchgedreht ist.«

Er lächelte mich an. »Ich werde dir jetzt gleich etwas sagen, das dich schockieren wird. Hoffentlich verstehst du mich nicht falsch: Ich bin froh, dass du einen nahen Familienangehörigen durch ein Verbrechen verloren hast.«

Auch ich lächelte. »Nein, ich bin nicht schockiert, ich verstehe, was du meinst. Ich verstehe es wirklich.«

Wir tranken unseren Espresso, und zum ersten Mal hatte ich das Gefühl, dass Yim und ich ein Paar waren. Gut möglich, dass er es in meinen Augen sah, denn er lächelte erneut, beugte sich zu mir und küsste mich. Was er und ich durchgemacht hatten, würde sich nie erledigen, es wäre niemals ganz vorbei. Aber es würde von Jahr zu Jahr leichter zu ertragen sein.

Dass sich die Dinge manchmal sogar verschlimmern, bevor sie besser werden, sollten wir in den folgenden Tagen erfahren. Yims Vater entging der Auslieferung in sein Heimatland, indem er sich erhängte – und wohl nicht zufällig in dem Schuppen seiner Frau. Yim ließ die Blumen im Garten vertrocknen und die Gemälde nach Kambodscha überführen, wo sie ausgestellt wurden.

Yasmin setzte sich noch am Tag von Timos Verhaftung den Todesschuss. Sie hatte sich, entgegen ihrer sonstigen Praxis, etwas gespritzt. Ob sie von der Aufklärung des Falls gehört hatte und ob sie sich versehentlich oder absichtlich getötet hatte, blieb ungewiss. Nach ihrer Beerdigung erzählte mir ihr älterer Bruder, dass die Familie sie seit der Tragödie von Hiddensee mit einem dicken monatlichen Scheck versorgt hatte, von dem sie ihrer Freundin den Laden und sich selbst die Drogen und den Alkohol gekauft hatte. Gewissermaßen war Yasmin die vorletzte Tote von Hiddensee. Die letzte würde Leonie sein, irgendwann, wenn die Ärzte die Maschinen abschalteten, die sie am Leben hielten.

Yim verkaufte sein Restaurant und eröffnete wenig später ein Fischrestaurant auf einem Schiff, das auf der Spree vor Anker liegt.

Vev habe ich weder getroffen noch gesprochen. Timos Prozess blieb sie fern, sie war auch nicht vorgeladen, der Verteidiger verlas nur eine protokollierte Aussage. Überflüssig zu erwähnen, wie leid sie mir tat: erst die Tochter und den Ehemann verlieren und dann auch noch erfahren, dass der Liebhaber beide umgebracht hatte, jener Mann, mit dem sie seither tausendmal geschlafen hatte ... Sie blieb für mich eine unbekannte Größe, und das war mir sehr lieb. Yim sagte, dass ich ihr im Wesen ein klein wenig ähnele, mein Humor und meine Schlagfertigkeit erinnerten ihn an sie. Mehr wollte ich nicht wissen, denn es würde mich beim Schreiben nur stören.

Mir schwebte inzwischen im Anschluss an den Artikel ein erzählerischer Umgang mit den Geschehnissen vor, ein Roman über die Ereignisse, und mit Tatsachen im Roman verhält es sich wie mit Giften im Körper: In geringen Dosen sind sie heilsam, zu viel davon ist schädlich für den Organismus. Tatsachen sind eine Art von Störung. Selbst wenn ich Tatsachen schriebe, würde ich dafür sorgen, dass man sie für Fiktion hielte. Romane zu schreiben, heißt lügen, sagte die Schriftstellerin Simone de Beauvoir, und ich applaudiere ihr.

Einige Wochen nach Timo Stadtmüllers Verhaftung passierte etwas Seltsames. Als Yim mir in unserer neuen gemeinsamen Wohnung beim Auspacken half, fiel ihm jenes Manuskript in die Hände, an dem Timo damals im Café gearbeitet hatte. Ohne darüber nachzudenken, hatte ich es eingesteckt und irgendwo zu Hause verstaut.

»Darin geht es um Hiddensee«, rief Yim. »Nicht zu glauben. Er hat ein paar Namen verändert, aber ... das ist die Geschichte der Blutnacht.«

Ich blätterte in dem Manuskript. Unfassbar. Timo Stadtmüller hatte sich darin selbst als Mörder bezeichnet. Er hatte gewissermaßen ein Geständnis abgelegt und sogar Herrn Nans Identität als Massenmörder preisgegeben. Ergo: Er lieferte sich darin selbst ans Messer. Der Katalog, in dem die Veröffentlichung des Buches für Frühling 2013 angekündigt wurde, lag ebenfalls bei.

Darin stand auch der Titel des Romans: *Das Nebelhaus*.

Danksagung

Ich danke Eléonore Delair, ohne die es dieses Buch nicht geben würde, Wiebke Rossa und Angela Troni, die mit mir den Text geschliffen haben, und Petra Hermanns, meiner Agentin mit Herz. Und natürlich danke ich den sechs Menschen, denen dieses Buch gewidmet ist und die sich als hilfreiche Probeleser-Innen betätigt haben.